KB057199

읽을 것들은 이토록 쌓여가고

읽을 것들은 이토록 쌓여가고

서효인 + 박혜진

서효인 +

+ 박혜진

January

January

내가 기다리던 네가 아냐

파비앵 톨메 — 이효숙 옮김 — 휴머니스트 — 2015년 12월

어제는 아이들과 가족 뮤지컬 〈판타지아〉를 봤다. 첫아이는 특별히 음악을 좋아한다. 둘째는 음악을 특별히 좋아하는 것 같지는 않다. 차라리 장난감이라면 모를까. 뮤지컬은 아이들 수준에 조금 난해했다. 특히 등장인물 '블랙'이 어두운 마음 '쉐도우'로 인해 악역이 되었다는 다소 정신분석학적인 설정은 나의 두 딸이 받아들이기에 벅차 보였다. 첫째는 집중력이 흐트러질 때마다 이를 갈았다. 음악이 나올 때만 쫑긋하다가 이야기가 진행될 때는 자세를 무너뜨렸다. 나는 좀처럼 공연에 적응하지 못하는 장녀를 보면서 또래보다 뒤떨어질 수밖에 없는 아이의 장애를 확인한다. 이런 생각을 하지 말아야지 하면서도, 아동 뮤지컬의 불쌍한 악역처럼, 마음속에 검은 그림자가 생긴다.

『내가 기다리던 네가 아냐』는 나와 비슷한 처지인 프랑스 남자의 그래픽 노블이다. 그는 다운증후군 아이를 받아들이지 못해 쩔쩔매며 고백한다. "그 아이는 내가 기다리던 쥘리아가 아니었다." 얼마 지나지 않아 그 또한 나처럼 딸을 무척이나 사랑하게 된다. 대단한 일은 아니다. 다운증후군이라 하여 다를 것은 없다. 나의 딸이고, 나의 천사고, 나의 모든 것임은 한국이나 프랑스나 마찬가지일 것이다. 다만 내가 기다리던 딸이 네가 아니었다는 자각은 예고 없이 이렇게 나를 파고든다. 그 생각이 나쁘다는 걸 알면서도 나는 어리석은 블랙이 되어 그림자를 만들고, 금세 그것을 휘저어 없애고는 한다.

힐빌리의 노래

J. D. 밴스 – 김보람 옮김 – 흐름출판 – 2017년 8월

새해 첫 책으로 『힐빌리의 노래』라니. 헬스장에 등록하거나 영어 학원을 알아보는 것만큼이나 상투적인 시작이다. 하지만 상투적이라는 걸 알면서도 선택할 수밖에 없는 마음에 대해서라면 다른 말이 필요한 게 아닐까. 이를테면 진정성이라든가 간절함이라든가. 새해 첫 책으로 『힐빌리의 노래』를 읽는 것은 내게 진정성과 간절함 이외의 아무것도 아니다. 말하자면 주술적인 행위. 『힐빌리의 노래』는 지난해 내 '올해의 책'이다. #백인노동계층의비참한삶 #음모론에빠진백인노동계층 #가정이라는전쟁터. 개인의 역사에 남겨진 점선들을 찾아 시대와의 접점들을 찾아내는 일은 자기 고백적 글쓰기를 관통할 때 훨씬 감동적이다. 개인과 역사의 만남은 환한 대낮에 공원이나 학교에서 이뤄지는 것이 아니라 캄캄한 밤에 골방이나 뒷골목에서 고독하고 비참하게 이뤄지기 때문이다. 한때 감추고 싶었던 내면을 고백하고 자신의 고백을 세대의 고백으로 만드는 일을 성장이라고 할 수 있다면, 이 책은 성장의 결과물이다. 그리고 모든 좋은 책은 성장의 결과물이다. 『힐빌리의 노래』는 손에 꼽히는 데뷔작이기도 하다. 이 책을 보고 있으면 원고를 들여다보며 오만 가지 생각을 했을 게 분명한 편집자의 시간을 상상하게 된다. 쓰는 동안 책이 될 거라는 생각을 하지 못한 글들에는 특별히 더 애정이 가는데, 그 안에는 책이 아닌 것들이 책이 되는 전환의 순간이 들어 있어서다. 올해 내게도 전환의 순간이 한 번쯤 찾아와 주기를. 새해 첫 책은 『힐빌리의 노래』일 수밖에 없다.

아무튼, 스웨터

김현 – 제철소 – 2017년 12월

'아무튼'은 1인 출판사 세 곳이 힘을 합쳐 펴낸 시리즈의 이름이다. 각기 다른 이름의 출판사가 같은 시리즈의 이름을 달고, 다른 작가를 만나 기획과 편집을 진행한다. 기발하고 독특하며, 필요하고 심플한 아이디어다. 나름 큰 회사에 다니는 나에게는 어떤 절박함 같은 것이 덜하지 않은가, 괜한 생각도 해본다.

아무튼, 『아무튼, 스웨터』의 저자 김현에게 존경을 보낼 수밖에 없다. 우리는 같은 날 같은 술집에 나란히 앉아 편집자가 내민 계약서에 사인을 했는데, 김현 시인은 2017년이 지나가기 전에 이토록 따뜻하고 근사한 책을 냈고 나는 아직 빈손이다. 괜히 부끄럽다. 이 모두가 괜한 생각은 아닌 듯하다.

그는 참 부지런한 손을 가졌다. 스웨터 짜는 걸 금세 포기했다 밝히는 시인이지만, 그가 짜낸 이 민트빛 책의 문장들은 보송보송한 니트 조끼처럼 읽는 사람의 몸에 착 붙는다. 그 옷의 결을 쓰다듬는다. 김현의 기억과 인식과 태도와 문장을 따라간다. 좋음과 나른함 사이에 기분이 놓인다. 그리고 떠오르는 기억.

초등학교에 갓 입학한 내게 어머니는 웃옷 스웨터를 짜주었다. 갤러그 비행기를 닮은 삼각형이 질박하게 박혀 있었다. 그 옷을 입고 늦가을과 초겨울을 났던 것 같다. 그 스웨터를 뜨개질할 때 서른한 살에 불과했던 당신은 무슨 생각이었는지, 행복했는지, 불안했는지, 지겨웠는지, 짐짓 장난꾸러기처럼 묻고 싶어진다.

3차 면접에서 돌발 행동을 보인 MAN에 관하여

박지리 — 사계절 — 2017년 12월

회사에 적응하기 위해 실시하는 한 달간의 합숙 기간 동안 M은 왜 이토록 형편없는 인간으로, 대책 없이 불안하고 불행한 인간으로 몰락해간 걸까. 무엇 하나 확실한 것 없고 궁금증은 해결되지 않으며 공포와 억측만 재생산되는 이곳은 어디일까. 이 불분명함은 마치 도시 전설처럼 풍문과 추측으로 가리워져 있고 M의 고통은 괴담처럼 점점 더 알 수 없는 것이 되어 간다. 한 편의 기괴한 도시 전설, 두 번 다시 경험하고 싶지 않은 면접 괴담.

다른 직장인들은 출근하면 제일 먼저 뭘 할까? 나는 퇴근할 때 종종 심리선이 무너지는 탓에 전날 부려놓은 폐허를 수습하는 일에서부터 하루를 시작한다. 커피잔 씻기, 지우개 가루 쓸어 담기, 읽던 책 제자리에 꽂아놓기. 그러고 나서 하는 일은 검색이다. 검색 대상은 주로 같이 일하고 있거나 책 낸 지 얼마 안 된 작가들. 오늘 아침엔 장강명 작가를 검색했다. 칼럼 하나가 떴다. 벽돌 같은 책을 읽고 그에 대한 서평을 쓰는 코너다. 박지리 작가의 『다윈 영의 악의 기원』(사계절, 2016~2017)에 높은 평가를 주었다. 박지리? 처음 들어보는 이름이다. 최근에 나온 책은 『다윈 영의 악의 기원』보단 훨씬 짧은 소설 『3차 면접에서 돌발 행동을 보인 MAN에 관하여』였다. 신선했다. 자유롭게 여러 장르를 넘나들면서도 일관된 정서를 유지하고 있는 점이 놀라울 정도였다. 자유롭게 넘나드는 것도 어려운 일이고 그 와중에 중심에서 이탈하지 않는 이야기의 원심을 붙잡고 있는 건 더 어려운 일이니까. 작가가 살아 있었다면 만나고 싶다고, 함께 작업하고 싶다고 메일을 보냈을 것 같다. 이번에는 그 일을 할 수 없다. 발견의 기쁨만큼 아쉬움도 크다.

백년의 고독

가브리엘 가르시아 마르케스 – 조구호 옮김 – 민음사 – 2000년 1월

2017년 마지막 주에 마감해 2018년 새해에 출간된 김솔 장편소설 『보편적 정신』(민음사, 2018)은 여러 가지로 할말이 많은 소설이다. 여기에 직접 편집한 책을 이야기하는 건 어쩐지 반칙 같다. 1월부터 뻔뻔하게 굴고 싶진 않다. 그러나 이왕 말이 나온 김에 낯부끄러움 없이 써보자면 다음과 같다. 『보편적 정신』은 두 고전, 조지 오웰의 『1984』(정희성 옮김, 민음사, 2003)와 마르케스의 『백년의 고독』의 영향하에 있다. 이 소설의 정신은 『1984』에 기반한다. 이 소설의 스타일은 『백년의 고독』에서 출발한다. 김솔은 그중 마르케스의 후예에 더 가까운 것으로 보인다.

나 또한 전자보다 후자에 마음이 더 간다. 『백년의 고독』에 대한 무한한 애정과 존경 때문이다. 스물네 살 때에 연달아 세 번 읽고, 지금까지 드문드문 손 가는 대로 읽었던 『백년의 고독』을 다시 정독했다. 읽을 때마다 새로워서 놀랄 따름이다. 내 엉덩이에 돼지 꼬리가 돋아나도 이 소설을 처음 읽었던 순간만큼 놀라진 않을 것이다. 내가 편집해 무사히 세상에 나온 소설을 옆에 끼고 세상에서 가장 좋아하는 소설을 다시 읽는 중이라니…… 감흥을 이기지 못해 결국 음악을 찾는다. 〈부에나 비스타 소셜 클럽〉 OST라면 더할 나위 없다. 오늘 잠은 다 잤고, 내일은 아마 지각이겠지만, 딱 이 순간만큼은 여기가 '마콘도'라고 짧고 굵게 우겨보는 것이다.

세기의 소설, 레 미제라블

데이비드 벨로스 ─ 정해영 옮김 ─ 메멘토 ─ 2017년 11월

우리가 믿고 싶은 것과는 별개로 대다수의 사람은 책을 읽지 않는다. 하물며 책에 대한 책이라니. 소설집도 시집도 책에 대한 책보다는 독자가 많을 것이다. 하지만 우리 눈에 보이는 것과는 별개로 대다수의 사람이 책에 대한 책의 영향을 받는다. 가장 적은 사람들이 읽지만 가장 강력한 힘을 오랫동안 발휘하는 것이야말로 이런 비평서다. 작가도 작품도 남지 않지만 내용이 남아서 책 읽을 사람들에게 영향을 미친다. 비평은 독립적으로 존재하지 않는다. 독립적으로 존재할 필요도 없다. 혼자 뛰는 단거리가 아니라 같이 뛰는 장거리가 비평이라고 나는 생각한다. 아마도 대부분은 『세기의 소설, 레 미제라블』을 누가 썼는지, 작가 이름조차 기억하지 못할 것이다. 어쩌면 나도 언젠가는 작가의 이름을 잊어버리겠지. 그러나 『레 미제라블』을 재발견하는 탁월한 사유와 언어는 독서의 역사에 남아 문학의 DNA가 될 것이다. 이런 비평의 말들이 한 권의 위대한 소설을 한 시대의 거대한 벽화로 만든다고 생각한다.

여덟 개의 산

파울로 코녜티 – 최정윤 옮김 – 현대문학 – 2017년 12월

등산을 즐기는 편은 아니다. 솔직히 안 좋아한다고 해야 맞겠지. 부모님을 따라 무등산에 몇 번, 대학 시절 선배들의 강권에 따라 월출산과 조계산에 몇 번 오른 게 등산 이력의 전부다. 그마저도 엄청나게 투덜거리면서 올랐다. 창의적이지도 않은 레퍼토리로. "다시 내려올 거 뭐하려고 올라가는 거야."

소설의 인물들은 그런 질문 없이 산에 오른다. 그들은 산을 사랑한다. 사랑하는 만큼 산과 대면하며, 대면하는 만큼 산과 대결해야 한다. 그들의 분투는 자연에 도전하는 동시에 위로받는 인간의 모습을 닮았다. 익히 예상되었던 결말에서 어렴풋이 예측했던 것보다 더한 감동을 받은 이유를 달리 설명할 방법이 없다. 소설이 묘사하는 알프스의 거대한 아름다움 때문일까? 깊은 신뢰를 바탕으로 한 우정의 파고 때문일까? 그도 아니면 어린 나를 무등산 중턱까지 데리고 다니던 우리 아버지가 생각나서?

사실은 산에 오르면 늘 좋았다. 심술궂은 불평을 들어주는 동행, 큰 숨을 들이켜고 싶게 하는 공기, 발바닥에 닿는 지면의 감촉, 어느덧 드리워진 침묵과 그 자리를 대신 채우는 거친 호흡, 어쨌거나 당도하게 될 정상, 그곳의 풍경과 바람 같은 것들. 『여덟 개의 산』은 그런 감각을 불러일으키는 소설이다. 날이 풀리면 북한산에 갈 수도 있을 것 같다. 다시 내려오더라도.

김수영 사전

고려대학교 현대시 연구회 ─ 서정시학 ─ 2012년 4월

도봉구에 있는 김수영 문학관에 다녀왔다. 개관할 때 문학관에
전시되는 글들의 교정을 본 적이 있어서, 자주 찾지는 않아도 가깝
게 느끼는 곳이다. 오늘 방문의 목적은 『김수영 전집』 3판 개정판
작업 중에서도 도서 화보 촬영을 위해서다. 1970~1980년대 민음
사의 디자인은 서체와 그 배열만으로도 강렬한 이미지를 만들었는
데 『시여, 침을 뱉어라』(김수영, 민음사, 1975) 같은 산문집이 대표적이
다. 거기 더해 김수영 시인이 만든 출판사에서 제작한 생전의 유일
한 시집 『달나라의 장난』(춘조사, 1959)을 비롯해 전집의 변모 과정을
한눈에 보여주는 화보를 넣으면 기존 전집과도 차별화되면서 김수
영 독자들에게는 의미 있는 시각적 자료가 될 것 같았다.

촬영 전반은 디자이너가 리드했다. 한창 책의 위치를 이리저리
바꾸고 빛을 조절하며 사진을 찍고 있던 중 누군가가 말했다. "이게
뭐라고 우리가 이렇게 공들여 찍고 있을까." 조소와 자부심이 동시
에 담겨 있는 말이라고 생각할 때 한 권의 책이 내 눈에 들어왔다.
『김수영 사전』이었다. 모던한 문학관 한편에서 빛을 받으며 자리잡
고 있는 저 책은 김수영에 대한 질문에 대답하는 책이다. 사전이라
니. 순간 이 모든 게, 그러니까 출판이라는 행위가, 각자의 방식으
로 표현하는 사랑 같았다. 작은 창으로 들어오는 햇살이 따뜻했다.

악스트 2018년 1·2월호

악스트 편집부 - 은행나무 - 2018년 1월

이인성 작가의 인터뷰가 실렸다. 전에 다닌 직장에서 선생과 술자리를 함께할 기회가 많았다. 그때마다 이상하게 그는 이른바 선생님처럼 느껴졌는데, 그건 이인성 작가의 탓이라기보다는 그 또래 어른에게 설명 못할 거리감을 느끼곤 하는 내 탓이 더 클 것이다. 이번 인터뷰에서는 작가로서의 이인성이 느껴져 좋았다. 오랜만에 그의 소설을 다시 찾아 읽을 수 있을 것 같다.

소설에 대한 이야기는 어쩔 수 없이 후배 소설가들에 대한 평으로 들린다. 어떤 문제에 대해서 더 깊게 파고들어야 한다는 말에는 크게 공감하지만, 그 깊이에 대한 감각이 서로 다르지 않을까. 그럴 수밖에 없지 않나 우린. 그렇다면 모든 것은 취향의 구별로 귀결되는 걸까. 그건 좀 시시한가. 시시하면 뭐 어때. 이런 식의, 잡지를 읽으며 할 법한 생각을 해본다. 『악스트』를 읽는 방식 중 하나로 틀리지 않을 것이다.

그는 CD를 선물로 주길 좋아한다고 말했는데, 나 또한 그에게서 CD를 받은 적이 있다. 기뻤다. 두 장으로 된 밥 딜런 베스트 앨범이었다. 밥 딜런의 음악은 물론 문학도 잘 모르는 나이지만, 그가 노벨문학상을 받았을 때 아무런 의심이나 불만이 없었던 것은 순전히 이인성 때문이다. 그러나 아쉽게도 우리집에는 CD를 틀 만한 시설이 아무것도 없다.

무한의 책

김희선 — 현대문학 — 2017년 6월

계간지 『문학선』에서 2017년 한 해 동안 한국 소설계의 동향을 주제로 좌담을 열었다. 허희 평론가, 박민정 작가, 임현 작가와 SNS가 문학계에 미친 영향에서부터 페미니즘적 독법의 위상 변화, 작가들의 엔터테인먼트계로의 진출 등 문학계 안에서 감지되는 새로운 변화들에 대해 이야기했다. 나는 이런 좌담회는 처음이어서 제일 먼저 도착해 울렁거리는 가슴을 쓸어내리고 있었다. 전에 없이 많은 말을 했는데 말한 내용을 가필하는 단계에서 자유롭게 수정하고 보완할 수 있다고 하니, 그것으로 다행이라는 생각이 들었다. 말과 글의 메커니즘이 전혀 다르다는 사실이 새삼스럽다.

그 많은 말 중에서도 이날 얻은 정보 중 가장 솔깃했던 건 임현 작가로부터 들은 『무한의 책』에 대한 얘기다. 김희선 작가가 최근 발표한 장편인데 너무 재밌다는 거다. 너무 재미있다고, 다 필요 없고 일단 너무 재미있다고, 꼭 읽어보라고, 밖에 나와서 일을 보다가도 빨리 읽고 싶은 마음에 발길을 서두르게 될 만큼 재미있다고. 실은 처음이 아니다. 지난번 만났을 때도 임현 작가는 내게 김희선 작가의 『무한의 책』을 추천했다. 그때도 꼭 읽어야겠다고 말했는데, 이번에도 꼭 읽어야겠다고 말해버렸다. "아뇨, 아직 못 읽었어요." 이 말을 할 때 나는 제일 부끄럽다. 누군가가 열정적으로 편애하는 책일수록 고개는 더 깊숙이 숙여진다. 한국 소설에 대해서 이야기하자고 모인 그날, 그 소설에 대해 한 시간이고 두 시간이고 대화하지 못한 게 못내 부끄러웠다. 집에 오자마자 『무한의 책』을 폈다.

너의 아름다움이 온통 글이 될까봐

황유원 외 ─ 문학동네 ─ 2017년 12월

‘민음의 시’도 곧 250번을 맞이하는데, 타사의 100번 기념 시집을 넋 놓고 읽는다. 티저 시집이라니…… 이런 비범하고도 기발한 기획을 해낼 수 있을까. 이 정도를 못해낼 거면 이번 타이밍은 그저 조용히 넘어가고 300번을 노리는 게 순리이지 않을까. 지금 떠오르지 않는 아이디어가 며칠 뒤라고 떠오르겠는가. 이런 재미없는 생각을 한다. 그러다가 찬찬히 책을 살피면서, 시인의 이름을 불러보면서, 시를 읽으면서 이따위 재미없는 생각은 그저 좋은 마음으로 바뀌었다.

‘문학동네시인선’이 탄생하고 지속되는 사정과 과정을 조금은 알기에 언제나 더 큰 응원을 보내게 된다. 세상 사람들은 비슷한 성질의 것을 내어놓는 출판사들을 묶어 경쟁사니 라이벌이니 하는 무섭고도 우스운 소리를 가져다 붙이지만, 그전에 우리는 같은 쌀로 같은 솥에 같은 밥 지어 먹는 동료임을 잘 안다.

시집이 백 권이라니, 백 번을 웃고 수백 번은 울었을 사람들을 떠올려본다.

뻐꾸기 둥지 위로 날아간 새

켄 키지 ─ 정회성 옮김 ─ 민음사 ─ 2009년 12월

지난해부터 틈틈이 1960년대 미국 소설을 읽고 있다. 그때 미국에서 발표되어 화제가 된 소설들을 보면 최근 몇 년 동안 한국에서 자리를 넓혀가고 있는 소설들과 비슷한 것 같다. 비트 세대의 작품들, 그리고 이른바 사회파 한국 소설들. 비트 세대의 소설은 근래의 문학사 중에서 가장 격정적이고 뜨거웠던 시기를 관통하는 문학의 자세를 보여준다. 시끄럽고 직선적이며, 세상을 바꿀 수 있다면 어느 정도의 도식도 불사한다. 무엇보다 예술로서의 소설보다 작용으로서의 소설을 추구한다. 『뻐꾸기 둥지 위로 날아간 새』는 정신 병원을 배경으로 눈에 보이지 않는 거대한 권력과 싸우는 사람들의 이야기다. 비트 세대의 소설은 싸운다. 그리고 지금 한국 문학도 싸우고 있다.

죄책감

임경섭 - 문학동네 - 2014년 9월

임경섭-김필균 부부는 내 친구다. 경섭보다 필균을 먼저 알았고, 의도한 건 아닌데 필균을 더 자주 만난 것도 같다. 그럼에도 내 결혼식의 축가 연주는 경섭이 맡아주었다. 기타 연주는 엉망이었고, 악보를 떨어뜨렸으며, 끝내 수습하지 못했다. 경섭은 그 일에 대해 지속되는 죄책감을 지니고 있는 듯하다. 둘의 결혼식에서 나는 어떻게든 보복을 감행하고 싶었으나 그들은 보란듯이 성당에서 식을 올렸다. 그 어렵다는 명동성당 결혼식 추첨에서 시 쓰는 경섭의 손은 황금 손이 되었다. 며칠 전에는 우리집에서 부부끼리 송년회를 했는데, 그때에도 경섭의 황금 손은 화제였다. 경쟁률이 꽤 높은 아파트 분양권을 받아낸 것이다. 하지만 그놈의 아파트라는 게 그럴 이유도 없는데 꼭 그래야만 한다는 식으로 터무니없게 비싸서 부부는 고민이 깊었다. 밤새도록 집값이며 대출이며 토목공사며 시세 차익이며 하는 이야기를 나누다 그들 부부와 우리 부부는 죄책감을 나누어 가졌다. 새벽 4시가 다 되어 작별 인사를 했다. 잘살자고. 아무쪼록 우리, 죄는 어쩔 수 없이 조금씩 짓되 죄책감은 버리지 말자고.

꿈은 더럽고 미래는 깨끗한 사람이
우리라는 걸까
—임경섭, 「휘날린」에서

파격적인 편집자

캐럴 피셔 샐러 - 허수연 옮김 - 소담출판사 - 2012년 1월

글쓰기나 편집에 대한 책이라면 스티븐 킹의 『유혹하는 글쓰기』(김진준 옮김, 김영사, 2002)도 있고 다이애나 애실이라는, 영국 안드레 도이치 출판사 편집자의 자서전 『그대로 두기』(이은선 옮김, 열린책들, 2006)도 있다. 색깔이 좀 다르지만 『중쇄를 찍자!』(마츠다 나오코, 주원일 옮김, 애니북스, 2015~2018)도 편집자가 하는 일을 그럴듯하게 보여준다. 그러나 『파격적인 편집자』는 이 모든 책들과 구분되는 단 한 권의 책이다. 어떤 책도 편집자가 지켜야 할 3대 원칙을 정리해주진 않는다. 편집자가 절대 잊으면 안 될 세 가지 원칙이라니, 편집자가 되고 싶은 사람이라면 누구라도 어서 읽지 않으면 안 될 것 같지 않나. 성신여자대학교 국문과에서 겨울 방학 직업 특강의 하나로 마련한 편집자 실무 과정에서 강연을 하게 됐다. 한때 나도 궁금했다. 무슨 일을 어떻게 하는지. 돈은 얼마나 버는지.

정말 오랜만에 『파격적인 편집자』를 꺼내 봤다. 내가 아는 한 편집자가 하는 일을 이토록 미주알고주알, 뭐 이런 것까지, 싫도록 들려주는 책은 없으니까. 2년 차 편집자일 때 당연한 소리 같아서 지나쳤던 내용들이 지금 내 눈에는 엄청난 진리라도 되는 것처럼 한마디 한마디가 다 밑줄 대상이다. 특히 세 가지 원칙. 조심성, 투명성, 융통성. 예컨대 작가에게 메일을 보낼 때는 항상 조심성을 잃지 않아야 하고 투명한 일처리로 작가들의 신뢰를 얻어야 하며 문제 상황이 발생할 때에는 융통성을…… 어떤 직업이 이 세 가지에서 자유롭겠냐마는 편집자에게는 백만 번 더 중요한 원칙이 아닐 수 없는 것이다.

걱정 말고 다녀와

김현 글 이부록 그림 알마 2017년 7월

『아무튼, 스웨터』후에 김현 시인의 다른 책도 읽어본다. 『걱정 말고 다녀와』는 알마 출판사 특유의 기획력이 돋보이는 책이다. 아티스트가 아티스트에게 바치는 헌사로 이 책만큼 근사한 것도 없으리라. 김현 시인에 이어서 유진목 시인도 옥타비아 버틀러로부터 촉발되어 『디스옥타비아』(백두리 그림, 알마, 2017)라는 책을 냈다. 읽을 것들은 언제나 이토록 쌓여간다. 무심한 듯 뜨겁게.

켄 로치를 모른다. 우연히 그의 영화를 보았을 수도 있지만 멍텅구리배처럼 나는 시간의 배에 둥둥 떠서 영화의 장면을 그저 흘려보냈을 것이다. 방향을 잃고 그 자리가 제자리인 줄 모른 채 뱅뱅 돌았을 것이다. 무언가를 보고 그것을 빛 삼아서 어디든 나아가는 삶을 갖진 못한 것 같다. 김현 시인은 어디든 가고 있는 것만 같아서 부럽다. 그는 '퀴어 퍼레이드'도 가고 '304 낭독회'도 가고 '공씨책방'에도 '전주국제영화제'도 간다. 애인이든 동료든 혹은 켄 로치든 누구든 상관없이 그에게 이렇게 말을 걸어야 마땅하다. "걱정 말고 다녀와."

다섯째 아이

도리스 레싱 - 정덕애 옮김 - 민음사 - 1999년 6월

회사에 남아서 이 글을 쓰고 있다. 내가 쓰는 글은 일기라기보다 일지에 가까울 것 같다. 매일 쓰는 독서 일지. 직업으로서의 독서, 노동으로서의 책 읽기. 오늘은 도리스 레싱의 『19호실로 가다』(서숙 옮김, 민음사, 1994)에 대한 이야기부터 시작해야겠다. 최근 한 드라마에서 존재감 있게 등장한 탓에 이 책을 읽고 싶은데 책을 구할 수 없겠느냐는 독자들 문의가 끊이질 않는다. 아, 회사에서 내가 하는 업무 중 하나는 독자 문의 게시판을 관리하는 것이다. 일대일 게시판에 문의 글이 등록되면 직접 답변하거나 그 질문에 답변할 담당자에게 메일을 연결해준다. 구간이 미디어에 노출되면서 역주행하는 건 수년에 한 번 있을까 말까 한 기회지만 『19호실로 가다』는 아쉽게도 절판된 상태다. 아쉬워하는 독자들에게는 말하지 못했지만 도리스 레싱에 대해서라면 얼마든지 읽을 만한 책들이 많다. 이 기회를 빌려 독자들에게 말씀드립니다. 도리스 레싱이라면 『다섯째 아이』가 있습니다! 어쩌면 『19호실로 가다』보다 훨씬 더 리얼한 투쟁의 현장이 여기 있어요. 풍문에 의하면 『19호실로 가다』가 다른 출판사에서 출간될 예정이라는데, 그 책 읽은 다음엔 『다섯째 아이』를 읽어보셔도 좋겠습니다.

비하인드 도어

B. A. 패리스 - 이수영 옮김 - arte - 2017년 6월

어제 아내는 『비하인드 도어』를 읽었다고 말했다. 전자책으로 봤다며 줄거리를 말해주는데, 듣다보니 나도 읽은 책이었다. 그거 집에 있는데? 건넌방 책장 한쪽에 『비하인드 도어』 종이책이 꽂혀 있었다. 줄거리를 듣고도 책 제목이 생각 안 나 찜찜한 기시감에서 잠시 헤맸으니, 그다지 인상적인 책은 아니었던 것 같다. 그러거나 말거나 아내는 이제 전자책이 더 편하다고 한다. 여러모로 나보다 열린 사람이랄까, 용감한 사람이랄까.

오늘은 잡지와 관련해 긴 회의를 마치고 술자리를 가졌는데 같은 책 이야기가 나왔다. 혜진씨는 이제 읽기 시작한다고 했다. 지금까지는 『걸 온 더 트레인』이 연상된다는데, 내 변변찮은 습관이 이 장르를 즐기기에는 치명적인 핸디캡이 된다. 나는 소설을 읽을 때 어느 정도 진도를 밟으면 어김없이 마지막 페이지를 확인한다. 이 이야기가 어떻게 끝날지 찬찬히 살필 여유가 없는 급한 성격. 업무도 급하게, 독서도 급하게.

옆자리의 누군가가 놀라 물었다. 아니, 그럼 『눈먼 암살자』(마거릿 애트우드, 차은정 옮김, 민음사, 2010)도 결말 확인하고 봤어요? 네. 코난 도일도? 네. 애거서 크리스티도? 네. 나는 소설에서 깜짝 놀랄 만한 반전을 기대하지 않는다. 그보다는 결말을 향하는 플롯의 걸음을 좋아한다고 해야 할까. 『비하인드 도어』는 그렇게까지 진지한 걸음은 아니었던 것 같다. 술자리가 파하니 눈이 쏟아지고 있었다. 집에 어떻게 가지? 조금도 걷기 싫은 상수역 사거리에서 나는 택시를 불렀다.

남자는 쇼핑을 좋아해

무라카미 류 ─ 권남희 옮김 ─ 민음사 ─ 2017년 6월

　박상영 작가와 만났다. 민음사 '오늘의 젊은 작가' 시리즈 작업을 제안하기 위해서. 롱패딩 숏패딩 할 것 없이 꽁꽁 싸맨 우리와 확연히 구분되는, 찢어진 청바지를 입고 나타난 박상영 작가는 루이 비통 클러치를 들고 있었다. 박상영 작가의 소설을 읽을 때 내가 받은 느낌은 무라카미 류나 야마다 에이미, 하루키나 요시모토 바나나를 읽을 때 느낌과 비슷하다. 어쩌면 그들이 처음 등장했을 때의 공기가 오늘 내가 느낀 신선함을 닮지 않았을까. 언제나 새로운 문학이 시작되는 순간을 상상해왔다. 상상은 이토록 갑자기 현실이 된다. 박상영 작가는 우리의 새로운 현실이다. 그런 생각이 든다.

걸 온 더 트레인

폴라 호킨스 - 이영아 옮김 - 북폴리오 - 2015년 8월

내친김에 일전에 읽었던 『걸 온 더 트레인』을 다시 꺼냈다. 그때 미친 듯 페이지를 넘기며 탐독 아니, 탐닉했던 것은 아무래도 3호선 전철 안의 내가 소설 속 레이첼을 닮아서였을까. 레이첼은 매일 아침 8시 4분에 런던행 통근 기차를 타고, 나는 매일 아침 7시 30분에 신사역 가는 3호선을 탄다. 세상에, 내가 30여 분씩이나 더 부지런한데! 겨우 8시 4분 가지고 엄살이나 떠는 1세계 백인 직장인들이여! 이토록 무심한 생활 앞에서는 무시무시한 스릴러도 힘을 잃는 것이다.

출퇴근 여정의 사흘을 철길 위의 소녀와 함께했다. 시작은 어지러웠지만 마무리는 깔끔했다. 죽을 놈이 죽어서, 끝까지 읽을 맛이 났다고 해두어도 좋다.

인연

피천득 ― 샘터 ― 2002년 8월

샘터에서 오랫동안 출간되고 있던 피천득 선생의 작품들을 재출간하게 되었다. 한국 현대 수필의 고전이라면 당연히 피천득이다. 수필의 대명사. 모두가 안다는 건 더 바랄 수 없는 장점이지만 모두가 알기 때문에 넘어서야 하는 장벽도 있다. 기대를 배반하지 않으면서 예상을 벗어나는 놀라움과 즐거움을 만들어야 한다는 미션! 2018년 버전의 『인연』을 편집한다는 것은 2018년의 감각으로 '수필'의 이미지를 빚어내는 일이기도 하겠다. 에세이가 아니라 수필이다. 청자연적이고 난이며 숲으로 난 평탄하고 고요한 길인 동시에 사람이 적게 다니는 주택가에 있는 그것. 이 사물과 공간을 자연스럽고 세련된 방법으로 대체할 수 있는 이미지를 찾고 있다.

스토너

존 윌리엄스 – 김승욱 옮김 – RHK – 2015년 1월

『걸 온 더 트레인』 같은 소설의 도움에도 불구하고 전철에서 책 읽기가 점점 힘들다. 겨울이면 특히 그렇다. 종종걸음으로 전철에 올라타면 갑자기 따뜻해지고, 그것은 곧 졸음이라는 기마병이 몰려올 것이라는 뜻이다. 그들을 애써 피한다고 하더라도 미칠 것 같은 건조함은 어쩔 수 없다. 고대 전장에서 주저함 없이 백기를 드는 노예병의 심정이 딱 이쪽이었을 것이다.

졸다 내릴 정류장을 지나친 적은 무척이나 많지만 책을 읽다 그런 적은 단 한번이다. 존 윌리엄스 장편소설 『스토너』의 마지막 페이지를 덮고 고개를 드니 심지어 매봉역이었다. '페이지'를 넘기지 않고는 못 배겨낼 '터너'도 아닌데 내가 왜 그랬을까.

스토너는 특별한 사람이 아니다. 성실한 연구자이지만 그에 걸맞은 권위는 얻지 못했고, 사랑을 갈구하지만 그에게 사랑은 비극에 가까웠다. 스토너의 삶은 벗어날 수 없는 인간의 굴레 안에 머문다. 그는 태어나서, 살다가, 죽는다. 그 과정의 지난함, 그 굴곡의 반짝임이 신사역에서 매봉역까지 나를 이끌었다. 34개 역, 한 시간 18분의 인생이었다.

양춘단 대학 탐방기

박지리 – 사계절 – 2014년 2월

좋은 책을 읽으면 사방팔방 만나는 사람마다 붙들고 앉아서 흥분을 나누는 편이다. 오늘은 조남주 작가를 만났다. 당연히 나는 또 요즘 꽂혀 있는 박지리 작가에 대한 이야기를 쏟아내기 시작했다. 조남주 작가는 아직 『3차 면접에서 돌발 행동을 보인 MAN에 관하여』는 읽지 않았지만 『양춘단 대학 탐방기』를 아주 좋게 읽었다고 말해주었다. 그러고 보니 강양구 기자도 박지리의 소설 중에서 이 작품이 좋았다고 평가한 걸 들은 적이 있다. 이 정도의 복수 추천이면 읽지 않을 이유가 없다. 양춘단이 대학 환경미화원으로 일하는 4년 동안 벌어지는 이야기인 동시에 양춘단 가족 3대의 사연이 겹쳐진다고 한다. 우리는 대체 얼마나 많은 좋은 소설을 놓치며 사는 걸까. 지금 우리가 생각하는 것보다 더 많은 일이 가능해지는 세상이 온다면 그때는 좋은 소설이 누락되지 않는 '소설 안전망'이 구축됐으면 좋겠다. 독자 복지 차원에서.

82년생 김지영

조남주 - 민음사 - 2016년 10월

부산에 갔다. 한 인터넷 서점에서 주최한 상을 『82년생 김지영』의 조남주 작가가 받게 되었는데, 시상식장이 부산이다. 이른 아침 KTX를 타고 풍경을 뒤로 밀며 이야기를 조금 나누다보니, 부산 바람 속이었다. 서울보다 따뜻한 듯 거센 바람들.

내가 지금의 조남주 작가라면 무척이나 들떴을 것이다. 돈도 벌었겠다, 이런저런 쇼핑에 힘썼을까. 별의별 요구와 섭외에 목에 힘깨나 주었을까. 다음 작품에 대한 부담감으로 칩거해 집필에 힘을 낼까. 그러다 부러졌을까. 조남주 작가는 투고작에 불과했던 『82년생 김지영』의 원고를 들고 만난 4년 전 그때와 별로 달라진 게 없다. 힘줄 게 무어냐는 듯, 힘 들어갈 게 뭐 있냐는 듯 한결같다. 나만 경직된 자세로 부산의 행사장에서 꼿꼿했다. 식장에는 의자가 없었다. 부러질 것 같은 다리여. 영도다리 아니고 내 다리여.

『82년생 김지영』이야기를 할 때 나는 천만 영화를 자주 들먹인다. 이 책을 구입한 독자는 아직 백만 명이 되지 않지만, 그 영향력은 천만 명이 본 영화 그 이상이라고, 정확한 통계가 없는 주장을 거듭한다. 세상 부드러운 작가 한 명의 등뒤에서부터 불어온 거센 바람 같은 거라고 생각하는 것이다. 부산 바람은 함께 출장길에 나선 마케팅부 이사님께 회를 얻어먹을 때까지 멈추지 않고 불었다. 이제 시작이라는 듯이.

문학상 수상을 축하합니다

도코 고지 외 – 송태욱 옮김 – 현암사 – 2017년 6월

마케팅부와 함께 부산으로 출장 왔다. 예스24에서 주최한 '올해의 작가'에 조남주 작가가 선정되어서 시상식에도 참여하고 최근 화제가 되고 있는 서점 아난티코브도 방문했다. 아난티코브는 일본 출장 때 벼르고 갔던 다이칸야마 츠타야와 비슷한 분위기였다. 아직은 빈 공간도 제법 보이고 큐레이션도 특별해 보이지 않았지만 확실히 오래 머무르게 만드는 공간이었다. 무엇보다 바다! 서점 안에서 대양 같은 부산 바다가 보이는 것만으로도 충분했다. 그 이상 더 요구하는 건 괜한 욕심이거나 트집이겠지.

좋은 서점에 오면 어떤 책을 사야 할지 평소보다 두 배는 더 망설이게 된다. 공간이 주는 느낌과 어울리는 책을 구입해야 이 방문이 완결성 있게 마무리될 것 같아서인지도. 고심 끝에 『문학상 수상을 축하합니다』로 결정했다. 제목과는 달리 문학상의 허와 실을 낱낱이 파헤치는 책! 작가와 작품과 문학상 사이의 관계를 가늠하며 문학상의 권위를 들었다 났다 하는 동안 꾸준히 제기하는 질문은 다음과 같다. 당신이 생각하는 문학의 윤곽선은 어떻게 생겼는가. 무엇이 문학이며, 또 문학성은 무엇인가. 출간하려고 준비하고 있는 책 중에 장강명 작가가 문학상과 공채 제도의 유사성을 논증(?)해 보이는 원고가 있는데 참고할 부분이 많이 보인다. 문학상이 언제 단 한번이라도 논쟁적이지 않은 적이 있었을까.

너랑 나랑 노랑

오은 – 난다 – 2012년 3월

어제는 오은 시인의 '구상시문학상' 시상식이 있었다. 일 때문에 가지 못했다. 시상식 다음날, 가까운 항구에서 러시아산 대게를 먹기로 했는데, 나는 못 가고 게 알레르기가 있는 유희경 시인은 갔다. 미안한 마음과 억울한 마음의 혼재 상태.

두 시인을 포함한 나의 동인들은 지금쯤 동해의 코발트블루 바다를 보고 있을까. 춥진 않을까. 내 흉을 보는 건 아닌지. 이래서 홀로 자리를 비우면 안 되는 건데…… 이리저리 섞이는 마음을 다스리려 오은의 저서를 한 권 골라 읽어본다.

『너랑 나랑 노랑』은 색에 대한 시적 야망으로 그득한 책이다. 레드, 블루, 화이트, 옐로, 그린, 블랙 여섯 가지 색을 여섯 장으로 나눠 거기에 대가들의 이름을 얹었다. 빨강에는 앙리 마티스, 파랑에는 르네 마그리트, 흰색에는 에드가 드가, 옐로에는 파울 클레, 그린에는 에드워드 호퍼, 블랙에는 잭슨 폴록인 식이다. 화가나 그림에 대한 해설서라기보다는 색을 입힌 시론처럼 읽었다. 읽기에 따라서 산문시 혹은 장시로도 느껴진다. 색에 감정과 성격을 부여하고 그 색의 움직임에 따라 자유롭게 위치한 그의 문장을 따라가다 보면 이 글의 장르를 분류하고 가늠하는 게 무의미하다는 걸 알게 된다. 말하자면 이 책은 오은 그 자체인데, 오은이라는 사람을 정의 내리고 짐작하기란 거의 불가능하기 때문이다.

내가 잘 모르고, 잘 알고 싶은 그대여. 축하하오.

세계를 향한 의지

스티븐 그린블랫 – 박소현 옮김 – 민음사 – 2016년 4월

김수영 사후 50주기를 맞아 기획된 책 중 한 권으로 '김수영 시 해설' 콘셉트의 책이 있다. 계획된 원고가 정해진 일정에 마감된다면 나는 올 하반기에 그 책을 만들고 있을 예정이다. 김수영 시 해설집은 50주기에 선보이는 책의 마지막이자 정점이다. 다른 책들은 김수영의 언어로 이루어진 책이지만 해설집은 김수영을 읽는 지금 우리 시대의 언어로 만들어진다. 원전보다 원전에 대한 글을 좋아하는 건 독해의 어려움에 대한 변명만은 아닐 것이다.

올해 출간해야 할 김수영 책의 목록들을 적어놓고 틈틈이 『세계를 향한 의지』를 읽고 있다. 민음사에서 출간된 책 중에 내가 가장 열독했던 책이기도 한 『세계를 향한 의지』는 역사와 문학을 하나의 자장 안에서 바라보며 자신의 비평적 틀을 만들어 온 평론가 스티븐 그린블랫이 쓴 셰익스피어 작가론이다. 탄생 400주년을 기념해서 출간된 책인데, 조용히 앉아 들여다보고 있으면 비평가가 도달해야 할 하나의 섬 앞에 와 있는 것 같은 기분이 든다. 그린블랫은 누구보다 집요하게 셰익스피어의 삶을 추적한 탐정이다. 그의 이 말은 너무나도 멋져서 단어 하나도 허투루 읽히지 않는다. "나는 이 책에서 그것을 쓴 극작가의 흐릿하고 비밀스러운 삶을 추적해 보려고 했다. 모든 억압과 압제적 힘을 한데 모아 셰익스피어를 저지하려는 시도보다, 그의 삶은 더 강력하다." 작가를 사랑하는 사람은 모두 사랑의 추적자다. 그러니 "즐거움의 적들이여, 조심할지어다". 셰익스피어보다 셰익스피어에 대한 글을 더 좋아하는 건 해독의 어려움에 대한 변명만은 아닐 것이다.

아우구스투스

존 윌리엄스 ― 조영학 옮김 ― 구픽 ― 2016년 8월

스토너의 직업은 문학 교수이고, 그의 연구 분야는 고대 그리스 문학에서부터 셰익스피어까지 포괄한다. 소설은 방대한 교양을 드러내는데, 그것이 보다 전면화된 게 소설 『아우구스투스』이다. 따지고 보니 역사소설이란 것을 읽은 게 초등학교 때 어머니 어깨너머로 본 『동의보감』(희대의 베스트셀러)과 『궁』(조선 초기를 다룬, 느닷없는 야한 장면이 쓸데없이 돌출하던 소설) 이후 처음인데다가, 로마를 다룬 것이라 몰입이 쉽지는 않았다. 역사를 좋아하지만 역사소설을 즐겨 읽는 편은 아니다. 역사 자체가 완벽한 소설에 가깝다는 생각이다. 특히 로마의 기록은 더욱 그러하지 않은가. 시오노 나나미의 『로마인 이야기』(김석희 옮김, 한길사, 1995~2007)에서부터 마키아벨리의 『로마사 논고』(강정인 옮김, 한길사, 2003)에 이르기까지 탐독했든 들춰만 보았든 어쨌든 내게 로마는 역사이지 역사소설이 아니다. 심지어 카이사르에서 시작해 아우구스투스 황제라니…… 그 광기와 혼돈과 열정의 시대를 한 권의 소설로 본다고? 그런 독서를 나는 불신한다. 불신임한다. 불가능하다고 생각한다.

이런 고집과 단견은 모두 무너졌다.

방금 『아우구스투스』를 다 읽었기 때문이다.

살아 있는 자를 수선하기

마일리스 드 케랑갈 - 정혜용 옮김 - 열린책들 - 2017년 6월

　김혜진 작가가 남미로 여행 간다는 말을 듣고 부랴부랴 『살아 있는 자를 수선하기』를 택배로 부쳤다. 책 선물을 즐기는 편은 아니다. 오히려 피하는 쪽에 가깝다. 내가 준 책을 읽었는지 안 읽었는지 신경쓰는 것도 내키지 않고, 실은 안 읽었단 사실을 알게 됐을 때 받을 실망감이 엄두가 안 나기도 한다. 꼭 필요한 책이겠다는 확신이 들지 않는 다음에야 책 선물은 안 하다보니 온통 동물 책만 선물하고 있다. 고양이 좋아하는 사람들한테 고양이 책, 시바견 좋아하는 친구들한테 시바견 책…… 그러니 이번 선물은 확실히 이례적이다.

　『살아 있는 자를 수선하기』는 인간 생명의 존엄함에 바칠 수 있는 가장 사실적이고 동시에 가장 비유적인 노래다. 내게 이 책은 소설이라기보다 바이블에 가깝다. 좋아하는 사람과 한 권의 책을 나눠 읽어야 한다면 고민 없이 케랑갈을 선택할 것이다. 이토록 아름답고 혹독한, 장기 이식에 대한 소설을 읽을 것이다. 삶이 아름답지만은 않은 것처럼 죽음도 공허하지만은 않다. 죽음 뒤에 남겨지는 것들이 앞에 남은 삶을 일으켜세워준다. 그나저나 김혜진 작가를 다시 만나더라도 책 읽었냐는 말은 하지 말아야지.

출퇴근의 역사

이언 게이틀리 - 박중서 옮김 - 책세상 - 2016년 10월

올해 두번째 월요일이 밝았다. 왜 월요일은 지치지도 않고 밝아 오는 것일까? 왜 태양은 서쪽으로 져서 동쪽으로 떠오르는 것일 까? 나는 왜 사는 걸까? 3호선 전철에 앉아 50분이 경과하여 충무 로역을 지날 때면 아무렇게나 떠오르는 우문들에 이 책이 어떤 현 답을 주는 것은 아니다. 다만 이렇게 말할 뿐이다. "당신 또한 그 역 사의 일부분이다."

통근의 역사는 1830년대까지 거슬러올라간다. 인류가 자신의 건 방짐을 모르고 근대화의 닻을 수평선까지 늘어뜨리던 시기이다. 그전에는 통근이라는 개념 자체가 없었다. 대도시와 그 도시에 집 중된 다양한 일자리, 그리고 교통수단 없이 통근은 불가능하다. 출 퇴근은 런던과 런던의 교외를 잇는 열차에서부터 시작된다. 당시 하층 노동자와 전문직들 모두 이 철도를 통해 런던으로 출근했다. 3등석에 올라타 비바람을 모두 맞으며 일터로 향하는 런던의 일용 직을 떠올리니 3호선의 피곤함 따위 별것 아니게 느껴질…… 리가 없지 않나. 그러나 흥미롭긴 했다.

책이 소개하는 역사의 최전선은 두 가지 버전이다. 구글이 주도 적으로 개발하고 있다는 무인 자동차 또는 통근할 필요가 전혀 없 는 재택근무의 시대. 여기에는 두 학파의 의견이 제시되는데, 하나 는 산업혁명 이전으로 돌아가라고 외치는 이상주의자들이고, 다른 하나는 인류가 어차피 멸망할 것이라고 말하는 염세주의자들이다. 이윽고 나는 신사역에 도착했고, 이상도 염세도 없는 직장인의 하 루가 이제 막 시작되려는 참이었다.

구의 증명

최진영 – 은행나무 – 2015년 3월

초등학생 때부터 10여 년 동안 서로를 사랑하는 남녀가 있다. 남자의 이름은 구, 여자의 이름은 담. 구는 대대로 이어지는 빚으로 삶이 망가져가다 결국 빚쟁이에게 맞아 길바닥에서 죽는다. 남겨진 담은 구가 살아 있는 동안 그랬던 것처럼 구가 죽고 난 후에도 자기 식대로 사랑을 계속한다. 구를 먹는 것이다. 비유나 은유가 아니지만 사실로 읽을 필요도 없겠다. 너무 슬픈 여자는 상실과 애도의 행위로 남자를 먹는다. 구가 살아 있을 때의 이야기와 구가 죽은 다음의 이야기가 교차된다. 구의 이야기는 가혹하고 매정한 폭력의 세계고, 담의 이야기는 서로가 서로의 증거인 사랑의 세계다. 구와 담은 서로를 통해서 각자의 존재를 세계에 증명한다. 그건 사랑의 연산이다. 하나와 하나가 더해져 다시 하나가 되는. 그것은 '구의 증명'이다. 또한 신뢰받는 작가로서 최진영의 증명이기도 하다.

아서 페퍼

패드라 패트릭 — 이진 옮김 — 다산책방 — 2017년 12월

오래도록 사랑한 아내를 잃어 슬프고, 겉은 엄격하지만 속은 유순하기 짝이 없는 1세계 백인 남성 노인의 이야기는 『오베라는 남자』(프레드릭 배크만, 최민우 옮김, 다산책방, 2015)에서 이미 겪었다. 베스트셀러에 대한 괜한 시기 질투에 눈 흘기며 읽기 시작하였지만, 흘겼던 눈에서 눈물이 떨어지기까지 그리 오래 걸리지 않았다. 아서 페퍼는 오베에 비해서는 그나마 사교성이나 사회성이 있는 편이다. 아내의 1주기가 되는 날 그는 지난 1년 동안 슬픔에 겨워 치우지 못했던 아내의 유품을 정리한다. 거기에서 영문을 알 수 없는 물건들이 나오고, 그것들은 (적어도 아서에게만큼은) 지극히 비밀스러운 아내의 과거를 가리킨다. 여기서부터 이야기는 『오베라는 남자』와 『창문 넘어 도망친 100세 노인』(요나스 요나손, 임호경 옮김, 열린책들, 2013)을 합한 지점에 놓이게 되는데, 재미가 없을 수가 있나. 깔끔한 감동과 적절한 페이소스가 아서의 모험 전반에 녹아 있다. 떠난 사람을 잊지 못하는 노인, 열심히 살아온 노인, 길을 떠나는 노인, 타인을 만나는 노인, 마음을 여는 노인…… 이런 클리셰는 읽는 맛을 더하는 조미료가 된다. 조미료 맛이 조금 나서 문제라면 문제겠다만, 맛은 있다. 나는 평일 점심으로는 조미료가 든 찌개와 백반이 가장 좋다고 생각한다.

아내를 먼저 떠나보낸 노년의 내 모습을 상상해보는 것으로 『아서 페퍼』 읽어보기를 갈음해야겠다. 아내가 없는 나라니…… 실감나게 상상하긴 싫지만, 어쨌든 근사한 할아버지였음 좋겠다. 여행을 떠날 수 있는 체력이 있다면 더욱 좋겠지. 솔직히 말하자면 내가 먼저 죽는 게 더 낫지 않을까 생각해본다.

마티네의 끝에서

히라노 게이치로 - 양윤옥 옮김 - arte - 2017년 5월

망했다. 이 좋은 소설을 겨우 이렇게밖에 읽지 못하다니. 급하게 책 소개 프로그램을 준비해야 돼서 부랴부랴 읽었다. 할 수만 있다면 안 읽은 척하고 다시 읽고 싶다. 세 번 읽고 네 번 읽어도 같은 마음으로 읽을 수 있을 것 같은 소설이다. 다행인지 불행인지 내 기억력은 그다지 오래가지도 좋은 편도 아니니 그렇게 생각하면 망해도 아주 망한 건 아닌 것 같기도 하다. 하지만 이 글을 읽을 독자분들 중에는 아직 이 소설을 읽지 않은 사람들이 있을 테고 독자 여러분들이 저와 같은 실패를 반복하지 않았으면 좋겠다는 마음으로 『마티네의 끝에서』에 대한 사용법을 말씀드리겠습니다. 『마티네의 끝에서』는 히라노 게이치로가 말한 대로 '슬로-리딩'을 해야만 하는, 고즈넉하고 우아한 사랑 이야기입니다. 사랑도 중요하지만 사랑만이 중요하지 않은 중년의 남성과 여성. 마티네는 번외편 같은 가벼운 공연이라죠. 소설도 그렇습니다. 한낮의 마티네처럼 거리를 두고 관조하며 완성되는 느슨한 사랑의 찬란함을 보여줍니다.

아내들의 학교

박민정 – 문학동네 – 2017년 8월

운 좋게도 박민정 작가의 첫 소설집 『유령이 신체를 얻을 때』(민음사, 2014)의 추천사를 쓰게 되었는데, 지금 되돌아보니 그건 운이 좋을 뿐 아니라 영광스러운 일이었다. 거기서 나는 건방지게도 한국의 토니 모리슨을 운운했는데(당시 『빌러비드』(최인자 옮김, 문학동네, 2014)를 읽고 있었다), 지금은 생각이 바뀌었다. 토니 모리슨이 다 무어냐, 박민정이면 박민정이지.

특히 인상적이었던 작품은 강지희 평론가가 작품 해설에서 '초국가적 여성혐오 3부작'이라 명명한 「행복의 과학」 「A에게 보낸 유서」 「당신의 나라에서」이다. 작가는 소설의 배경과 공간을 완전히 넓히면서도 이국에 대한 섣부른 서술로 어설픈 낯섦을 제공하지 않는다. 현대사를 가로지르는 시간의 축과 일본과 러시아까지 관할하는 공간의 축이 지금 여기의 이야기를 향해 수학적으로 육박해들어온다. 두 축은 정확하게 만나, 아름다운 소설의 방정식이 된 듯하다. 그리고 박민정은 답을 찾은 것 같다. 앞으로도 그의 소설을 계속해서 따라 읽을 것이다. 그의 독자가 되는 것은 불행한 세계에서 우리가 손에 쥘 수 있는 몇 안 되는 행운일 테니까.

동사의 맛

김정선 – 유유 – 2015년 4월

'살아가다'는 한 단어다. 붙여서 써야 한다. 그런 식이라면 '죽어가다'도 붙여 써야 할까? '살아가다'는 한 단어이기 때문에 붙여서 써야 하지만 '죽어 가다'는 본동사 '죽다'에 보조 동사 '가다'가 결합한 형태이므로 각각을 띄어 써야 한다. 편집자들에게 한 단어냐 아니냐는 무척 중요한 정보인데, 특히 내가 일하는 민음사는 보조 동사와 본동사를 띄어서 쓰는 것을 원칙으로 하기 때문에 서술어의 띄어쓰기에 각별히 신경써야 한다. 입사한 그해에는 한 문장에서 검색하지 않고 넘어갈 수 있는 게 명사와 조사가 붙어 있을 때뿐이었다.

맞춤법은 원칙의 결과이기도 하지만 정신과 문화의 결과물이기도 하다는 걸 수많은 서술어를 검색하면서 느낀다. '살아가다'가 한 단어가 될 수 있는 건 '살다'와 '가다'가 결합한 형태의 이 말이 그만큼 다양한 곳에서 독립적으로 쓰일 수 있을 정도로 빈번하게 사용되기 때문이다. 반대로 '죽어 가다'는 비유적으로, 다양한 곳에서 쓰이지 않아 독립된 언어가 되지 못한 걸까. 교정하다보면 띄어쓰기 하나에서 인생의 질문을 찾을 때가 있다. 교정지에 파묻혀 활자 사이에서 길을 잃을 수 있는 자유는 편집자의 특권일지도 모른다.

『동사의 맛』은 십수 년 외주 교정자로 일한 편집자가 동사의 쓰임들 속에서 인생의 진실을 찾아내는 담백하고 감동적인 한국어 에세이다. 『동사의 맛』이 한 권으로 끝나지 않았으면 좋겠다.

최소의 발견

이원 – 민음사 – 2017년 11월

다정한 엽서와 더 다정한 서명과 더욱더 다정한 선물과 함께 다정한 이 책을 선배에게서 받았다. 이원 시인은 다정한 사람이고 분명한 사람이고 뜨거운 동시에 차가운 사람이다. 다정한 이후의 수식어들은 『최소의 발견』을 읽어보고 발견해낸 것이다.

오늘은 『최소의 발견』 독자 행사가 있는 날이었다. 담당 편집자인 혜진씨가 사회를 맡았는데, 몇 년 사이에 '독자'라는 무섭고도 훌륭한 타인들 앞에서 말을 이어가는 솜씨가 부쩍 늘었다. 같이 일을 한다는 건 다른 사람은 느끼지 못하는 사소한 움직임, 이를테면 모종의 '발전'을 발견하는 사이가 된다는 뜻과도 같다. 이것도 최소의 발견일까. 동료의 반짝임에 내가 괜히 으쓱해진다.

행사는 '밤의 서점'이라는 작고 멋진 동네 책방에서 진행됐다. 장소와 모인 사람들, 책과 저자 모두 『최소의 발견』이라는 제목과 썩 잘 어울렸다. 시인의 말을 뒤에서 찬찬히 들으니 무척이나 시를 쓰고 싶어졌다. 마음이 마구 헝클어진다. 일을 하는 도중에 시를 생각하게 하는 사람이라니. 오늘도 발견 하나 했다.

볼티모어의 서

조엘 디케르 - 임미경 옮김 - 밝은세상 - 2017년 10월

　명성 있는 작가의 작품을 뒤늦게 따라 읽는 자의 고통에 대해서라면 나도 알 만큼 안다. 특히 장르소설로 분류되는 작품이라면 부족한 독서량을 충분히 지각하고 있는 탓에 언제나 추천받는 자의 입장에 서 있게 된다. 조엘 디케르는 그동안 추천받은 모든 장르소설 작가 중에서 가장 열띤, 이견이 없는, 반드시 읽어야 하는 리스트에 속해 있었다. 그렇다면 최신작이 아니라 가장 잘 알려진 작품부터 읽어야 하건만 나는 또 신간부터 읽고 말았다. 신간 만드는 사람으로서 적절치 않은 말일 수도 있겠는데, 이런 명망 높은 작가를 읽기 시작할 때 신간 먼저 읽는 건 하수 중의 하수다. 나 같은 사람 말이다.

　가족 대서사시에서 개인의 성격과 운명이 사회와 역사의 흐름과 함께 형성되던 것과 달리 질투라는 감정 하나에 의해 진행되는 것은 오래오래 기억해둘 만한 설정이었다. 그러나 그 외에는 대체로 클리셰의 과잉이었다. 솔직히 클리셰만큼 소설을 새롭게 쓸 수 있는 것도 없다지만 클리셰는 클리셰 이상도 이하도 아닌 것이다.

예술 애호가들

브레흐트 에번스 ‒ 박중서 옮김 ‒ 미메시스 ‒ 2014년 1월

이원 시인 독자 행사가 있었던 '밤의 서점'에서 책 몇 권을 샀는데 그중 한 권이다. 멋진 서점이었다. 사람들이 일부러 찾아가지 않으면 되지 않을, 지나가다 우연히 들를 사람은 거의 없을 것 같은, 그래서 걱정이 되는, 그럼에도 매우 멋진 서점. 『예술 애호가들』은 홍대에 있는 큰 서점에서 눈길만 주다 사지 못했다. 조금 비싸다고 느꼈기 때문인 것 같은데, 책을 사지 않고 나간 홍대 어디쯤에서 술값으로 책의 몇 배 되는 돈을 썼을 것이다.

『예술 애호가들』은 그래픽 노블임에도 불구하고 그 줄거리가 생략과 도약이 많은 단편소설만큼 파악하기가 힘들다. 페이지마다 펼쳐진 수채화는 이야기나, 인물 구성 같은 것들을 압도했다. 그렇다고 그저 눈에 보기 좋은 그림들의 모음집이었다는 뜻은 아니다. 책 속의 애호가들은 무척이나 자주 바보 멍청이처럼 보이고, 가끔 천재인 듯 군다. 삶 대부분을 모순과 게으름과 거짓됨으로 지내다가 예술을 논할 때에야 진지함의 촛불이 켜진다. 촛불은 금방 다시 꺼지고 그들은 바보가 되었다가, 애써 다시 불을 붙여 예술을 말하고, 다시 허무하게 어둠에 잠긴다.

'밤의 서점'에서의 이원 시인 말이 아직도 머릿속에 남아 있는가 보다. 독자들의 질문도 그들의 표정도. 늦었지만 나도 질문을 지어내본다. 책을 만드는 것은 직업일까? 혹은 예술일까? 밥벌이에 불과할까? 진정 애호하는 일일까? 독자 행사는 진즉에 끝났고, 대답하는 이는 영원히 없을 것이다.

나를 부르는 숲

빌 브라이슨 - 홍은택 옮김 - 까치 - 2018년 1월

빌 브라이슨의 책이라면 발로 썼다 해도 사서 읽을 준비가 되어 있다. 빌 브라이슨이 발로 쓴 책이라니! 예약 구매라도 해서 발로 쓴 책의 첫번째 독자가 되고 싶은 심정이다. 다시 한번 인생을 살 수 있고, 심지어 누군가의 삶을 선택할 수도 있다면, 두 번 생각할 것도 없이 빌 브라이슨으로 살아보고 싶다. 그는 똑똑한데다 창의적이고 유머러스한 동시에 까칠하다. 논픽션 작가에게 필요한 요소는 그를 통해 결정되었다. 미국 논픽션계의 왕. 솔직히 미국이란 제한 따위 필요 없다고 생각한다. 미국의 1920년대에 대해 빌 브라이슨이 쓴 『여름, 1927, 미국』(오성환 옮김, 까치, 2014)이 아니었다면 『위대한 개츠비』가 지금까지도 과대평가된 작품이라 생각했을 거다. 맞다. 그에 대한 내 사랑은 대놓고 편애고 거의 우상화에 가깝다. 하지만 어떻게 그러지 않을 수 있단 말인가.

나는 몇 날 며칠 등반해야 하는 산을 오르고 싶기도 하고 오르지 않고 싶기도 하다. 떠나고 싶기도 하고 떠나지 않고 싶기도 하다. 그럴 때 빌 브라이슨을 읽는 건 탁월한 선택이다. 『나를 부르는 숲』은 빌 브라이슨의 애팔래치아 트레일 종주 도전기다. 그리고 실패기다. 그는 종주 구간의 절반도 걷지 못했다. 그러나 그는 그 숲을 걸으며 일어나는 동행자와의 잦은 다툼과 자연의 경이로움, 또 지루함을 통해 애팔래치아 산맥을 우리 눈앞에 가져다준다. 빌 브라이슨이 발로 쓴 책이니 더 말해 무엇할까.

아무튼, 잡지

황효진 – 코난북스 – 2017년 12월

『릿터』를 내면서 이런 생각을 한다. "잡지란 편집자를 갈아 만든 주스랄까……" 실제로 고통스러운 나날이 꽤나 있다. 어찌어찌 버티다 보니 어느덧 10호를 내기에 이르렀고, 지금은 한창 마감중이다. 들어오지 않은 원고를 기다리고 있고, 원고를 그러모아 가지런히 하여 마감을 해야 한다. 잡지는 그냥, 마감의 연속이랄까.

황효진 기자의 글은 〈텐아시아〉부터 믿고 보았으며 〈아이즈〉 시기에 와서는 매일 아침 글을 기다리는 수준의 팬이 되었다. 『아무튼, 잡지』를 읽고 든 생각은 '아, 이분과 함께라면 앉은 자리에서 네 시간은 수다 떨 수 있겠다' 같은 것이다. 물론 황효진 기자가 시간이 없겠지만. 무엇보다 나를 만나준다는 보장이 없지만. 어쨌거나 『신디 더 퍼키』라는 잡지명을 발견한 것은 즐거웠다. 나는 고등학교 시절 내내 걸(girl) 패션지의 열렬한 독자였다. 연말이면 한정 부록으로 나오는 다이어리를 사수하기 위해 점심시간에 여고 앞 서점에 달려갔다. 그중 『신디 더 퍼키』가 가장 좋았다. 부록 다이어리가 훌륭했고, 무엇보다 배두나를 모델로 자주 썼다. 배두나 화보를 오려 다이어리에 꽂아 넣으면, 어쩐지 공부가 잘되는 것만 같았다. 당연히 착각이었지만, 배두나는 지금도 아름답다.

그런 내가 세상에, 문학(!) 잡지를 열 번이나 마감하다니. 10호는 아직 다 한 건 아니지만 했다고 치고 스스로에게 격려를 보낸다. 세상에는 아직 잡지를 좋아하는 사람이 있고, 나도 거기에 속한다. 좋아하는 일을 하니까(그것으로 충분한 건 아니지만 어느 정도는) 되었다.

비하인드 도어

B. A. 패리스 ― 이수영 옮김 ― arte ― 2017년 6월

아는 만큼 보이는 걸까. 직업이 편집자니까 띠지나 뒤표지의 카피들을 비판적으로 받아들일 거라고 생각하는 사람들이 있다. 웬걸, 나는 무비판, 무조건, 요컨대 거의 맹목적이다. "박찬호도 울고 간……" 띠지만 보고 책을 주문하는 건 내 일상이다. 요 며칠 내가 전혀 그런 사람이 아니라는 걸 몇 권의 책을 사면서 느낀다. 알아도 안 보이는 걸까. 아직 아는 게 부족해서 그런가. 『비하인드 도어』도 순전히 카피 때문에 샀다. 『나를 찾아줘』와 『걸 온 더 트레인』을 잇는 압도적 심리스릴러. '이 소설을 읽는 사람들이 구입한 다른 책'의 알고리즘을 충실하게 반영한 카피다. 두 소설을 읽으면서 심리스릴러의 팬이 됐다고 생각하는 나 같은 사람은 도저히 사지 않을 수 없는 말이다.

매력적인 소재로 속도감 있게 쓴 소설이었지만 길리언 플린의 서술이 얼마나 섬세하고 센서티브한지, 『걸 온 더 트레인』의 취중 목격이라는 설정이 얼마나 기발했는지 돋보이게 만들었다는 점에서만 의미 있는 책이었다. 이 책은 주인공의 서술이 필요 이상으로 투박해서 심리 스릴러보다는 보통의 장르소설 이상도 이하도 아니었다.

내가 가장 슬플 때

마이클 로젠 글 – 퀜틴 블레이크 그림 – 김기택 옮김 – 비룡소 – 2004년 11월

'상상마당'에서 퀜틴 블레이크 원화 전시를 한다는 소식이다. 동료 중 몇은 이미 다녀온 모양인데 나는 어렵지 싶다. 평일에는 느긋한 마음과 물리적 시간이 좀처럼 나지 않고, 주말에는 아이들과 전시회를 함께할 용기와 바지런함이 대체로 안 생긴다. 대신 『내가 가장 슬플 때』를 다시 꺼내 읽어본다. 수식어로서가 아니라, 자명한 진실로 이 책은 어른을 위한 그림책이다. 우리 아이들은 음울한 색감, 삐죽삐죽한 스케치, 난해한 내용 때문인지 별반 흥미를 보이지 않았다. 아니다. 그게 다는 아닌 것 같다. 아직 슬픔을 몰라서인 것 같다. 슬픔을 감내해야 하는 인간은 대여섯 살 아이보다는 서른여덟 살 나여야만 한다. 내 아이들에게는 슬픔이란 없었으면 좋겠다. 불가능한 일이다. 슬픔 앞에서 꼼짝할 수 없는 남자의 정면을 본다. 퀜틴 블레이크가 그린 그의 눈동자는 잔혹할 만큼 공허하다. 그는 아들 에디를 잃었다. 그는 슬퍼서 미친 짓을 할 때가 있다. 샤워하면서 소리를 지른다거나 숟가락으로 탁자를 내리친다거나 슬픔에 대한 글을 쓴다거나. 그렇다. 그는 슬픔에 대해 글을 쓴다. 슬픔은 어디에나 있고 슬픔은 언제라도 오고 슬픔은 모두에게 있다고. 그리고 슬픔에 대한 시도 쓴다.

슬픔이 깊고 어두울 때/ 감히 거기에 갈 수 없네
슬픔이 높고 가벼울 때/ 엷은 공기가 되고 싶네

마지막 그림은 촛불을 바라보고 있는 사내다. 어느새 슬픔은 가벼워져 엷은 공기가 되고, 그 자리에 작은 빛이 있었다.

무한화서

이성복 – 문학과지성사 – 2015년 9월

시쓰기는 불을 지피는 것과 같아요. 처음에는 눈이 맵고 따갑지만, 불이 붙으면서 차츰 어려움이 줄어들어요. 시의 주제는 이미지의 연소를 통해 전해져요. 어쩌면, 이미지의 연소만 있을 뿐, 주제는 그냥 훈훈한 불기운 같은 걸지도 몰라요.

이성복 시론을 읽는 건 한 편의 장시를 읽는 것과 같다. 시에 대한 장시. 시의 에센스가 느슨하게 연결되어 있어 돌다리를 건너는 것처럼 적당히 긴장되고 적당히 편안한 마음으로 읽게 된다. 편안하게 이해하면서 읽었는데도 깊기는 너무 깊어서 어느새 발이 닿지 않는 데까지 들어와버린 느낌. 살면서 계속해서 읽고 싶은 것이 있다면 이성복 시인의 글이다. 이성복의 이름으로 쓰인 것들은 모두 시가 된다. 말도 산문도 시처럼 읽힌다. 시란 무엇일까. 훈훈한 불기운 속에 활활 타오르는 이미지들. 이성복의 모든 것 안에 시의 본질이 있는 것 같다.

베누스 푸디카

박연준 - 창비 - 2017년 6월

___

베누스 푸디카는 비너스상이 취하고 있는 정숙한 자세를 뜻하는 미술 용어라고, 시의 각주에 설명되어 있다. 인터넷에서 이미지를 검색하니 조금은 묘하다. 꼭 가릴 데를 가리고 있는 여자. 그러나 결국 가려지지 않는 여자. 그것을 정숙하다 평가했던 남자들. 베누스 푸디카.

박연준 시인이 시집 제목으로 어떠니, 물어왔을 때 그 성격에 답은 이미 정해진 것 같아 가타부타 말은 붙이지 않았지만 너무 어렵다고 생각했었다. 미술에는 워낙 과문하여 듣고서도 까먹었다. 술자리에서 몇 사람은 장난인 듯 아닌 듯 몇 번이나 되묻고는 했다. 비누스 푸티카? 비너스 푸잉카? 비누…… 아까 뭐라고 그랬지?

그 시가 첫번째 자리에 위치한 게 절묘하다. 왜 베누스 푸디카가 이 시집의 제목이어야 하는지, 시로서 모든 걸 말하고 있다. 일곱 살 옥상에서 본 펄럭이는 잠옷 이미지, 누군가가 떠나버렸고 그가 남긴 잠옷은 아직 마르지 않아 축축한, 꿈과 사랑과 희망보다는 습기와 죄의식과 작은 목소리와 가느다란 몸뚱이에 어울리는 그런 이미지. 가리려고 하지만 가려지지 않는 무엇. 가려야 한다 명령하지만 결국 어길 수밖에 없는 무엇. 베누스 푸디카.

베누스 푸디카, 베누스 푸디카, 베누스 푸디카.

(뭐든지 세 번을 부르면 우리 앞에 와 있는 느낌이니까.)

극지의 시

이성복 — 문학과지성사 — 2015년 9월

『무한화서』에 이어 오늘도 이성복 시론을 읽는다. 『무한화서』가 잠언집 형태라면 『극지의 시』는 정리된 강연록에 가깝다. 이성복 시인의 강의를 듣지 못한 마음에 위로가 되는 한편으로 이 좋은 말들을 직접 들을 수 있었던 사람들에 대한 질투심도 생길 정도로 대가의 면모가 느껴진다. 강의록이라는 것이 대개 출판되어 더 많은 사람이 읽었으면 좋겠다는 청자들의 마음에서 비롯되는 경우가 많다보니 책이 된 강의록을 읽고 실망했던 적은 없지만 이성복의 강의록은 더 각별하다. 아마추어에서부터 문학을 직업으로 삼는 소위 프로페셔널까지 함께 읽을 수 있는 한국 현대시에 대한 강연은 쉽게 떠오르지 않는다.

> 마지막으로 언어에 대한 이야기를 빠뜨릴 수 없네요. 대개 우리가 시 쓰는 데 어려움을 겪는 것은 시라는 것이 언어를 거친다는 생각을 안 하고, 대상하고 직거래를 하려 하기 때문이에요. 그렇게 하면 산문이에요.

한국 현대시는 시에 대한 새로운 정의를 요구하고 있다. 특히 산문과 시의 기준에 대한 정의는 시를 읽는 독자 사이의 가장 큰 화두다. '대상과의 직거래' 여부로 시와 산문을 구분할 수 있다는 말은 이성복스러운 표현인 동시에 누구나 이해할 수 있는 정의다. 이해하기 쉬운 이 말은 그러나, 시를 쉽게 이해하려 들지 말라는 내용을 담고 있다. 이 아이러니함 또한 과히 이성복스럽다.

커버링

켄지 요시노 ‒ 김현경 · 한빛나 옮김 ‒ 민음사 ‒ 2017년 10월

2월에 나올 『릿터』 10호 커버스토리가 '커버링'이다. 켄지 요시노의 저서 제목 그대로다. 켄지 요시노는 일본계 미국인이고 법학자이며 뉴욕대학교 교수이다. 그리고 그는 게이, 성소수자이다.

책의 전반부는 경험담과 함께 미국으로 대표되는 제1세계에서의 성소수자에 대한 차별과 억압을 말한다. 그것은 전환과 패싱 그리고 커버링이다. 전환은 성소수자의 정체성이 물리적·심리적 치료로 인해 바뀔 수 있다는 믿음하에 벌어지는 차별이다. 동성애를 극복해야 할 질병으로 보는 것. 패싱은 소수자의 정체성을 모른 척 무시하는 것이다. 예컨대 "동성애자를 차별하는 것은 아니지만 내 앞에 보이지 않았으면 좋겠다"와 같은 태도. 커버링은 전환과 패싱 다음의 개념이다. 치료도 무시도 하지 않지만, 주류의 정체성은 강요되는 것. 퀴어 퍼레이드는 용인(?)하지만 그곳에서의 성적인 퍼포먼스는 부정하는 것.

잡지의 모든 글이 다 들어온 것은 아니다. 내 생각도 모두 정리된 것은 아니다. 대한민국에서 비교적 주류에 머물러왔던 내가 소수자, 그것도 성소수자의 입장을 잘 알아 대변하기란 어려운 일일 것이다. 다만 『커버링』에서 다루는 민권법과 민권법 너머의 세계를 지금 우리 사회가 따라가려면 아직 멀었다는 것은 알 수 있었다. 근래에 서울 시청 광장에서는 동성애를 반대한다고 눈물을 흘리며 신을 찾는 무리를 볼 수 있다. 전환도 패싱도 커버링도 그 무엇으로도 이름 붙이기 어려운, 혐오 그 자체가 있다. 그것들이 이토록 있는데, 커버스토리 선정이 조금 빠르지 않았나 싶지만, 잡지는 느린 것보다는 빠른 게 낫다. 가만있자…… 그럼 다음 커버스토리는 뭐로 한다?

불화하는 말들

이성복 ― 문학과지성사 ― 2015년 9월

『무한화서』가 잠언록이고 『극지의 시』가 강연록이라면 『불화하는 말들』은 실전편이다. 앞의 이야기들이 개별 시에서 어떻게 극복되고 성취되고 있는지 그 현장을 살펴보는 것이 『불화하는 말들』이다. 그러니까 세 권의 책을 함께 읽어야 이성복 시인이 평생 동안 이룩한 시에 대한 생각을 입체적으로 파악할 수 있다.

이성복 시인과는 딱 한 번 메일을 주고받은 적이 있다. 2012년에 한 문예지에 선생님이 시론을 연재하는 것을 보고 무작정 메일을 보냈더랬다. 선생님을 무척 존경합니다. 이번에 잡지에 쓰신 글을 봤습니다. 이 글들이 앞으로 책으로 나올 예정인가요? 아니라면 제가 책으로 내고 싶습니다. 이런 내용의, 말 그대로 작정 없는 메일이었다. 내게는 연애편지를 전하는 것보다 더 큰 용기가 필요한 일이었다. 선생님과는 일면식도 없는데다 어쩌면 무례하다 여기지 않을까 걱정스러운 마음도 있었기 때문이다.

물론 거절당했지만, 거절당했다는 생각이 들지 않을 정도로 따뜻하고 겸손하며 배려 깊은 메일이었다. 글을 좋게 읽어주어 감사하다는 말. 이 글은 출판하기로 되어 있어서 아쉽게 되었다는 말. 다시 한번 고맙다는 말. 애초에 선생님의 글을 출판할 수 있을 거라고 생각하지 않았다. 나는 편집자니까 내가 할 수 있는 방법으로 그 글에 대한 존경을 표현하고 싶었으리라. 그때 이후로 작가들에게 메일 보내는 일이 훨씬 수월해졌다. 여전히 거절은 두렵지만 나는 편집자니까, 계속해서 내가 할 수 있는 방법으로 그 글에 대한 존경심을 표현하고 싶다.

영원이 아니라서 가능한

이장욱 – 문학과지성사 – 2016년 6월

『릿터』 10호에 이장욱 시인의 시를 두 편 싣게 됐는데, 좋을 거라고 생각했지만 생각보다 더 좋아서 놀랐다. 시든 소설이든 그 어떤 글이든 그는 기분 좋은 놀라움을 준다. 「독심」과 「주거지에서의 죽음과 행정적 처리들」이라는 시인데 하나의 사건을 두고 다른 시선으로 풀어낸 것 같았다. 그의 장편소설 『천국보다 낯선』(민음사, 2017)에서 그랬던 것처럼.

오늘로부터 가장 가까운 날에 나온 그의 시집을 찾는다. 『영원이 아니라서 가능한』이다. 이 시집으로 말할 것 같으면 시 마감이 안 되어 낑낑거릴 때, 깊은 좌절감과 자괴감을 스스로에게 안기고자 할 때 찾는 시집이다. 그중 좋아하는 시는 「얼음처럼」과 「영원에 가까운 삶」. 각각 시집의 시작과 끝의 부근에 위치한 시지만 위에서 말한 발표작들처럼 묘하게 연결된다. 「얼음처럼」에서는 조금씩 녹아가는 사람이 있고, 그 녹음을 지켜보는 사람이 있다. 「영원에 가까운 삶」은 거기 서 있는 사람이 있다. 그는 우산을 쓰지 않는다. 물방울은 떨어지는데, 영원으로부터 멀어지는데…… 둘은 같은 사람일까? 두 사람을 상상하고, 그 둘이 한 사람이 되는 모습까지 상상을 진전시킨다. 그뒤로는 아무것도 없다. 다시 사무실이고, 마감을 해야 할 날짜가 지났다.

너의 췌장을 먹고 싶어

스미노 요루 ― 양윤옥 옮김 ― 소미미디어 ― 2017년 4월

흔한 10대 청춘 연애물에 췌장을 먹고 싶다는 기괴한 제목과 미스터리한 구성이 더해져 평범하지 않은 이야기가 되었다. 그런 가운데 누구에게나 찾아올 수 있는 죽음과 삶, 인간관계에 대한 보편적인 슬픔을 과하지도 모자라지도 않게 안정적으로 그렸다. 그러나 이것이 이 소설을 꼭 읽어야 하는 이유는 아니다. 이 작품을 읽어야 한다면 그건 전적으로 게임적 설정 때문일 것이다.

소설에서 남자 주인공 이름은 여러 개의 물음표로 처리되어 있다. 라이트 노벨의 특징이라고 볼 수 있을까. 남자 주인공의 이름을 명시하지 않음으로써 소설을 읽는 사람은 남학생에 자신을 넣어볼 수도 있고 자신이 원하는 사람을 넣어볼 수도 있다. 주로 롤플레잉 게임에서 사용되는 방식이라고 한다. 이런 게 게임적 클리셰인가.

솔직히 라이트 노벨, 별로 즐겨 읽지 않는다. 그런데 이렇게 새로운 형태의 이야기 방식을 만나고 보니 거만하고 뻣뻣하게 앉아서 이건 내 취향이 아니라며 거드름 피우고 있을 때가 아니라는 생각이 든다. 새로운 것 앞에서 문 닫지 않기. 스미노 요루의 소설을 읽으면서 마음먹는다.

운다고 달라지는 일은 아무것도 없겠지만

박준 – 난다 – 2017년 7월

박준 시인은 이문재 시인이 자신에게 이런 전화를 했다고 책에 썼다. "슬퍼서 전화했다. (……) 너는 어디 가지 말아라. 어디 가지 말고 종로 청진옥으로 와라. 지금 와라." 어느 늦은 밤, 다른 이들과 어울리다가 대뜸 준이에게 전화해 선생의 취언을 패러디한 적이 있다. "그냥 전화했다. (……) 너는 라페스타에 절대 오지 말고 청진옥에 가라. 꼭 가라. 우리가 불러도 오지 말고, 그렇게 이문재 선생님께만……" 그날 준이는 연태고량주 두 병을 들고 나타났고 우리는 길게 같이 웃(울)었다. 달라진 것은 별로 없지만, 이 책을 보면 그날의 준이가 생각난다. 박준 시인을 허물없이 '준이'라고 부를 수 있게 된 것이 내가 시인이 되어 가장 좋은 점 중에 하나가 아닐까. 그렇지, 준아.

포스트맨은 벨을 두 번 울린다

제임스 M. 케인 - 이만식 옮김 - 민음사 - 2008년 2월

사랑에 빠진 두 사람은 완전히 새로운 하나의 물질이 된다. 완전히 새로운 그 물질은 하나가 되기 전엔 있을 수도 없는 일을 할 수 있는 상태가 된다. 이를테면 살인 같은 것. 사랑 이야기는 살인 이야기가 된다. 살인이라는 심각한 비밀을 공유한 두 사람은 공범자가 된다. 살인으로 인해 연인에서 공범자가 된 그들 사이에 다시 사랑이 들어설 자리가 있을까? 사랑의 입지는 좁아지고 대신 그 자리에는 의심과 배신의 감정이 들어서는데…… 사랑 이야기는 살해 이야기를 거쳐 복수와 배신의 이야기가 된다. 모든 것은 변한다. 사랑을 따랐을 뿐인데, 결과는 파국이다.

통속소설은 어떻게 고전이 될까. 이 소설을 보면 알 수 있다. 이들의 욕망은 1929년부터 시작된 미국 경제의 파산과 겹쳐진다. 미국의 파산은 인간 욕망의 무한대 충족을 추구하는 자본주의가 가져온 비극이었다. 소설의 주인공처럼 자신의 욕망을 위해 질주했는데 그 결과가 비참한 파멸로 이어져버린 운명. 남편이 있는 여성을 사랑하고 그녀를 욕망한 프랭크의 운명은 이 시기 미국의 파멸을 그대로 보여준다. 한 개인의 삶을 통해 그 시대의 비극이 은유적으로 드러난다. 치정, 살인, 배반. 세상에 널리 통하는 일반적인 풍속, 이른바 통속. 새삼 통속소설의 힘을 깨닫는다.

홀딩, 턴

서유미 – 위즈덤하우스 – 2018년 1월

『쿨하게 한 걸음』(창비, 2003) 내디뎠던 인물이 잠시 멈추더니 방향을 바꾸었다. 홀딩 그리고 턴. 『홀딩, 턴』은 30대 부부의 이혼 이야기고 그들의 연애 이야기이기도 하다. 사랑이 끝나는 과정과 사랑을 시작한 순간이 교차되며 소설은 자꾸만 묻는다. 특히 나 같은 기혼자에게 그 물음은 더 큰 목소리일 것이다. 지금 어떻게 사느냐고, 행복하냐고, 너희 둘은.

나는 어느새 보수적 인간이 되어, 소설 속 지원과 영진이 이혼하지 않기를 바랐다. 이혼까지 감행하기에 둘의 싸움은 사소해 보였다. 차라리 둘 중 한 명이 아니, 둘 다여도 상관없이, 다른 사랑에 빠졌으면 했다. 그렇다면 둘의 이혼과 새 출발을 힘껏 응원해줄 수 있었을 텐데. 그러나 둘은 이혼한다. 발을 닦지 않아서, 좀 씻어라 잔소리를 해서. 여기까지 와서, 더는 갈 수 없어서 둘은.

그렇다면 그들은 이혼하는 게 맞을 것이다. 행복하지 않은 삶을 지속해야 할 의무는 누구에게도 없다. 그러니 지금 이 시간도 같이 사는 사람이 행복한지 잘 살펴야 할 것인데, 아내에게 직접 묻기에는 쑥스럽고 하여 눈치만 보는 것이다. 잘 모르겠다. 그것보다 배우자가 지적하기 전에 잘 씻는 게 우선일지도.

혼자보다 둘이 더 낫겠다는 확신을 더 공고하게 나누고 싶다. 아내와 나 둘이.

아픔이 길이 되려면

김승섭 ― 동아시아 ― 2017년 9월

이 사람은 작가다. 작가는 아무나 될 수 있는 게 아니다. 모든 작가는 책을 내지만 저자가 모두 작가인 것은 아니다. 작품에 앞서는 존재, 작품을 압도하는 카리스마를 지닌 저자만이 작가가 된다. 그러므로 작가는 출판사가 만들 수 있는 것도 아니고 저자 스스로 원한다고 되는 것도 아니다. 작가는 독자가 만든다. 그리고 독자는, 책을 통해 세상이 더 좋은 곳이 될 수 있다는 믿음과 희망을 전해주는 사람을 작가라 부른다. 김승섭은 작가다. 그렇게 생각하는 사람이 나만은 아닐 것이다.

감기 걸린 물고기

박정섭 ― 사계절 ― 2016년 9월

사람들은 첫째 아이의 건강을 안부 삼아 자주 묻지만, 잔병치레가 잦은 쪽은 오히려 둘째다. 겨울이면 콧물은 기본인데, 아랫입술을 쑤욱 내밀어 맑은 콧물을 쓰윽 마실 때면 아이다운 지저분함이 귀엽기까지 하다. 물론 아내는 질색하지만.

『감기 걸린 물고기』는 둘째가 끼고 사는 그림책이다. 거의 모든 그림책이 그렇듯이 어른이 읽으면 더 좋을 법한 책이기도 하다. 감기는 심해어의 음모에서 비롯된다. 여러 가지 색이 조화를 이루어 살던 물고기떼에게 심해어가 은근히 소문을 전달한다. "얘들아, 빨간 물고기가 감기에 걸렸대." 물고기들은 처음에 그 소리를 무시한다. 물고기들은 감기가 무엇인지도 모른다. 그러나 증폭되는 소문들. "감기 걸리면 열이 펄펄 나잖아. 그래서 빨간 거야. 그런 것도 몰랐어?" 물고기들은 수군댄다. 노란 물고기는 나는 모른다 말한다. 검정 물고기는 나랑 상관없다 말하고 파란 물고기는 어쩐지 빨간 게 기분이 안 좋았다고 한다. "우리한테 옮을지도 몰라. 같은 색끼리 뭉치자!" 하며 물고기들은 빨간색부터 시작해서 '다른' 색들을 밀어낸다. 그러곤 남은 색이 없게 되었을 때 비로소 드는 의문들. "소문은 누가 내는 거지? 믿어도 되는 거야? 진짜 감기에 걸린 걸까? 감기 걸린 물고기 본 적 있어?" 서로를 의심하고 배척하던 물고기는 모두 잡아먹힌다. 남은 결말은 비밀이다.

은유가 이 그림책을 좋아한 것은 다양성의 가치, 다름의 존중 같은 주제의 거창함 덕은 물론 아니다. 그보다는 알록달록한 색깔이 그저 좋아서일 텐데, 결국 그 말이 그 말 같아서 다시금 그림책을 찬찬히 읽어본다. 물고기들의 색이 다 달라서 예쁘다.

할머니, 그만 집으로 돌아가세요

벤 몽고메리 - 우진하 옮김 - 책세상 - 2016년 3월

미국 애팔래치아 트레일을 완주한 최초의 여성인 엠마 게이트우드의 이야기다. 수천 킬로미터를 걷는 고령의 할머니는 누구에게나 흥미로운 소재였을 것이다. 엠마가 트레일을 완주하는 동안 수많은 기자가 엠마를 찾아와 인터뷰했다. 그리고 그 수많은 기자는 하나같이 같은 질문을 했다. 도대체 왜 이 먼길을 걷는 건가요? "그냥" "그러고 싶었으니까" 엠마의 대답은 기자들을 만족시키지 못했을 것이다. 나도 궁금했다. 도대체 왜. 그 나이에.

저자인 벤 몽고메리는 퓰리처상 보도 부문 최종 후보에 오를 정도로 '내러티브 저널리즘' 분야에서 인정받은 기자로, 엠마가 남긴 여행 기록·일기·편지를 비롯해 그녀의 가족, 그녀가 트레일에서 만난 수많은 사람과의 인터뷰를 통해 그녀의 여행과 삶을 추적한다. 저자는 엠마가 살았던 시절의 중요한 이슈나 사회의 분위기도 빠뜨리지 않고 전하는데, 이를테면 노예 제도나 인종 차별에 대한 미국인들의 반응, 제도적 변화는 팩트 이상으로 강력한 의미를 지닌다. 진보하는 미국 사회의 거시사와 대조를 이루는 미시사로서 엠마의 불행한 가정생활이 수많은 엠마를 떠올리게 하기 때문이다. 폭력적인 남편이 가한 무자비한 폭력의 연쇄를 자기 손으로 끊고 여행을 통해 꿈을 이룬 엠마의 삶은 어느 할머니의 도전이기 이전에 억압당하던 여성의 역사에 남겨진 혁명의 발자취다.

요즘은 일상의 공간에서 벌어진 희미한 발자취를 좇는 일에서 깊은 경외심을 느낀다. 이런 책을 읽고 있으면, 이런 책을 만들고 싶어진다.

그 개와 같은 말

임현 – 현대문학 – 2017년 10월

    임현의 소설은 사람을 미치게 하는 부분이 있다. 특히 「고두」를 읽으며 느낀 이질감은 불쾌의 쾌라고 해도 될 것이다. 그 밖의 거의 모든 소설이 인간의 허위와 죄의식을 오래된 등나무처럼 비비꼬아 올린다. 고개를 들면 습기를 머금은 식물이 기분 나쁜 그늘을 만들고 있었다. 꼭 그렇게 생긴 벤치가 모교 인문대 앞에 있었는데 임현 작가와 그 침울한 그늘 밑에 마주서서 자판기 커피를 몇 번 마신 적이 있다(그와 나는 같은 대학 같은 과 선후배 사이이다). 사람을 미치게 하는 세상을 그럭저럭 견디게 하는 것 중에서 으뜸은 미친 소설이라고 생각한다. 임현의 첫 소설집이 딱 그러하다. 그리고 글을 어지간히 잘 쓰지 않고서는 사람을 미치게 하긴 어려운 일이다. 임현은 소설을 잘 쓴다.

    작품 해설에 대해서 쓸데없는 말을 덧붙이고 싶다. 「고두」를 읽고 진짜 미치겠어서 화를 냈던 독자들의 목소리는 나도 들어 알고 있다. 그것에 대한 온당치 못함을 해당 작품이 실린 책의 '작품 해설'은 지적한다. 그런데 말입니다. '화' 같은 건 개인 블로그에서 내는 게 맞지 않나? 그것을 굳이 저자가 따로 있는, 유망한 신인 작가의 첫 책에서, 해설이라는 이름으로 분출해야만 했을까? 그리고 이 책의 독자가 그걸 모를까? 신경질은 평론이 아니요, 작품 해설은 신문 칼럼이 아니다. 최소한 소설책에서는 소설적 요소를 통해 무언가를 얻고 싶다. 불쾌든, 쾌든.

악

테리 이글턴 − 오수원 옮김 − 이매진 − 2015년 6월

자유와 파멸은 또다른 의미에서 밀접하게 관련된다. 많은 인생이 뒤얽힌 인간 운명의 복잡한 그물 속에서, 한 사람의 개인이 자유롭게 선택한 행동은 익명의 많은 타인들의 삶에 예측을 불허하는 파괴적 결과를 초래할 수 있다. 또한 그 결과가 아주 낯선 형태로 돌아와 우리를 괴롭힐 수도 있다. 우리와 타인들이 과거에 자유로이 선택한 행동은 시작한 사람도 없어 보이는 불투명한 과정 속으로 녹아들어 제어할 수 없는 운명의 힘으로 우리에게 들이닥친다. 이런 의미에서 인간은 자기가 저지른 행위의 창조물이다. 피할 수 없는 자기소외가 인간 조건 속에 내재해 있는 셈이다.

오늘 읽은 원고는 김기창 작가의 소설이다. 방콕과 한국에서 살아가는 사람들의 서로 다른 인생이 예외적인 공간에서 만나고 일그러지는 운명의 교차. 의도하지 않은 행동이 가져오는 파국과 파멸의 인과. 소설을 보내주면서 테리 이글턴의 이 문구도 함께 알려주었다. 이글턴의 책에서 소설에 대한 힌트를 많이 얻었다는 말도 함께.

소설이 책으로 확정되기 전의 상태를 좋아한다. 소설에 대해서 모든 것을 물어보고 모든 것을 대답해주는 이 순간의 모든 작업들을 좋아한다. 내가 지금까지 계속 편집자로 일하고 있는 건 책이 완성되었을 때보다 원고가 완성되었을 때의 이 느낌 때문일 것이다.

나쁜 피

김이설 - 민음사 - 2009년 6월

김이설 장편소설 『나쁜 피』 개정판을 내기로 결정했다. 요즘 좋은 반응을 얻고 있는 '오늘의 젊은 작가'의 전신이라 할 수 있는 '민음 경장편'의 시작이 되었던 소설이다. 2009년에 출간돼서 2012년까지 새로 찍다가 그뒤로 품절된 것 같다. 계속 냈어야 할 책인데, 어쩌다 놓친 것인지 알 수 없다. 그때는 그때의 사정이 있었겠지. 지금은 지금의 사정에 따라 움직이는 것이다.

화숙의 어머니는 장애인이고, 가족과 이웃에게 학대와 폭력의 대상이 된다. 폭력의 중심에는 외삼촌이 있는데, 화숙은 외삼촌의 딸인 수연을 괴롭히는 것으로 분을 푼다. 인물 대부분은 상실감과 자괴감, 분노와 혐오를 품고 있다. 『혐오스런 마츠코의 일생』의 마츠코가 『나쁜 피』에서는 거의 모든 인물에게서 나타난다. 이 소설이 계속해서 독자에게 닿아야 하는 이유는 충격적 서술로 제기한 문제에 넌지시 제시하는 답변에 있다. 가부장(나쁜)과 혈연(피)에서 벗어난 새로운 가족의 형성. 화숙과 진순, 그리고 아이인 혜주는 대체 가족을 이룬다. 김이설의 인공 가족. 그로부터 10년이 지난 오늘, 그들은 어떻게 달라져 있을까? 그것을 생각하게 하는 것만으로도 『나쁜 피』가 개정되어 나와야 할 이유는 충분하다.

오스카리아나

오스카 와일드 ─ 박명숙 옮김 ─ 민음사 ─ 2016년 8월

누르는 힘이 세면 셀수록 튀어오르려는 힘도 세지기 마련이다. 반항을 빼고 나면 문학에 뭐가 남지? 나는 반항과 먼 인간이지만 문학만큼은 사나우면 사나울수록 좋다. 그래서인가. 빅토리아 시대의 작품을 좋아한다. 튀어오르는 힘이 거셌던 후기로 갈수록 좋아하는 마음은 더 커진다. 그중에서도 오스카 와일드. 그 정도는 돼야 찬사와 경멸을 동시에 받았다고 할 수 있지. 화려하게 비상하고 화려하게 추락했지만 끝내 몰락하지 않은 작가. 세상을 떠들썩하게 했던 동성애 스캔들이 아니더라도 오스카 와일드는 언제나 화제의 중심에 있었다. 빛나는 관종이랄까.

남자들이 검은색과 회색 옷만을 걸치고 다니던 시절에 그는 화려한 색깔의 옷을 입었고 머리는 길게 길렀으며 단춧구멍에는 초록색 꽃을 꽂고 다녔다고 한다. 오스카 와일드는 말도 잘했다. 강연에 능했다고 하는데, 『오스카리아나』를 보면 눈앞에 그려지는 장면이 한둘이 아니다. 자신만만하고 당당했고 일평생 멋과 아름다움을 추구했던 미학적인 인간. 오스카리아나는 '오스카(OSCAR)와일드의 어록(+IANA)'를 뜻한다. 『오스카리아나』를 읽고 나서 알았다. 아포리즘의 천재는 인생의 천재와 같은 말이었구나. 번뜩이는 경구 사이사이 그의 번뜩였던 삶이 보인다. 그의 작품과 마찬가지로 그의 인생도 불멸이다. 『오스카리아나』를 읽고 나서 알았다.

오늘처럼 인생이 싫었던 날은

세사르 바예호 ─ 고혜선 옮김 ─ 다산책방 ─ 2017년 9월

205페이지 「오늘처럼 인생이 싫었던 날은 없다」, 207페이지 「인간은 슬퍼하고 기침하는 존재」를 연달아 소리 내어 읽었다. 사무실에는 동료가 있고 집에는 가족이 있다. 전철에는 타인이 있고, 거리에는 행인이 있다. 혼자 있는 시간이란 없기에 그냥 늦은 밤 서재방에서 읽었다. 창에 내 모습이 비치는데, 목이 늘어나고 무릎이 튀어나온 유니클로 히트텍을 입은 사내가 잔뜩 부어 있었다. 이런 날도 있겠지. 내일은 또한 그렇고 그런 날일 것이다. 광산촌의 애늙은이 청년처럼 헛기침으로 목을 가다듬고 하루를 끝낸다.

82년생 김지영

조남주 — 민음사 — 2016년 10월

어제 서지현 검사가 검찰 조직 내 성폭력 은폐 사실을 폭로했다. 사내 게시판에 올라온 폭로문 중 일기 형식으로 쓰인 글에는 『82년생 김지영』에 대한 언급도 있었다. 누구였더라. 프루스트는 소설에 대해 말하고 싶게 만드는 게 아니라 소설을 쓰게 만드는 작가라고 했던 사람이. 프루스트의 소설에만 해당하는 얘기는 아닐 것이다. 어떤 소설은 '쓰게' 만든다. 자신의 이야기를 '하게' 만든다. 그 소설에 대해, 그 인물에 대해 말하는 게 아니라 자기 자신의 이야기를 하고 자기 자신의 생각을 쓰게 만든다.

많은 사람에게서 똑같은 질문을 받았다. 이 책이 왜 이렇게 인기 있다고 생각하세요? 오늘은 분명하게 대답할 수 있을 것 같다. 이렇게 많은 사람이 힘들어하고 있기 때문이다. 이 당연한 이야기를 여태껏 하지 못했던 사람들이 이렇게나 많았기 때문이다. 그중 한 사람이 이 소설을 쓴 것이다. 쓰지 않고는 그 캄캄한 시간을 견딜 수 없었던 그중 한 사람이.

세 갈래 길

래티샤 콜롱바니 - 임미경 옮김 - 밝은세상 - 2017년 12월

세 갈래 길은 인도, 이탈리아, 캐나다에서 비롯된다. 거기에는 인종, 계급, 나이, 성격 그 모든 게 완전히 다른 세 여성이 있다. 또한 여성으로서 그들의 삶은 놀랍도록 서로 닮았다. 그들은 같은 이유로 세상과 싸운다. 내쳐진다. 다시 일어선다. 그들이 여성이기 때문이다.

우타르프라데시의 스미타는 불가촉천민으로 사람의 똥을 맨손으로 치우는(비유나 상징이 아니다!) 일로 연명해야 한다. 시칠리아의 줄리아는 가부장적인 사회에서 희생을 요구받는다. 몬트리올의 사라는 유리 천장을 향한 오랜 분투가 패배로 귀결될 위기를 맞는다. 그들이 여성이기 때문이다.

팀원들과 차를 마시면서 이 소설을 이야기했다. '82년생 김지영'이 전 세계적으로 세 명 더 있는 셈이라고. 그럼에도 불구하고 결말은 조금 작위적이지 않냐고. 말해놓고 보니 결말에 대한 나의 평가는 『82년생 김지영』에 가해졌던 누군가의 평들과 비슷하다. 팔짱을 끼고서, 이 이야기가 과연 소설적(?)인가 문학적(?)인가 미학적(?)인가 근엄하게 따지고 본다. 내가 남성이기 때문일지도 모르겠다.

메이블 이야기

헬렌 맥도널드 ― 공경희 옮김 ― 판미동 ― 2015년 8월

작가인 헬렌은 아버지가 돌아가신 것 말고도 생의 곳곳에서 누수가 터진, 아무 준비도 안 된 상태에서 상상할 수 있는 모든 문제가 동시에 터진 통제 불능의 상태에 처해 있다. 직업도, 사랑도, 하다못해 살 집조차 해결되지 않고 있으며 무엇보다 사랑하는 아버지와 이별한 후 자존감은 낮아질 대로 낮아졌고 절망감은 높아질 대로 높아졌다. 그런 헬렌에게 매는 슬퍼하지도 상처 입지도 않는 강인한 존재다. 헬렌에게 매를 키우는 일은 슬퍼하지도 상처 입지도 않는 존재에 동참하는 것이다. 너무 슬프고 힘들 때 우리가 교감이나 위로가 아니라 콘크리트처럼 단단하고 잘 벼린 칼처럼 냉철한 마음에서 도움받는 것처럼.

작은 매가 도착하는 데서 시작된 이야기는 비행을 앞둔 매와 이별하는 데서 끝난다. 틸갈이가 끝나고 비행에 최적화된 무게가 되면 매는 제법 멋있게 날아오를 것이다. 다시 돌아올지는 알 수 없다. 하루하루 최선을 다해 기른 다음에는 쿨하게 떠나보내기. 떠나보낸 후에는 기다리지 않기. 매를 길들인다는 것은 곧 이별을 길들인다는 것이다. 이별에 길들여진 헬렌은 아버지와도 서서히 이별해나갈 수 있을 것이다. 틀림없이 그럴 것이다. 부재를 부재로 치유한다는 건 이상한 말이 아니다. 그건 정말 용기 있는 선택이다. 건강한 삶이다. 『메이블 이야기』는 가장 차가운 문장으로 쓰인 가장 따뜻한 이야기. 나도 무언가 길러보고 싶다.

February

February

나는 지하철입니다

김효은 – 문학동네어린이 – 2016년 10월

어느 계절이라고 그러하지 않을까 싶지만, 겨울이면 전철 생활이 더욱 고되다. 패딩과 코트로 사람들의 몸은 두꺼워지고 그만큼 여유 공간은 줄어든다. 얼굴은 건조해서 간지러운데 몸은 껴입은 옷 때문에 땀이 난다. 나는 전철의 타인을 미워한다. 누구라도 미워하지 않으면 견디지 못할 것 같아서, 미워할 사람을 부러 찾는 것인지도 모른다. 엊그제에는 이어폰 없이 트로트 음악을 크게 튼 어르신이 있었다. 원치 않는 소리라도 그것이 멀쩡한 음악이라면 그나마 괜찮겠는데 웬걸, 노래방에서의 유흥을, 그것도 자기 목소리를 녹음한 것이었다. 오디션이라도 나가시나 속으로 온갖 짜증을 내면서도 뭔가에 휘말릴까봐 뭐라 쏘아붙이지도 못하고 그가 내리기만을 기다렸다. 그는 종점까지 나와 함께 갔다.

김효은이 쓰고 그린 『나는 지하철입니다』는 2호선이 화자다. 우리의 친절하고 믿음직한 순환선은 승객 하나하나 이름을 불러준다. 합정역의 완주씨, 성수역의 유선씨, 구의역의 재성씨, 신림역의 도영씨…… 그들은 모두 각자의 사정을 품고 각자의 행선에 따라 각자의 삶을 살아간다. 그 삶을 모으고 모아서 우리라고 부를 수 있을 것이다. 다른 말로 공동체라고 할 수도 있겠지. 그때 (본인 목소리로 추정되는) 〈내 나이가 어때서〉를 들으시던 어르신의 이름은 무얼까. 다음번에는 이어폰을 귀에 꽂고 들으시면 좋겠지만, 너무 미워하지는 말아야지. 미워하기에 우리의 사정은 모두 녹록지 않고 우리의 행선지는 아득하며 우리 각자의 삶은 가까이에 존재한다. 그 길을 오늘도 "덜컹 덜컹 덜컹 덜컹" 달려간다. 옥수역에 다다라 빛이 쏟아진다. 내릴 준비를 해야 한다.

싱고, 라고 불렀다

신미나 ─ 창비 ─ 2014년 9월

요즈음은 출근길에 오디오북을 듣는다. 오늘 아침에는 신미나 시인의 시집 『싱고, 라고 불렀다』를 들었다. 정확한 정보의 전달이 아니라 정확한 정서의 전달. 성우나 배우 같은 매끈한 목소리가 아니라 신미나 시인의 목소리로 들을 수 있다는 게 좋다. 시인의 목소리여서 좋았다.

여러 단어가 새로운 느낌으로 왔다. 목소리와 시와의 관계에 대해 생각해봤던 아침. 육필 원고가 시인의 육체적 흔적을 통해 시를 더 즉물적으로 체험하게 한다면 오디오북은 읽는 시가 아니라 듣는 시를 통해 단어를 재발견하게 만들어준다. 감각의 분할이 지식의 통합을 가져오는 게 아닐까 생각해봤던 아침. 요즈음의 출근길은 음악이 있던 자리에 시가 있다.

망내인

찬호께이 - 강초아 옮김 - 한스미디어 - 2017년 12월

찬호께이의 명성은 전작 『13.67』(강초아 옮김, 한스미디어, 2015)에서 확인했다……고 말해야 마땅하나 아직 읽지 못했다. 때로 읽지 못한 책을 읽지 못했다 말하기 괴로운 날이 있는데, 찬호께이의 소설을 논하는 동료들 앞에서 그랬다. 이렇게 많은 사람이 좋다고 하는데, 왜 읽지 않은 거지? 『13.67』을 평하고 소개하는 많은 정보는 일요일 오전 〈출발 비디오 여행〉이 그런 것처럼 읽지 않은 책을 꼭 읽은 것처럼 느끼게 해주었다. 게다가 추리소설인데 원치 않게 얻어낸 정보 값을 탓하면서 이미 사놓은 책 펼치기를 영영 미뤄둔 것이다. 그래서 신작 『망내인』은 나오자마자 샀고, 사자마자 읽었다. 여동생 샤오원의 자살. 동생을 자살에 이르게 한 인터넷의 허위 정보. 동생의 복수를 다짐하는 주인공. 주인공의 조력자. 해커와 벤처 산업. 소셜 미디어와 마녀사냥. 추리소설로서도 흥미로웠고, 지금 우리의 인터넷 현실을 되돌아보게 만드는 (다소 평균적인) 관점도 제공해준다. 홍콩은 텔레비전을 통해 본 여행지였을 뿐인데, 『망내인』을 통해 내게 비로소 타인의 삶이 있는 공간이 되었다. 아이와 샤오원의 아버지와 어머니가 차례로 죽는, 홍콩 서민의 빈곤에서 책장을 넘기는 속도가 가장 느렸다. 그리고 나머지, 700쪽이 넘는 페이지는 빠르게 읽을 수 있었다. 그런데 빠르게 읽히는 것을 책의 미덕이라 할 수 있을까? 빠르게 읽고 빠르게 잊을 일이 세상에는 이미 많다.

* 혜진씨는 아직도 내가 『13.67』을 읽은 줄로 안다. 입 다물고 고개 끄덕이기 작전 성공!

보편적 정신

김솔 — 민음사 — 2018년 1월

나는 비평문 읽기를 좋아하는 것과 마찬가지로 편집자들이 쓴 보도자료 읽기도 좋아한다. 잘 쓴 보도자료는 그 자체로 아름답다. 보이지 않는 곳에서 한 땀 한 땀 책을 만들던 편집자가 일순간 밖으로 나오는 것도 보도자료를 통해서다. 그때 편집자는 숨겨두었던 필살의 언어를 통해 이 작가의 이 책을 안 읽고도 버틸 수 있겠냐고 완곡하게, 그러나 필사적으로 설득한다.

올해 우리 팀 첫 소설은 김솔 작가의 『보편적 정신』이다. 줄거리를 요약하기 힘든 책을 만들 때 편집자의 고충은 보도자료를 통해 역력히 드러난다. 동시에 편집자의 역량 또한 드러난다. 효인 선배는 조지 오웰과 마르케스를 연결시켰다. 『보편적 정신』과 『1984』와 『백년의 고독』을 연결했다. 이 세 개의 연결이 『보편적 정신』과 독자들을 연결하는 최초의 고리가 되겠구나. 문학 편집자가 제일 프로페셔널해 보일 때에는 이 순간이 아닐까. 빨리 좋은 보도자료를 쓰고 싶어진다. 연결의 장인이 되고 싶다.

느링느링 해피엔딩

볼프 퀴퍼 ― 배명자 옮김 ― 북라이프 ― 2017년 8월

주말에는 텔레비전과 친구가 된다. 최대한 멍한 상태로 리모컨을 툭툭 눌러본다. 드라마, 예능, 뉴스, 다큐…… 그중 가장 오래 머무는 데는 아무래도 홈쇼핑이다. 특히 토요일 저녁은 여행 상품이 방송되는데, 그들의 열정과 센스에 채널을 고정하지 않을 수 없다. '쇼 미 더 트래블'과 '꽃보다 여행'을 번갈아 시청하면, 9박 10일 서유럽 패키지와 11박 12일 미주 투어를 동시에 떠나는 기분이다. 그러나 현실은 거실의 소파 혹은 방구석. 원래 여행을 즐기는 체질도 아닐뿐더러, 아이가 생긴 후로는 잘 모르는 곳이 더욱 무서워졌다. 우리 가족은 우직하게 가는 데만 간다. 호수공원, 쇼핑몰, 서점, 놀이터…… 다시 호수공원. 『느링느링 해피엔딩』은 성공을 위해 일에만 몰두하던 아버지의 반성적 여행기이다. 그는 세계적 생물 연구자이자 유엔 환경 감시관으로 일한다. 바쁘다는 말은 핑계가 아닌 사실이었다. 그는 점점 증세가 뚜렷해지는 딸의 장애 앞에서 문득 삶의 태도를 바꾼다. 세상에서 가장 느린 딸과 "백만 분의 시간"을 오롯이 함께 보내기로 한 것이다. 그는 여행을 떠난다. 동남아시아와 북호주 태평양의 오지로. 가족을 위해, 가족과 보내는 시간을 위해, 그의 인생을 위해. 그리고 나는 배를 득득 긁으며 198만 원짜리 유럽 패키지를 마저 보고 있다. 방금 했던 상품 설명인데 지금 들으니 또 새롭다. 아이들은 그림을 그리고 퍼즐을 맞추고 있다. 이 아이들과 그리고 아내와 어디로든 떠나볼까? 핑계를 대고 싶진 않지만, 그와 나의 처지는 다르고, 나는 아직 준비가 되지 않았다. 핑계와 동시에, '집에서 그림책이라도 잘 읽어주렴' 하는 자아의 성찰적 목소리도 문득 들린다.

나를 보내지 마

가즈오 이시구로 – 김남주 옮김 – 민음사 – 2009년 11월

조남주 작가 신작 원고를 검토했다. 내년이면 새로운 장편소설을 선보일 수 있을 것 같다. 미래의 도시 국가 한쪽에 방치된 슬럼화된 맨션. 그 안에서 없는 듯이 살아가는 '불법 체류자들'의 이야기다. 소설의 가장 큰 설정은 도시 국가의 정체가 기업이라는 점인데, 이 설정이 미래의 이야기를 현재의 이야기로 번역해서 읽게 만드는 장점이 있다. 조남주 작가는 제도나 구조의 모순을 그 안에서 살아가는 사람들의 생활과 감정으로, 그러니까 미시적인 관점에서 잘 포착해낸다. 그런데 이 사소한 감정들이 촘촘해지면 하나의 선이 그려진다. 한 시대의 기준이 되었던 작품들에는 그 시대의 정서가 담겨 있다. 그 시대의 정서를 담는 작가만이 한 시대의 기준이 될 수 있다. 내가 기억하는 가장 예민하고 섬세하며 정서적인 SF는 가즈오 이시구로의 『나를 보내지 마』와 마거릿 애트우드의 『인간 종말 리포트』(차은정 옮김, 민음사, 2008)다. 원고를 다 읽었을 때 생각나는 작가도 이시구로와 애트우드였다.

책기둥

문보영 – 민음사 – 2017년 12월

요즘 가장 문제적이라 손꼽히는 이 시집에 대한 문제의식을 나 또한 갖고 있다. 그런 문제의식은 지금으로부터 거의 10년 전에 비슷한 양상으로 되풀이되었던 것 같다. 새로이 불거진 개성과의 어색한 조우 그리고 긴장된 대화와 악수 후 결국에는 헤어짐⋯⋯ 정도로 묘사해도 될까. 이러한 스토리텔링에 지말과 스트라인스, 앙뚜안은 충분하고도 분명한 비웃음을 보낼 것만 같다. 그들은 『책기둥』에 자주 등장하는 시적 인물들이다.

혜진씨는 이 시집의 행갈이에 어떤 의미나 법칙 같은 게 있는지 찾느라 골똘했다. 나는 이 시집의 어떤 스타일이 개성을 축조해내는가 답을 구하느라 골몰했다. 좋기는 좋은데 이 육면체의 어느 모서리가 어디에 부딪쳐 좋은지 설명할 도리가 없어 고개를 흔들어 본다. 시를 잘 쓰는 시인이 또 나타난 것이다. 노력이라는 게 때때로 배신을 일삼는다는 냉혹한 시의 세계에서 또다시 잘 쓰는 자가 등장했다.

야구는 잘하는 선수가 잘하고, 시는 잘 쓰는 시인이 잘 쓴다. 이 따위 패러디에 대해서 지말과 스트라인스, 앙뚜안이 지어 보이는 표정을 보고 싶지 않다. 안 볼란다.

위대한 쇼맨

피니어스 T. 바넘 · 정탄 옮김 · 아템포 · 2017년 12월

"그의 서커스는 경이롭지만, 가장 큰 경이로움은 바넘 자체다." 마크 트웨인이 미국 엔터테인먼트업계의 창시자이자 가장 화려한 사업가 피니어스 T. 바넘을 가리켜 한 말이다. 영화를 보고 나서 곧바로 원작을 구입한 건 이번이 처음이다. 원작과 영화 사이에는 최소한의 영향 관계만 존재할 뿐 어느 한쪽이 다른 한쪽을 감상하는데 더 도움이 된다고는 생각하지 않는 편이었다. 특히 소설의 경우가 그렇다. 원작 소설은 출판계가 만들어낸 상업적 표현이라고 생각하는 나로서는 특별한 필요성이 있지 않으면 소설까지 찾아 읽는 경우는 없다. 그런데 이번엔 원작을 샀다. 쇼 비즈니스의 대부라거나 홍보의 셰익스피어라는 말을 들을 때만 해도 그 말 자체가 홍보라고 생각할 따름이었다. 그런데, 그런데! 영화 속 바넘은 무엇보다 대중의 즐거움을 진지하게 고민했던 사람이다. 그는 대중의 즐거움을 맹목적으로 좇아가지 않았다. 그가 정말 위대한 건 대중의 즐거움을 형식화하고 구조화했다는 데에 있다. 서커스는 그 시대의 가장 독창적이고 건강한 쇼, 그러니까 새로운 형식이었다.

나의 이탈리아 인문 기행

서경식 – 최재혁 옮김 – 반비 – 2018년 1월

서경식 선생의 인문 기행은 『릿터』를 통해 독자에게 중계되고 있다. 지금은 영국에 머물고 있으며 곧이어 쿠바와 코스타리카까지도 남은 일정에 포함되어 있다고 한다. 이 책은 이탈리아에서의 여정을 묶은 것이다. 분량의 문제로 아쉽게 싣지 못했던 부분이 추가되었고, 도판도 더욱 풍부해졌다. 무엇보다 선생의 글을 한 호흡에 다시 읽을 수 있어 좋았다. 여행객의 설렘 대신 기행자의 수심愁心으로 채워진 이 책에서, 가장 깊은 수심水深은 페라라에 있었다. 페라라는 원래 항구였지만 오랜 시간 퇴적된 토사로 인해 해안선이 뒤로 밀리면서 더이상 항구 도시가 아니게 되었다. 르네상스 시대에는 에스테 가문 아래에서 문화 중심지 노릇도 했다고 한다. 그런 페라라에서 베토벤 연주회를 찾은 작가는 입장권 대신에 열차표를 가져오는 실수를 한다. 연주회의 4분의 1을 놓친 노부부의 인간적인 허둥거림이 조금 귀엽다.

페라라의 건축과 그림, 음악을 일별한 작가는 주저 없이 이렇게 말한다. "역사는 반복되는 것이다. 최악의 형태를 띠고서." 에스텐세성의 음습한 지하 감옥을 둘러보고 나온 그에게 하얀 비석이 보인다. 거기엔 1943년 열한 명을 학살한 파시스트의 범죄를 알리는 문구가 새겨져 있다. 흑사병과 마녀사냥, 전쟁과 수탈이 일상이던 시대부터 페라라의 유대인은 게토에 갇혀 살았다. 1943년의 어떤 인간들은 게토의 헛간에 숨어 있던 유대인까지 찾아내 학살하였다. 그리고 2018년의 어떤 인간들은 팔레스타인 사람에게 그렇게 한다. 서경식 선생 특유의 단호한 문장 하나가 수심 깊은 곳에서부터 떠오른다. "이것이 인간이라는 존재다. 그렇지 않은가?"

조이와의 키스

배수연 ─ 민음사 ─ 2018년 2월

인생은 고통이라고 말하는 것은 쉬운 일이다. 인생이 고통이라고 생각하는 것도 쉬운 일이다. 그런데 고통을 견디는 일은 아무리 마음을 먹고, 마음먹은 것을 노트에 옮겨 적고, 옮겨 적은 것을 소리 내 읽어봐도, 거듭거듭 읽어봐도 잘되지 않는다. 후회할 줄 알면서 후회할 일을 만들고야 마는 마음을 이제야 조금 이해하게 되었다. 오늘은 마음 앞에 무릎 꿇었다.

『조이와의 키스』는 엔조이 엔조이, 가볍고 밝아서 들고 있으면 날아갈 것 같은 시집이다. 그런데 그 모든 엔조이들이 노력한 표정이라고 생각하자 이상하게 낮아진 마음도 견딜 수 있을 것 같은 기분이 된다. 눈물을 흘리는 것이 가장 슬픈 이야기는 아니다. 어떤 슬픔은 반대의 얼굴에서 더 잘 읽힌다. 반대는 힘이다. 견디려는 노력이다. 어떤 말들에도 딸려 나오지 못했던 내 진실들이 오늘은 밝고 가벼운 말들과 함께 춤춘다.

책 쓰자면 맞춤법

박태하 – 엑스북스 – 2015년 8월

여전히 맞춤법과 싸우고 있다. 맞춤법을 다뤄야 하는 사람이 맞춤법과 싸우고 있으니 편집 작업이 쉬울 리가 없다. 교정지에 척척 고쳐서 저자에게 보내고 싶은데, 교정지에 착착 저자가 잡아낸 것을 보고 아아, 맞다 하며 부끄러워할 때도 많다. 여러 가지로 문제가 많은 편집자이지 않은가.

오늘도 혼란스럽고 내일은 더 혼란스러울 예정이지만, 이토록 혼란스러워서는 곤란하다 싶을 때, 박태하 작가의 『책 쓰자면 맞춤법』을 편다. 『릿터』에 산문을 연재했고, 그걸 언제고 모아 책으로 낼 저자이기도 하지만 그전에 편집자 선배이기도 하다. 이 책을 낼 때 10년 차였으니 이제 13년 차가 된 선배인데, 나 또한 연차가 되다보니 맞춤법, 띄어쓰기 따위를 어디에 물어보기도 애매하고 어렵다. 그럴 때마다 태하 선배에게 물어본다. 그는 성실하고 친절하게 답해준다. 책으로.

옆에서 말해주듯이 서술되어 있기에 진짜 착한 선배가 일러주는 듯한 착각이 일기도 한다. 그러나 어쨌든 사람이 아니라 책이기에 아까 가르쳐준 것을 다시 물어보는 아니, 들춰보는 행위에도 겸연쩍음과 황공함이 덜하다. 내친김에 부끄러운 고백을 이 자리에서 더 하자면, '무엇하다'를 두고 몇 번을 다시 살펴야 했다. 어떨 때는 뭐하니? 하며 붙여 써야 하고 또 어떤 문장에서는 뭐 하니? 하며 띄어 써야 한다. 이거 진짜 어쩌라는 것인지. 아니 진짜 여태 이런 거에 허덕이는 나라는 인간은 정녕 뭐 하는/뭐하는 사람인지. 혼란하다, 혼란해.

속물 교양의 탄생

박숙자 · 푸른역사 · 2012년 12월

1924년 일본에서 발행된 대중 잡지 『킹』의 선전 문구가 이러하다고 한다. 제국의 패기인가. 이건 꼭 적어두고 싶다.

"세계적 대잡지 킹 창간일이 가까이"
"전국 곳곳이 인기에 들썩! 주문 쇄도! 칭찬의 목소리 온 곳에 가득!"
한 가정에 한 권 대호평의 신잡지 킹을 보라!
벌써 품절의 소식이 계속! 추가 주문 쇄도!
과연! 다시 추가 인쇄에 착수!
하늘이 놀라고 땅이 흔들린다! 유례에 없는 성거!
꿈에서도 본다는 그 잡지 보라! 친애하는 동포를 위한 신잡지

『릿터』 발행되는 동안 이런 호방한 카피, 어디에라도 좋으니 한 번만 써보고 싶다. "전국 곳곳이 릿터 인기에 들썩! 주문 쇄도! 칭찬의 목소리 온 곳에 가득!" 그러나 현실은, 이번 호도 무사히 출간되었음에 감사와 안도를.

누군가 이름을 부른다면

김보현 - 은행나무 - 2017년 12월

무서운 영화를 싫어할뿐더러 깜짝 놀라게 하는 것은 다 질색이기에 좀비물을 즐긴 적이 없다. 언제부터인지 여름만 되면 멀쩡한 사람들이 정체불명의 바이러스에 시달려 산 것도 죽은 것도 아닌 것이 되어 산 사람을 공격하고…… 공격받은 인간은 바이러스에 전염되고…… 그렇게 인류는 멸망의 위기를 맞이하고…… 그때 인류를 구원할 히어로가 등장! 그러곤 다 죽일 거야…… 이런 클리셰가 싫은 건지, 그냥 무서운 게 싫은 건지. 딱 잘라 고르라면 후자겠지만. 〈살아 있는 시체들의 밤〉은커녕 〈부산행〉도 보지 않은 내가 『누군가 이름을 부른다면』을 읽은 이유는 좀비가 나올 거라 생각하지 못해서이다. 중간에 덮지 않은 이유는 완전히 다른 좀비물이었기 때문이고, 끝까지 읽은 이유는 재밌어서다. 펜싱부 유망주인 원나는 마을 전체가 좀비 바이러스에 물들었을 때, 특유의 펜싱 실력으로 위기를 뚫어낸다. 〈레지던트 이블〉의 앨리스는 총으로 좀비를 쏴 죽이지만, 소설의 원나는 펜싱 슈트로 몸을 보호하고, 에페로 좀비를 한쪽으로 몰아 보호(!)한다. 지금은 좀비가 되었지만 원래는 자신의 가족이자 이웃이었던 그들을 해칠 수 없었던 것. 좀비, 아니 이웃을 한곳에 가두어 사태를 진정시킨 원나는 『마션』(앤디 위어, 박아람 옮김, RHK, 2015)의 화성인처럼 홀로 농사지으며 삶을 유지한다. 그러다 주변을 떠도는 비감염인 영군을 만나게 되는데……

소설에서 위기의 절정에 이르러 악독한 놈들이 등장하는데, 이들을 원나가 에페로 다 쑤셔버렸으면 하는, 지극히 액션 영화의 관객 같은 바람은 이뤄지지 않았다. 그들은 현실로 돌아갔고, 그것이 소설의 원나가 바라는 일이었을 것이다.

그리스인 조르바

니코스 카찬차키스 - 이윤기 옮김 - 열린책들 - 2009년 12월

30대와 40대에게 가장 사랑받는 고전이 니코스 카찬차키스의 『그리스인 조르바』라고 한다. 남들이 말하는 것처럼 깊은 감동을 받지 못했던 이유가 20대에 읽어서일까? 자유에 대한 갈망보다는 소속에 대한 열망이 컸던 불안한 시간에 흡수되기 어려운 책이긴 하다. 언제 읽어도 좋은 게 고전이라지만 어느 나이에 어떤 상황에 읽어도 다 좋은 게 고전은 아니다. 책과의 만남이야말로 보통의 인연으로 이루어지는 게 아니다. 그러니까 이런 통계를 봤다면, 다시 읽어야 마땅하다. 노력하는 사람이 고전을 얻을 수 있다. 서른셋, 직장인 8년 차. 조르바의 춤과 음악에 몸을 맡길 충분한 준비가 되었다. 두번째 만남을 앞두고 가슴이 설렌다.

선

이수지 — 비룡소 — 2017년 11월

『선』은 한 페이지가 한 작품이다. 글자가 하나도 없고, 그저 지나칠 그림 하나 없다. 빨간 비니와 손모아장갑을 낀 소녀가 스케이트를 탄다. 선은 그 스케이트 날을 따라 그려지는데, 피겨스케이팅을 연상시키는 소녀의 움직임을 따라 선은 풍성한 곡선을 그리며 음표가 되고 파도가 되며 동심원이 된다. 소녀의 움직임을 따라 시선을 옮기면 거기에 김연아가 겹쳐 보이는 건 어쩔 수 없다. 실제 이수지 작가는 김연아의 열렬한 팬이며,『선』을 구상하기에 앞서 김연아의 경기 영상을 자주 돌려 보았다고 하니, 아주 틀린 감상은 아닐 것이다.

김연아도 점프에 실패하듯이 빨간 비니 소녀도 점프에 실패해 넘어진다. 여기서부터 이 그림책에 아름다움 그 이상의 것이 발생하는데, 소녀가 스케이트로 선을 그리던 백색의 빙판이 실패한 선이 담긴 도화지처럼 구겨지는 것이다. 그 옆에는 선을 위한 사투의 증거로 보이는 지우개와 지우개 가루가 있다. 도화지를 다시 펴자 다른 스케이터들이 나타난다. 넘어져도 괜찮다는 듯, 얼음을 뛰어다니는 어린 스케이터들. 실패해도 괜찮다는 듯, 쓱쓱 선을 그리는 어린 화가들…… 그들이 서로를 맞잡고 둥글게 언 호수를 돌자 그림이 완성된다. 이 그림책에 이수지 작가가 남긴 유일한 활자는 다음과 같다.

어린 화가들에게

모두가 김연아가 될 수는 없겠지만 최소한 『선』 안에서 그들과 그들이 만든 모든 선은 가볍고 청량하며 아름다웠다.

책기둥

문보영 ─ 민음사 ─ 2017년 12월

"문보영 천재다. 산문도 잘 쓸 것 같아. 틀림없이 소설도 잘 쓸 거야. 전집 계약해라^^" 아침 여덟시에 이런 문자를 받게 되는 것도 내가 하고 있는 일의 한 풍경이다. 지난해 김수영 문학상을 받고 출간된 시집 『책기둥』을 읽은, 지금은 퇴사한 선배의 흥분에 찬 문자. 이런 문자를 받으면 세 가지 다른 마음이 한꺼번에 밀려든다. 가장 먼저 드는 마음은 반가움과 안도감. 편집자도 새로운 스타의 출현에 목말라 있는 사람들이니까. 그다음 드는 감정은 선배에 대한 존경심. 낯선 문학을 새로움으로 발견하는 감각은 끊임없이 갈고닦지 않으면 좀체 획득할 수 없는 능력이니까. 마지막으로 드는 감정은 질투심이다. 평가와 선택의 세계에서는 맨 처음 알아보는 게 제일 중요하다. 내가 먼저 알아보지 못한 데서 오는 부끄러움은 사실 두려움의 다른 말이기도 하다.

전집까지는 아니지만 산문집을 계약했다! 편집자가 하는 말 중에서 "전집 계약"을 할 만하다는 말은 작가에 대한 최고의 격찬이다. 그건 내 모든 시간을 다 걸어서 당신의 문학을 지키겠다는 뜻이니까. 오늘 저녁에 문보영 시인을 만나 산문집에 대한 이야기를 나눴다. 좋은 밤이었다.

메밀꽃 필 무렵

이효석 – 문학과지성사 – 2007년 11월

당연히 중학생 시절에 '중학생이 읽어야 할 한국 단편소설' 같은 책에서 읽었고, 이후 숱한 문제집의 지문으로 보았다. 그때에도 여러 얄궂은 질문을 동반했던 작품이기는 했다. 아니, 같은 왼손잡이라고 그런 느낌이 한 번에 딱, 오나? 그래, 그건 그렇다 치고, 하룻밤 그러고 그냥 떠나면 그만인가? 그 기억이 그렇게 아름다워? 하지만 이 소설이 아름다운 건 이상하게도 사실인데, 이 아름다움은 메밀꽃에 빚진 바가 매우 크다. 작년 옥외 광고에서 "당신이 평창입니다"라는 카피를 보고 실컷 비웃었는데, 개막식 공연을 보고 거의 절반은 평창이 되어버렸다. 평창 스타디움 바닥은 하나의 거대한 화면이었다. 오륜기 색의 옷을 각각 입은 다섯 아이가 화면 위에서 작은 배를 타고 노를 저어 어디론가 갔다. 먼 과거에서 가까운 미래에게까지 이어지는 여정이었다. IOC의 취지를 십분 이해하자면, 아무래도 평화를 찾으러 간 거겠지. 아니면 꿈이나, 미래나, 번영 같은 것. 그때 나는 본 것이다. 화면을 가득 채운 메밀꽃의 화사함을. 슴슴한 메밀로 그 모든 것을 대신할 수 있을 것만 같은 이상한 아름다움을. 이윽고 마지막 성화 주자로 김연아가 등장했을 때 그 모든 아름다움은 사실…… 할말은 많지만 하지는 않겠다. 어제 읽어본 이수지 작가의 그림책이 우연은 아니었던 셈이다.

공기 도미노

최영건 - 민음사 - 2017년 4월

다음주에 최영건 작가와 미팅이 있다. 소설집 출간에 대한 이야기를 나누기 위한 자리다. 이번 소설집은 『공기 도미노』에 이어서 두번째 함께하는 작업이다. 최영건 작가에 대한 내 마음은 조금 각별한 데가 있다. 특별하다고 할 수 없는 일이지만 한국에서는 평범하달 수도 없는 일인데, 최영건 작가는 항상 원고를 완성해서 편집부의 문을 두드린다. 신인 작가로서의 당연한 일처럼 보이지만 신인일수록 거절에 대한 공포와 두려움은 큰 법이다. 나는 자기 작품에 대한 이 작가의 자신감, 작품에 대한 타인의 의견에 세련된 각도로 열려 있는 이 작가의 태도를 존경한다.

물론 아무리 훌륭한 태도를 갖고 있는 작가라도 작품이 매력적이지 않으면 소용없는 일이다. 최영건의 소설을 읽고 있으면 다른 작가의 작품에서는 감지하지 못했던 흔들림과 쓰러짐을 포착하고는 한다. 분출되지 못한 분노의 떨림과 분출되었을 때 쓰러짐. 『공기 도미노』에서 분출되지 못한 분노를 안고 파멸하고 마는 주인공의 운명에서 비현실적일 만큼 현실적인 감각을 느낀 것처럼 출간될 예정인 소설집도 그럴 것이다. 최영건 작품에서 살아 숨쉬는 인물들에 내재된 태풍들은 대체로 그 힘을 한번 써보지도 못하고 소멸해버리고 말지만 그 소멸 안에 이미 태풍의 눈이 들어차 있다. 조용하게 파괴적인 힘이 최영건에게 있는 것처럼 그의 소설도 힘이 있다.

나의 작고 작은

제르마노 쥘로 글 - 알베르틴 그림 - 정혜경 옮김 - 문학동네 - 2017년 8월

조카가 태어났다. 3.5킬로그램, 건강한 남아. 첫 만남에서 처제는 교복을 입고 있었는데, 시간이 어느덧 흘러 처제의 언니는 내 아내이자 두 아이의 엄마가 되었고, 고등학생이던 처제도 이제 한 아이의 엄마다. 시간은 위대하다. 시간은 무엇이든 이긴다.

『나의 작고 작은』을 처음 펼쳤을 때, 훌쩍 지나간 시간만큼 어색하고 이상했다. 한 여자가 작은 아이를 낳고, 아이가 자라 성인 남성이 될수록 여자는 작아진다. 이것은 이야기가 아닌 어떤 흐름에 가깝다. 두 손으로 책을 들고 오른손 엄지로 책배를 쓰다듬으면, 이 책의 그림들은 움직이는 애니메이션이 된다. 그럼 좀더 극적으로 두 인간의 흐름을 볼 수 있다. 여자와 남자 혹은 부모와 아이는 한시도 서로의 몸에서 떨어지지 않으며, 마주친 눈을 다른 곳으로 향하지도 않는다. 그저 점점 자랄 뿐이다. 그들이 믿는 것은 저 위대한, 시간인 것 같다.

조카는 태어나 하루를 보냈다. 처제도 엄마가 된 지 이제 하루다. 시간은 멈춤이 없이 뚜벅뚜벅 앞으로 갈 것이다. 처제의 언니에게도 시간은 그러하였다. 조금 덜 지치길. 많이 지치면 기대길. 위대한 시간 앞에 인간은 손을 맞잡는 것 말고 다른 적절한 대처가 없을 것이다.

빛나

J. M. G 르 클레지오 — 송기정 옮김 — 서울셀렉션 — 2017년 12월

르 클레지오가 서울 배경으로 소설을 썼다는데 안 읽을 수가 있을까. 냉큼 읽었다. 배경만이 아니라 작가가 외국인이라는 것만 빼면 영락없는 한국 소설이다. 결국 실패하고 말았지만, 내 딴에는 이 작품을 쓴 사람이 노벨문학상 수상 작가라는 사실을 인식하지 않고 읽으려고 무던히도 노력했다. 누가 내게 심사를 부탁한 것도 아닌데 혼자 얼마나 심각하게 읽었는지, 옆에서 보는 눈이 있었다면 평생 동안 민망할 뻔했다.

한국의 서울을 살아가는 20대 여성의 꿈과 생활과 열등감과 공포를 '아라비안나이트'를 연상시키는 천일 야화의 틀로 담아낸 이 작품은 다소 동화적이고 형식적인 소설이어서 서사적 긴장감이나 몰입감 같은 것은 결여된 편이다. 그러나 여대생이 신촌 일대에서 살아가는 풍경을 천일 야화에 담아내니 해석이 겹겹이 가능한 신화적인 이야기가 된 것 같은 인상을 풍겼다. 사람들게 큰 인상을 남긴 작품도 아니고 세간의 화제를 모은 작품도 아니지만 내게는 내심 잊을 수 없는 작품이다. 문학은 말이야, 예를 들면 이런 거지, 하고 생각나는 대로 툭 만들어 보인 작품 같은데 거기 문학의 핵심이 담겨 있다. 『빛나』는 클레지오가 쓴 한 편의 소설 창작론이다.

가능세계

백은선 – 문학과지성사 – 2016년 3월

겨울에 잘 어울리는 시집이다. 시인은 아마도 혹한 아래 난방이 잘되지 않는 집의 구석에서 웅크리고 또 웅크려 이 시들을 썼을 것만 같다. 그가 사는 낡은 빌라의 옥상에는 검은 눈이 쌓여 있을 것만 같다. 시를 쓰다 말고 무릎을 끌어안고 눈보라의 끝을 상상할 것 같다. 그리고 그리고 그리고 그리고 그리고…… 백은선의 시를 읽으면 자꾸만 이상한 기분이 든다. 이 몽롱한 추위가 좋아서, 이 겨울을 조금 유예해도 좋을 것 같다. 굉장하지, 나는 원래 겨울에 질색하는데. 그럼에도 불구하고 시는 이렇게 말한다.

이게 끝이면 좋겠다 끝장났으면 좋겠다

그리고 시집의 후반부에 이르러 여름으로 접어드는데, 웅크려 있던 그 누군가가 방에서 뛰쳐나와 세상을 향해 소리를 지르는 것이었다. 나는 피를 흘린다고, 나는 죽어본 적이 있다고. 시를 쓴다고. 나는 조금 주눅이 들어서 시집을 덮는다.
이 순간에 가능한 세계는 단 하나다.
백은선의 다음을 기다리는 세계.

끝난 사람

우치다테 마키코 - 박승애 옮김 - 한스미디어 - 2017년 10월

노인의 비극은 그들이 아직 늙지 않았다는 데 있다. 어디서 읽었더라. 이 구절이 책 읽는 내내 머릿속에 맴돌았다. 정년퇴직한 60대 남성이 무료하고 평화로운 생활에 연착륙하지 못하고 다시 사회 속으로 입장했다 강퇴당한 이야기. 그저 물러나는 게 전부라면 좋으련만 평생을 모아온 돈을 거의 다 날리는 바람에 아내의 꿈과 삶마저 위기에 내몰리게 됐다. 바야흐로 합의 아래 졸혼을 선택하는 아직 '노인'이 되지 않은 노인의 현실 판타지.

시작은 선택할 수 있지만 끝은 선택할 수 없다. 언제나 끝의 순간이 되면 일방적으로 통보받는다. 그 비참한 시간에 대한 이토록 섬세한 묘사가 없었다면 두 사람의 결혼 생활이 이혼 아닌 '졸혼'에 이른 설정이 이토록 설득력 있지 않았을 것 같다.

더불어 소설의 길이에 대해서도 다시 생각해보게 된다. 다양한 길이의 소설이 많아지는 건 환영할 만한 일이지만 충분한 길이를 통해서만 구현할 수 있는 세계의 깊이도 있다고 생각한다. 못해도 1000매는 넘을 것 같은 이 장르 불문의 소설을 읽고 나니 내가 읽은 건 한 편의 소설이 아니라 한국 소설 출판의 미래라는 생각이 든다.

만만한 출판제작

박찬수 – 한국출판마케팅연구소 – 2014년 4월

가장 싫어했던 과목을 하나 꼽으라면 '기술'이었다. 얼마나 싫어했던지 '수학'보다 더 싫었다. 기술 시간은 수업이라고 할 게 없었고 그저 외우라는 선생님의 지시뿐이었는데, 그 기술 용어들이 도대체 머리에 들어오지 않아 난감했다. 나란 사람은 그러니까 '사람은 기술을 배워야 한다'는 그럴듯한 집단 무의식에서 한발 비껴나 있는 셈이다.

하지만 인간의 기술이라는 것은 내 능력과 선호와는 상관없이 애틋한 것이어서 끝내 무엇이든 그 영향력을 발휘한다. 지금은 '출판 제작'의 세계가 그렇다. 한 권의 책을 읽을 때 글을 썼을 작가를 생각하고, 표지 디자인에 감탄하고, 글을 가다듬었을 편집자를 떠올리기란 어렵지 않다. 하지만 그것들이 한데 모여 있게 하는 것은 결국 제작이었다. 내용을 인쇄하고 종이를 묶고 표지를 붙이는 것. 중학교 기술 시간처럼 제작의 언어가 머리에 입장하지 않아 난감했다. '간지'가 일본어 간지가 아니고, '낙장'이 도박 용어가 아니며, '애벌군힘'이 요리의 과정이 아님을 확실히 알기에는 나의 경력이 미천하기에 『만만한 출판제작』을 사서 읽는다.

책으로 공부한다고 만만해질 리는 만무하고, 오늘도 나는 제작부 임부장님과 정과장님께 이것이 되나요, 저것은 안 되나요, 어떻게 안 될까요, 읍소해보는 것이다. 그리하여 한 권의 멋진 책이 만들어진다니…… 꽤 매력적인 부서이다, 제작부는.

평양의 영어 선생님

수키 김 - 홍권희 옮김 - 디오네 - 2015년 1월

이사할 때마다 걸어서 갈 수 있는 거리에 도서관이 있는지부터 살핀다. 서점보다는 도서관이 좋다. 도서관은 절판이나 품절이 없는 세계니까. 특히 글 쓰거나 방송을 준비할 때에는 급하게 필요한 책이 많고 급하게 필요한 책은 대체로 서점에 없거나 서점에 있다 해도 책이 내 손에 들려지기까지 기다릴 시간이 없는 경우가 허다하다. 비평문을 쓰는 데 필요한 책을 빌리러 갔다가 우연히 수키 김의 책을 만났다. 『통역사』(이은선 옮김, 황금가지, 2005)라는 소설에서 수키 김이 보여줬던 예민함과 지성만 기억하고 있던 내게 '평양의 영어 선생님'이라는 제목은 조해진 작가가 '실전 한국어' 같은 책을 쓴다고 상상하는 것만큼이나 뜻밖이고 예상 밖이었다.

책은 흥미로웠다. 수키 김은 평양과기대 영어 교사로서 북한에 체류하게 된다. 평양과기대는 북한의 유일한 사립 대학으로 모든 교수가 외국인이고 북한 권력층의 아들들이 모두 가고 싶어하는 곳이다. 북한에서 힘있다 하는 집안의 아들들이 다니는 대학인 셈이다. 『통역사』가 이중의 정체성을 가진 주인공이 자기 인생의 과제를 풀어나가는 이야기라면 이 희소한 북한 체류기에서 수키 김은 이것을 읽는 한국인들로 하여금 우리 역사의 과제를 고민하게 만든다. 책을 출간할 때마다 수키 김은 자신의 희소한, 그리고 소중한 존재감을 독자들에게 충분히 각인시킨다.

공기 도미노

최영건 – 민음사 – 2017년 4월

투고된 원고를 처음 눈여겨본 것은 혜진씨였다. 대화가 장난이 아니라고 하였다. 오래 함께 일을 하다보니 어렴풋하게 느끼는 것인데, 소설을 볼 때 나는 공간과 시간에 관심을 갖는다면 혜진씨는 인물과 대화에 더 흥미를 느끼는 것 같다. 이 소설은 후자에 더 강점을 보인다.

첫 장면에서부터 파국을 두려워하지 않는 인물들의 날 선 말들이 공기를 휘젓는다. 인물들은 스스로를 도미노의 블록이라 여기는 듯 앞사람의 쓰러짐을 떠안은 채 그것을 동력 삼아 뒷사람을 쓰러뜨린다. 알 듯 모를 듯 어쩌면 철학적이기도 한 『공기 도미노』라는 제목을 나는 그렇게 이해했다. 쓰러지기로 약속한 자들의 대화. 대화는 공기를 타고 흘러 상대방에게 닿는다. 힘껏 가슴을 밀친다. 넘어진다. 또 넘어진다. 실체 없는 상처. 결함의 연쇄. 스카이 훅.

그런데 스카이 훅이라니? '스카이 훅'은 NBA의 오랜 전설 카림 압둘자바의 슈팅 기술이다. 그리고 소설의 마지막 장면, 10대 등장 인물의 태블릿에 플레이되는 영상이기도 하다. 왜 드라마도 영화도 아닌 NBA인지, 왜 마이클 조던도 스테판 커리도 아닌 압둘자바인지, 왜 덩크슛도 3점슛도 아닌 스카이 훅슛인지…… 묻지 못했다. 어쩌면 그 장면은 논리의 저변을 쉽게 점프해버리는 어떤 시詩들을 닮아서, 그저 궁금해하는 것만으로도 충분할지 모르겠다.

창작과비평 2017년 겨울호

창작과비평 편집부 - 창비 - 2017년 11월

지난해 겨울호를 이제야 읽었다. 그야말로 부랴부랴. 창비 겨울호에 발표된 김봉곤 작가의 소설은 적잖이 화제였다. 여러 경로를 통해 이 소설이 좋다는 소리를 들었다. 당연히 그 소설부터 찾아 읽었다. 제목은 「라스트 러브 송」이다. 라스트 러브 송. 김봉곤 소설을 묶어주는 제목이라 해도 괜찮을 말이다. 마지막 사랑 노래를 부르는 사람들의 뜨거운 사랑과 가벼운 사랑의 말들. 얼마 전에 만난 강지희 평론가가 김봉곤 작가의 소설을 가리켜 계속 읽게 되는, 또 읽고 싶어지는 소설이라고 말했던 게 기억난다. 나도 맞장구쳤더랬다. 새로운 감각 새로운 감각 하는데, 이거야말로 조금의 주춤거림도 없이 새로운 감각이라고 말할 수 있을 것 같다고.

시와 소설 분야에서 동성애 로맨스가 일군의 장르를 만들어가고 있다고 느끼는 요즘이다. 동성애에 대한 사회학적 접근이 많은 부분을 차지했던 소설들에 비해 로맨스 자체에 집중하는 소설들은 메시지나 보편이 아니라 독창적인 개인을 탄생시킨다는 점에서 앞의 소설보다 훨씬 '소설적'이고 '현대적'이라고 생각한다. 소설은 철학이 아니다. 소설은 구체적이고 실존적인 상황 속에서 인간과 사회에 대한 성찰적 질문을 만나게 한다. 로맨스라는 확고부동한 사건 속에서 일상이 소설화되는 지점을 찾는 것도 김봉곤 소설을 읽을 때만 느끼는 재미다. 아, 이 소설은 또 노태훈 평론가가 10점 만점에 10점을 줬다는 그 소설이기도 하다.

달콤 쌉싸름한 초콜릿

라우라 에스키벨 ─ 권미선 옮김 ─ 민음사 ─ 2004년 10월

올리브TV의 애청자다. 그중에서도 조금 복잡하고 난해한 요리를 하는 프로그램이 좋다. 숙련된 셰프들의 화려한 퍼포먼스로 만들어지는 대단한 음식과 그걸 먹는 연예인의 모습에 왠인지 모를 위로를 받는다. 텔레비전에 멋지고 잘생긴 요리사가 출연해 화려한 요리를 선보인다. 지금은 흔한 TV 속의 장면일 뿐이지만 불과 한 세기 전까지만 하더라도 요리사는 그다지 각광을 받는 직업은 아니었다. 외식 문화가 이토록 발전한 것은 30년이 채 되지 않았으며 그전에 요리는 하인 같은 사람이 열심히 해서 바치는 것, 혹은 '어머니의 손맛'으로 포장되어 부엌에서 노동력을 갈취당해온 여성들의 몫이었다. 우리나라에서도, 멕시코에서도. 『달콤 쌉싸름한 초콜릿』의 주인공 티타는 '막내딸은 결혼을 하지 못하고 어머니를 모셔야 한다'는 전통 때문에 사랑을 이루지 못하고 부엌에 남게 된다. 소설에서 부엌은 여성의 노동력이 착취되는 공간인 동시에 여성의 영혼으로 인해 숱한 삶들이 지속되고 연결되는 공간이다. 마찬가지로 티타에게 부엌은 사랑으로부터 유폐된 공간이자 동시에 사랑을 이뤄내는 공간이기도 하다. 티타는 나차에게 전수받은 요리법에 사랑의 감정을 부지불식간에 담아낸다. 붉은 장미 에센스로는 누구도 말릴 수 없는 에로티시즘을, 거세된 메추리 고기로는 상대를 거절해내는 단호함을 담는 것이다. 크리스마스 파이, 차벨라 웨딩 케이크, 북부식 초리소, 소꼬리 수프, 초콜릿과 주현절 빵……

배가 고프다. 올리브TV와 소설책을 번갈아 보다가, '배달의 민족' 앱을 열어본다.

현대문학 2018년 2월호

현대문학 편집부 ─ 현대문학 ─ 2018년 1월

오늘도 계속해서 잡지를 읽었다. 『현대문학』 2월호에는 오랜만에 서하진 작가의 소설이 게재되었다. 제목은 「낭만서생」이다. 성추행 혐의로 학교에서 해임당하고 사설 창작 교실을 운영하는 중년의 남성 작가가 재기해서 자기 존재감을 확인하려고 하지만 끝내 실패하고 마는 이야기다. 은근한 방식으로 쓰여 있지만 낭만으로 둔갑되는 구태의 관습을 비판하고 싶었던 소설로 읽었다. 이주란 소설도 읽었다. 제목은 「일상생활」이다. 그야말로 작가 자신의 이야기가 아니라고 판단하는 게 더 힘들 정도로 자전적 요소가 가득하고 형식은 일기에 가깝다. 내가 아는 작가 중에서는 김혜진 작가가 이주란 작가의 작품을 좋아한다. 나이브하고 나른한 전개가 숨기고 있는 아나키한 세계관에 매력을 느낀다고. 많은 작가가 좋아하는 작가답게 소설의 육체라 할 수 있는 문체가 대단히 개성적이다. 그 문체와 한몸처럼 붙어서 작품의 분위기를 만들어내는 '자전성'은 소설과 독자의 거리를 설정하고 소설의 형식에 완결성을 부여하는 장치로 확실히 작용한다. 「낭만서생」이 문단 내 성추행 등 뜨거운 이슈들을 반영한 소설이라면 「일상생활」은 소설이라는 독립된 공간 안에서 소설적 미학을 발명하고 있는 소설이다. 읽은 소설들이 모두 생각으로 연결되는 날은 기분이 좋다. 일을 잘한 것 같은 착각도 든다. 읽기가 일이기도 한 사람들에게 아무것도 얻는 게 없는 독서만큼 무서운 일도 없지.

아빠 어디 가?

장루이 푸르니에 – 강미란 옮김 – 열림원 – 2009년 2월

오늘은 첫째 딸 은재의 생일이다. 은재의 염색체 이상도 같은 날 알게 되었다. 첫째는 다운증후군이다. 장애인이다. 둘째가 있어야 할 것 같았다. 첫째의 좋은 친구가 될 테고, 우리에게도 삶의 균형 감 같은 걸 가져다줄 아이. 지나고 보니 이런 생각은 모두 헛되다. 모든 태어남은 스스로를 위한 운명을 갖고 있으니까. 부모라고 하여 그 존재의 이유를 알 수는 없다. 인간은 신이 아니다. 신이 아니기에 우리에게 어떤 일이 벌어질지 예측할 수 없다.『아빠 어디 가?』의 저자도 그렇다. 프랑스의 잘나가는 작가이자 방송 연출가인 푸르니에에게는 두 아들이 있다. 두 아들 모두 장애가 있다. 확률적으로 희박한 일이지만 어떤 이에게는 분명 일어난다. 이 역시 우리가 미리 알 수 없다. 존재의 이유를, 운명의 귀결을 함부로 안다 말할 수 없다. 다행이라는 말은 지극히 이기적으로 들리겠지만, 다행히 나는 푸르니에보다는 행복한 것 같다. 둘째가 비장애인이라서? 첫째에게 자폐 증상은 없기 때문에? 푸르니에처럼 장애 시설에 아이를 맡기지 않아도 될 상황이라? 모두 맞고 모두 틀리다. 나는 그저 내 아이가 내 아이여서 행복하다. 가끔은 내 아이에게서 상처를 받겠지만, 어쩔 수 없는 일은 어쩔 수 없다는 사실을 어쩌다 알게 되었다. 작가 또한 그 어쩔 수 없음에 대해서 때로는 위악적으로, 대부분은 반성적으로 글을 썼다. 그 간극이 굉장히 가까움을 잘 안다.

은재는 아직도 케이크의 촛불을 후후 불어 끄지 못한다. 푸르니에의 아들들처럼, 그맘때 해야 할 일을 제대로 하지 못한다. 둘째 녀석이 제 생일인 양 다 불어버렸다. 우리 부부는 박수를 친다. 아빠는 어디에도 가지 않고 여기에 있을 것이다.

현대시 2018년 2월호
현대시 편집부 – 한국문연 – 2018년 1월

나는 조혜은 시인과 조금 친하다. 조혜은 시인은 그렇게 생각하지 않을지도 모르지만 나는 어쩐 일인지 상대방의 생각과는 상관없이 그렇게 생각하고 싶다. 첫번째 시집 『구두코』(민음사, 2012)를 편집하긴 했는데 꼭 그것 때문이라고는 말할 수 없다. 내가 만든 모든 책의 작가에게 이런 마음을 느끼지는 않는다. 문예중앙에서 두번째 시집 『신부 수첩』(2016)이 나오고, 그 시집을 읽으며 엉엉 울고 나서야 알았다. 슬픔 때문이었다. 나는 조혜은의 시를 읽으면서, 아니 조혜은이 쓴 모든 글을 읽으면서, 인간과 인간이 같이 살아가는 일에 대한 슬픔을 느낀다.

『현대시』에 조혜은 시인이 발표한 시는 모두 일곱 편이다. 그중에서도 「레드」는 몇 번을 다시 읽게 된다. 빨강이 아니라 레드다. 빨강이라는 단어로부터 벗어나야 했던 이유가 뭐였을까, 빨강이라는 단어로는 못다 표현하는 것은 무엇이었을까. 충혈된, 핏발 선, 피로과 피곤의 색깔 레드. 열정과 사랑의 레드는 피로와 피곤의 레드이기도 하다. 둘 사이는 아주 가깝고 또 아주 멀다. 빨강은 가까이 있고 레드는 멀리 있는 말이지만 삶에서는 어쩐지 레드가 가까이 있고 빨강은 아스라하다. 수개월 전에 시인과 세번째 시집을 계약했다. 이번에 발표한 작품들이 우리가 출간하게 될 세번째 시집에 수록될 거란 얘기다. 설렌다.

베개를 베다

윤성희 – 문학동네 – 2016년 4월

태어난 모두는 백 퍼센트 죽는다. 사실을 안다고 하여 슬픔이 줄어드는 것은 아니다. 하지만 사실은 사실이기에 우리는 그 사실을 사실대로 받아들인다. 결코 아무렇지 않은 것은 아니지만, 그럭저럭 아무렇지도 않게.

「낮술」에서 오래 머물렀다. 대학 시절 엄마는 미희라는 친구와 거의 날마다 낮술을 했지만, 지금 미희는 외국에 살아 여기에 없다. 경리직으로 들어간 회사에서 만난 남자는 뜻하지 않은 임신 소식에 도망하여 두문불출하다 한참이 지난 후에 나타난다. 외할머니와 외할아버지는 동네 치킨집을 하고, 나는 모범생이기도 하지만 평범한 학생이기도 하며 동시에 왕따의 가해자이기도 하다. 정리해놓고 보니, 이 관계는 본격적인 소설이 시작되기 전의 캐릭터 소개처럼 느껴진다. 그러나 소설은 거기에서 끝난다. 소설의 끝에 아버지는 없다. 입소문을 탄 매운 치킨을 배달하다 빗길에 교통사고를 당했기 때문이다.

태어난 모두는 죽는다. 동시에 태어난 모두는 죽기 전까지 어쨌든 살아간다. 사실이나 논리 같은 것들로 온전히 설명하기 어려운 감정을 안고서. 소설을 다 읽고 죽고 싶지 않다는 생각을 했다. 나는 죽었는데, 아내와 딸이 거실 식탁에 앉아 파전에 막걸리를 먹고 있으면 억울할 것 같다. 『베개를 베다』는 그럼에도 불구하고 그것이 삶이라고 역설한다.

오늘은 낮술이 당긴다. 건배도 하고 싶다.

이토록이나 아무렇지도 않은, 남은 삶들을 위하여.

도시의 승리

에드워드 글레이저 – 이진원 옮김 – 해냄 – 2011년 6월

남편의 방에 들어가 책장이나 책상을 스캔하는 건 집에서 하는 일 중 가장 스릴 있다. 책을 구경하는 데서 그치지 않고 빌리는 것까지 하고 나면 왠지 굉장한 이득을 본 것 같은 착각도 든다. 경제지 기자인 남편의 취향이나 독서 목록은 나와는 별로 겹치지 않는 편이다. 존재하는 줄도 몰랐던 책이 한가득이니 나로서는 도서관에 온 것 같은 착각에 빠지는 것이다. 오늘 또 한 권의 책을 대여하는 데 성공했다. 제목은 『도시의 승리』다. 부제도 있다. "도시는 어떻게 인간을 더 풍요롭고 더 행복하게 만들었나?"

다른 나라를 여행하면서 종종 도시야말로 인간이 만든 가장 위대한 발명품이라는 것을 느낀다. 도시는 소멸하는 인간이 불멸을 꿈꾸는 도전의 기록이다. 『길가메시 서사시』에서도 죽음을 통해 인간의 한계를 알게 된 길가메시 왕이 만든 것은 다름아닌 도시였다. 인간은 도시를 통해 사라지지 않는 존재에 가까워진다. "자연을 보호하고 싶으면 자연에서 떨어져서 살아야 한다." "도시야말로 친환경적이다." 이런 말들은 도시주의자고 도시 예찬론자인 내게 어서 책장을 넘기라고 한다. 『도시의 승리』는 도시는 힘들고 불평등하고 경쟁적이며 질병을 유발하는 부정적 공간이라는 생각, 즉 도시 VS 자연 프레임에 도전한다. 익숙하지 않은 분야의 책을 읽을 때 가장 큰 소득이 바로 프레임의 전환이 아닐까.

문혜진 시인의 의태어·의성어 말놀이 동시집

문혜진 글 − 정진희 그림 − 비룡소 − 2016년 9월

둘째는 말하는 게 그렇게 재밌는가보다. 어른이 하는 말의 뒷부분은 꼭 따라서 해본다. "이제 텔레비전 그만 보는 거야" 하면, "그만 보는 거야?" 한다(그러고서 계속 보긴 하지만). 저 작은 얼굴에 속한 더 작은 입에서 나오는 사람의 말이라니…… 감격의 감각이 울컥 올라 나도 모르게 그 작은 몸을 끌어안게 된다. 아이는 또 말한다. "아빠 그만 좀 해요." 첫째는 요즘 침을 흘린다. 언어 치료 선생님 말씀으로는 이제 말을 하려고 속으로 웅얼웅얼 노력하고 있어서 그렇다고 하니, 침 흘리는 게 되레 대견스럽다. 며칠 전부터는 "잘 자"를 연마중이시다. 천천히 해나가는 큰아이가 또 대견하여 아이 볼에 뽀뽀를 한다. 그럼 아이는 끄응, 싫은 소리를 내며 아빠의 크나큰 얼굴을 밀친다.

문혜진 시인의 『말놀이 동시집』을 읽는다. 시집에 나오는 의성어와 의태어를 과장하여 읽어주면 둘째는 까르르까르르 웃어넘어간다. 음성이 입 밖으로 쉽게 나오지 않는 첫째에게는 다람쥐와 도토리의 '다다다' 달리는 소리가 도움이 될 것이다. 둘째는 판다가 나오면 손가락을 콧구멍에 '후비적후비적' 집어넣으며 "코 판다, 코 판다" 야단법석이다. 첫째는 파파파, 아랫입술 윗입술 부딪쳐 소리를 내며 말을 따라하려고 한다. 이렇게 간단한 의태어와 의성어로 이루어진 말놀이는 아이들에게는 장난감이기도 하고 학습지이기도 하다. 어쩌면 우리의 말 자체가 눈에 보이지 않는 장난감일지도 모른다. 그것은 시에게 있어서도 마찬가지일 것이다. 동시를 더 자주 읽어줘야겠다. 시는 나를 구원했으니 어쩌면 나의 아이들에게도 좋은 대부 대모 정도는 될지도 모르겠다. 시작은 동시다.

100만 번 산 고양이

사노 요코 — 김난주 옮김 — 비룡소 — 2002년 10월

설 연휴의 번잡스러움을 동화책으로 가라앉히는 건 내 오래된 명절 의식이다. 읽고 싶은 동화책은 손에 넣었다고 해서 바로 읽지 않는다. 아껴뒀다 꼭 필요할 때 읽는다. 동화책이 필요한 순간은 언제나 있는 법이니까. 『100만 번 산 고양이』는 아플 때 먹으려고 숨겨둔 약이고 기쁠 때 먹으려고 숨겨둔 축배다. 몇 번 읽었는지 알 수 없지만 그날은 모두 나 혼자 기뻤고 슬펐던 날들일 테다.

그렇게 좋아하면서도 사노 요코가 언제 어떤 상황에서 이 이야기를 썼는지는 최근에야 알았다. 사노 요코는 남편의 죽음 이후에 이 동화를 썼다. 백만 번을 죽고 백만 번을 살아난 고양이가 사랑하는 사람을 잃은 후 두 번 다시 살아나지 않았다는 이야기. 사랑을 했으므로 더이상 살아나지 않아도 된다는 말이 더없이 사랑스럽다가 더없이 슬프다. 나보다 더 사랑하는 존재를 찾는 일. 인간은 자신이 사랑하는 존재의 수만큼 사는 것 같기도 하다. 그런 존재를 찾아서 비틀비틀 걸어가는 게 인간의 삶이 아닐까 한다.

다만 이야기가 남았네

김상혁 — 문학동네 — 2016년 11월

낭독을 좋아한다. 어느 시인이 됐든 시집 속의 시를 고민 고민하여 썼을 텐데, 그것을 짐짓 여유롭고 낭창하게 소리 내어 읽는 재미가 상당하다. 『다만 이야기가 남았네』는 내가 쓴 것도 아니며 적당한 연 갈이는커녕 꽤 긴 산문시 형식인데도 입에 착 감겼다. 이 리듬감을 뭐라고 해야 할까. 이야기의 탄성이라고 해도 될 것이다. 앞 이야기가 뒷이야기를 부르고 뒷이야기는 앞 이야기를 끄집어낸다. 특히 「조디악」이 그렇다. 이 책이 오디오북이라면, 「조디악」을 읽어 그대에게 들려줄 텐데, 아쉽게 되었다. 누구라도 이 페이지를 열고 나에게 온다면 그 자리에서 세 줄 정도는 진지하게 낭랑하게 읽어드릴 수 있다. 나는 낭독을 좋아하니까. 그리고 김상혁 시의 이런 부분을 또한 좋아하니까.

하지만 여러분 죽지 않는 여러분 대문 밖에서 해안을 따라 세월을 따라 이십 세기까지 이어지는 줄에서 우정과 사랑을 시작하는 여러분의 말을 나는 듣는다

밀란 쿤데라 읽기

박성창 외 - 민음사 - 2013년 9월

밀란 쿤데라는 인터뷰 안 하는 작가로 유명하다. 자신은 작가가 아니라 소설가라고 말하며 소설 뒤에 위치하기를 선호하는 그를 만나는 일은 좀처럼 쉬운 일이 아니다. 그런 작가를 찾아가서 인터뷰하고 그의 작품 세계를 조망하는 글들로 만들어진 한 권의 책은 야심 차다면 야심 찬 기획이다. 밀란 쿤데라 전집 완간을 기념해 민음사에서 만든 일종의 가이드북으로, 프랑스 아닌 나라에서는 최초로 시도된 전집이어서 가능했을 것이다. 지금은 함께 일하지 않는 선배들에 대한 얘기도 있고 쿤데라를 처음 만난 편집자의 생생한 후기도 있다. 이따금 내가 하고 있는 일에 대한 막연한 불안감이 엄습해올 때, 책 만드는 일에서 권태를 느낄 때, 아픈 곳을 치료하기 위해 약을 먹듯이 이런 책을 읽는다. 편집자들이 책과 인생에 대해 쓴 책들.

우리가 볼 수 없는 모든 빛 1·2

앤서니 도어 – 최세희 옮김 – 민음사 – 2015년 7월

2015년 퓰리처상 수상작『우리가 볼 수 없는 모든 빛』은 엄청난 우연 속에서 필연적으로 만난 소년과 소녀의 이야기다. 맹인 소녀 마리로르와 고아 소년 베르너의 이야기가 교차하며 진행되는 이 소설에서 두 인물의 필연적 관계는 없어 보인다. 마리로르는 프랑스의 맹인 소녀이고, 베르너는 독일의 고아 소년일 뿐이니까. 이것들은 모두 우연이다. 소녀가 눈이 멀어야 했던 특별한 이유는 없다. 소년의 부모가 없는 유별난 사유가 있는 것이 아니다. 그들은 그저 그렇게 되었다. 때는 2차세계대전 직전의 유럽이고, 둘은 전쟁 복판에서 성장한다. 하나는『해저 2만 리』를 사람들에게 읽어주는 소녀로, 하나는 라디오 주파수를 맞출 줄 아는 소년으로. 소녀가 나치 일당에게 쫓긴다. 소년은 라디오를 다루는 능력으로 나치에 부역하게 된다. 소녀는 라디오를 통해 소설을 읽으며 거기에 구조 요청을 섞는다. 소년은 라디오 주파수를 맞추며, 요청을 읽어낼 수 있는 유일한 사람이다. 소녀가 읽고 소년이 듣는『해저 2만 리』에는 둘을 전쟁 전부터 이어주었던 또다른 필연이 숨어 있다. 소설의 마지막 페이지를 덮는 순간, 이 뜻밖의 필연에 숨이 차오르는 것은 무척 자연스러운 일이다. 소설은 이토록 놀라운 플롯과 이야기로 우리 존재의 필연을 증명한다. 이 굉장한 이야기를 늘 여기저기에 소개하려 노력했다. 필연적 운명 같은 걸 믿는 사람이 많아졌으면 좋겠어서일지도 모르겠고, 혹은 '소설 같은 이야기'의 진짜 소설이 무엇인지 이걸 읽으면 다 알게 될 것 같아서일지도 모르겠고…… 다 모르겠지만 이 소설은 최고다. 이것은 잘 안다.

워터멜론 슈가에서

리처드 브라우티건 – 최승자 옮김 – 비채 – 2007년 10월

어떤 책을 읽으면 다른 책이 생각난다. 리처드 브라우티건의 『워터멜론 슈가에서』를 읽자 박솔뫼 작가의 『도시의 시간』(민음사, 2014)이 떠올랐다. 『도시의 시간』은 내가 문학 편집자가 되고 얼마 지나지 않았을 때 만든 장편소설이다. 이야기의 연결이라기보다는 정서의 연결이라고 해야 할 그 소설은 그 자체로 하나의 비유이자 '괜찮은 농담' 같은 소설이었다. 솔직히 말하면 그때 나는 『도시의 시간』이 품고 있는 매력을 충분히 흡수하지 못하고 정답을 찾기 위해 골몰하는 학생의 모습에 가까웠다. 쓴 사람의 의도가 절대 권력이 아닌 문학 텍스트에서 작가와 편집자는 자칫하면 선생님과 학생, 시험 출제자와 시험 응시자 같은 관계가 되기 십상이다. 그때 나는 작가의 의도를 맞히려고 애쓰는 학생의 모습에 가까웠으리라.

문학 편집자에겐 두 개의 감각이 필요한 것 같다. 의도를 추측하려는 발생론적인 관점이 하나, 반응을 예상하려는 수용론적인 관점이 하나. 전자에만 매몰되면 소설을 따라가기 바쁜 실패한 독서로 그치게 된다. 이렇게라도 다시 읽을 기회가 생긴다면 다행이지만 그런 일은 좀체 오지 않는다. 세상은 넓고 읽을 책은 많지 않은가. 『워터멜론 슈가에서』를 읽고, 『도시의 시간』을 펼친다.

피프티 피플

정세랑 ─ 창비 ─ 2016년 11월

제대로 된 이야기라면 주인공의 일에 대해서 어물쩍 넘어가는 법이 없다. 예를 들어 대기업 실장님인데 일하는 장면은 전혀 없이 사랑만을 찾는다든지, 대학병원 인턴인데 환한 피부를 하고선 연애에만 열을 올린다든지 하는 것은 좋은 서사라 할 수 없다. 정세랑의 소설은 이러한 측면에서 좋은 서사를 가졌다. 그중 『피프티 피플』은 조금 희한한 소설이다. 작가의 말처럼 이 소설은 주인공이 없고 동시에 모두가 주인공이다. 그 인물의 수는 51명이나 되며, 그 인물에 따라 등장하는 부가적 인물까지 포함하면 숫자는 더욱 커진다. 그들은 거의 모두 특정한 일을 하고 있다. 배경은 수도권의 대형 병원의 응급실과 그 주위다. 병원에는 누가 일을 하나. 의사와 간호사가 일을 한다. 뿐만 아니다. 보안요원, 방사선사, 홍보실 직원 등 의사와 간호사가 아닌 이들도 거기에서 일을 하고 있다. 의사 또한 흰 가운의 상징으로 대체되지 않는다. 커리어의 끝을 준비하는 노령의 의사, 이제 인턴에 접어든 의사, 외과 수술의, 마취의, 전공의, 수련의…… 『피프티 피플』은 인물의 일과 일상을 통해 이야기를 직조해나간다.

아무도 죽지 않았다. 유가족을 만들지 않았다.

소설은 마지막 장의 이 문장을 목표로 해 달려온 것으로 보인다. 모두 각자의 자리에서 일을 했기 때문이다. 일을 제대로 하는 것. 그 일에서 비롯되는 재미나는 이야기. 그것이 정세랑의 소설이다.

걸 온 더 트레인

폴라 호킨스 — 이영아 옮김 — 북폴리오 — 2015년 8월

많은 사람이 이 책을 『나를 찾아줘』(강선재 옮김, 푸른숲, 2013)와 비교한다. 우리에겐 벤 애플렉 주연의 영화로 잘 알려진 길리언 플린의 『나를 찾아줘』는 남편의 외도를 목격한 아내가 자발적 실종을 연출함으로써 남편을 아내 살인범으로 만드는 치정 복수극이다. 눈으로 보고도 믿을 수 없는 기괴한 행동을 거침없이 해나가는 캐릭터들에 할말을 잃게 만드는 이 소설은 아내의 공격과 남편의 방어가 면밀하게 얽히고설켜 반전과 흥분을 만들어내는 스펙터클 심리 스릴러다. 화려하고 박진감 넘치며 무엇보다 누구 하나 미안해하거나 반성하지 않는 데서 오는 코믹하면서도 살벌한 정서가 낯선 매력을 발휘한다.

일파만파로 번져나간 이야기의 출발에 남편의 외도가 있다는 점, 결과적으로 남편이 치정 관계에 얽혀 있던 여자들의 손에 죽는다는 점, 사건을 끌고 나가는 주인공이 알코올 중독자인 탓에 발언에 신뢰가 안 간다는 설정 등이 『걸 온 더 트레인』을 『나를 찾아줘』와 비슷한 지점에서 바라보게 만드는 건 사실이다. 결론부터 말하자면 『걸 온 더 트레인』은 『나를 찾아줘』와 아주 다른 소설이다. 『나를 찾아줘』가 비정상적일 만큼 강한 멘탈을 지닌 캐릭터들이 서로를 제압하기 위해 벌이는 혈투의 서사라면 『걸 온 더 트레인』은 주변 어디에나 있을 법한 '흔한 약자'들이 죄책감에 발목 잡혀 자기 인생을 망쳐버리고 마는 속죄의 서사이기 때문이다. 나는 후자에 더 매력을 느낀다.

문학의 기쁨

금정연·정지돈 – 루페 – 2017년 3월

문학의 기쁨이란 무엇인가. 이 책의 저자인 젊은 남성 둘은 (아닌 척하지만) 문학에 대한 상당한 전문가로서 한국 문학의 현재와 미래를 논한다. 이런 책들은 유사 이래 많았다. 지금도 두꺼운 평론집은 꾸준히 나오고 있다. 사람들의 관심이 없을 뿐. 책을 취미로 삼은 사람이 현저히 줄어들었으니, 그 취미를 전문적으로 다룬 책을 볼 사람이 없는 것은 당연지사. 이쯤 되면 묻지 않을 수 없다. 대체 문학의 기쁨이란 게 뭔가. 그런 게 있기는 한가? 이 책은 일반적인 평론집과는 다르다. 책에 대한 에세이도 아니다. 이것을 하이브리드 평론집이라 불러보려 한다. 전기 모터와 내연 기관, 둘로 달리는 하이브리드 차량처럼 『문학의 기쁨』은 취미/취향으로서의 문학과 업/일로서의 문학이 책을 달리게 한다. 금정연의 사무침과 정지돈의 뻣뻣함이 렉서스 하이브리드처럼(타보진 않았다) 부드럽게 시동을 건다. 무엇보다 좁은 취향의 공동체에서 더이상 기쁨을 주는 일을 포기한 문학을 강력하게 추동하는, 연비가 좋은 책이다. 둘은 일단 취미로 문학을 즐기지 않으면 나올 수 없는 레퍼런스를 처음부터 끝까지 밀어붙인다. 로베르토 볼라뇨, 롤랑 바르트, 오한기, 이상우. 그것들은 그들에게 기쁨을 준다. 그들은 그것들에서 기쁨을 받음을 전혀 기쁘지 않은 어투로 말한다. 예컨대 이런 편지. "결국 우리에게 필요한 건 사랑인지도 모릅니다. 저도 오늘만큼은 자기혐오를 멈추고 선생님의 진심 어린 충고를 따라 밤 수영이라도 해야겠습니다." "싫은 소설은 싫기 때문에 설명하기 싫습니다. 좋은 소설은 좋기 때문에 어떻게 설명해야 할지 모릅니다. 좋거나 혹은 싫거나. 저는 이런 좋고 싫음이 유전자에서 비롯된다고 생각합니다." 이들은 이렇게 기뻐하는 것 같다. 진심으로.

걷는 듯 천천히

고레에다 히로카즈 ─ 이영희 옮김 ─ 문학동네 ─ 2015년 8월

영화를 그리 좋아하는 것도 아니고 눈 밝은 관객도 아니어서 영화에 대한 책은 거의 읽지 않는다. 내가 읽은 책 중 유일하게 영화와 관련된 것이 있다면 『박찬욱의 오마주』(마음산책, 2005)인데 이 역시 영화와는 무관한 목적의 독서였다. 워낙 서평을 잘 썼다기에 서평 쓰는 것 좀 배워보려고 읽었던 것이다. (박찬욱 감독의 서평은 실제로 무척 감동적이었다.) 내가 이 에세이집을 읽으려고 마음먹은 데에는 아래의 발췌문 덕이 컸다. 아니 저 말이 아니었다면 책을 읽으려는 생각도 못했을 것이다.

나는 주인공이 약점을 극복하고 가족을 지키며 세계를 구한다는 식의 이야기를 좋아하지 않는다. 오히려 그런 영웅이 존재하지 않는, 등신대의 인간만이 사는 구질구질한 세계가 문득 아름답게 보이는 순간을 그리고 싶다. 그러기 위해서는 이를 악무는 것이 아니라, 금방 다른 사람을 찾아나서는 나약함이 필요한 게 아닐까.

현대 예술은 자신의 작품을 얼마나 설득력 있게 표현할 수 있는지에 따라 작품의 가치가 결정된다. 영화야 워낙에 대중매체니까 보는 사람들이 얼마든지 훌륭하게 그 가치를 발견하지만, 이토록 분명하고 아름다운 방식으로 자신의 작품 세계를 설명하는 예술가에게는 신뢰가 간다. 아니나다를까. 고레에다 히로카즈는 영화도 잘 만들고 소설도 잘 쓴다. 『박찬욱의 오마주』 이후 이토록 감동적인 '감독&저자'는 처음이다.

사랑하기 좋은 책

김행숙 글 – 조성흠 그림 – 난다 – 2016년 7월

언제였더라. 김명인 선생님의 시집 『기차는 꽃그늘에 주저앉아』 (민음사, 2015)가 나오고 순대에 소주를 마시면서였던가. 정작 선생님은 다음날 새벽 낚시를 가야 한다며 일찍 자리에서 일어나셨고, 그의 제자인 김행숙 시인과 남아서 산문집 원고 이야기를 했다. 곧 나올 책이 있는데, 약간 머리가 아프다고 했다. 선배한테는 미안한 이야기지만, 우리 팀에서 나올 책이 아니라 생각하니 편하게 들을 수 있었다. 머리가 아프다니, 엄살이 아니겠는가. 원고는 좋을 게 분명했다. 포개지고 번져가는 사랑에 대한 이야기라고 했는데, 그 문장은 그대로 부제가 되었다.

이 책은 세상 사람들이 전혀 읽지 못했을 이야기를 하고 있다. 당연하다. 사랑을 향해 헤엄치는 인어 아가씨의 이야기니까. 갖가지 이야기와 책과 시가 문장을 타고 유영하지만 그 중심에는 인어 공주가 있다. 심지어 시인은 자신의 할머니가 인어이며, 자신은 인어 공주의 우편배달부임을 자처한다. 인어의 후예이자 인어 공주의 친구인 시인은 산문의 형태를 한 시를 쓴다. 시의 목소리를 가진 산문을 적는다. 에세이의 형태를 갖춘 동화이자 에로틱한 이야기책을 완성한다. 농담 같은 진담으로 사랑을 이야기한다. 그리하여 책을 읽은 모두를 사랑하기에 좋은 상태로 이끈다. 제목은 『사랑하기 좋은 책』이다. 다른 누구보다도 인어 공주에게 필요했을 책이자, 지금 당신에게도 필요할 책.

언제였더라. 나는 길을 잃고 두리번대는 선배의 뒷모습을 연희동 큰길가에서 본 적이 있는데, 그때 여름 아지랑이 속에서 선배의 하반신은 어쩐지 물고기의 그것과도 같아 보였다. 선배는 정말로 어쩌면……

경멸

알베르토 모라비아 ― 정란기 옮김 ― 본북스 ― 2014년 6월

『경멸』은 모라비아가 아내에 대한 불만이 절정에 달했을 때 쓴 소설이다. 불만의 정도가 얼마나 높았냐면 아내와 이혼하지 않기 위해 아내를 죽이고 싶다고 생각할 정도였다고. 그들에게는 불행한 시간이었겠지만 독자로서 나는 그들의 불행에 더없이 깊은 감사의 마음을 갖고 있다. 이 소설은 '결혼 문학'의 최고봉이다.

『오디세이아』를 결혼의 관점에서 보면 장대하고 웅장한 영웅 서사는 불화한 아내와의 관계에 대한 심리소설이 된다. 어떤 소설도 『경멸』이 경멸하는 것만큼 결혼을 경멸하지 못할 것이다. 더욱이 어떤 소설도 『경멸』이 풍자하는 것만큼 『오디세이아』를 풍자하지 못할 것이다. 미스터리, 심리, 블랙 코미디를 오가는 이 소설은 '결혼'이 어떻게 하나의 장르가 될 수 있는지, '복잡계'로서의 결혼을 숨김없이 보여준다. 고전을 다시 써서 또하나의 고전이 된다는 건 기적이다. 절판된 줄 알았는데 계속 새롭게 출간되어서 다행이다.

상냥한 폭력의 시대

정이현 – 문학과지성사 – 2016년 10월

『홀딩, 턴』에서의 남녀도 댄스 강습소에서 만났는데, 『상냥한 폭력의 시대』의 마지막 수록작, 「안나」의 인물들도 그렇다. 다만 이쪽이 더 서늘한 편이다.

안나를 대하는 경의 심리를 파고드는 작가의 문장은 사람을 미치게 하는 면모가 있다. 모든 사람에게 있을진대 본인에게는 없을 것이라 믿는 마음들이 믿을 수 없이 적나라하게 전시된다. 경은 안나의 젊음을 시기했고 안나의 사정을 동정하며 혐오했다. 안나를 이용했고 안나를 모른 체했다. 경은 참으로 인간답게 행동한다. 손해 보지 않고, 어른스럽게, 실패로부터 배우면서.

정이현 작가의 소설을 읽는 일은 자신을 비추는 거울을 보는 셈이다. 얼룩지거나 일그러지거나 심지어 깨졌겠지만, 그것이 비추는 상 또한 우리다. 인간이다.

페르세폴리스 1

마르잔 사트라피 – 김대중 옮김 – 새만화책 – 2005년 10월

"네 이야기에 대해서 뭔가 해보는 게 어때?"

자전적 이야기를 통해 작품을 완성한 작가들 곁에는 항상 책을 써보라고 부추기는 사람들이 있다. 아마도 나 같은 사람들. 나는 이런 사람들이 세상을 바꾼다고 생각한다. 그들이 아니었다 해도 작가는 이란에 대한 이야기를 언젠가 어디에선가 어떤 방식으로 표현했겠지만 그들의 제안이 있어 지금 이렇게 마르잔 사트리피의 글과 그림을 읽고 볼 수 있다.

"이 책 읽었어요?"

내 곁에는 좋은 책을 읽고 나서는 주변 사람들에게 그 책 읽어봤냐고, 좋아할 것 같은데 한번 읽어보라고 부추기는 사람들이 있다. 아마도 우리 팀원들 같은 사람들. 나는 이런 우리가 세상을 바꿀 수도 있다고 생각한다. 이들이 아니어도 어떤 책은 언제고 어디에서고 어떤 방식으로든 만나겠지만 그들의 추천이 있어 그 많은 책을 읽어온 것이라고 생각한다. 책을 둘러싸고 벌어지는 일들은 모두 다 작은 기적같이 생각되는 하루다.

누가 정하는 거야?

스티나 비르센 – 기영인 옮김 – 문학과지성사 – 2017년 2월

아빠의 육아를 다룬 다큐멘터리를 보았다. 스웨덴과 우리나라를 비교하고 있었다. 그곳에서 아빠들은 거개 긴 육아 휴직을 쓰고, 휴직 중에 경제적 보상을 충분히 받고 있었다. 업무는 정해진 시간에 정확하게 끝났다. 스웨덴의 아이들은 일찍 자고 일찍 일어나는 착한 어린이……인지는 잘 모르겠지만, 대부분 아빠를 사랑한다고 말했다. 그곳 아이들은 '아빠'의 관련어로 사랑, 따뜻함, 행복을 떠올렸다. 우리 아이들은? '술' '담배' '늦잠' 따위를 떠올렸다. 마치 무슨 극사실주의 영화처럼.

그림책 '누가' 시리즈는 스웨덴에서 왔다. 개성 있는 그림체의 토끼, 새, 곰, 고양이가 작은 소극을 벌인다. 마트에서 길을 잃은 아기 곰, 실수로 친구를 다치게 한 토끼, 옷을 바꿔 입은 친구들이 나온다. 이 귀여운 그림책이 바라보는 것은 아이들의 '마음'인 것 같다. 두려워하는 마음, 미안한 마음, 싫은 마음 들이 어디서 생겼다 어떤 방식으로 다스려지는지 북유럽에서 온 그림책은 넌지시 말하고 있다.

시리즈 중 가장 눈길이 오래 갔던 건 『누가 정하는 거야?』였다. 아무리 스웨덴이라도 아이들은 아이들인 법. 녀석들도 일찍 자기 싫다고 엄마에게 투정을 부리고, 아침밥 대신 아이스크림을 먹겠다며 실랑이를 벌이고 사고를 친다. 그림책에서 주인공은 단순한 의문을 실컷 부려놓는다. 잠자는 시간은 누가 정하지? 아침밥 메뉴는 누가 정한 거야? 스웨덴 아빠라면 하나하나 다 설명해주고, 토닥여주고, 안아주며 그 '누가'를 납득시킬까? 한국 아빠보다야 더 그렇겠지. 다만 나는 묻고 싶다. 누가, 아빠들을 이렇게 만들었나? 스스로에게서 답을 찾는 게 우선일 테지만……

소녀는 왜 다섯 살 난 동생을 죽였을까?

타냐 바이런 - 황금진 옮김 - 동양북스 - 2016년 10월

우리나라엔 왜 논픽션 분야의 도서가 부족할까? 어릴 적부터 글쓰기를 하지 않아서일까? 문학을 공부하기 때문에 글을 쓰는 것이 아니라 공부하려는 사람들은 모두 다 글을 써야 하는 사회가 되면 어떨까. 그렇게 되면 아마존에서 볼 수 있는 것처럼 논픽션 분야의 책들이 훨씬 더 많아지지 않을까. 자기 영역에서 경험한 것들을 쓰고 싶은 사람들이 우리나라라고 해서 적지는 않을 것이다. 하지만 자신의 경험을 한 권의 책으로 쓸 수 있는 사람은 적다. 저자가 독자보다 많은 시대라고들 하지만 저자는 특정 분야에만 몰려 있다. 논픽션 시장이 활성화되려면 교육 과정에서 글쓰기가 일반화되고 심화되어야 한다. 교육 방식에 변화가 생기면 우리나라에도 『소녀는 왜 다섯 살 난 동생을 죽였을까?』 같은 책이 얼마든지 출간될 수 있고 올리버 색스 같은 저자도 먼 얘기는 아니다.

임상심리학자가 쓴 임상 실습에 대한 이야기를 보면서 자꾸만 국내 버전을 상상하고 괜한 아쉬움과 결핍을 느끼는 건 어쩐지 부작용의 일환인 것 같다. 언젠가부터 내 읽기는 모두 생산을 위한 행위로 수렴되어가고 있다. 즐거운 독서가 그립다.

새크리파이스

곤도 후미에 – 권영주 옮김 – 시공사 – 2009년 4월

평창행은 실패했다. 그럼에도 불구하고 "당신이 평창입니다"라는 광고 카피는 온전한 내 것이 되었다. 그래, 나는 평창이다. 이번 기회에 겨울 스포츠의 매력에 흠뻑 빠지게 되었는데, 스노보드와 아이스하키 그리고 컬링이 발견 중 발견이었다. 멋있고 빠르고 우아하다. 우리나라 순위가 몇 위든 크게 상관없지만 그렇다고 내 안에 남아 있는 국수주의의 찌꺼기까지 아주 사라진 것은 아니어서 금메달을 따면 기쁘다. 지면 별로고, 일본에게 지면 더욱 그렇다. 역시 나는 평창이었던 것.

스피드스케이팅 매스스타트가 이슈 중 이슈다. 이 종목은 사이클 로드레이스와 비슷한 면이 있다. 팀을 이루어 경주하고, 바람의 영향 때문에 앞선 선수의 희생이 필요하며, 그 희생을 바탕으로 우승자가 가려지지만, 우승의 영광은 개인에게 부여된다. 팀 스포츠이면서 개인 종목인 셈이다. 우리나라는 여자부에서 은메달, 남자부에서 금메달을 획득했다. 좋은 성적이지만 찜찜함을 느끼는 사람이 많은 듯하다. 누구는 희생하고 누구는 우승하는 게 괜찮은가? 그것이 스포츠 정신인가?

곤도 후미에의 스포츠 추리소설 『새크리파이스』는 약간의 힌트가 될 만하다. 어시스트를 활용해 우승을 차지함으로써 팀의 위상을 높이는 에이스, 그런 에이스를 위해 희생을 연습하는 어시스트…… 힌트가 되었다는 말은 취소해야겠다. 금메달리스트와 함께 빙상장을 돌던 어시스트 선수의 표정을 오래 바라보았으나 해석은 어려웠다. 확실한 것은 지금 우리는 너무 과열되었다는 것. 그리고 나는 평창이었다는 것. 올림픽이 끝나는 게 꽤나 아쉽다.

거리를 바꾸는 작은 가게

호리베 아쓰시 — 정문주 옮김 — 민음사 — 2018년 2월

잡화점의 매력에 푹 빠져 있다. 잡화점에 대한 소식은 대부분 인스타그램을 통해서 얻는다. 새로운 물건이 들어왔다거나 행사를 진행한다거나 영업 시간이 어떻게 변경되었다는 식의 정보를 얻는 것 역시 인스타그램을 통해서다. 일본에서 구입해온 '아름답고 쓸모없는' 소품들에 대한 정보를 얻을 때 내가 얻는 건 물건에 대한 이야기만은 아니다. 나는 그 잡화점의 주인과 일상의 작은 감정들, 오늘의 사소한 소식들을 공유한다고 느낀다. 그곳에서 구입하는 것은 물건만이 아니다. 물건은 거들 뿐이다. 작은 가게가 범람할 때도 그 흐름과 멀찍이 떨어져 있던 나다. 이제야 작은 가게의 매력을 알겠다.

『거리를 바꾸는 작은 가게』는 1982년 탄생한 '게이분샤 이치조지 점'이라는 작은 서점에 대한 이야기다. 현지인만 찾는 소박한 가게였지만 최근 영국 일간지 『가디언』이 '세계에서 가장 훌륭한 서점 10'에 선정하면서 일약 세계적인 서점이 됐다고 한다. 한국에서도 동네 서점이 급격하게 늘어나고 있지만, 유지하지 못하고 얼마 못 있어 사라지고 마는 경우를 너무 많이 본다. 게이분샤 이치조지 점에 대한 이야기를 보니 작은 가게는 무엇보다 사람 사이의 섬이 되어야 한다는 걸 알겠다. 사람들 사이에 있으면서 사람들이 가보고 싶어하는 곳. 멀찍이 떨어져 있는 것 같지만 하나로 연결되어 있는 것. 어떻게 연결하느냐, 그 연결이 거리를 바꾼다.

쓰기의 말들

은유 - 유유 - 2016년 8월

다소 자기 비하적인 의미로 요즘 '글아치'라는 말을 만들어 써먹으며 사람들을 웃기고 있다. 글이랑 양아치랑 합친 말이야. 내가 요즘 양아치처럼 글을 쓰거든. 하하, 허허, 호호, 별말을 다 하고 그러네. 웃겨서 웃는지, 듣기 싫어 다른 화제로 빨리 넘기려고 웃는지 알 수 없다. 이 원고도 원칙상으로는 하루에 하나의 글을 써야 하는 성실함의 결정체 같은 기획인데, 이제 2월밖에 되지 않았거늘 걱정이다. 시간에 밀려 또 대충 얼버무릴까봐. 경험 두 스푼에 시의성 한 스푼, 책 구절 반 스푼…… 글 쓰는 양아치라는 말이 딱 어울리지 않은가 말이다.

물론 은유 작가는 이런 나와 정반대에 있는 사람이다. 다른 저서에서도 마찬가지지만 『쓰기의 말들』은 글의 도입이 되는 유명 저자의 한 줄과 은유 작가의 한 페이지가 절묘하게 맞닿아 있다. 그리고 그 페이지들은 책의 부제처럼 "안 쓰는 사람이 쓰는 사람이 되는 기적을 위하여" 자유분방하면서도 효율적으로 복무한다. 김수영의 문장으로 시작하는 페이지가 인상 깊었다. "문학하는 사람의 처지로서는 '이만하면'이란 말은 있을 수 없다." 은유 작가는 '이만하면'이라는 말은 위험하다고 한다. '웬만하면' 한번 더 다듬는 게 낫다는데, 당연히 백번 동의한다. 하지만 언젠가부터 그리고 최근까지도 나는 '이만하면'이라는 말에 더 충실했다. '웬만하면'은 남에게 바랐다. 무언가가 잘못되고 있다. 제대로 좀 쓰자! 『쓰기의 말들』에게서 혹독하게 배워본다.

노인과 바다

어니스트 헤밍웨이 - 김욱동 옮김 - 민음사 - 2012년 1월

바다에서 노인이 가장 그리워했던 건 소년 마놀린과의 대화였다. 노인은 소년을 사랑하듯 사자도 사랑했다. "노인의 꿈에는 이제 폭풍우도, 여자도, 큰 사건도, 큰 고기도, 힘겨루기도, 그리고 죽은 아내의 모습도 나타나지 않았다. 다만 그는 여러 지역과 해안에 나타나는 사자들 꿈만 꿀 뿐이었다." 헤밍웨이는 강박적인 성격에 자신에 대한 세간의 평가에도 일일이 신경쓰는 작가였다. 『무기여 잘 있거라』 이후 많은 비평가가 그의 작품에 사망 선고를 내렸다. 헤밍웨이를 향한 가혹한 평가가 그를 얼마나 힘들게 했을지 상상하는 것은 어렵지 않다. 암흑 같은 시기에 청새치와 싸우는 마음으로 한 문장 한 문장 완성했을 마지막 소설. 사자는 헤밍웨이가 『노인과 바다』를 쓰는 내내 바랐던 재기의 꿈은 아니었을까. 한 번만 더 다시 일어나보자고 스스로에게 용기를 주는 고독한 사랑. 이것이 헤밍웨이가 쓴 마지막 소설의 마지막 장면이라 생각하면 나도 모르게 숨이 낮아진다. 내게도 있을 마지막에 대해, 조용하고 고요한 끝에 대해, 가만히 생각하게 된다.

"머리를 맑게 해서 어떻게 하면 인간답게 고통을 견딜 수 있는지를 알아야 해." 1년에 한 번은 꼭 읽게 되는 『노인과 바다』. 내 작은 고통의 경전.

혼자 가는 먼 집

허수경 – 문학과지성사 – 1992년 4월

고등학교 2학년이었을 것이다. 문예부실 책꽂이 뒤편에 떨어져 있던 『혼자 가는 먼 집』 초판본을 우연히 주웠다. 어느 선배의 것이었는지 알 수 없지만, 돌이켜보면 문예부에 가입하길 정말 잘했다 싶은 다섯 장면 중에 하나는 된다. 나머지 넷은 지금 생각중이다.

당신이라는 말이 참 좋다는 걸 이 책으로 배웠다. 이전의 당신은 상대방과 제대로 싸우기 직전에 불러보는 호명 같은 것이었는데, 아마 당신의 정의가 내 안에서 바뀐 이후에야 나는 시쓰기가 가능한 인간이 된 것 같다. 당신 뒤에 말줄임표도 붙이고, 킥킥 웃어도 보고, 버릴 수도 없고 무를 수도 없는 참혹이라고 말해보는 것이다.

시가 내게서 영영 떠나버릴 것 같은 계절이라
다시 꺼내 읽어본다.

도시의 로빈후드

박용남 ― 서해문집 ― 2014년 5월

'자동차 없는 도시'를 향한 실험이라는 말에 끌려서 샀다. 자동차에 대한 내 입장은 양가적이고 모순되고 복잡하다. 일단 내겐 운전면허증이 있다. 하지만 운전을 할 줄은 모른다. 수능시험을 치고 나서 제일 먼저 한 일이 운전면허 시험을 본 것인데, 내 의지라기보다는 순전히 아버지가 운전면허 학원 선생님이었던 절친의 영향이었다. 성인이라면 운전을 할 줄 알아야 한다는 게 친구 아버지의 지론이었다. 나는 직진도 못하고 유턴도 못했다. 급기야 선생님의 꾸중에 눈물을 터뜨려서 선생님이 교체되기까지 할 정도로 유난스럽기까지 했다. 그러니 지금까지도 겁이 나서 운전에 도전하지 못하고 있는지도. 그런데도 운전하는 사람들을 보면 얼마나 부러운지.

실상 내가 원하는 건 자동차가 아니라 자동차로 대표되는 도시의 이미지였던 것 같다. 고작해야 자동차만 떠올릴 수 있을 뿐인 내 가난한 도시 로망. 도시를 만든 것보다 도시를 바꿀 때 인간은 더 위대해 보인다. 『도시의 로빈후드』는 도시적인 것을 멍하니 바라보고만 있던 내게 작은 충격이었다. 그저 소비하려고만 했던 도시에서 생산할 수 있는 것들에 대해 생각하게 되었다.

어린 나무의 눈을 털어주다

올라브 하우게 – 임선기 옮김 – 봄날의책 – 2017년 2월

2월의 끝자락인데 폭설이 내렸다. 새벽에 눈이 오면 아침 출근 길이 고역이다. 내가 사는 동은 아파트 단지의 가장 안쪽에 있는데, 버스 정류장이 있는 정문까지 뻗어 있는 가로수에 쌓인 눈이 아침 바람을 맞아 후드득 떨어지는 것이다. 이것은 '어린 나무'가 아니고, 누가 '털어주는 눈'도 아니다. 이럴 때면 이게 사는 건가 싶다. 이럴 때면 겨울이 지옥인가 싶다. 이럴 때면 출근길인데 집에 가고 싶은 것이다.

『어린 나무의 눈을 털어주다』는 봄날의책에서 새롭게 펴낸 '세계 시인선'의 첫번째 책이다. 작년 이맘때 나왔는데 독서가 늦었다. 구입하고 이제야 눈에 들어왔는데, 곱게 래핑되어 있었다. 덕분에 하얀색 표지가 아무도 밟지 않은 눈처럼 깨끗하게 보존됐다. 시인의 이름만 노출된 심플한 앞표지, 시인의 사진이 들어간 뒤표지, 종이의 질감까지 구성이 단단한 책이다. 무엇이든 시리즈의 시작인 책을 보면 이렇게 구석구석 살피게 된다. 누구에게도 들리지 않는 목소리겠지만, 고생하였을 사람들을 떠올리면서 수고하셨다고 말을 건넨다. 수고하셨어요. 수고하셨습니다.

시는 생각보다 소박했다. 오늘 같은 날은 「한겨울, 눈」이라는 시가 어울릴 것 같다. 한겨울의 눈이 새에게 빵을 나눠준다는 표현이 있는데, 아침부터 지옥 운운한 한반도의 어느 시인을 반성에 들게 한다. 하지만 파주의 눈을 헤치고 서울까지 나아간다는 게 무엇인지 울라브 하우게 할아버지는 모르니까. 어린 나무의 눈은 어린 나무에게로, 파주의 눈은 파주에게로 다들 각자의 자리가 있을 것이다. 춥다. 그래도 내일부터는 3월이다.

반쪼가리 자작

이탈로 칼비노 — 이현경 옮김 — 민음사 — 2010년 2월

내 소설 읽기는 이탈로 칼비노를 읽은 시점을 기준으로 그 이전과 이후로 나뉜다. 칼비노를 읽으면서 소설의 이야기성에 대해 눈뜬 것만 같다. 이야기란 무엇인가. 소설 속 이야기는 어떻게 시간과 공간을 만들어내는가. 개별적이면서도 보편적인 이야기란 무엇인가…… 한편으로 재미있으면서도 재미없는 것은 무엇인가. 이탈리아 소설은 고전 중에서도 인기가 없다. 이탈리아 소설이 많이 번역되는 것도 아니지만 번역되는 것들도 독자들 눈에는 잘 띄지 않는다. 그런 소설이야 한두 편이겠냐마는 이탈로 칼비노가 이렇게 비인기 작가인 건 너무 속상한 일이다. 그러면서 납득 불가한 일은 아니라는 게 다시 한번 속상하다. 한번 읽은 사람은 모두 다 팬이 되는데 도무지 그 한번 읽기가 힘든 작가들이 있다. 세계가 복잡한 것만큼이나 독서의 세계도 복잡하다. 그리고 이 세계를 바라보고 있는 편집자의 마음은 한층 더 복잡다단한 것이다.

March

March

단 하나의 눈송이

사이토 마리코 – 봄날의책 – 2018년 2월

여전히 춥다. 이토록 추울 거면 여름에 덥지 않아야 하지 않나? 이런 말을 작년 여름에도 순서만 바꾸어 한 것 같다. 너무나 덥다. 이렇게나 더울 거면 겨울에 춥지 않아야 하지 않나?

어제에 이어 봄날의책에서 낸 '세계시인선'을 읽어본다. 사이토 마리코의 시집 『단 하나의 눈송이』. 은희경 작가의 소설집 『다른 모든 눈송이와 아주 비슷하게 생긴 단 하나의 눈송이』(문학동네, 2014)의 주요한 모티브이며 제목의 일부로 쓰이기도 했다. 또한 '민음의 시' 리스트의 앞 번호에 있었던 시집인데, 지금은 절판되어 이렇게 다른 출판사에서 나오게 되었다. 사실 새로 복간할 수 있을까 하여 수소문해보았는데, 봄날의책에서 이미 작업중이라 하여 아쉬운 마음과 안도하는 마음이 반반 섞인 채로 하루를 보낸 적이 있다. 너무 일렀다. 그리고 늦었다. 한때 '민음의 시'는 너무 많은 시집을 절판시켰다. 이제 와 그것을 살리기가 쉬운 일이 아니다. 시집을 절판시킨 과거는 지금까지도 이 시리즈의 발목을 잡고 있는 것 같다.

절판된 시집의 표제작 「입국」에서부터 책은 시작했다. 나로서는 설국에 진입하는 것처럼 설레면서도 씁쓸한 시작이었다.

1945

배삼식 - 국립극장 - 2017년 7월

배삼식 작가의 신작 「1945」가 연극으로 공연됐다는 사실을 너무 늦게 알았다. 한발 늦게 사는 것도 괜찮다고 생각하지만 정말 한발 늦었을 땐 한 번도 괜찮은 적이 없었다. 가뜩이나 괜찮지 않은 마음에 호평 일색까지 더해지니 아쉬운 마음을 해소할 방법이 없다. 아쉬움을 만회하는 방법은 출간하는 것밖에. 일전에 희곡집을 냈던 것처럼 예닐곱 작품이 모일 때까지 기다리려면 시간이 너무 많이 걸린다. 유진 오닐의 『밤으로의 긴 여로』도 희곡 2편으로 이뤄진 작품집이고 그런 책은 얼마든지 있으니 이 작품을 출간하지 못할 이유도 없어 보인다.

배삼식 선생님으로부터 국립극장에서 소량 제작한 대본의 일종인 『1945』를 보내달라고 부탁해서 받았다. 일본 위안소에서 탈출한 한국인과 일본인의 동행. 일본말과 한국말이 뒤섞인 대사들은 순식간에 시간을 2018년에서 1945년으로 되돌려놨다. 제국주의의 가장 어두운 그늘인 두 여성의 우정이라고 해서 마냥 어둡고 비참하지 않다. 배삼식의 대사는 역사의 소용돌이에 휩쓸린 개인들의 비참하고 비극적인 운명을 나약하지 않게, 오히려 죽음 한가운데서 피어난 꽃처럼 의지적인 목소리로 만들어낸다. 내 마음에는 이미 '1945'가 조지 오웰의 『1984』보다 더 커다란 숫자가 되어 있다. 일본군 위안부를 소재로 한 작품들이 근래 많아지고 있다. 그 흐름 가운데 『1945』가 놓일 자리를 상상하는 것만으로도 설렌다. 배삼식 작가의 희곡을 좀더 많은 사람이 읽었으면 좋겠다.

다운타운

노엘 랑 글 ─ 로드리고 가르시아 그림 ─ 엄지영 옮김 ─ 미메시스 ─ 2014년 7월

은재도 은유도 방학이 끝났다. 아이들이 방학이거나 말거나 나는 나대로의 삶이 이어지지만 아내는 그렇지가 않다. 아이들에게서 벗어날 수 있는 짧은 시간마저도 압류되어 24시간 육아에 묶여 있던 아내에게 조금의 쉴 틈이 생겼다. 별 도움이 되지 못하는 남편이라는 죄의식을 덜어내려는 듯 나는 개학을 격하게 반겼다. 그러나 정작 아내는 걱정이 더 많아 보인다. 은재 담임 선생님이 급작스레 바뀌었기 때문이다. 그저 한 선생님의 전근일 뿐이지만, 은재와 우리 부부에게는 첫 선생님이자, 유일한 선생님이었다. 새로운 선생님은 어떤 분일까, 은재가 잘 적응할 수 있을까, 아이에 대해서 무엇을 다시 알려드려야 할까……

『다운타운』은 스페인 다운증후군 친구들의 이야기다. 블로, 벤하민, 미겔로테, 비비, 룻. 그들은 우리와 마찬가지로 우정을 나누고, 기뻐하고, 슬퍼한다. 좋아하는 음악이 있고, 귀찮아하는 일도 있다. 이 친구들에게는 사랑스러운 유머가 있고 이 만화는 그 유머에 가장 많은 분량을 할애한다. 그래서 웃으며 읽을 수 있다. 그러니 오늘 걱정은 이제 그만, 은재는 웃으며 학교에 아주 잘 다닐 거라고, 『다운타운』을 다시 펼치며 믿어볼 수도 있지 않을까.

다운증후군 때문에 나쁜 점이 있다면, 이 세상에 태어난 첫날 엄마 아빠가 슬퍼하고 힘들어한다는 것이다. (……) 반면 좋은 점은, 그날이 지나면 다시는 슬퍼하거나 괴로워하지 않는다는 사실이다.

의미의 자리

조재룡 – 민음사 – 2018년 3월

'민음의 비평'은 비평집 시리즈다. 1년에 두어 권 정도 출간된다. 워낙 드문드문 나오다보니 독자들 입장에서는 이런 시리즈가 있는지조차 알 수 없을 것이다. 사실은 꼭 두어 권이 나와서가 아니라 비평집 자체가 독자들 관심 안에 있다고는 보기 힘든 분야다. 그래서일까. 요즘 비평가들에게는 공통적으로 책을 내는 행위에 대한 회의적인 태도가 있는 것 같다. 잡지에 발표하거나 단행본의 해설로 발표하는 데에는 정확한 수요가 있고 필요성도 있지만 비평집을 내는 행위에 대해서라면 그것을 필요로 하는 사람도 당위도 명확하지가 않으니 책을 내야 하는 동력을 얻지 못하는 거겠지.

그에 반해 조재룡 평론가는 최근에 비평집을 두 권이나 냈다. 그것도 두 권 모두 '벽돌책'이다. 혹자는 그 두꺼운 두 권의 평론집을 보면서 '이걸 누가 다 읽어' 하고 혀를 내두를지도 모르겠다. 내 생각은 좀 다르다. 그 책은 누가 읽을 것이기 때문에 나온 것이 아니라 조재룡이 읽었기 때문에 나온 것이다. 비평집은 읽은 사람들이 남긴 모험과 도전의 기록이다. 모험과 도전의 기록은 그것을 감행하는 사람들 사이의 유일한 지도다. 이 지도가 없다고 생각하면 우리 읽기의 역사는 얼마나 빈곤할까. 비평집은 꼭 많은 사람이 읽어야 의미 있는 것이 아니다. 의미의 자리를 만들어가고 싶어하는 사람들이 읽기 때문에 의미 있는 것이다. 여기저기서 더 많은 비평집이 나왔으면 좋겠다.

이봐요, 까망 씨!

데이비드 위즈너 – 비룡소 – 2014년 3월

턱시도를 입은 멋진 검정고양이가 있다. 어느 한적한 오후 고양이 옆에 UFO가 나타난다. UFO는 지구를 덮을 만큼 거대하지 않으며 인류를 몰살시킬 만한 무기도 없다. 그저 개미처럼 작은 외계인을 태우고 고양이가 뒹굴고 있던 거실 바닥에 착륙했을 뿐이다. 얼마나 작냐면 고양이 장난감만큼 작다. 우리의 멋진 턱시도 고양이는 UFO를 장난감 삼아 고양이 특유의 호기심을 발동시킨다. 툭툭 건드려보고, 이리저리 쳐보고, 골똘히 쳐다본다. 고양이에게는 놀이지만 외계인에게는 생사를 위협하는 사고였으니, UFO에 타고 있던 선량한 외계인들은 아연실색, 기절하고 까무러친다. 이윽고 우리의 고양이 까망 씨는 고양이 특유의 심드렁함을 되찾고, 그 틈에 외계인들은 간단한 통신 장비만 겨우 수습해 비행체에서 탈출한다. 그들이 찾아간 곳은 가구 밑 어두운 세계. 그들은 거기에서 고양이가 아닌 또다른 생명체와 조우하는데, 그들은 다름아닌 개미와 무당벌레다. 미지의 존재와의 첫 대면인 까닭에 잠시 혼란스러워하는 그들이지만, 곧 모두 까망 씨에게 쫓기는 신세이기는 매한가지임을 공유하고, 언어와 세계와 차원을 넘어선 호혜와 우정을 나누는데⋯⋯

엉뚱하고 발랄한 영화의 시놉시스처럼 보이겠지만 사실은 데이비드 위즈너의 그림책 『이봐요, 까망 씨!』의 줄거리다. 진술과 설명이 가득한 소설책이나 말풍선이 잔뜩 그려진 만화책이 아니다. 그저 그림뿐인 이 책에서 유일한 '말'은 이러한 상황을 까맣게 모르는, 까망 씨의 주인인, 못난 인간이 던지는, 천치 같은 대사뿐이다. "까망, 뭘 그렇게 봐?" 역시나 집사는 뭘 몰라도 한참을 모른다니까.

주말, 출근, 산책: 어두움과 비

김엄지 ― 민음사 ― 2015년 11월

론도는 주제가 같은 상태로 여러 번 되풀이되는 형식의 음악이다. 그러므로 멜랑콜리 론도라 함은 모종의 우울이 되풀이되는 형식을 말하는 것이겠다. 홍상수 감독의 영화에 대한 비평문을 읽다가 알게 된 표현인데, 읽자마자 김엄지 작가의 소설 『주말, 출근, 산책: 어두움과 비』가 떠올랐다. 책을 편집하던 2014년에는 생각하지 못했던 지점이다. 김엄지의 이 소설은 멜랑콜리하고 공허한 장면이 반복되며 만들어지는 분위기가 주인공이다. 인물도, 그들이 하는 말도, 그들이 보는 비둘기나 먹는 닭튀김도 모두 뒤로 물러선다. 김엄지는 읽어도 읽어도 읽을 게 남아 있는, 마르지 않는 텍스트다.

악의 꽃

샤를 피에르 보들레르 – 황현산 옮김 – 민음사 – 2016년 5월

작은 방송에서 보들레르의 시집 『악의 꽃』을 다룬다며 패널로 불러주었다. 안면이 있는 작가님인데 이미 두 번이나 이런저런 핑계로 거절 후 이번이 세번째 섭외였던바, 더이상의 거절은 어렵겠다 여기고 있었는데 하필 주제가 프랑스 상징주의 시였던 것이다. 아침까지도 내가 그곳에 가는 게 맞나, 내가 보들레르를 남한테 이야기할 정도로 잘 아는가, 이건 아니다, 하는 생각에 사로잡혔다. 다른 패널로 조재룡 문학평론가와 송승환 시인이 함께한다니 조그만 용기를 낼 수 있었다. 이럴 때일수록 먼지처럼 손때처럼 공기처럼 묻어가는 것이다.

과연 나는 잘 묻어 있었다. 두 선배의 멘트들은 그대로 하나의 강연 같았는데, 대신 조금 길기야 길었지만 PD께서 잘 편집하시지 않겠는가, 하는 편안한 마음이 들자 오히려 보들레르의 많은 것이 궁금해졌다. 격변하는 파리의 골목을 천천히 거닐던 산보자로서의 보들레르, 탕진하고 또 탕진했던 금치산자로서의 보들레르, 그림과 화가를 사랑했던 미술평론가로서의 보들레르, 무엇보다 시인 보들레르. 궁금한 것은 많고 아는 것은 없어서 낭독으로 그날 녹화의 밥값을 다하려 노력했다. 본디 프랑스어였을 한국어를 천천히 읽었다. 낭독 후에 「알바트로스」를 해설하는 조재룡 선배의 이야기를 더 경청하고 싶었으나, 방청객들은 적이 지쳐 있었고 방송 분량 또한 다 나온 것 같았으니 집에 갈 시간이었다. 황사와 미세먼지에 둘러싸인 여의도의 빌딩들이 조금은 달라 보였다. 다시 프랑스 시인의 시집을 천천히 읽을 날이 며칠 안에 당도할 것만 같다.

우리는 왜 공부할수록 가난해지는가

천주희 – 사이행성 – 2016년 9월

이 책은 청년 빈곤과 부채에 대한 보고서다. 현상을 분석하는 작가의 통찰력과 작가를 발견한 출판사의 기획력이 돋보인다. 내가 존경해 마지않는 록산 게이의 책도 모두 사이행성에서 출간되고 있고 스스로 화제 되기에 성공한 『며느리 사표』(영주, 2018)도 사이행성에서 나왔다. 인문 사회 분야에 여성 저자들의 활약이 두드러지고 있다면 그건 사이행성이 열심히 일하고 있기 때문이라고 해도 과언은 아니다. 『나쁜 페미니스트』(노지양 옮김, 2016)와 『헝거』(노지양 옮김, 2018)의 록산 게이가 사이행성이 발굴한 해외파 저자를 대표한다면 국내 저자로 천주희가 있다.

한 사회의 지식사는 일정 부분 출판사를 기준으로 재편된다. 책 읽는 사람들에게 새로운 출판사의 등장은 새로운 국가의 출현만큼이나 가슴 벅찬 일이다. 지금 20~30대 독자들과 함께 한국 사회의 지식사를 이끌고 있는 출판사는 어디일까. 최전선에 사이행성이 있는 건 분명하다. 『나쁜 페미니스트』를 통해 페미니스트의 개념과 범주를 확대했고 『며느리 사표』를 통해 일상의 변화를 증언했으며 『우리는 왜 공부할수록 가난해지는가』를 통해 남성들로 점철되어 있던 1980년대생 사회학 논객의 아성을 무너뜨렸다.

너무 딴소리만 한 것 같다. 기왕에 시작했으니 마무리까지 딴소리해본다면, 그러니까 공부하지 말자. 공부할수록 가난해지니까 공부하지 말자. 가난에서 벗어나는 도구로서의 공부는 이만하면 됐다. 공부의 거품이 꺼지면 그 많은 젊음의 낭비도 줄어들 테다.

조용한 혼돈

산드로 베로네시 – 천지은 옮김 – 열린책들 – 2011년 10월

모든 것을 다 가진 남자 피에트로는 결혼을 앞둔 어느 날, 휴양차 찾은 바다에서 낯선 이의 생명을 구한다. 같은 시간 약혼자인 라라는 별장에서 피에트로가 없는 사이 갑작스러운 사고로 세상을 떠난다. 그에게 난생처음으로 극복하기 힘든 고통과 슬픔이 찾아온 것이다. 사고 이후 그는 죄책감에 잠긴 채 북받치는 감정을 제어하려 노력하지만 시간이 지날수록 사건의 크기만큼 적절하게 대응하는 방법을 찾지 못하는 자신을 발견한다. 딸의 등굣길을 함께하면서 피에트로는 그 방법을 찾고자 한다. 아무것도 하지 않고, 그저 학교 정문에 차를 세워둔 채로.

이야기가 진행되는 내내 '팰린드롬'이 주요한 상징으로 쓰인다. 회문回文. 앞으로 읽어도 뒤로 읽어도 같은 말이 되는 단어나 문장을 뜻하는데, 우리말에서는 '소주나 주소' 정도가 되겠다. 피에트로는 죄책감의 크기를 따지고, 적당한 슬픔의 양을 찾아 그에 맞게 애도하여 과거로 돌아가려고 한다. 그러나 그런 적절한 슬픔은 있을 수 없다. 우리는 속수무책인 불행 뒤, 조용한 혼돈 속에서 시간을 보내야 할 것이고, 슬픔을 통과해야 한다. 인생은 거꾸로 읽을 수 없다. 어느 방향에서 읽더라도 삶은 다 다를 것이다. 그 소주가 이 소주가 아닌 게다. 이 슬픔과 저 슬픔은 모두 다른 게다. 피에트로는 사고 후 몇 달이 지나서야 딸의 학교 앞을 떠난다. 팰린드롬의 구획 바깥으로 발을 내디딘다. 그의 슬픔을 감히 책정할 필요는 없을 것이다. 모두에게 그러하듯이.

남자의 자리

아니 에르노 ─ 임호경 옮김 ─ 열린책들 ─ 2012년 4월

"저녁이 되면 공동주택 단지에 노래가 흘러나와. 그럼 나가서 두부도 받아 오고 고기도 받아 오는 거야. 따로 살 필요가 없어. 그걸로 저녁 만들어 먹는 거야. 그런데 어떤 날은 노래가 안 나와. 누가 죽은 거지. 탄광에서……" 젊었을 때 아버지는 광부였다. 나는 유치원을 태백에서 다녔는데, 그때 아버지가 일하던 곳이 태백에 있는 탄광이었기 때문이다. 무엇보다 나이가 어려서일 테지만 그 시절에 대해서는 기억나는 것이 많지 않다. 유치원 선생님께 혼난 날이라든지 한밤중 아버지와 함께 엄마가 입원해 있던 산부인과에 갔던 일이라든지. 딴에는 충격적이었던 일들을 간신히 기억하고 있긴 하지만 기억이라는 건 얼마든지 사후에 만들어지기도 하는 것이어서 이중 얼마만큼이 진짜 내 기억인지는 알 수 없는 일이다. 어쩌면 그 모든 게 엄마에게 들어서 알고 있는 것인지도 모르고.

아버지가 들려주는 태백 이야기보다 엄마가 들려주는 태백 이야기를 좋아하는 건, 아버지와 태백이 너무 가까워서일 것이다. 그 시절의 노동이 얼마나 힘겨운 것이었는지에 대한 이야기보다는 그걸 지켜보는 엄마의 이야기에 조금 더 거리감이 있었다. 거리가 없는 이야기를 받아들이기가 어려운 건 아빠와 좀처럼 좁혀지지 않는 나만의 거리일지도. 아버지와는 지금까지도 일상적인, 그러니까 바깥의 이야기를 하지 못한다.

책장을 정리하다 잃어버린 줄만 알았던 『남자의 자리』를 발견했다. 아직 좁혀지지 않은 아버지와 나의 이야기를 발견했다. 아버지와 나에 대해 생각하기 시작한 건 이 책을 읽으면서였다.

거인의 역사

맷 킨트 — 소민영 옮김 — 세미콜론 — 2013년 12월

원제(한국어판에서 부제가 되어버린)는 '세상에서 가장 큰 남자의 비밀스러운 인생The Secret History of the Giant Man'이다. 어떤 과정을 거쳐 결정되었는지는 알 수 없으나, 정보치가 거의 없는 지금의 제목보다는 원래의 제목이 나았을 성싶다. 어쨌든 이 책은 물리적 성장을 멈추지 않는 한 남자의 인생 이야기이자, 탄생에서 죽음에 이르기까지 그의 부모에서 그의 손자까지를 그린 그래픽 노블이다. 거인 크레이그의 어머니 마지는 말한다. 기억하고 싶은 유일한 시간은 이리도 짧고, 잊고 싶은 모든 시간은 너무나 길어요. 그녀는 아들이 태어나 얼마 있지 않아 약간의 문제가 있음을 깨닫는다. 크레이그에게는 일종의 거인증이 있다. 다른 거인증과 다르게 그는 무한대로 큰다. 도시에서 가장 큰 농구 선수였다가, 미국에서 가장 큰 사람이 되어 요원으로 활동하다, 이윽고 세계에서 가장 거대한 생명체가 되어 모두에게 버림받고 굶주리다 죽는다. 누구에게는 잊고 싶은 모든 순간이었을 그의 생애는 인상적인 그래픽과 시적인 텍스트로 인해 잊을 수 없는 한 편의 소설이 되었다. 크레이그의 어머니, 연인, 딸의 시점으로 한 남자의 비밀스러운 인생을 구성하는 플롯도 크레이그의 거대한 발자국처럼 분명하되, 그 발자국을 감싸고 있는 습지처럼 부드러웠다. 오대호 어디 즈음에 3층 건물만 한 그의 유골 일부가 발견된다고 하여도 놀라지 않을 만큼. 그리고 그의 외로움이 태평양 건너 이곳에 오래 머무를 만큼.

바스러진 대지에 하나의 장소를

사사키 아타루 ─ 김소운 옮김 ─ 여문책 ─ 2017년 10월

사사키 아타루의 글을 읽고 있으면 철학자가 지도자가 되어야한다고 말했던 플라톤의 이야기가 떠오른다. 이런 생각은 세련되지도 않고 현실에도 맞지 않아 안 하려고 하는데도 그렇다. 이 책에수록된 수상 연설을 보면 사사키 아타루는 그동안 자신이 왜 동일본 대지진에 대해서 아무 말도 하지 않았는지, 더이상 침묵할 수만은 없는 지금 자신이 할 수 있는 이야기는 무엇인지 차근차근 설명한다. 거기에는 도서관에서 확인할 수 있는 구체적인 자료에 대한언급이 상당 부분 할애되어 있다.

무엇이 사실인가. 우리는 사실과 사실 아닌 것이 혼재된 시간과공간에서 어떤 태도를 취해야 할 것인가. 자료에 대한 언급은 아무것도 해석하고 있지 않지만 많은 것을 되돌아보게 만든다.

공동체에 불의의 재난이 들이닥치고, 모두가 그 재난의 희생자일 때, "바스러진 대지에 하나의 장소를" 세울 수 있는 것은 이렇듯말해야 하는 것과 말할 수 없는 것을 구분하는 것에서부터 시작하는 엄밀한 사유일 것이다. "잘라라 기도하는 그 손을" 같은 수사는엄결한 사상가의 언어일 때만 의미 있게 다가온다. 요즘은 현혹하기에 급급한 수사가들이 너무 많다.

전쟁은 여자의 얼굴을 하지 않았다

스베틀라나 알렉시예비치 – 박은정 옮김 – 문학동네 – 2015년 10월

전쟁 소설을 언제나 좋아했다. 특히 2차세계대전을 다룬 이야기에 빠져들길 자주였다. 레마르크나 헤밍웨이를 탐독했음은 당연하다. 최근 소설 중에 『우리가 볼 수 없는 모든 빛』에 유독 각별한 것도 전쟁중의 이야기이기 때문이다. 소설이 아닌 『증오의 세기』(니얼 퍼거슨, 이현주 옮김, 민음사, 2010) 같은 책에서도 2차세계대전의 포화에 가장 많이 멈췄었다. 그것들의 공통점은 전쟁의 참혹함을 오직 남자의 목소리로 들려준다는 것에 있었다. 전쟁은 남자의 것이었다. 전쟁을 일으키는 것도 남자, 죽고 죽이는 것도 남자, 쓰고 말하는 것도 남자. 그런 의미에서 이 책은 난생처음 읽는 2차세계대전이다. 태어나 처음으로 듣는 목소리다. 진즉에 알아야 했던 이야기임은 물론이다.

홀

편혜영 ― 문학과지성사 ― 2016년 3월

한 사람을 매개로 연결된 관계에서 그 매개가 사라진다고 치자. 이런 경우는 얼마든지 있다. 소설에서처럼 장모와 사위 사이에는 딸이라는 존재가 있다. 이런 식이라면 며느리와 시어머니, 며느리와 시누이, 매형과 형부, 부장과 과장, 나와 내 남편의 친구 등이 모두 여기 속한다 하겠다. 매개자를 전제로 한 관계의 불완전함은 그 관계가 애초에 변수에 의해 성립한다는 데 있을 텐데, 연결자들은 언제든지 사라질 수 있고 그들이 사라진 자리는 다시 메워지기보다는 텅 빈 구멍이 되기 쉽다. 어색, 침묵, 불편. 공백과 부재는 언제나 내게 공포의 전조다. 이 소설을 읽은 건 내가 아니다. 내 세포들이다. 소설이 끝나고도 한참 동안 무언가가 곤두서 있었다. 내 세포들이었다.

이번 달 녹음을 앞두고 있는 네이버 오디오클립 〈책걸상〉에서 '책 처방'에 필요한 책을 준비해달라는 연락을 받았다. '책 처방'은 청취자의 사연을 바탕으로 추천할 만한 책을 골라주는 일종의 큐레이션 서비스다. 이번 사연은 부쩍 소설 읽기에 재미를 붙인 어머니가 읽을 만한 책을 알려달라는 것인데, 최근 어머니의 별점이 높았던 소설로는 정유정 작가의 『7년의 밤』(은행나무, 2011)과 김혜진 작가의 『딸에 대하여』(민음사, 2017)라는 정보. 스릴러와 휴머니즘이네. 가장 먼저 떠오른 책은 『홀』이었다. 물론 스릴러로. 그다음 『두근두근 내 인생』(김애란, 창비, 2011)이 떠올랐다.

달콤한 노래

레일라 슬리마니 – 방미경 옮김 – arte – 2017년 11월

"아기가 죽었다."

이런 시작을 쉽게 받아들이기 어려웠다. 미리암과 폴은 두 아이의 부모이자 성공을 위해 달려가는 주류다. 그들이 채용한 루이즈는 주류 바깥의 부류, 잘 모르는 사람이다. 루이즈는 두 아이를 헌신하여 돌보고, 집안을 내 것처럼 여기며 가꾸고 정리한다. 그들은 한때 가족과 같은 우애를 보이며 여름휴가까지 함께 떠나지만, 주류는 결국 그런 부류를 곁에 둘 수 없다. 루이즈는 폄하된다. 무시당한다. 때로 혐오받는다.

끔찍한 범죄의 피의자임이 분명한 이의 속사정을 끝끝내 추적하는 일은 소설에서나 가능할 것이다. '옮긴이의 말'에서처럼, 읽는 내내 '그러하지 않았다면' 하는 비소설적 가정을 자꾸만 하게 됐다. 루이즈를 증오하지 않았다면, 루이즈를 폄훼하지 않았다면, 루이즈를 만나지 않았다면, 그렇게 하지 않았다면…… 그러나 이야기는 결국 그래야 했던 인간의 사정을 추적하는 일이다. 그 추적의 끝에 "아기가 죽었다"와 같은 결론이 기다리고 있더라도, 소설은 그 무엇도 피하지 않게 만든다. 직시하여 걸어 통과하게 한다. 차라리 소설이면 좋았을 이야기가 우리 주위에는 널렸고, 그 이야기 다발에 치이지 않고 삶의 균형을 유지하는 데 소설은, 이 달콤한 노래는 도움이 될 것이다.

나혜석, 글 쓰는 여자의 탄생

나혜석 – 장영은 엮음 – 민음사 – 2018년 3월

나혜석이 길 위에서 행려병자로 죽었다는 사실은 누구나 다 안다. 어떻게 누구나 다 알게 된 걸까. 어떻게 살았는지는 모르면서 어떻게 죽었는지는 어떻게. 어쩌면 그건 나혜석처럼 불쏘시개같이 살면 길 위에서 쓸쓸하고 비참하게 죽어간다는 걸 가능한 한 많은 사람이 알게 하고 싶었던 어떤 의지의 산물이 아닐까. 나혜석이 외로이, 홀로 죽어간 건 사실이지만 그는 삶을 남은 한 방울까지 탈탈 털어서 다 마시고 갔다. 포기하지 않은 그에게 죽음은 자연스러운 마지막일 뿐이었다. 이런 문장들은 그의 삶을 그의 죽음으로 뒤덮어선 안 된다고 말하는 것 같다. "세상만사가 다 하고자 하는 대로 될진대 불평 불만 없이, 한없이, 사람을 원망할 것 없이, 편안하게 세상을 보낼 것이다. 그러나 마음대로 못 되는 것은 세상사이다."

『나혜석, 글 쓰는 여자의 탄생』은 지식인 여성의 탄생을 사적인 영역에서부터 공적인 영역에 이르기까지 폭넓게 보여주는 좋은 선집이다. 나혜석의 글이 대부분이지만 사이사이 타인들과 함께한 대화도 있고 무엇보다 100년 뒤에 그의 글을 읽는 장영은 선생의 글이 있어 현장감과 현재성이 강화되었다. 고전 읽기란 이렇게 애정으로 발굴하고 다듬고 전달하려는 주체적인 노력의 결과물에 다름아니다. 후대의 사랑과 노력이 과거의 작품을 고전으로 만든다. 이 책을 만든 건 순전히 사랑의 힘이다.

사랑하는 나의 문방구

구시다 마고이치 – 심정명 옮김 – 정은문고 – 2017년 1월

물건에 애착이 없는 편이다. 모으는 것도 없고, 오래 쓰는 일도 없다. 직업이 직업인지라 주위에서 문구에 대한 사랑의 표현을 쉽게 볼 수 있는데 그때마다 의아한 것이다. 볼펜은 잘 나오면 그만이요, 수첩은 잘 넘겨지면 그만 아닌가? 이 책을 읽고 곰곰 생각하니 문구를 좋아하는 사람은 그 품질을 따지는 것이 아니었다. 물건을 기능에 맞게 분류하고 기억하는 과정에서 진짜 내 것을 만드는 사람들이었다. 연필과 지우개에서부터 등사판이나 지구본에 이르기까지 구시다 마고이치는 문구의 기능을 세세히 나눈다. 허투루 쓰는 소품이 없을 법한 사람이다. 나는 그쪽은 아닌 것 같다. 오늘도 며칠 쓰던 검정색 펜 하나가 보이지 않아 10초 정도 주위를 둘러보다 찾기를 포기했다. 주위에 문구를 사랑하는 이가 많다는 건 참 다행스러운 일이다. 덤벙거리는 사람 하나 거기에 있어도 괜찮지 않겠는가.

살인출산

무라타 사야카 ─ 이영미 옮김 ─ 현대문학 ─ 2018년 1월

『편의점 인간』(김석희 옮김, 살림, 2016)에서 홍미로웠던 것은 무성애 코드였다. 정상인 코스프레를 하기 위해 마음에도 없는 남자와 동거하기로 작정하고 급기야 그 계획을 실제 상황으로 만들었던 주인공에게 섹스리스는 본능이자 본성처럼 보였다. 욕망하지 않는 인간들이 만들어내는 무성의 세계에서는 일어나는 일보다 일어나지 않는 일에 더 많은 진실이 있을 것이다. 다음 작품이 어디에서 어떻게 출간될까. 나한테만은 하루키의 차기작 소식만큼이나 무라타 사야카의 차기작 소식이 더 궁금하고 기다려지는 일이었다. 첫번째 책에 이어 이토록 강렬하게 사로잡힌 두번째 책은 없었다.

연속된 4편의 중단편 소설이 수록된 『살인출산』에서 무성애 코드는 더 가혹하게 확장되고 연결된다. 연애, 결혼, 출산. 흔히 여성들의 것으로 주어지는 삶의 조건들은 전복된 가치관 위에서 가능한 한 최악의 상상을 시도한다. 『편의점 인간』에서 아무 일도 일어나지 않았다면 『살인출산』에서는 최악의 일들이 괴기한 방식으로, 차라리 일어나지 않았으면 하는 일들만 고르고 골라 일어나는 식이다. 일본 문학계에서 이 작가를 '크레이지 사야카'라 부른다는 소리를 들었다. 매뉴얼대로 행동하면서 아무것도 욕망하지 않는 삶에 우리의 미래가 한 발 걸치고 있다고 생각하는 나도 점점 크레이지해지는 걸까. 모르겠다. 아무려나 크레이지 사야카가 재현하는 이토록 그로테스크한 감각이 우리 세대의 공통 감각인 것만은 분명해 보인다.

천사의 구두

조반나 조볼리 글 — 요안나 콘세이요 그림 — 이세진 옮김 — 단추 — 2017년 12월

이 책의 그림을 우리 아이들이 좋아할 리 없다. 텅 빈 눈빛, 너무나 사실적인 새의 날개와 깃털과 부리, 인체 해부도, 줄지어 선 구두 들…… 아이들이 즐겨 보는 귀여운 그림책은 아니다. 그러나 요안나 콘세이요의 그림은 충분히 매력적이다. 크로키하듯 표현한 그림은 언뜻 일본 만화를 떠오르게 하였으나 그보다는 더 은유적이다.

어느 날 소년 시모네 집의 발코니에 찾아온 천사가 있다. 옷은 남루하고 날개는 망가졌다. 소년은 천사를 걱정하지만 소년의 아버지는 구두 생각뿐이다. 그의 눈에는 천사가 보이지도 않는다. 그는 천사가 맨발이라는 데에 꽂힌다. 실력 있고 부지런한 구두공이기 때문이다.

책에서는 아버지가 특별한 잘못을 저지른 것처럼 그려지고 있는데, 잘 모르겠다. 아버지라는 존재에게 천사는 아주 멀리에 있고 현실은 무척 가까이에 있으니까. 나 또한 우리 딸들이 아파트 베란다에 천사가 와 있다 말하더라도 구두만 생각하는 시모네처럼 교정지를 보거나 내 글을 쓰거나 텔레비전이나 보고 있겠지. 시모네와 천사와 이 책의 저자 모두가 아버지에게 조금 가혹하다는 생각이 든다. 책의 모티브나 주제와는 상관없는 괜한 심술을 부려본다. 아버지가 된 것이다.

밤이, 밤이, 밤이

박상순 – 현대문학 – 2018년 3월

문고판이어서 코트 주머니에 넣고 다니며 지하철 안에서 읽고 또 읽고 있다. 책을 열기만 하면 걷고 싶고 건너고 뛰고 싶고, 하여튼지 움직이고 싶어진다. 박상순은 내게 한국어 동사의 식감을 가장 생생하게 전해주는 시인이다. 코트 주머니가 없으면 이 책을 어디에 넣고 다녀야 하나. 봄이, 봄이, 봄이. 오고 있다.

1분이면…

안소민 – 비룡소 – 2016년 5월

"1분은 60초야. 시계의 긴바늘이 한 번 움직이고 가장 얇은 바늘은 60번 움직이는 시간이지." 나 또한 비슷한 설명으로 시간에 대한 개념에 처음 다가갔던 것 같다. 책은 조금 더 덧붙인다. 1분이면 눈을 20번 깜빡일 수 있고, 머리카락이 아주 미세하게 자라난다는 말. 그런데 아이들은 언제 벌써 이렇게 커버린 걸까. 둘째는 제가 하고 싶은 퍼즐을 꺼내고, 첫째는 새로 장만한 퓨처북(?)에 손대며 이미 당도한 미래를 즐기고 있다.

근래에는 1분이 아쉽다. 이 사람 저 사람의 1분 또 1분을 알뜰히 모은 시간덩어리가 있다면 빌려오고 싶을 정도로 바빴다. 야근이 잦았고, 집에서도 피곤에 절어 찌그러진 깡통처럼 있었다. 그림책도 덜 읽어주고, 동요도 덜 불러줬다. 눈도 덜 마주쳤고 어린이집과 유치원에서의 일도 묻지 않았다. 1분을 여럿 합해 그것을 일하는 시간에 모조리 쏟아버리고선, 아이들에게는 고유한 1분을 온전히 쓰지 않은 것이다. 책은 1분이면 가능한 일들을 나지막이 읊조린다. 강아지를 꼭 껴안거나, 이웃에게 반갑게 인사할 수 있다고. 작은 씨앗을 심을 수도 있으며 누구를 떠나보내거나 새로 만날 수도 있다고.

아이들은 내일 아침 일어나 여전히 시간관념 없이 알차게 시간을 보낼 것이다. 그만큼 키와 마음이 자라겠지. 나는 어른다운 시간관념을 무기로 1분을 아끼며 출근을 할 것이다. 1분이 급하게 일을 하겠지. 1분을 서둘러 퇴근할 것이다. 그렇게 쌓인 1분들로 무엇을 할 수 있을까. 그것이 무엇이든 1분이면 될 텐데 그 1분이 내일이면 쉬울까. 잘 모르겠다는 시간에 대한 슬픈 무지를 고백할 수밖에 없다.

얼굴

연상호 – 세미콜론 – 2018년 1월

독자들로부터 신뢰받는 비평가이자 찔러도 피 한 방울 안 나올 것 같다는 말의 주인공이라 해도 될 정도로 그 평가가 가혹해 작가들에게는 악명 높은 비평가 미치코 가쿠타니가 『뉴욕 타임즈』에 그래픽 노블에 대한 서평을 쓴 적이 있다. 만화가인 라즈 채스트Roz Chast의 회고록 『Can't We Talk About Something More Pleasant?』에 대한 서평이었다. 『Can't We Talk About Something More Pleasant?』는 아흔 살이 넘은, 자신만큼이나 성격이 만만하지 않은 부모님이 돌아가시기까지 긴 이별의 시간을 유머러스한 에피소드로 그려낸 책이다. 언젠가 이렇게 사랑스럽고 감동적인 회고록을 만들겠다고 결심했을 만큼 좋아하는 책이어서 미치코 가쿠타니의 글까지 찾아봤는지도 모른다. "그래픽 노블이 일상의 소중한 것들을 발견하는 데 얼마나 좋은 형식인지 보여준다." 이 말은 미치코 가쿠타니가 할 수 있는 최고의 찬사다.

연상호 감독의 그래픽 노블 데뷔작 『얼굴』을 읽었다. 기쿠타니의 찬사가 떠오른다. 형식과 내용의 거리가 0이다.

백래시

수전 팔루디 — 황성원 옮김 — arte — 2017년 12월

전 도지사는 강압은 없었다고 하고, 전 국회의원은 피해자의 진술이 오락가락한다고 한다. 사람들은 같은 사람에게 성폭행을 네 번이나 당하는 게 말이 되느냐 수군대고, 어떤 사람들은 피해자에게 얼굴을 드러내고 폭로하라 일갈한다. 어느 공작적 관점의 예언가의 말씀 이후로 감별사들이 쏟아져나와 진짜 미투와 가짜 미투를 판단하려 든다.

『백래시』는 1980년대 미국 페미니즘 운동에 반격을 가하는 반동적 움직임을 세세히 기록한 논픽션이다. 페미니즘을 조롱과 혐오의 대상으로 삼고, 이 정도면 충분하다고 충고하며, 여성의 정신과 신체를 종속시키는 모든 행위가 2018년의 대한민국과 오싹하도록 닮았다. 가장 놀라운 점은 1980년대와 2010년대의 미국의 현실이 "변한 것이 없다"는 사실이라고 한다. 그렇다면 우리의 30년 뒤, 2048년도 마찬가지로 아무것도 변함없이 그대로일까? 나는 두렵다. 내 딸이 나와 비슷한 나이가 되어 있을 그때의 세상이. 그리고 그것보다 지금 여기의 세상이.

어제는 친구 녀석과 미투 문제로 카톡에서 한참 말싸움을 했다. 반격하는 자들은 그것이 반격인지도 모르고, 그것이 무슨 말인지도 모르고, 그것과 이것을 모르고, 그저 말한다. 나는 길고 긴 메시지를 쓰다 말다 반복하다가, 그저 이제 그만하자고 말했다. 어쩌면 나에게는 이 모든 게 오랜 친구와 어색해질 만큼 대단한 일이 아니었을 수도 있다. 이런 내가 맨 윗줄의 유력 정치인 둘과 대단히 다르다 할 수 없을 것이다.

여자의 일생

기 드 모파상 — 이동렬 옮김 — 민음사 — 2014년 3월

민음사판 『여자의 일생』 표지에는 빈센트 반 고흐의 〈해바라기〉
가 실려 있다. 쌩쌩하게 고개 든 해바라기와 한참 시든 해바라기가
뒤섞여 있는 한 장의 그림에는 속절없이 지나가버리는 생애가 담
겨 있다. 환멸과 실망으로 가득찬 잔느의 일생을 통해 아름답지도
추하지도 않은 인생의 진실을 보여주고 싶었던 모파상의 의도가
보일 듯 말 듯 드러난다.

좋은 표지는 선명하게 변죽을 울리지 않고 모호하게 본질을 관
통한다. 사물로서의 책이 하나의 예술이 될 수 있다면 이런 지점에
서의 도약 때문이 아닐까. 국내에 출판된 거의 모든 판본이 마치 약
속이라도 한 것처럼 표지에서 '여성'의 이미지를 묘사하고 있다. 소
설의 원제가 '어떤 인생―작은 진실'이라는 점에 비춰보면 의역된
제목을 너무 충실하게 따른 나머지 책의 표지가 선입견을 적극적
으로 확산시키고 있는 셈이다.

신부 수첩

조혜은 – 문예중앙 – 2016년 6월

시인과 시집의 거리감을 생각한다. 어떤 시집은 시인의 얼굴이 전혀 보이지 않는다. 몸의 윤곽만 보이거나 헝클어진 머리칼만 보인다. 시인의 시선에 잡힌 황폐한 풍경이 보이는 전부일 때도 있다. 어떤 시집은 시인의 얼굴이 보이기도 한다. 일그러진 표정과 환한 표정을 구분할 수도 있다. 나아가 시인의 생활을 떠올리기도 한다. 슬프게 자랐구나, 외롭게 버티고 있구나, 단단하게 맞서고 있구나, 하는 추측을 해본다.

『신부 수첩』은 시인의 많은 부분을 떠올리게 하는 시집이면서 그것이 올바른 읽기 방식인가 의심하게 하는 시집이었다. 의심하면서도 슬픔을 축조하고 조각하며 부려내는 시의 아름다움에 읽기를 멈출 수는 없었다. 어떤 시를 만나서는 그런 것들이 다 무엇인가, 하고 시집의 정조에 깊이 빠져들었다. 그러나 역시나 "상심에 순응하는 이마의 각도"를 떠올리면 그 이마가 혜은의 것이 아니었으면 하는 생각이 드는 것이다. 뭐, 친정 오빠라도 된다는 듯이. 시인에게 예의가 없는 읽기이지만, 시를 업으로 삼은 사람에게 어울리지 않는 감상이지만, 이론적으로 터무니없는 독서법이지만…… 그렇게 읽어버린 걸 어찌할 수 없다. 다만 확인해둘 것은 거리감을 획득하지 못한 것은 시가 아니라 나라는 사실. 우리는 단단하게 맞서고 있을 것이다. 이마를 들고, 순응과 응전을 반복하면서.

환상통

이희주 – 문학동네 – 2016년 8월

『릿터』 4월호 커버스토리에 수록될 이희주 작가의 플래시 픽션 원고가 들어왔다. 플래시 픽션은 주제와 분량이 정해진 제한된 조건의 소설이어서 작가 섭외 방식이 아무래도 소재 중심적일 수밖에 없다. 아이돌 문화와 그 팬덤에 대해 다루는 이번 커버스토리를 기획하면서 이희주 작가를 떠올리게 된 것도 『환상통』이라는 작품을 통해서다. 우리 팀 후배인 화진씨가 먼저 읽고 추천해준 작품인데 나도 오랜만에 읽은 좋은 성장소설이었다고 기억한다. 우리를 사랑하게 만들고 좌절하게 만드는 이야기가 성장소설이라면 성장소설이야말로 가장 동시대적인 모멘텀을 담고 있어야 하지 않을까.

『환상통』은 우리가 살아가고 있는 이 시공간에서 가장 가까운 성장소설이다. 한 아이돌 그룹을 사랑하는 주인공과 그보다 늘 한 발짝 더 사랑하는 선배 팬 '만옥'의 덕질은 팬과 연예인, 팬과 팬, 팬과 일반인 사이의 관계만으로도 충분히 밀도 높은 소설이었지만, 기꺼이 오라에 복종하는 마음이 겪을 수밖에 없는 환희와 고통의 순간도 섬세하게 보여주고 있어서 예술과의 상호작용 이야기로도 흥미롭게 읽었다. 4월호에 수록될 플래시 픽션 제목은 「치인의 사랑」이다. 이번에도 역시, 사랑은 이해 바깥에 있다. "여자는 언제나 영혼을 만지고 싶었고 그게 남자에게 있다고 믿었다. 친구는 그런 여자를 이해하지 못했다."

딸에 대하여

김혜진 – 민음사 – 2017년 9월

『딸에 대하여』가 4만 부 넘게 출고되었다. 『82년생 김지영』만큼은 아니지만 눈을 비비고 다시 확인해볼 만한 판매고가 아닐 수 없다. 담당 편집자인 혜진씨보다야 덜 읽었겠지만 컴퓨터 파일로, 교정지로, 그리고 책으로 읽을 때마다 저릿하게 좋았다. 하지만 좋다고 하여 사람들이 다 알아봐주진 않는다. 이번에는 독자들이 알아봐주어 뿌듯하게 또 좋았다. 좋은 소설과 많은 사람이 찾는 소설이 겹치기가 생각보다 쉽지 않다. 우리가 쉽지 않은 일을 해내는 팀이 된 걸까? 이런 건방짐이 화를 부르고는 한다. 자중하자.

나는 문이다

문정희 — 민음사 — 2016년 5월

문정희 선생님의 시집 해설을 쓰고 있다. 시집의 제목은 『작가의 사랑』이고 『작가의 사랑』 편집자는 효인 선배다. 효인 선배는 정해진 원고 마감이 지나면 슬쩍 자리에서 일어나 "선생님, 원고……"라고 말한다. 그럼 화들짝 놀란 나는 벌벌 떨면서 며칠만 더 달라고 마감일을 구걸한다. 그럼 선배는 "그래요. 이번 주까지만 줘요" 하고 자비를 베풀어주신다. 그럴 때 선배의 얼굴은 대자대비한 부처의 그것과 다를 바 없다. 나도 편집자지만, 마감일을 넘겼을 때 편집자의 존재는 진격의 거인 같다. 소리만 들어도 몸이 떨린다. 그러니 마감을 왜 늦어서 고생을 자처하는 걸까……

해설을 쓰려고 문정희 선생님의 이전 시집을 다시 읽고 있다. 그중에서도 『나는 문이다』와 『지금 장미를 따라』(민음사, 2016)를 거듭 읽고 있다. 최근에 효인 선배가 표지를 바꿔 다시 출간한 책들인데, 신경써서 만들어서인지 시도 새롭게 다가온다. 일찌감치 여성주의를 체득한 선생님의 시는 페미니즘에 관한 한 오래된 미래처럼 보인다. 새로운 느낌으로 복간된 책이 그 감각을 더 오롯하게 살렸다. 선배, 조금만 더 기다려주세요. 원고, 거의 다 됐습니다!

황인종의 탄생

마이클 키벅 – 이효석 옮김 – 현암사 – 2016년 6월

『황인종의 탄생』은 17세기부터 20세기 초까지 혹은 지금까지도 1세계 백인들이 얼마나 무식하고 교만했는지를 증언하려는 노력으로 보인다. 그런 증언이 없이도 충분히 인지했던 사실이지만 지난 역사와 학술적 오류를 되짚는 장면에서 삐져나오는 헛웃음과 비웃음을 모두 삼킬 수는 없는 노릇이었다.

황인은 백인이 백인이기 위해서 고안된 개념이라는 게 논지의 핵심인 듯 보인다. 원래는 백색으로 불리거나 색과는 무관하게 불리던 아시아, 특히 동아시아인에 대한 명칭이 황인으로 정착되기까지의 200년을 엿볼 수 있다. 미신에서부터 의학, 지리학, 우생학 등 백인이라는 인류 사회의 주류는 그들로부터 이질적인 인종을 배제하기 위해 허튼 이론을 공들여 만들고는 했는데, 그중 가장 엽기적인 대목은 아무래도 '다운증후군'에 대한 것일 테다. 불과 50년 전만 하더라도 다운증후군의 공식적 명칭은 '몽고증'이었다. 다운증후군이 수반하는 외형적 특질이 황인의 그것을 닮았다는 것이었다. 더욱 충격적인 것은 백인에게서 나타나는 이른바 몽고증의 원인을 아시아인과의 접촉에서 찾거나, 다운증후군의 언어적, 성격적 특성을 몽고인종의 특성과 동일하게 본 것이다. 예컨대 그들은 중국어를 "문법 형식이 전무한 언어"로 보았고, 다운증후군이라는 지적장애인의 언어와 동일시했다. 이런 젠장.

이러한 분통만이 책의 후기는 아니다. 1900년대 백인이 황인을 만들었듯 2018년 우리 사회는 피부색, 생김새, 편향적인 통계 따위로 동남아시아 사람, 중국 동포, 이슬람교도를 분리하고 있다. 무식함과 교만함에 대한 일말의 성찰도 없이. 이런 제기랄.

단 하나의 눈송이
사이토 마리코 - 봄날의책 - 2018년 2월

1993년 민음사에서 『입국』이라는 제목으로 출간된 뒤 절판된 사이토 마리코의 시집이 몇몇 시편과 시작 후기, 해설 등의 보완을 거쳐 봄날의책에서 재출간되었다. 「입국」의 최초 제목이 '겨울'이었다는 사실과, 교정지에서 제목이 '입국'으로 바뀌어 있는 걸 보고 시인조차 깜짝 놀랐다는 이야기가 시작 후기에 나와 있다. '겨울'보다는 '입국'이 시집의 개성을 돋보이게 한다는 판단이었을 것이다.

사이토 마리코의 시는 '이방인의 한국어'로 접근할 때 가장 근사하다. 재출간된 시집 『단 하나의 눈송이』는 사이토 마리코를 있는 그대로, 하지만 너무 있는 그대로, 그것도 많이 드러냈다. 개별 작품에 대한 불완전한 기억을 그대로 노출하는 시작 후기며 엄선하지 않은 시편들은 좀더 엄결한 판단이 필요한 부분 아니었을까. 단행본으로서 『입국』에 내재된 매력이 '세계시인선' 『단 하나의 눈송이』에서 더이상 유효하지 않다는 사실은 당황스럽고 아쉬운 일이다. 그러나 가장 당황스럽고 부끄러운 것은 단행본 『입국』을 오랫동안 출판하지 못한 우리 자신에 대한 아쉬움과 실망일 것이다.

뉴필로소퍼 2018년 창간호

뉴필로소퍼 편집부 – 바다출판사 – 2018년 1월

『릿터』에서는 공식적으로 쓰지 않는 호칭이지만 종종 '편집장'이라고 불리고는 한다. 『릿터』 판권에는 그 말 대신 '책임편집'이라 표기했다. 그 옆에 혜진씨와 나란히 이름을 새겼으니, 말하자면 공동책임편집인 셈이다. 편집장을 따로 두지 않은 이유는 편집부에서 함께 만든다는 데 방점을 찍고 싶었기 때문이다. 우리 팀에서 주도하여 만들기 때문에 편집장보다는 '팀장'이면 족하다. '편집장'에 대한 은근한 이미지도 내심 별로였다. 신경질적이고 예민하고 날카로우며 잠이 부족하고 때로 명민하고 기본적으로 박학다식한, 잡지 편집장.

『뉴필로소퍼』 한국판 창간호를 연초에 사두고 이제야 펴본다. 당연히 뉴욕이나 런던에서 온 잡지일 거라 생각한 이유가 무얼까. 『뉴필로소퍼』는 2013년 호주에서 창간된 철학·인문학 잡지이다. 문학 잡지야 많이 접할 수밖에 없었지만, '철학'을 전면으로 한 잡지를 구독하긴 처음인 것 같아 설렜다. '커뮤니케이션' 특집인데, 일전에 『릿터』 3호에서 다루었던 '랜선-자아'와 일맥상통하는 부분이 있었다. 나의 문제는 곧 세계의 문제이기도 하다. 세계의 문제는 곧 내 문제가 된다. 철학과 문학은 세계와 나 사이의 관계를 명명하는 방식의 차이인지도 모르겠다. 조금 더 묵직한 글이 많았으면 하는 마음도 있었는데, 가벼움과 묵직함 사이의 수위 조절이 잡지 편집의 가장 어려운 점이라 생각하니, 태평양 건너 호주의 편집장에게 애틋한 마음이 생기는 것이었다. 그는 모르겠지만. 예민한 자여, 박학다식한 사람이여, 오늘도 평안하시길. 나는 그런 사람 아니다.

위건 부두로 가는 길

조지 오웰 - 이한중 옮김 - 한겨레출판사 - 2010년 1월

4월 출간을 앞두고 있는 장강명 작가의 르포르타주 초교 작업이 드디어 끝났다. 제목에 대한 논의도 장고 끝에 일단락됐다. 『한국이 싫어서』(민음사, 2015)를 작업한 것이 2015년 5월이니 3년 만에 두번째 책을 출간하는 것이다. 『한국이 싫어서』를 만들 때 나는 장강명을 '한국의 오쿠다 히데오'라고 소개했는데 우리 사회의 인사 채용 시스템을 르포하는 이번 책을 준비하면서 내내 생각하고 있는 표현은 '한국의 조지 오웰'이다.

조지 오웰이 두 달 동안 탄광에 잠입해 노동자들의 삶을 르포한 『위건 부두로 가는 길』은 원고를 편집하는 내내 가까이 됐던 책이다. 편집자에게 책은 말 그대로의 의미로 길잡이다. 어느 작가 어느 책 뒤에 줄 서야 할지, 혹은 앞서야 할지 알려주는 건 오로지 책밖에 없다. 사람들의 삶을 가까이에서 관찰하고 그런 삶을 만들어내는 구조를 드러내는 방식, 그러니까 르포라는 장르에 도전할 수 있는 작가는 그다지 많지 않다. 장강명이 한국 사회에 대단히 중요한 작가가 될 것이라는 희망과 기대를 지금 이 순간만큼은 한국에서 내가 제일 많이 하고 있을 거다. 4월이 기대된다. 그때가 되면 이 책을 독자들과 같이 공유할 수 있을 것이다.

빵빵! 무슨 일이야?

오무라 토모코 – 고향옥 옮김 – 길벗어린이 – 2016년 5월

은재는 자동차를 좋아한다. 다운증후군 어린이답게 조금 늦되어서 여섯 살이라기보다는 두세 살처럼 장난감을 다루는데, 그럼에도 불구하고 손바닥만한 태엽 자동차를 앞으로 굴리고 뒤로 감고 하는 게 여간 기특한 게 아니다. 작은 행동 하나에도 기뻐한다. 조그만 놀이에도 의미를 둔다. 장애아의 부모이기 때문일까? 그냥 부모이기 때문이라고 생각하고 싶다. 『빵빵! 무슨 일이야?』는 그런 첫째가 좋아할 만한 그림책이다. 책에 등장하는, 앞에서 무슨 일이 벌어졌는지 알지 못한 채 질서정연하게 그저 기다리는 탈것들은 다음과 같다. 세발자전거, 롤러스케이트, 외발자전거, 킥보드, 스케이트보드, 보행기, 유모차, 쇼핑 카트, 휠체어, 자전거, 인력거, 스쿠터, 오토바이, 사이드카, 승용차, 트럭, 클래식카, 캠핑카, 콘크리트 믹서 트럭, 탱크로리, 견인차, 버스, 사파리 버스, 스쿨 버스, 가축 운반차, 마차, 트랙터, 이양기, 우편차, 택배차, 택시, 이동 판매차, 이동 도서관차, 이동 화장실차, 청소차, 위성 중계차, 중계방송차, 구조차, 급수차, 소방차, 구급차, 긴급 구호차, 경찰 오토바이, 경찰차, 고소 작업차, 덤프트럭, 로드롤러, 불도저, 굴착기, 기중기. 총 50대. 무슨 일이 벌어졌느냐면…… 무려 공룡이 나타나서 길이 막힌 것이었다. 아무래도 이 책은 50대의 탈것을 귀엽고도 세밀하게 표현한 그림들을 보는 재미인 듯하다. 나만의 포인트는 따로 있다. 자전거부터 버스까지 얌전하게도 무슨 일이야? 궁금해하며 차례를 기다리는 것. 혜진씨와 일본 출장이었다. 내비게이션을 조작한다고 신호가 두 번 바뀌는 동안 택시가 가만히 있었는데, 어떤 차도 경적을 울리지 않았고, 괜히 우리만 쩔쩔맸다. 과연 그러한 것이, 원서 제목에는 '빵빵!'이 빠져 있는 것이다.

헝거

록산 게이 - 노지양 옮김 - 사이행성 - 2018년 3월

현지에서 출간되자마자 스카우터 사무실로부터 이 책에 대한 호평 일색의 코멘트를 전달받았다. 록산 게이의 글이라면 덮어놓고 읽는 편이다. 당연히 검토를 신청했지만 『나쁜 페미니스트』(2016)를 출간한 사이행성에 우선권이 있다는 얘기를 듣고 가만히 손을 내렸다. 록산 게이 앞에서 나는 충성스러운 독자가 된다. '예약 판매를 하면 예약 구매를 하고 이벤트를 하면 이벤트에 참여하고 리뷰대회를 하면 리뷰대회에 참가하리라.' 이 책이 출간되는 날만 기다렸다. 여성의 날에 맞춰 출간됐고 출간되자마자 구입했지만 정작 책을 읽기 시작한 건 구매한 지 일주일이 지나서다. 내가 좋아하는 작가의, 고통의 증언임에 틀림없을 고백을 듣는다는 것은 결코 쉬운 일은 아니었다.

록산 게이는 어린 시절 같은 학교 남학생들로부터 집단 강간을 당했다. 단 하루도 잊은 적 없는 그들의 폭력과 그들이 폭행하도록 내버려둔 자신에 대한 모멸, 그리고 자신의 몸을 타인의 욕망으로부터 보호하기 위해 기꺼이 망가뜨린 지난날에 대한 고백과 폭로. 『나쁜 페미니스트』가 다큐라면 『헝거』는 드라마다. 폭력으로 인해 '비포와 애프터'의 삶으로 굳어버린 비극의 드라마.

뒤늦게야 자신이 성폭행, 성추행 피해자였음을 폭로하는 사람들을 보면서 왜 이제 와서 이야기하는 거냐며 의심하는 사람들이 있다. 『헝거』는 그 어리석은 질문에 대한 대답이기도 하다. 침묵했던 시간은 옴짝달싹할 수 없는 감금의 시간이었고, 그 안에서 침묵할 수밖에 없었던 것이 바로 피해자의 삶이었음을 자신의 온 생애를 통틀어 증언하고 있는.

너무너무 무서울 때 읽는 책

에밀리 젠킨스 글 - 염혜원 그림 - 김지은 옮김 - 창비 - 2017년 2월

책에서 아빠라는 이상한 사람은(세상에서 가장 용감한 불테리어의 평가다) 꼬맹이(나)에게 무서운 걸 모두 써보라고 한다. 그러면 용감해진다나 뭐라나? 처음에 쓴 건 괴물, 유령, 마녀, 트롤. 불테리어는 그런 건 그다지 무서운 게 아니라고 한다. 본 적도 없는, 세상에 있는지 없는지도 모르는 걸 무서워할 필요가 없다는 논리. 다음 리스트는 보다 구체적이다. 바지 속에 얼음을 집어넣는 사촌 제미마, 진짜 엄격한 교통 지도 선생님, 커다란 개(불테리어는 중간이다), 상어가 나올 것만 같은 수영장, 그리고 상어. 하지만 진짜 무서운 것은 어둠이었다. 세상에서 가장 용감한 불테리어도 어둠에는 꼼짝 못한다.

책을 다 읽고 둘째에게 세상에서 가장 무서운 게 뭐냐고 물어보았다. 엄마라고 말한다. 울어야 할지 웃어야 할지 모르겠는 표정으로 쳐다보니 다시 정정. 세상에서 가장 사랑하는 게 엄마라고 한다. 무서운 것은 도깨비, 악어, 마녀, 호랑이, 티라노사우르스…… 생각나는 대로 다 말하는데, 최근에 엄마에게 혼이 몇 번 나긴 났었지 싶다. 덧붙여 나도 엄마가 세상 가장 무섭다고, 그리고 사랑한다고 속말로 맞장구를 쳐보았다.

땅의 예찬

한병철 - 안인희 옮김 - 김영사 - 2018년 3월

한병철에 따르면 정원은 사랑의 장소다.

지난 6개월 동안 나는 식물들이 죽도록 내버려두었다. 이제 내게 남은 것은 간신히 살아 있는 뱅갈 고무나무와 화분 밖으로 잎사귀가 흘러넘친 지 오래인 호야가 전부다. 초록색 잎이 새하얗게 변해가고 줄기가 말라붙어가는 동안 내가 내버려둔 건 식물들만이 아니다. 나는 어느 때보다 "이기적인 자아"여서 가족들을 서운하게 했고 친구들을 멀리했으며 오직 내 앞에 놓인 일들만 살폈다.

집안 곳곳에 식물을 두고 매주 정해진 시간에 물을 주던 때도 있었다. 오렌지 재스민과 장미 허브는 매주 금요일 밤에 물을 주었고 홍콩 야자수는 매주 토요일 오후에, 스투키는 한 달에 한 번이면 족했지만 이따금 바람을 쐬어주었다. 식물을 키운다는 건 자기만의 시간에서 벗어나 식물들 저마다의 시간에 마음을 쓴다는 거구나. 제각각 자신의 시간을 살아가는 식물들과 그 시간을 함께하던 나는 지금의 나보다는 훨씬 괜찮은 사람이었을 것이다. 옥잠화에 물주기를 좋아한다는 작가는 비밀 정원을 가꾸는 3년 동안 그 많은 생명들과 시간을 나누며 상실의 슬픔을 극복한 것 같다.

읽는 내내 아주 많이 슬펐다.

우주만화

이탈로 칼비노 – 김운찬 옮김 – 열린책들 – 2009년 11월

지난 주말에는 케이블에서 하는 〈인터스텔라〉를 보았다. 이어 IP TV에서 〈토르: 라그나로크〉도 결제해 보았다. 영화에 있어서는 남들보다 몇 박자 늦게 살아간다. 그래도 둠칫둠칫 즐거운 박자의 주말이었다.

크리스토퍼 놀란이 영화를 통해 진지하게 재현한 과학적 세계나, 마블이 구축하고 있는 거대한 엔터테인먼트의 세계나 상관없이 우주는 우리에게 철학적 질문을 제공한다. 세계는 얼마나 큰가(작은가), 인간은 얼마나 쓸모 있나(없나), 무엇이 최선(최악)인가 등등. 이탈로 칼비노의 유쾌한 명작 『우주만화』는 조금 다른 지점에 서 있다. 기묘하게 연결되는 단편의 모음인 이 소설의 줄거리를 소개하기란 불가능에 가깝다. 주인공으로 보이는 화자 '크프우프크'는 우주의 기원에서부터 진화의 근거까지 과학적 이론의 틀을 빌려 이야기를 펼치지만, 환상과 실재가 뒤섞여 논리적 판단을 자꾸만 유예하게 한다. 그는 모든 존재보다 더 오래 살았으며, 그 어떤 존재보다 작고 또한 크다. 그는 우주면서도 언어이고, 사람이면서도 미생물이다. 그는 시간과 공간, 운동과 방향, 질량과 무게를 모두 추월한 존재이다. 그렇다면 그는 신인가? 그렇다고 수긍하기에는 이탈로 칼비노가 흩뿌려놓은 진화론적 개념과 물리 이론들은 무신론적 세계관에 입각해 있다. 소설은 종교가 아니며, 영화가 아니다. 믿을 것도 아니지만 못 믿을 것도 아닌 이야기. 이탈로 칼비노라면 더욱 그렇다.

* 『조용한 혼돈』에서 뵈었던 팰린드롬 선생님을 여기서 또 뵈다니, 거꾸로 읽든 앞으로 읽든 역시 소설은……

나무의 수사학

우찬제 - 문학과지성사 - 2018년 2월

『땅의 예찬』의 여운에서 좀처럼 벗어나지 못하겠다. 오늘 내 손이 머물러 있는 책은 그 비밀스러운 정원에서 나고 자랐을 것만 같은 한 그루 나무의 모습을 하고 있다. 어떤 이미지도 없이 그저 자신을 나무로만 인식해달라고 말하고 있는 책. 우찬제 평론가의 신간 비평집이 나왔다. 제목은 '나무의 수사학'. 표지는 나무를 그대로 잘라놓은 것처럼 시각과 촉각 그 모든 것이 영락없이 나무의 그것이다. 나무의 끝인 종이를 종이의 시작인 나무로 만들었구나.

서로가 서로의 꼬리를 물고 있어 처음과 끝이 존재하지 않는 이 매력적인 책을 들여다보고 있으니 우찬제 평론가의 글을 처음으로 마주했던 순간이 생각난다. 단 한번도 만난 적 없지만 내 수많은 독서는 오래전부터 그와 함께했다. 우찬제 평론가의 글을 처음 읽은 건 위화 소설 『허삼관 매혈기』(최용만 옮김, 푸른숲, 2007)에 수록된 해설에서였다. 그때 읽은 해설은 울고 난 뒤 먹는 박하사탕처럼 나를 진정시켜주었다. 책은 혼자 읽는 것인데 어쩐지 나는 그 책을 우찬제 평론가와 함께 읽은 것만 같다. 시작과 끝을 알 수 없는 읽기라는 뫼비우스의 띠. 그것이 비평가가 독자에게 제공해야 하는 텍스트의 경험이라는 걸 나는 우찬제 평론가의 글을 읽으며 두고두고 생각했다.

입술을 열면

김현 – 창비 – 2018년 2월

첫 시집 『글로리홀』(문학과지성사, 2014)에서 이미 여럿에게 충격을 주었던 김현 시인의 각주는 이번 시집에서도 맹위를 떨치는데, 그 이름을 '디졸브'로 바꾸었다. 알다시피 각주와 디졸브는 완전히 다른 것이다. 각주가 시의 뒤풀이이고 여흥이고 환호성이라면 디졸브는 지나침과 사라짐이고 연결이고 운동이다.

……

……

모르겠다. 동료의 시집을 두고 이런 말을 한다는 것을. 잘.

끝에서 두번째 시 제목은 「미래가 온다」이다. 나는 이 시 앞에서 움찔할 수밖에 없는데, 시의 시작이 "은재야"이기 때문이다. 은재는 나의 딸 이름이다. 여기의 은재가 나의 딸 은재일까? 그럴 수도 있고 아닐 수도 있지만 나는 시인에게 물어보지 못했다. 몇 번 기회가 있었는데 딴청을 피웠다. 그런 질문을 기다릴 것 같지 않아서. 시로 다 말해놓은 것도 같아서. 물었는데 아니라고 답하면 민망할 것 같아서? 다만, 이렇게 움찔대는 것은 은재 아빠인 내가 이런 시를 소리 내어 읽을 자격이 있는 사람인지 궁금해서, 그럼에도 불구하고 김현의 시를 늘 큰 소리로 읽고 싶어서이다. 이렇게.

너만은 아니지만 너로도 미래가 온다.

레티시아

이반 자블론카 – 김윤진 옮김 – 알마 – 2017년 8월

4월호 『릿터』 마감일이다. 마감된 원고는 손에 꼽힌다. 마음은 초조한데 할 수 있는 일은 대체로 기다리는 것뿐이어서 손에 꼽히는 원고 하나를 읽고 또 읽으며 온종일 생각에 빠져 있었다. 문제의 작품은 김경욱 작가의 단편소설 「가브리엘의 속삭임」이다. 소설은 가해자와 피해자, 목격자와 증언자, 방관자와 동조자의 흐릿한 경계들이 친밀한 관계에서 발생하는 성추행이라는 사건을 어떻게 은폐하는지, 그 침묵의 구조를 드러낸다. 이러한 구조의 서사들이 더 많이, 그리고 문학적 형식만이 아니라 우리 인식의 형식에도 영향을 줄 테다.

『레티시아』는 성범죄 피해자 레티시아의 삶을 다양한 각도를 통해 복원한 르포르타주다. 사건을 전해 듣는 사람들이 가해자가 아니라 피해자의 입장에서 범죄를 느껴야 한다는 것이 이 책의 주장인데, 수많은 사건 사고 보도에서 피해자보다 가해자에게 집중하는 방향성의 기저에는 무엇이 있는지, 그러한 형태의 보도와 시각이 초래하는 결과가 무엇인지, 우리 마음에 각인된 '피해자상'은 무엇인지를 천천히 증명한다. 피해자에 대한 고정된 틀이나 현실적이지 못한 조언들과도 맞선다. 소설의 형식은 많은 경우 현실의 변화와 함께 출현한다. 낭만주의를 종식한 사실주의, 사실주의를 이어간 비관주의, 비관주의를 극복한 실존주의…… 지금 한국 사회는 페미니즘을 중심으로 권위주의의 종언을 선언하고 있는 게 아닐까. 이러한 탈권위주의가 문학의 한 형식으로 발전하고 있는 것 아닐까.

눈이 아닌 것으로도 읽은 기분

요조 - 난다 - 2017년 12월

큰일이다. 21일에 인터뷰라니. 26일에는 마감을 해야 4월 2일에 정기 구독자 손에 닿을 텐데, 21일에 인터뷰를 했으니 26일 마감은 글렀다. 그렇다. 『릿터』 이야기다. 또 이렇게 일 이야기라니.

요조는 일 이야기를 많이 했다. 그는 서울에서 시작한 서점을 제 주로 거처를 옮겨 지속하고 있다. 그러니까 그가 하는 책 이야기는 그의 생업과 긴밀히 연결되는 셈이다. 책을 좋아하고 많이 읽기로 유명하고, 직접 쓴 가사도 시와 진배없이 굉장해서 당연히 몇 권의 책을 낸 저자일 거라고 생각했는데, 단행본은 『눈이 아닌 것으로도 읽은 기분』이 유일하다. 시리즈의 다른 책들과는 다르게 페이지마다 책 사진이 있다. 책방을 짓고 꾸미는 사이사이에 남자친구와 찍은 것이라고 한다. 책마다 다른 글이 있듯 책마다 사진의 구도와 분위기가 다르다. 화보를 찍고 인터뷰를 하는 요조의 분위기도 컷마다, 질문마다 달랐다. 신비로운 사람이자 더 알고 싶은 사람이었다.

씨네21 No. 1147

씨네21 편집부 — 씨네21 — 2018년 3월

영향받기 대회가 있으면 내가 그 대회 챔피언이다. 누구든지 내 앞에서 하나만 추천해보라. 책이라면 읽고 영화라면 보고 음악이라면 듣고 게임이라면…… 강박이라면 강박이다. 언제부터인지 나는 누가 좋다고 하는 건 아무도 신경쓰지 않는데 필요 이상으로 집착하며 챙겨 본다.

오늘의 영향은 임성순 작가다. "책은 언제 출간되죠?" 작가 특유의 조용하고 나지막한 목소리에 신사동 한복판 카레집이 일순 음소거 상태가 된다. 이 역시 강박이라면 강박일 텐데, 의도 없는 질문이라도 그게 작가의 출간 일정에 대한 내용이기만 하면 나는 좌불안석이 된다. "8월요." "7월도 가능할 것 같고……" 마음속으로는 이미 6월이라고 말하기 직전이다. 좋아하는 작가의 잘해보고 싶은 원고는 붙들고 있다가 괜히 이렇게 늦어지는 일도 부지기수다. 여기까진 부끄러운 내 고백.

임성순 작가가 오늘 나에게 알려준 세상은 유튜브다. 유튜브가 잠식하게 될 세상을 예견하고 작가가 구독하고 있는 채널들을 상세하게 설명해준 뒤 공영방송과 종편을 넘나들며 현재 보도 방송의 경향과 매체별 차이점을 일별해주시니…… 내 마음은 이미 작가가 보여준 유튜브 채널을 다 구독하고 관련 채널까지 찾아보고 있는 중이다. 아, 나는 즐겁고 피곤한 영향의 노예. 언제나 나를 꿰뚫어보는 서팀장님이 파티션 너머로 한 권의 잡지를 건네준다. 이번 주 『씨네21』이다. 이번 주 커버스토리.

"유튜브는 어떻게 최고가 되었나"

황색예수

김정환 – 문학과지성사 – 2018년 3월

1980년대 우리 시에는 일종의 야망 비슷한 것이 있었던 듯하다. 지금까지 남아 사람들에게 읽히는 야망은 더이상 같은 말로 부를 수 없을 것이다. 그것들은 숭고다. 내게는 김정환 시인의 시가 그렇다. 그중에서도 단연 『황색예수』의 깊고 넓음을 오래 동경해왔다.

8년에 걸쳐 총 3부로 완성되었던 『황색예수』를 문학과지성사에서 복간하였다. 이 시집이야말로 '시인선 R'이라는 이름으로 나오는 이 시선에 적실한 기획으로 보인다. 첫 문장 "그대는 살과 뼈와 피비린 인간의 모습"에서 시작해 끝내는 문장 "이제 아름다움으로 우리가 누군가의 심장을 찔러야 하기 때문이다"에 이르러 시인의 야망은 숭고가 되었다. 거칠고 아름답다. 힘있게 유연하다.

속초에서의 겨울

엘리자 수아 뒤사팽 ─ 이상해 옮김 ─ 북레시피 ─ 2016년 11월

두 개의 북클럽에 참여하고 있다. 하나는 고전 소설 읽기. 다른 하나는 화제작 읽기. 정확하게는 팟캐스트라 말해야 하지만 내게 는 성격이 다른 북클럽에 참여하고 있는 것처럼 생각된다. 강양구 기자, 박재영 청년의사신문 주간과 함께하는 '책걸상'에서 책을 선 정하는 방식에는 확실히 언론인들의 관점이 짙다. 덕분에 나 혼자 서는 읽지 않을 법한 소설들을 읽는다.

『속초에서의 겨울』은 프랑스인 아버지와 한국인 어머니 사이에 서 태어난 작가가 속초를 배경으로 쓴 소설이다. 누구라도 궁금해 할 만한 책이지만 궁금해한다고 해서 다 읽는 것은 아닌 것이다. 이런 책을 읽고 나면 내 마음은 북클럽에 감사하는 마음으로 가득 찬다.

독서야말로 집단 지성으로 완성된다. 나머지 하나의 북클럽이기 도 한 소설 팟캐스트 '낭만서점'에서 모파상의 『여자의 일생』을 읽 지 않았더라면 『속초에서의 겨울』을 이토록 입체적으로 읽지 못했 을 것 같다. 아버지의 공간인 노르망디에서 온 남성과 어머니의 공 간인 속초에서 살아가고 있는 주인공 사이의 이끌림은 『여자의 일 생』에서 잔느의 운명을 내려다보고 있던, "아름답지만 슬픈" 노르 망디와 겹쳐진다. 분단의 흔적을 갖고 있는 속초와 노르망디가 만 날 수 있다니. 북클럽의 기적이다.

동급생

프레드 울만 – 황보석 옮김 – 열린책들 – 2017년 2월

누구나 그렇겠지만 나에게도 동급생이라 불릴 만한 단짝이 있었다. 지금은 어디서 무엇을 하는지 잘 모른다. 한국에서 한국인 남성으로 잘살고 있을 것이므로 『동급생』에서의 애절함이나 놀라움이 내게 있을 리 없으나, 사는 게 힘들어 연락이 끊어진 건 사실이니까 그때 그 녀석을 한번 떠올려본다. 최악의 폭염이던 1994년 가깝게 되어 IMF 전후로 멀어졌다. 매일같이 농구를 하고 만화책을 보고 불량한 일을 꾸미며 낄낄거렸다. 녀석은 조금 엇나갔던 것도 같다. 엇나가지 않는 길이 어딘지 누구도 몰랐지만, 녀석은 더 나아갔다. 가출을 감행한 녀석의 행선지를 선생의 협박과 체벌 끝에 내가 순순히(!) 불었다. 녀석은 잡혀왔다. 이후 기억은 사라졌다. 이런 시시껄렁한 경험담을 인류 최악의 범죄 초입에서 우정을 나누고, 결별하고, 죽었으며 생존한 이들의 이야기와 나란히 놓는 것은 어딘지 부적절해 보인다. 그러나 그때 엉덩이와 허벅지 사이를 수십 대 맞으며 내 안의 어떤 나는 죽었고, 돌아온 녀석 또한 마찬가지였던 것 같다. 우린 동급생이다. 죽지 않고 살아 있는.

소주 클럽

팀 피츠 ― 정미현 옮김 ― 루페 ― 2016년 11월

비숍이라는 영국 여성이 남긴 조선에 대한 기록 『한국과 그 이웃나라들』(이인화 옮김, 살림, 1996)이 생각나는 소설이다. 얼마 전까지 작업하던 『김수영 전집』에서 김수영이 산문에 인용한 책이기도 해서 찾아 읽었다. 효인 선배도 이 책을 재밌게 읽었다고 했는데, 특히 조선인들이 밥을 고봉으로 먹는 걸 묘사하던 부분이 인상적이었다고 했다. 소설을 놓고 기록 운운하는 건 좀 촌스러운 일일지도 모르겠지만, 나는 이 소설을 2010년대 한국인에 대한 기록으로 읽었다. 세기를 달리해 미국에서 온 비숍이랄까.

술이라는 것만 빼면 모든 게 다른 소주와 막걸리. 혈족이라는 것만 빼면 모든 게 다른 이 가족은 소주파와 막걸리파로 분열되어 있다. 어머니는 막걸리, 아버지는 소주, 그리고 '나'는 소주 혐오를 빙자한 아버지 혐오에 빠져 있고. 평생 주색을 일삼으며 살아온 아버지는 거의 모든 불화의 원흉이다. 그 와중에 엄마는 이혼하겠다고 벼르는 상황에서도 아버지의 끼니를 챙기고 작가인 '나'는 쓴소리하는 자신에 대한 독자들의 쓴소리를 듣고 싶지 않아 외국에서 책을 낸다. 축구 선수였던 형은 아버지 때문에 다리를 다쳐 더이상 운동을 할 수 없게 되고 여동생은 성형 중독에 빠졌다.

이쯤 되면 이방인의 눈에 비친 세대별 성별 한국인에 대한 캐리커처가 아닌가. 허구한 날 만취해 있는 나이든 남성의 굴절된 민족주의와 국가주의, 희생하는 역할에서 벗어나지 못하는 중년의 여성, 자신이 속해 있는 세계가 하염없이 작아 보이는 장년층의 불평과 불만, 외모 지상주의에서 자유롭지 못한 젊은 여성까지. 이방인의 눈에 한국인은 이렇게 보이나보다.

우리 가족 캠핑 여행

백은희 – 비룡소 – 2017년 5월

여행을 좋아하지 않는다. 쉴 때 집에 있는 것이 좋다. 책을 보거나 낮잠을 잔다. 드라마나 스포츠 중계를 본다. 여행은 주된 선택지가 아니었다. 그런데 캠핑이라니, 그런 취미가 있을 리가. 캠핑 관련 용품이 불티나게 팔린다는 뉴스도 나완 상관없는 어수선한 세상 소식에 불과했다. 멀쩡한 집을 놔두고 대체 어딜 다니는지.

『우리 가족 캠핑 여행』은 한 가족의 실제 여행기를 담고 있다. 일러스트레이터이기도 한 백은희 작가와 작가의 배우자, 두 딸이 여행의 주인공이다. 아치스 국립 공원, 그랜드 캐니언 국립 공원, 라스베이거스, 데스밸리 국립 공원, 요세미티 국립 공원, 샌프란시스코, 로스앤젤레스 그리고 로키산맥에 이르기까지 네 가족은 다툼과 긴장 없이 발걸음을 옮긴다. 구글맵보다 더 생생하고 다큐멘터리보다 더 아름다운 그림 덕에 읽어봄이 곧 걸어봄이 되는 특별한 경험을 했다. 폭풍우가 왔던 날에도 그들은 숲속의 텐트에서 인디언 춤을 춘다. 스타의 거리에서는 미키마우스를 찾아 행복해하고, 로키산맥에서는 눈사람을 만든다. 무엇보다 여행지에서 그들 부부가 아이들과 나누는 소소한 대화들, "얘들아! 아빠처럼 해봐." "해볼까? 이렇게요?" "마치 하늘을 나는 것 같아요." "엄마! 엄마도 해 보세요!" 같은 것들이 좋았다. 집에만 있으면 할 수 없는 말들이 거기에 있었다. 하지 마, 뛰지 마, 일찍 자, 그만해…… 그런 말들은 그들의 여행 사전에는 없는 단어였고, 나는 책을 읽어주기 직전까지 그런 말을 했다. 아무래도 지금 우리 가족에게 여행이 필요한 것 같다.

동물입니다 무엇일까요

이장욱 – 현대문학 – 2018년 3월

  손창섭이 고백한 '신의 희극'과 김수영이 절규한 '인간의 비극' 아래 이장욱이 관조하는 동물의 희비극이 있다. 인간의 희비극이 손창섭처럼, 김수영처럼, 결국 이장욱처럼 완성된다.

육아의 여왕

김주연 – 박하 – 2015년 5월

『육아의 여왕』의 강렬한 프롤로그는 되도록 여러 남편이 읽어야 할 것이다. 집안일은 '도와주는' 것이며, 아이를 돌'보는' 일을 아이를 눈으로 쳐다'보는' 일로 알며, 임신중인 아내를 두고 섹스를 하지 못해 괴롭다고 스스럼없이 말하는 남편, 남편이라기보다 남의 편이라 불러 마땅한 존재들.

새벽이다. 주인공 윤현수는 돌지 않는 젖 때문에 고통스러워한다. 아이는 시간을 가리지 않고 운다. 그는 젖이 도는 데 도움이 된다는 티를 인터넷으로 주문하고 "도리를 다한 평온한 얼굴"이 된다. 모든 것은 평소와 별반 다를 게 없으나 그는 갑자기 끔찍한 기분에 사로잡힌다. "모든 평범한 것들 사이에 섞이지 못한 단 하나의 이물감"이 그녀를 괴롭힌다. 현수는 아이의 목을 조르고 손바닥으로 얼굴을 덮는다. 다행인지 불행인지 뭐하는 거야? 미쳤어? 할 법한 남편은 그녀 곁에 없다. 다행스럽게도 그녀는 금세 멈춘다. 불행스럽게도 그녀는 자살을 생각한다. 역시나 다행스럽게도 자살 기도는 실패한다. 이 장면은 소설의 첫 부분이고, 우리에게는 읽어야 할 페이지가 아직 많이 남았으므로.

『육아의 여왕』의 경쾌함은 프롤로그의 어두움을 마음먹고 배반할 기세다. 약간의 통속성과 조금은 과장된 우연이라고 느낄 법한 장면도 '육아'를 소설의 복판으로 끌어올린 뚝심과, 책을 손에서 끝끝내 놓지 못하게 하는 가독성 앞에서는 조그마한 먼지에 불과하다. 먼지를 닦고 마저 다 읽어본다.

방각본 살인사건 상·하

김탁환 ─ 민음사 ─ 2007년 12월

한때 둘도 없이 친한 사이였다 해도 각자의 삶을 살다보면 자연스럽게 소원해지기 마련이다. 책도 마찬가지다. 어떤 편집자도 '구간'이 되어가는 책과 영원히 가까울 수 없다. 밤낮없이 열과 성을 쏟아부으며 급기야는 세상에서 나보다 더 이 책을 사랑할 순 없다고 확신하는 날들이 있었다 해도, 시간이 지나면 그 책 역시 다른 책들 중 한 권이 되고 마는 건 거스를 수 없는 시간의 법칙이다. 연락해야 된다는 생각이 좀처럼 행동으로 연결되지 않듯이 그 책을 위해 뭔가 해야 한다는 생각이 좀체 행동으로 연결되지 않는 데서 오는 모종의 죄책감과 미안함은 편집자의 숙명인지도 모르겠다.

다행히 오늘 하루는 미안하지 않다. 오랜만에 다시 만난 친구가 원하던 인생을 살고 있다는 걸 알게 됐을 때 이런 기분일까. 기어이 꿈을 이뤘구나. 잘살고 있었구나. 2007년에 출간되어 2015년에 조선왕조실록 시리즈로 재출간되었던 『방각본 살인사건』이 프랑스 리옹3대학에서 카멜레온 문학상을 받았다는 소식을 들었다. 리옹3대학에서는 매년 하나의 나라를 정해 그 나라의 문화를 프랑스에 소개하는데, 그중 대학생 심사위원들이 불어로 번역된 한국 소설을 대상으로 최고의 작품을 고르는 투표를 진행한 결과 『방각본 살인사건』이 가장 많은 득표를 했다고 한다. 한국 역사소설의 새로운 지형을 만들어보고 싶어했던 작가의 오래된 열정에 대한 화답이 추리소설의 본토인 프랑스에서 들려온 것만 같다.

너무 빠른 질문

권오영 — 천년의시작 — 2016년 4월

솔직히 말하자면 특정 출판사에서 나온 시집만을 읽는 경향이 우리에게는 있다. 솔직히 말하자면 특정 출판사에서 시집을 내고 싶은 마음이 내게도 있다. 문학의 권력이라는 게 다른 데가 아니라 이런 마음에서 오는 것임을 알고 있다. 그러나 시는 올림픽이 아닐 뿐더러 영화나 음악과도 다르다. 대체 무엇이 다른가? 이 글에서 다루기에 너무 빠른 질문일지도. 『너무 빠른 질문』은 이른바 유명 출판사의 시집은 아니다. 유명이라 말하니 무명이라는 게 있을 것만 같고, 내가 유명이 아님을 논하자니 심히 부담스럽고 상당히 부적절하다는 생각이 들지만 게으름의 도구로 곧잘 쓰인다는 '편의'를 위해 그렇게 불러보자. 그 편의를 위해 좋은 시와 시집을 여럿 놓쳐왔을 것이다. 게을러서 그랬다.

"내 눈은 애꾸였다" 「오리」라는 시의 첫 줄이다. 흰자위가 없이 까만 왼쪽 눈, 그 오리 눈을 비비다 눈구멍 속으로 빨려들어간다. 근래 읽지 못한 공포였다. 권오영의 '공포'는 긴 수태 기간을 거쳐 할머니를 낳는 할머니들이 출몰하는 「마트로시카」, "눈도/귀도/입도/발도" 무서운 「나는 벌레가 무섭다」까지 일관성을 갖고 이어진다. 표제작의 구절을 빌려 말하자면, 시집을 온전히 통과하고 나면 숨막히는 어둠 속으로 걸어들어가는 법을 다 익힐지도 모른다. 그 문장을 걸을 때마다 내 뒤에서 나는 잠깐씩 환해질 것이다. 앞보다 뒤가 환해지는 것. 공포의 근원은 거기에 있지 않겠는가.

소년 7의 고백

안보윤 ― 문학동네 ― 2018년 3월

이륙한 지 여섯 시간쯤 지났을까. 여기는 한국에서 비엔나로 가는 상공 어딘가다. 친구들끼리 단체 관광을 가는 60대 아저씨들은 승무원을 붙잡고 몇 시간 남았느냐는 질문을 지치지도 않고 계속한다. 한국에서 비엔나까지 비행 시간은 열한 시간 5분이라는 승무원에게 여행사에서는 열 시간 걸린다고 했다며 대답 없는 질문만 계속하는 그 심정도 이해가 안 되는 것은 아니다. "아직 다섯 시간이나 남았어." "중국이었으면 도착해서 밥 먹을 시간이다……" 비행기 안에는 시간에 대한 얘기가 돌림노래처럼 흘러다닌다.

여기는 오로지 시간만 존재하는 곳. 돌아앉을 공간 하나 없는 불편한 곳이지만 출발한 곳과 도착하는 곳만 존재하는 지금 이 시간이 내게는 가장 편안하다. 단순해서 아름답다. 현실에서 최대한 멀어진 휴가, 이 아름다운 시간에 내가 읽고 있는 것이 안보윤 소설이라는 사실은 어쩐지 아이러니하다. 내가 속한 공동체의 것임이 분명한, 이따금 나의 것이기도 했던 고통의 감각들이 인위적으로 아름다워진 내 가공된 시간들을 멈추려 든다.

「포스트잇」에 등장하는 "기이한 윤리"라는 말은 내 몸에 붙어 끝내 떨어지지 않는다. 결정적 순간에 주인공의 마음속에 떠올라 행과 불행을 결정짓는 "기이한 윤리"는 피해자를 추모하는 공간에 붙어 있는 혐오의 메모를 떼어냈다 표현의 자유를 떠올리며 다시 붙여놓게 만든다. 성추행 의혹을 받을까 두려워 위기에 빠진 여학생을 그냥 지나치게 만든다. 우리를 관조자로 만드는 이 기이한 윤리. 어딘지 모를 상공에 대고 나도 얼마간 고백하고 싶어지는 시간이다.

아름다움의 구원

한병철 — 이재영 옮김 — 문학과지성사 — 2016년 5월

한병철 교수는 『아름다움의 구원』에서 놀랍게도 2013년에 처음 발표되어 2016년까지 출시된 LG 지플렉스 스마트폰을 예로 들며 자본주의가 강제하는 '매끄러움의 미학'을 설명한다. 설명은 아무래도 비판에 가깝다. 매끄러움을 강조하는 현대 자본주의 미학은 그저 쾌적한 촉각만을 전달할 뿐이라는 것이다. 과연 스마트폰과 쾌적한 촉각은 어울리는 한 쌍이라 아니할 수 없다. 촉각의 향유는 필수적으로 위생을 필요로 한다. 한병철에 따르면 브라질리언 왁싱은 몸으로 체현되는 위생강제이다. "더러운 에로틱한 것이 깨끗한 포르노그래피로 대체"되는 것이다.

그의 책을 읽을 때마다 간결한 문장에서 뿜어져나오는 통찰에 감탄하고는 한다. 물론 그가 스마트폰 등의 IT 기기에 대해 잘 아는 것 같지는 않지만, 매끄러움과 미의 관계에 대한 설파는 인상 깊었다. 그는 진짜 미와 아름다움 속에서 산출된 소비 대상으로서의 미를 철저하게 구분한다. 우리가 그저 예쁘다고 하는 것. 그러니까 예쁜 휴대전화 케이스, 직관적이고 귀여운 UI, 감각적인 간판, 눈에 띄고 아름다운 책표지가 자본에 의해 미학화되었지만 덧없는 만족의 대상이 되어 결국 휘발하고 말 것이라고 그는 말한다. 에로틱한 영화의 한 장면은 기억하지만 포르노그래피의 모든 장면은 새까맣게 잊듯이. 나는 책을 덮고 책의 단단한 문장과 샛노란 표지 중에 무엇이 머리에 오래 남을까 가늠해보면서, 스마트폰(LG 것은 아니다)의 매끄러운 표면의 감촉에 엄지의 지문을 맡겼다.

이별 없는 세대

볼프강 보르헤르트 – 김주연 옮김 – 문학과지성사 – 2000년 7월

우리는 서로 만남도 없고, 깊이도 없는 세대다. 우리의 깊이는 나락과
도 같다. 우리는 행복도 모르고, 고향도 잃은, 이별마저도 없는 세대
다. 우리의 태양은 희미하고, 우리의 사랑은 비정하고, 우리의 청춘은
젊지 않다. 우리에게는 국경이 없고, 아무런 한계도, 어떠한 보호도
없다 — 어린이 놀이터에서 이쪽으로 쫓겨난 탓인지, 이 세상은 우리
에게 우리를 경멸하는 사람들을 건네주고 있다.

이런 잿빛 글이 나를 비엔나로 이끌었다. 처음 읽었던 때로부터
10년이 지난 지금, 그때는 눈여겨볼 생각조차 안 했던 대목이 눈에
들어온다. "뭐라고 말할 수 없는 커피맛"이 21장의 제목이었다니.
이 쓰지도 달지도 않은 커피 맛을 뭐라 해야 하나. 뭐라고 말할 수
없는 커피 맛, 뭐라고 말할 수 없는 여행, 뭐라고 말할 수 없는 인
생. 잿빛은 분명한 색깔이다. 선명한 색깔이다. 뭐라 말할 수 없는
지금 내 여행에 비하면. 아, 나는 내가 혼자 있는 시간을 이렇게 어
색해하는 사람인지 여태껏 모르고 살았다. 내가 너무 불편해. 뭐라
말할 수 없는 나.

나는 지구에 돈 벌러 오지 않았다

이영광 – 이불 – 2015년 12월

가끔은 지구에 돈 벌러 온 것 같다. 그렇다면 최선을 다하고 있는 게 맞다. 근 몇 년은 '가정 경제'에 도움이 되는 일은 마다하지 않았다. 쓰기 싫은 글을 쓰기도 했고, 참석하기 싫은 행사에도 갔다. 그것들을 하느라 잘 써야 하는 글에 소홀하거나 열심히 해야 하는 일을 미루기도 했던 것 같다. 왜? 돈 벌러.

이영광 시인의 산문집 제목은 그래서 사람을 좀 울리는 면이 있다. 선배는 이렇게 글을 쓰고서도 아침에 일어나 돈을 벌러 어딘가로 향하지 않았겠는가! 당신도 그렇고 나도 내일 아침 당장 그러하겠지만, 그것이 우리가 지구에 온 이유라면 억울하고 분할 것이다. 기껏 돈 얼마나 번다고. 그 돈, 얼마면 되겠냐.

산문집이라 이름 붙여 나왔지만 『나는 지구에 돈 벌러 오지 않았다』는 산문적이고 긴 제목의 시론집이라고 할 수 있다. 특히 투시자 시인과 예술가 시인, 강신무에 가까운 시인과 세습무에 가까운 시인을 구분하며 자기 자신의 괴로움을 토로할 때에 나 또한 시인으로서의 앞날을 걱정하지 않을 수 없었다. "미치려 애쓰며, 한없이 노래와 춤을 갈고닦"아야 하다니, 사람이 제정신으로 평생을 할 수 있는 일인가 싶고…… 차라리 돈을 벌까? 싶다가…… 돈을 버는 일도 미치려고 노력하는 동시에 이성적이고자 발버둥치는 일이 아니겠는가 싶고…… 뭐가 더 쉬울까 가늠이 안 되고…… 이런 고민은 참으로 지구만큼 슬펐다고 한다.

나의 사랑 백남준

구보타 시게코·남정호 — arte — 2016년 8월

어제는 오스트리아 현대미술관Mumok에 다녀왔다. 끝날 줄 모르는 전위의 망망대해에서 현기증이 다 날 것 같았던 순간에 백남준을 만났다. 백남준을 세계적인 아티스트로 만들어준 텔레비전 시리즈 이전 시기의 작품들을 집중해서 본 건 이번이 처음이었다. 액션 뮤직으로 대표되는 실험적인 퍼포먼스들. 예를 들면 건반을 두드리면 드라이기가 돌아가고 페달을 밟으면 자동차 배기관 소리가 나는 피아노라든지 무음의 악기로 쓸모를 잃어버린 바이올린, 소리의 기능을 장착한 옷장. 내가 만난 백남준은 일본과 미국 사이, 가장 혁명적이었던 시절의 독일에서 뜨겁고 과격한 퍼포먼서였고, 그것은 내가 잘 모르고 있던 백남준의 모습이기도 했다.

어젯밤에 전자책으로 구입한 『나의 사랑 백남준』을 오늘 '카페 뮤지엄'에서 읽는다. 『나의 사랑 백남준』은 백남준의 아내 구보타 시게코가 백남준 사후에 출간한 회고록이다. 에곤 실레가 클림트를 만나기 위해 매일같이 찾았다는 이곳 '카페 뮤지엄'은 '장식은 죄악'이라며 극단적으로 모던함을 추구한 오스트리아 건축가 아돌프 로스의 첫번째 작품이라고 한다. 백남준, 에곤 실레, 아돌프 로스…… 예술에 있어서의 죄악이라는 표현은 어쩐지 세 사람을 관통하는 공통된 핵심인 것 같다. 이를테면 이번 세기와 싸우려 들지 않는 것. 내 작품을 세기에 남은 역사로 만들려는 욕망을 가지지 않는 것. 이해받지 못하는 고독을 타인에게 강요하지 않는 것. 전위는 다가가는 게 아니라 멀어지는 데에서 발생하는 것이 아닐까.

지구만큼 슬펐다고 한다

신철규 – 문학동네 – 2017년 7월

이영광 시인의 산문집에 이어서 읽기에 좋다. 돈 벌러 지구에 온 것은 아니지만 돈 버는 일 외에는 딱히 하는 일 없어 차라리 지구만큼 슬픈 존재가 인간일 것이다. 『지구만큼 슬펐다고 한다』는 슬픔에 의한, 슬픔에 대한, 슬픔을 위한 시집이라고 해도 되겠다. 특히나 지난 4월의 비참을 노래하는 조심스러운 시편들에서는 자꾸만 멈추게 된다. 충분히 슬퍼하기 위해 멈추는 것이다. 이 멈춤을 딛고 나아간 시인의 깊이를 미루어 짐작하기 어렵다. 어떤 시는 지구만큼 깊고, 이 시집은 그 '어떤'의 모임에 속하여 있다.

오페라의 두 번째 죽음

슬라보예 지젝·믈라덴 돌라르 — 이성민 옮김 — 민음사 — 2010년 1월

바그너의 마지막 악극이자 가장 퇴폐적인 오페라이기도 한 〈파르지팔〉의 유일무이한 성취는 유혹하는 여성과 성녀로서의 여성이 합일된 캐릭터 쿤드리를 창조했다는 데 있다는 게 중론이다. 『오페라의 두 번째 죽음』에서 그렇게 읽었다. 쿤드리를 보겠다는 일념으로 두 번의 인터미션을 포함해 총 공연 시간이 다섯 시간에 이르는 악명 높은 공연을 보러 갔다, 고 말할 수 있었으면 좋겠지만 출국하기 전에 남아 있는 표가 그것밖에 없었다.

이 악명 높은 공연을 이해해보겠다고 캐리어에 『오페라의 두 번째 죽음』을 넣을 때만 해도 나는 꽤 전투적이었던 것 같다. 〈파르지팔〉은 평범한 남성인 '파르지팔'이 성적 유혹을 이겨내고 '순수한 연민'을 가진 영웅으로 거듭난다는 영웅 서사다. 쿤드리 역시 평범한 여성이지만 그를 조종하는 남성(권력)들에 의해 유혹하는 색정적인 여성으로, 구원하는 성녀─어머니의 모습으로, 변신을 거듭한다.

다섯 시간 동안 내가 경험한 게 반유대주의 국가주의에도 불구하고 세계적 보편성에 도달한 바그너 예술의 경이로움이라고 말할 수 있으면 좋겠지만, 내가 느낀 건 오페라의 두번째 '죽음'이었다. 누구나가 죽음을 이야기하는 장르에 여전히 헌신하는 사람들과 여전히 그것을 향유하는 사람들의 문화. 아직 세번째 죽음이 오지 않은 건 이것이 오페라 하우스라는 예술 작품 안에서 상영된다는 사실일 것이다. 오페라의 예술성은 오페라 하우스와 그 관객이 완성한다. 관객이 없어지면 오페라는 어떻게 될까?

디어 랄프 로렌

손보미 - 문학동네 - 2017년 4월

『디어 랄프 로렌』의 인물들은 다들 의외의 취미를 갖고 있다. 주인공 종수를 악의 없이 궁지에 몰아넣는 일본계 미국인 교수 기쿠 박사는 매년 노벨상에서 미끄러지면 뉴욕 한가운데서 피겨스케이팅을 즐긴다. 소설 속 랄프 로렌의 생애의 비밀을 쥔 인물 조셉 프랭클 또한 전쟁을 통과하고 이국에서 살아남아야 했던 일생과 하등의 상관도 없는 복싱에 열심이다. 종수의 첫사랑이자 소설의 시작을 알린 한국의 (서술 시기상) 여고생 수영 역시 본인의 처지에 분명 무리인 '랄프 로렌 컬렉션'을 위해 아르바이트를 한다. 이런 인물들의 사사로움이 원자폭탄의 투하, 한국전쟁의 발발과 휴전, 원자력발전소의 완공, 헤밍웨이의 노벨문학상 수상 같은 사실보다 훨씬 더 중요하게 작동한다. 인간의 삶을 촘촘하게 엮어내는 작가의 기술 때문이다. 그런 삶들이 모여 역사가 되고, 그 역사라는 것은 인간과 인간의 모임에 불과할 뿐임을, 랄프 로렌과 과거와 종수의 남은 이야기는 소설의 형식에 따라 보여줄 따름이다.

오래전부터 암암리에 주장해온바, 손보미는 이 시대 최고의 소설 테크니션이고, 『디어 랄프 로렌』으로 그 증명은 끝났다. 최근 작가를 사적으로 만나 훗날 맨부커상을 받게 되면 시상식에 무조건 따라갈 것이며 비행기 삯도 내가 내겠다고 장담과 허언을 섞어봤는데, 이에 동참할 길드원 모십니다. 곗돈이라도 모읍시다. 다가올 미래의 현실을 위해.

세기말 빈

칼 쇼르스케 ─ 김병화 옮김 ─ 글항아리 ─ 2014년 7월

2년에 한 번 정도 개정판을 만든다. 개정판 작업을 하고 있으면 회사 안에서도 별로 관심을 주지 않는다. 좋은 책이니 또 나오는 거겠지, 아는 사람만 사겠지, 다들 이렇게 생각하는 것 같다. 나쁜 것만은 아니다. 관심에서 멀어질수록 순수해진달까. 다락에서 렌즈 닦는 스피노자처럼 괜히 좀 비장해지기도 하고. 한번 만나본 적도 들어본 적도 없는 그 '아는 사람'들을 기쁘게 해주고 싶다고 생각한다. 내 일상에서 불순함이라고는 조금도 없는 순간이 있다면 바로 개정판 작업을 할 때라 말해도 좋을 정도다.

모든 작가가 개정판을 반길 것 같지만 꼭 그렇지만도 않다. 한번은 민음사 주간이기도 했고 사랑받는 시인이기도 한 박상순 선배에게 절판된 작품을 복간하고 싶다는 메일을 보낸 적이 있다. 나로서는 의외의, 하지만 너무 아름다워서 이따금 들여다보게 된 답장을 받았다. "잊혀지거나 소멸하는 것도 있어야 합니다." 하지만 역설적이게도 이렇게 희소한 것들은 쉽게 잊히거나 소멸되지 않는다. 인간의 죽음이 그러하듯 책의 죽음도 스스로 결정할 수 있는 게 아니다.

1981년 퓰리처상 수상작이고 내 마음속에 비엔나를 심어준 책이기도 한 『세기말 비엔나』(생각의나무, 2007)가 『세기말 빈』이라는 개정판으로 출간되었다는 사실을 빈에 와서야 알았다. 글항아리에서 '현대의 고전' 시리즈로 절판된 책들을 다시 내는데 그 시리즈로 출간된 것이다. 이런 게 '아는 사람'의 기쁨이겠지. 오스트리아 빈에 있는 모든 좋은 풍경과 공기들을 다 글항아리 출판사에 바치고 싶다. 한국에 돌아가면 가장 먼저 『세기말 빈』을 사야지.

The VARIETY of LIFE

Nicola Davies 글 – Lorna Scobie 그림 – Hachette Children's Group – 2017년 8월

일본 출장길에 동물을 좋아하는 둘째를 생각해 사온 그림책이다. 제목처럼 다양한 동물들을 사실적이면서도 따스한 일러스트로 각 페이지마다 가득 채워놓았다. 텍스트는 그림과 잘 어울리는 서체의 영어이지만 아이들 모두 영어는커녕 한글도 채 떼지 못한 상태다. 그럼에도 둘째는 요즘 영어하는 척(?)에 빠져 있다. 원어민 선생님에게 들은 게 있는지 영어 비슷한 발음으로 샬라샬라 아무런 소리나 뱉어놓고 영어란다. 무슨 뜻인데? 물으면 악어랑 기린이랑 다투는 소리라나, 부엉이랑 상어랑 화해하는 중이라나. 대체 뭔 소린지!

꽤 큰 판형이라 캐리어에 담기에도 벅찼는데, 녀석은 그걸 들고 화장실에 간다. 거기서 불곰도 보고, 황제펭귄도 보고, 목도리도마뱀도 보고, 호랑나비도 보면서 똥을 누는 것이다. 그러곤 일을 마치면 큰 소리로 엄마 아빠를 부른다. 엄마! 저 다 쌌어요. 아빠! 닦아주세요! 오늘도 책을 들고 화장실에 들어가 한참을 있더니 이상한 소리를 해댄다. 사슴벌레가 나타나 은유 발에 똥 싸고 도망갔어요. 사슴벌레예요. 사슴벌레가…… 그러고는 아이 주제에 겸연쩍은 미소를 보이는 것이다. 수상해서 가보니 화장실 가는 길에 똥을 조금 지렸고 그걸 발로 밟은 채로 이리저리 묻히기까지 했다. 엄마의 불호령은 당연한 일. 그런데 사슴벌레는 무슨 죄?

변기 뚜껑 위에 펼쳐진 『The VARIETY of LIFE』의 한 페이지. 황갈색 벌레 한 마리가 억울한 표정으로 한국 4인 가정의 화장실을 두리번거리고 있었는데,

사슴벌레였다.

이방인

알베르 카뮈 ― 김화영 옮김 ― 민음사 ― 2011년 3월

'낭만서점'에서 다음주에 다루는 책은 『이방인』이다. 최근 이슈라면 새움에서 출간된 『이방인』(이정서 옮김, 2018)을 둘러싼 번역 일화일 것이다. 누가 물어볼까봐 혼자 준비해보는 답변.

"기득권을 형성하고 있는 책에 도전장을 내미는 의미에서 호기로운 '마케팅'이라 할 수 있겠지만 그 문제 제기는 마케팅 이상도 이하도 아니다. 가장 먼저, 카뮈의 『이방인』이 무엇인지 말할 수 있는 권리는 누구에 의해서 어떻게 발생하는 걸까. 카뮈의 『이방인』이 무엇인지, 무엇이어야 하는지는 끊임없이 갱신되는 문학의 의도된 공백이다. 그리고 이 소설에 관해서라면, 카뮈 역시 진실을 말하고 있지 않다. 뫼르소는 살인의 이유에 대해 단 한마디, '우스꽝스러운 말인 줄 알면서' '태양 때문'이라고 말했을 뿐이다. 이정서 씨의 주장은 아랍인의 단도가 햇빛을 받아 길어져 보이는 바람에 뫼르소를 자극했으므로 뫼르소의 살인이 정당방위라는 것인데, 뫼르소가 말하지도 않은 감각을 살인의 원인으로 연결하는 것은 소설 중 판검사가 자신의 논리에 끼워 맞추기 위해 각자의 가설을 세우는 행위, 그러니까 카뮈가 그들을 통해 비웃고자 했던 부조리의 덫에 걸리는 것 아닌가요?"

"오늘 엄마가 죽었다. 아니 어쩌면 어제." 진실은 알 수 없다. 알 수 없는 건 말하지 않는다. 충격적인 저 문장은 진실을 말하지 않는 뫼르소가 끝내 포기하지 않는 침묵의 알리바이다. 거짓을 말하는 것과 진실을 말하지 않는 것. 그 사이에 뫼르소, 인간 존재의 부조리가 있다.

April

April

괜찮아 아저씨

김경희 – 비룡소 – 2017년 1월

『괜찮아 아저씨』의 주인공은 말 그대로 '괜찮아 아저씨'다. 책은 숫자 개념을 배우기 시작한 아이들에게 도움이 될 만해 보인다. 동시에 요즘 뭐든 안 괜찮은 나 같은 아저씨에게도 일말의 도움이 될 것 같기도 하다. 괜찮아 아저씨가 뭐든 괜찮다고 대신 말해주기 때문이다. 그것도 열 개가 다인 머리카락이 하나씩 알 수 없는 이유로 뽑혀나가고 있는데 말이다! 처음 머리카락은 낮잠을 자는데 새들이 포르르 뽑아갔다. 아저씨는 말한다. "오, 괜찮은데?" 두번째 머리카락은 곰이랑 시소를 타다 빠졌고, 다섯번째 머리카락은 돼지랑 물놀이를 하다가, 여덟번째 머리카락은 원숭이와 맨손 체조를 하다가 빠진다. 노란 리본을 달았던 마지막 머리카락조차 다음 날…… 그냥 없어진다. 그는 이렇게 말할 뿐이다.

"오, 괜찮은데?"

몇 달 전 고등학교 동창 모임에서의 화제는 부동산, 자동차, 승진 같은 게 아닌 단연 머리숱이었다. 대머리가 되느냐 마느냐 하는 존재론적 문제였다. 그러니까 괜찮아 아저씨는 진짜 괜찮은 사람이다. 성인군자다.

이 그림책을 읽어주니, 집에 성인군자가 하나 더 탄생했다. 무엇이든 어지르고 무엇이든 저지르는 둘째는 요즘 "오, 괜찮은데?"를 연발하고 다닌다. 아내와 나는 하나도 안 괜찮은데, 홀로 괜찮은 게 탈이라면 탈이지만. 『괜찮아 아저씨』는 이상하게 무엇이든 괜찮게 만드는 훈훈한 능력이 있는 그림책인 것이다.

모닝캄

대한항공 – 2018년 4월

한국으로 돌아가는 비행기 안. 기내는 캄캄하다. 동그란 조명은 낮은 조도로 내 자리만 조용하게 비추고 있다. 도착하기까지는 여섯 시간 59분이 남았고 나는 지금 모스크바 근처의 어떤 상공을 지나고 있다. 여행지에서 읽으려고 가져온 책들은 이미 다 읽었거나 읽지 않아도 읽은 것처럼 싫증이 난다. 일주일 내내 한몸처럼 붙어 있었으니 그럴 만도 하다. 신문이라도 읽자 싶어 두 신문사의 주말판을 연달아 읽었더니 다른 회사의 신문은 역시 읽지 않았는데도 주말 내 한국에서 일어난 모든 일을 알게 되기라도 한 것처럼 또 싫증이 난다. 남은 건 기내 잡지밖에 없다.

대한항공 기내 잡지의 이름은『모닝캄』이다. 경주의 핫플레이스 '황리단길'에 대한 밀착 취재로 제법 차분하고 평범하게 시작한 잡지는 논산의 딸기 이야기에서 딸기고추장으로 비빔밥을 만들어 먹는 이야기로 딸기의 신세계를 보여주는 것에 만족하지 않고 급기야 출판사 '타센'에 대한 이야기를 통해 예술이 된 책에 대해 보여준다. 타센은 파이돈, 애슐리와 함께 세계 3대 아트북 출판사로 손꼽힌다. "예술의 의미를 확장하는 방법의 하나로, 책 자체가 놀랄 만큼 아름다워야 한다는 것이 타센의 입장이니까." 한국 출판은 이미 타센의 입장을 보편화하고 있다. 아름다운 책은 많다. 문제는 '책의 의미를 확장하는 아름다움'이어야 한다는 거겠지. 그게 중요한 거겠지.

무엇이 우리를 인간이게 하는가

천주희 외 – 낮은산 – 2018년 1월

프리모 레비의 저서 『이것이 인간인가』(이현경 옮김, 돌베개, 2007)에서 힌트를 얻었음이 다분해 보이는 제목이다. 『무엇이 우리를 인간이게 하는가』는 아우슈비츠 못지않은 비관을 바탕으로 『이것이 인간인가』에 가까운 희망을 찾으려 하는 책이다. 아주 희미하고 희박해 가능성이 없어 보일지라도, 그것을 찾는 게 인간이라는 믿음이 우리에게 있기에 오늘도 뭐라도 읽어보는 것일진대 책의 첫 글 「이상한 나라의 앨리스는 무사히 할머니가 될 수 있을까」(천주희)에서의 상황을 보면 그런 믿음은 쉽게 바서진다. 토론회 자리에서 맨바닥에 무릎을 꿇은 채 특수학교 건립에 찬성해달라 호소하는 학부모의 사진을 나도 물론 보았다. 사진의 드라마틱함 때문인지 여론은 순식간 달아올랐지만, 그래서 지금 강서구에 특수학교를 설립하기로 했다는 건지는 잘 모르겠다. 장애인 시설이 들어서면 아파트 값이 떨어진다는 욕망의 명제가 인간이면 갖춰야 할 마땅함을 수거해간다. 은재는 특수학교에 다닌다. 사는 곳 가까이에 특수학교가 있어 무릎 꿇지 않아도 되었다. 이걸 행운이라 말할 수 있을까? 은재가 두 돌이 됐을 때 장애 등급을 받기 위해 병원에 갔다. 혹시나 컨디션이 좋아 낮은 장애 등급을 받게 될까봐, 우리 부부는 긴장했다. 의사 앞에서 말을 더 못하길, 손놀림이 더 둔탁하길 원했다. 그렇게 2급 판정을 받고 나서의 안도와 비참을 뭐라고 표현해야 할까? 인간적 감정? 무엇이 우리를 인간이게 하는가. 이것이 인간인가. 목울대에서 질문의 종이 날카롭게 울린다.

희지의 세계

황인찬 – 민음사 – 2015년 9월

「종의 기원」에는 "인찬"이 등장한다. "인찬아 물 좀 끼얹어라 말씀하신다" 최근 한국 시와 소설에서 작가와 화자 사이의 거리는 좁혀지다가 이제는 딱 붙어 있는 모양이다. 작품 속 화자를 작가와의 연장선상에서 이해하는 태도를 배척하던 시절은 가고 저자 스스로 기꺼이 작품 속에 출연하고 있다. 김봉곤 작가의 소설에서도 그런 현상은 쉽게 목격된다. 작가가 기르는 강아지도 나오고 작가 스스로의 이야기가 모두 다 알 수 있게 작품화된다. 소설과 시를 가로지르는 이 현상 앞에서 나는 캐릭터로서의 소설가와 시인을 떠올린다. 작가가 하나의 콘셉트를 지닌 작품으로 존재하고 작품으로서의 작가는 그가 쓴 작품과 구분되기보다 연결되는 방향으로 쓰여진다. 어쩌면 이러한 경향은 소설과 시, 그러니까 문학에 대한 본질에 대한 변화를 내재하고 있는 변화인지도 모른다. 문학의 새로운 기원이 아닐까.

당신 집에서 잘 수 있나요?

김이강 – 문학동네 – 2012년 9월

하반기에는 김이강 시인의 두번째 시집이 나온다. 아직도 동료 시인의 시집을 편집하는 데 있어 어색함을 느끼는 편이다. 특히 비슷한 시기에 등단한 친구들에게는 더욱 그렇다. 우리는 자주 술을 마셨고, 취하기도 했었고 가끔 서로의 시를 보아왔다. 너랑은 어색해지기 싫어…… 친구 사이로 남고 싶어…… 같은 삼류 멜로드라마의 심정으로 담당 편집을 후배에게 미루고 괜히 지난 시집을 꺼내 읽어본다. 김이강 시가 자아내는 은은한 멜랑콜리와 유머와 불안감을 몇 마디로 정의하기는 어렵다. 좋아하는 시는 「겨울은 길었고 우리는 걸었지」이다. 〈몽상가들〉을 보고 돌아온 날, 수국을 쓰레기통에 버린 날, 버스 차창에 기대어 잠든 날, 그런 날들이 떠오른다. 문득 '날'을 '나를'로 바꿔 쓰고 문장을 이어가고 싶은 생각이 든다. 그러다보면 시를 쓸 수도 있을 것만 같다. 친구의 시를 읽다가.

소설 거절술

카밀리앵 루아 - 최정수 옮김 - 톨 - 2012년 12월

___

매년 이맘때면 시집 원고를 투고하고 반려당한 뒤 애먼 편집자에게 전화해 하소연인지 볼멘소리인지 하여튼 일방적인 자기 얘기만 잔뜩 늘어놓으며 화내는 투고자가 있다. 누구라고 말하고 싶지만 누구라고 말해봐야 그 누구는 모를 테니 그만두자. 투고 원고를 관리하는 업무는 후배들 몫이어서 이제 나는 그런 부류의 투고자들과 입씨름하는 일이 좀처럼 없는데, 오늘은 후배에게 온 전화를 당겨 받았다가 사달이 나고 말았다. 그 사람이다. 너네들이 뭔데 내 작품을 거부하느냐는 그 말은 "선생님의 작품은 저희의 편집 방향과 맞지 않는다"는 표현을 물고 늘어지며 도대체 편집 방향이 뭐냐고 퍼부어대더니 종국에는 문단 카르텔을 운운하는 수순으로 조금의 예외도 없이 진행되었다.

하…… 이런 순간을 대비해서 내가 사다놓은 책이 있다. 편집자가 투고 원고를 거절하는 99가지 방법이 담긴 『소설 거절술』이다. 물론 이 책은 투고자들을 위해 출판사의 거절 메일을 일목요연하게 분류해놓은 책이지만, 책의 기능은 전적으로 독자에 의해 결정되는 법. 나는 내가 하지 못한 말, 쓰지 못한 글을 보면서 대리 만족한다. 오늘의 문장은 이거다.

"아직 시간이 있을 때 펜을 놓으세요."

작가의 사랑

문정희 - 민음사 - 2018년 3월

『작가의 사랑』에서 가장 충격적인 시는 책의 종반에 자리한 「곡시」다. 「곡시」는 우리 근대 문학 최초의 여성 소설가이자 능력 있는 번역자이며 시집을 상재한 시인이기도 한 김명순의 비극적 삶을 노래한다. 아니, 울며 통곡한다. 아니, 이름을 부른다. 『작가의 사랑』은 그 이름을 부르는 데 시집 전부가 할애된다. 프랑스의 시인 안나 드와이유, 이탈리아의 여성 기자 오리아나 팔리치, 세기의 콜렉터 페기 구겐하임, 멕시코 전설 속 여인 요로나, 이 땅의 어머니와 그 어머니의 어머니까지. 그중 '김명순'은 '이름 부르기' 작업의 절정이라 할 수 있다.

그런데 그 절정에 다다라 시인은 고개를 돌려 다른 곳을 본다. 어떤 이들을 불러모은다. 충격은 거기에 있다. 지워지고 배제된 여성들의 이름을 부르는 것에서 멈추지 않고 지금껏 여성을 지우고, 배제했으며, 우연히 달고 나온 것(?)을 바탕으로 한 권력에 취해 폭력을 휘둘렀던 남성들을 호통치듯 호명하는 것이다. 데이트 성폭력을 저지른 이응준, 연재소설을 통해 2차 가해를 자행한 김동인, 펜으로 김명순을 능멸하고 따돌리는 데 함께했던 염상섭, 김기진, 전영택, 방정환…… 지금도 문학 교과서에 당당히 이름을 올리고 있는 남성들의 이름 세 글자를 문정희는 「곡시」를 통해 또박또박 부른다. 그리고 그들더러 들으란 듯이, 그들의 후예더러 더 움찔대라는 듯이, 절규한다.

이 땅아! 짐승의 폭력, 미개한 편견과 관습 여전한
이 부끄럽고 사나운 땅아!

릿터 2018년 4월·5월

릿터 편집부 ─ 민음사 ─ 2018년 4월

『릿터』 4월·5월호 커버스토리는 케이팝─라이프다. 효인 선배의 오랜 가요 사랑이 맺은 결실이다. 아이돌에 대한 이야기로 넓히지 않고 케이팝에 집중해 가장 첨단의 영역이라 할 수 있는 한국 대중가요의 현장을 스케치했다. 근거 없는 우려 따위의 어설픈 목소리가 아니라 케이팝 담론을 생산하고 이끌어가는 음악 평론가들의 글을 실을 수 있었던 것 역시 효인 선배의 오랜 가요 사랑이 아니었다면 불가능했을 일이다.

잡지를 만들 때 가장 어려운 일이면서 가장 쉽게 범하는 잘못이 바로 선입견 통제다. 어떤 방향으로 가야 하는지 미리 정해놓고 그 방향 안에서 길을 내줄 필자들을 섭외하면 글을 빨리 얻을 수 있겠지만 그만큼 독자도 빨리 잃는다. 결과적으로 케이팝─라이프는 독자로서 내가 가장 만족하는 주제가 되었다. 어떤 지식은 고개를 들게 하지 않고 숙이게 만든다. 이번 작업을 하면서 나는 케이팝에 대한 어설픈 평가는 절대 하지 않겠다고 마음먹었다. 케이팝은 광활하고 그 광활한 대지 위에서 평론가들은 뜨거운 동력으로 저마다의 진지를 구축하고 있다. 지금 제일 똑똑한 사람들은 전부 케이팝을 연구한다는 말이 틀리지 않아 보인다. 평가하는 언어들의 그 치열한 자기 증명이 부럽다. 릿터 독자들에게도 증명하는 사랑의 오라가 전달되기를.

바깥은 여름

김애란 - 문학동네 - 2017년 6월

김애란 작가의 단편을 읽는 데 약간의 주저함이 있다. 다른 건 아니다. 읽기 시작하면 슬픔이라고 해야 하나, 우울이라고 해야 하나, 그런 가라앉음의 상태가 된다. 작년에 나온 소설집을 책상 한쪽에 두고 한 달에 한 번 정도 용기가 생길 때마다 한 편씩 읽어서 이제야 끝냈다. 그랬는데 4월이라니, 시간 참 무심하다. 시간 참 무섭다. 소설에 대해서라면 많은 말이 필요할까. 다만 인물이 사람이 되기 위해 필요한 말을 고민하다 말이 아닌 다른 것을 요하는 시간과 마주쳐 멈춰 서는 때가 잦다는 작가의 말처럼 자주 멈춰 섰었다. 그 말이 아닌 다른 것들이 사무쳐서.

「노찬성과 에반」은 『릿터』를 창간하면서 초고를 봤었다. 많은 수정이 있었겠지만 여기서 또 만나니 반가웠다. 나에게도 키우던 개가 있었다. 10년을 채우던 해의 어느 날 나는 문단속을 제대로 하지 않았고, 집 앞에서 개는 차에 치어 죽었다. 가끔은 품에서 따뜻하게 꿈틀대던 요크셔테리어의 몸피가 떠오른다. 이 소설을 읽으면서는 특히 더 선명하였다.

아무튼, 스웨터

김현 – 제철소 – 2017년 12월

어제에 이어 대중가요와 효인 선배에 대한 이야기를 조금 더 써보려 한다. 효인 선배는 내 주변의 모든 사람들 중에 대중가요를 가장 사랑한다. 그 사랑에는 아이돌에 대한 관심과 애정도 포함돼 있다. 요즘은 오마이걸 노래를 즐겨 듣는 듯하다. 무언가를 많이 좋아하면 덕후가 된다. 여기까지는 똑같은데, 작가가 무언가를 많이 좋아하면 글을 쓰게 된다. 그러다가 책도 쓰게 되고. 선배에게도 계약된 책이, 그러므로 편집자가 독촉하며 기다리고 있는 책이 있다. 제철소에서 출간하는 '아무튼' 시리즈다. 김현 시인의 『아무튼, 스웨터』를 비롯해 『아무튼, 잡지』 『아무튼, 쇼핑』 『아무튼, 망원동』 등 다양한 소재의 책이 이미 출간되었다.

선배가 쓸 책의 제목은 '아무튼, 대중가요'(가제)일 거다. 뭐라도 도움되는 말을 해주고 싶어 김현 작가의 『아무튼, 스웨터』를 샀다. 그러고서 도움은커녕 내가 그냥 이 시리즈에 빠져버렸다. 아무튼 시리즈는 책의 가치를 완전히 전복시키는 동시에 전복시키지 않는다. '아무튼'이라는 부사는 책이 고도로 집약된, 정제된 정보여야 한다는 생각을 배반한다. 책이 종착지라고 생각하는 사람들에게 책은 출발역일 수도 있다고 말하는 것이다. 그러니까 출발역으로서 아무튼 시리즈는 탁월하다. 무엇을 얻을 수 있을지 알 수 없는 설렘.

'스웨터'라는 단어를 김현 시인을 통해 재발견한 나처럼 어떤 독자들은 '대중가요'라는 단어를 효인 선배를 통해 재발견하겠지. 이제는 정신 차리고 제안할 내용들을 정리해봐야겠다.

제9회 젊은작가상 수상작품집

박민정 외 – 문학동네 – 2018년 4월

문학동네 젊은작가상 시상식에 다녀왔다. 다니는 출판사와 인연이 있는 작가는 물론, 학교 후배 또한 수상자 몫을 나눠 갖는 자리였다. 젊은작가상은 여러모로 미덕이 많은 문학상이지만, 그중 하나만 꼽자면 여럿이 함께 상을 받는다는 점일 것이다. 여럿을 축하하기 위해 회사에서도 여럿이 출동했다. 타 출판사 자리에 한 팀이 둘러앉아 두런거리기 조금은 민망했지만, 좋은 날이니까 좋은 마음에 갔고, 모두가 좋았을 것이리라 믿어본다.

모두가 좋은 작품이었지만 박민정 작가의 「세실, 주희」는 확실히 압권이었다. 최근 낸 소설집 『아내들의 학교』의 장점을 더욱 풍부하게 계승했다. 이토록 세밀하고 세심하면서도 이만큼 크고 강렬한 이야기라니. 「작가 노트」에서도 여러 문장에서 눈이 부셨다. 견딜 수 없는 것들을 나열하고 그것보다 우선하는 것에 지난여름의 더위를 둔 것이 무척 미더웠다. 몸은 거짓말하지 않는다. 소설가는 거짓말하지 않는 몸으로 거짓이 아닌 이야기를 쓴다. 내게는 세실과 주희의 이야기 모두가 장막 사이로 흘러든 빛처럼 느껴졌다. 그 빛이 우리의 진실일 것이다.

김세희 작가의 「가만한 나날」 또한 반가운 작품이었다. 『릿터』의 플래시픽션 코너에서 이 소설의 뼈대를 먼저 만날 수 있었다. 이런 게 시집 가 행복하게 사는 것만 같은 딸을 오랜만에 만난 친정엄마의 심정일까…… 건방진 생각이다.

나쁜 피

김이설 ─ 민음사 ─ 2018년 3월

책은 다 한정판이다. 영원히 살 수 있는 책이 없는 건 아니다. 『성경』『일리아드』『오디세이』…… 그마저도 결국 어떻게 될지는 알 수 없다. 최초의 책은 독자에 앞서서 있지만 최후의 책은 독자 뒤에 있다. 독자가 있어야 책은 계속된다. 온라인 서점 알라딘의 중고 서점에서 절판된 책만 모아놓은 코너를 본 적 있다. 내 기억이 맞다면 거기 적힌 문장은 다음과 같다. "우주에서 사라진 책을 읽는다는 것".

출판사 게시판에 가장 많은 글이라면 오탈자에 대한 내용일 것 같지만 오히려 출간 일정 문의와 1, 2위를 다투는 것이 절판된 책을 구하고 싶은데 방법 좀 알려달라는 것이다. 출판사라고 뾰족한 수가 있을 리 없다. 해외물은 더욱더. 하지만 어떤 경우에는 뾰족한 수가 생기기도 한다. 그러려면 두 가지 조건이 필요하다. 한국 작가가 쓴 작품이어야 하고, 절판 혹은 품절된 사실을 받아들이지 못하는 편집자의 마음이 있어야 한다.

효인 선배가 김이설 작가의 『나쁜 피』 복간본을 냈다. 복간본을 내본 사람들은 안다. 그것이 얼마나 외로운 작업인지. 서점에서는 신간 아니면 봐주지도 않고 회사에서도 복간본은 복간 그 자체가 선택이기 때문에 신간 같은 홍보 마케팅을 투자하지 않는다. 하지만 우리는 안다. 복간본을 낸다는 것이 얼마나 커다란 사랑의 행위인지. 계속해서 표지를 바꿔보고 판형을 바꿔보면서 시간의 흐름에 뒤처지는 작품이 되지 않도록 애쓰는 마음이 얼마나 간절하고 또 순수한 열정인지.

우리는 쌍둥이 언니

염혜원 – 비룡소 – 2016년 6월

첫째와 둘째의 키가 엇비슷해진 지 오래다. 이제는 둘째가 발육이나 신장이나 미세하게 조금 더 큰 상태가 되었다. 머지않아 사람들은 둘째를 언니라 생각하겠지만, 아직까지는 쌍둥이로 판단한다. 녀석들은 나름대로 제법 자매다워져서, 마주앉아 장난감을 나눠 갖고, 나란히 앉아 텔레비전을 보다가, 번갈아가며 과자를 집어먹는다. 그러다 차례차례 물을 엎지르는 사고도 함께 친다. 그리고 그렇게 엄마 또한 나눠 가지려 드는 것 같다.

『우리는 쌍둥이 언니』에서는 진짜 쌍둥이 자매가 등장해 엄마를 둔 또래 특유의 쟁탈전을 벌인다. "우리는 쌍둥이야. 그래서 뭐든 두 개씩 있지. 침대도 두 개, 물방울무늬 원피스도 두 개, 인형도 두 개, 인형 유모차도 두 개야"라고 말하는 게 꼭 우리 딸들 같아서 맑은 웃음과 얕은 한숨이 동시에 났다. 친구들은 모르겠지. 뭐든 두 개씩 마련해야 하는 가정 경제의 사무침을. 각설하고, 뭐든 두 개일 수는 있지만, 엄마는 하나다. 쌍둥이에게, 아니 우리집 같은 연년생에게도 이는 재앙이다. 그런데 동생이 생기면서 쌍둥이에게 변화가 생긴다. 엄마를 뺏긴 것이다. 녀석들은 아이답게 금세 답을 찾는다. 동생을 돌보는 것을 딴에 도우면서, 동생의 얼굴을 가만히 쳐다보면서, 그저 동생을 받아들임으로써 쌍둥이는 이제 엄마에게서 조금 멀리에 위치하며 한 뼘 성장한다.

『우리는 쌍둥이 언니』의 일상에서는 아빠가 등장하지 않는다. 나처럼 야근을 하는 건지 아님 가족들과 사이가 좋지 않은 것인지, 혹은 아빠가 없는 건지 알 수 없다. 엄마가 하나인 것은 큰일이지만, 아빠가 하나인 것은 별로 문제될 게 없어 보인다. 우리 아이들에게는 어떨까. 다음주부터는 조금 일찍 퇴근해야겠다.

도둑 일기

장 주네 ― 박형섭 옮김 ― 민음사 ― 2008년 8월

『도둑 일기』를 읽었다. 작가를 만나면 어떤 작가를 좋아하는지, 어떤 작가의 영향을 많이 받았는지 꼭 물어보게 된다. 대답해야 하는 입장에서는 별로 신선하지도 않고 반갑지도 않은 질문일 수 있겠지만 물어보는 사람 입장에서는 비밀을 풀 열쇠라도 되는 것처럼 의미를 부여하게 된다. 문학이라는 것이, 아무리 작가와 텍스트를 구분해야 할 필요성이 있다 하더라고 쓴 사람의 의도를 파악하지 않고 작품을 읽어내기는 종종 힘들다. 그러니까 내가 좋아하는 어떤 작가가 다른 작가를 좋아하는 단서를 발견했을 때의 기분은 장기 미제 사건을 해결해줄 중요한 단서를 발견한 것과 다르지 않다. 당장 사건을 해결해주는 건 아니지만 길은 보여준다.

『도둑 일기』를 보면 최진영 작가가 생각나고 최진영 작가를 보면 장 주네가 생각난다. 『릿터』에서 최진영 작가를 인터뷰할 때 다 같이 차를 타고 인터뷰 장소로 향하던 중 누군가가 최진영 작가의 휴대전화에 장 주네가 『도둑 일기』에서 쓴 문장이 붙어 있는 걸 발견했다. 작가는 뒷자리에, 나는 앞자리에 앉아 있어서 직접 보지는 못했지만 나는 그 순간 최진영 소설에 닿는 길 하나를 발견한 것처럼 가슴이 뛰었다.

사람들이 전혀 호감을 느끼지 않는 악하고 혐오스러운 행동을 통해 사랑의 감정을 드러내는 장 주네의 소설은 최진영 작가의 소설을 읽을 때 경험하게 되는 낯선 행위와 그 행위에 선악이란 잣대를 들이댈 수 없게 만드는 사랑의 강렬함과 연결된다. 강렬한 대비에 이르는 길 하나를, 우연히 꺼내든 『도둑 일기』에서 찾았다. 『구의 증명』을 다시 읽어야 할 이유가 다시 또 생겼다.

엄마는 해녀입니다

고희영 글 – 에바 알머슨 그림 – 안현모 옮김 – 난다 – 2017년 6월

엄마는 해녀다. 엄마의 엄마도 물론 해녀다. 가끔은 하얀 파도로 누군가를 꿀꺽 삼켜버릴지도 모르는 바다를 그들은 떠나지 못한다. "목욕탕의 물속에 몸만 푹 담가도 숨이 탁 막히고 가슴이 컥 조이는데" 엄마와 할머니가 해녀라는 건 '나'에게는 이해할 수 없는 일이다. 엄마는 그 답을 대신해 이상하고 아름다운 소리를 들려준다. 호오이, 호오이. 물속에서 내내 숨을 참았다가 물 밖에 나와 숨을 몰아쉬며 내는 소리. 꼭 돌고래 같은 소리, 호오이, 호오이. 그 소리는 숨비소리이다.

숨비소리는 엄마가 살아 있다는 소리이자, 엄마를 살아가게 하는 소리이다. 도시로 나가 미용사를 하던 엄마를 다시 바다로 돌아오게 한 소리이다. 숨비소리 덕분에 엄마는 살아 있고, 귓병이 나았으며, 종내 할머니처럼 살고 싶다고 다짐한다. 그렇다면 숨비소리는 제주도의 소리인 걸까? 바다의 소리일까? 정답을 알 수는 없지만, 주먹 두 개만큼 큰 전복에 욕심을 내다 위험에 처한 딸을 구해준 할머니의 말에서 조금은 힌트를 얻을 수 있다. 바다밭에 자기 숨만큼 머물면서, 바다가 주는 만큼만 가져오자는 것이 해녀의 약속이라는 말.

제주도 여행중이다. 수영장이 딸린 작은 호텔에서 머물렀다. 평소 타보고 싶었던 자동차를 렌트했고, 갈치니 흑돼지니 하는 음식을 먹으려 검색에 힘썼다. 공항에서는 인파에 조금 짜증을 냈고, 시간이 지체될까 전전긍긍했다. 식당에서는 맛이 있나, 서비스는 괜찮은가 평가하려 바빴고, 아이들 투정에는 어른다운 신경질로 대응했다. 내가 가진 숨이 겨우 이 정도인 걸까? 파도 소리 들린다. 호오이, 호오이.

제9회 젊은작가상 수상작품집

박민정 외 - 문학동네 - 2018년 4월

매년 봄마다 이 소설집이 출간되기를 기다린다. 한동안 수상작품집 시장이 침체되었던 걸 생각하면 문학동네의 젊은작가상 수상작품집이 이룬 성과는 시장에서의 반응 이상으로 더 높이 평가되어야 한다. 장편소설이 아니면 베스트셀러를 기대하기 힘들고 소설집이라 해도 유명한 작가의 소설집이 아니면 눈에 띄기조차 힘든 시장에서 젊은 작가의 소설집이 몇만 부 나가는 일이 희소하지 않아진 건 젊은작가상과 그 수상작품집의 공이 크다.

'젊은 작가'로 일컬어지는 신인 작가를 지원하는 가장 근본적인 방법은 그 작가를 사랑하고 지지해줄 수 있는 독자를 지원하는 것이다. 독자를 지원하는 가장 좋은 방법은 그들이 읽을 양질의 책을 만드는 것이고. 올해로 9회. 10년에 가까운 시간 동안 투자해온 결실이 하나둘 꽃을 피우고 있다. 오늘을 잘살고 올해를 잘 보내는 와중에도 10년 뒤를 위한 일을 계획해야 한다. 노력과 애정은 배반하지 않는다. 이 책이 그걸 말해주고 있다.

이제는 순수를 말할 수 있을 것 같다

유계영 – 현대문학 – 2018년 3월

　유계영 시인의 시가 좋은 것은 진즉에 알고 있었다. 첫번째 시집을 내고 발표하는 신작마다 그럭저럭했던 것이 없었다. 『이제는 순수를 말할 수 있을 것 같다』는 한 지면에 집약적으로 발표한 시들을 모아서인지 시의 집중력이 더 높아진 듯하다. 거의 긴 시들로 이루어졌는데 버릴 문장 하나 없어 되레 읽는 사람이 긴장하게 된다. 마지막 시편에 다다라 "태양의 엄지가 정수리를 꾹 눌러 나를 고정시킨다/나는 허공을 잡아당기며 겨우 한 걸음 걸었다"와 같은 구절을 맞닥뜨렸을 때 놀라움이란. 한 걸음 나아가기가 어려웠다.

　다시 걸음을 옮겼을 때 그곳에 유계영의 산문이 있었는데, 공장에서 비롯되었을 자신의 연원을 끈질기게 좇아 밝히는 필라멘트 전구 같은 글이었다. 계영은 어느덧 눈이 부신 사람이 되어 글을 쓰고 있는 것이다. 읽는 순간 나방이 되어도 좋을 만큼.

여름, 어디선가 시체가

박연선 - 놀 - 2016년 7월

드라마 〈청춘시대〉를 보면서 많이 웃고 울었다. 말초적 감각만 자극했다면 작가에 대해 이렇게까지 관심 갖지 않았을 것이다. 캐릭터 플레이가 중심이 되는 드라마 안에서 이렇게 내성적인 캐릭터들이 한꺼번에 많이 나오는 드라마라니. 더욱이 전형성에 갇히지 않은 여성들은 어떤 불편함도 만들어내지 않았다. 〈청춘시대〉를 즐겁게 보고 박연선 작가에게 빠진 독자들이 한국 소설의 독자들과 크게 다르지 않을 거란 생각을 나만 한 건 아닌 것 같다. 무겁지 않으면서 가볍지 않고, 슬프면서 동시에 재밌는, 이 규정 불가의 청춘 드라마는 소위 한국 소설의 독자 중 상당수를 차지하는 20~30대 여성들의 취향을 정확하게 저격하는 것이다.

뒤늦게 『여름, 어디선가 시체가』를 읽었다. 〈청춘시대〉의 명성 때문이 아니라 정말로 매력 있는 소설을 쓰는 작가였다. 한때의 야마다 에이미나 요시모토 바나나를 읽을 때 느끼는, 전형적이지 않으면서도 인생을 산뜻하게 만들어주는 청량감이 있었다. 최고의 소설은 작가를 발견하게 만드는 소설이다. 나는 오늘 내게 최고의 소설을 읽었다.

모든 것이 밝혀졌다

조너선 사프란 포어 ― 송은주 옮김 ― 민음사 ― 2009년 3월

　사프란 포어의 신작 『Here I Am』의 작업이 난항인 듯하다. 타팀 도서이니 정확한 사정은 알 수 없으나 작가의 소설이 원체 쉽지 않다. 대표작인 『엄청나게 시끄럽고 믿을 수 없게 가까운』(송은주 옮김, 민음사, 2006)은 물론이고 데뷔작 『모든 것이 밝혀졌다』 같은 소설을 번역한다는 게 무엇인지 감히 가늠할 수 없다. 해외 문학 편집에 경험이 없을뿐더러 외국어는 젬병이니까, 이럴 때는 그저 순수한 독자의 마음으로 기다리고 기다릴 뿐이다. 여기 독자가 있습니다, 책이여 나오소서.

　응원의 마음을 담아 『모든 것이 밝혀졌다』를 들춰본다. 사실 『엄청나게 시끄럽고 믿을 수 없게 가까운』과 논픽션 『동물을 먹는다는 것에 대하여』(송은주 옮김, 민음사, 2011)만 읽었고, 정작 이 소설은 읽지 못했는데 『릿터』 창간호에 같은 제목의 중편소설을 싣게 되면서 정독하였다. 책은 『릿터』에 실린 작품을 늘리고 개작하여 낸 것이다. 자신의 이름을 딴 미국인 소설가 조너선과 가이드를 맡은 알렉스와 알렉스의 할아버지와 그들의 암캐. 소설 속의 소설 형태로 나타나는 트라킴브로드의 환상적인 역사와 인물들. 화자와 형식을 바꿔가며 끝없이 변주되는 이 이야기의 끝에 이르러, 소설이 주는 쾌감을 느끼지 않을 도리가 없었다. 이런 소설을 늘 기다린다. 늘 나타나는 게 아니지만, 같은 작가에게서 확률이 더 높은 게 사실이므로, 다시 응원을 하자. 여기 독자가 있습니다. 힘을 내세요.

유령이 신체를 얻을 때

박민정 – 민음사 – 2014년 8월

박민정 작가의 장편소설이 올여름에 출간된다. 원고 피드백을 위해 점심을 함께했다. 작가가 완성해서 보내준 초고를 이토록 재미있게 읽었을 때에는 점심 미팅이 하나도 힘들지 않고 오히려 미팅 날까지 하루하루가 기다려진다. 사실 이런 경우라면 점심 미팅이 아니라 아예 저녁 미팅을 잡아서 사무실로 복귀해야 한다는 생각 없이 마구 이야기하고 싶은 생각이 굴뚝같아진다.

장편소설의 제목은 '미스 플라이트'다. 한 사람의 죽음은 영원히 풀리지 않는 미스터리다. 그러나 그 미스터리가 밀폐되고 은폐된 치부의 조각을 드러낸다면 죽음은 단순히 끝이기만 한 것은 아니다. '미스 플라이트'는 박민정의 가능성에 새로운 문을 열어주는 작품이다.

박민정 작가의 첫 소설집이었던 『유령이 신체를 얻을 때』를 편집한 것이 벌써 4년 전이다. 소설집에 수록된 작품을 두고 윤경희 평론가는 "불능의 가정 경제학"이라고 했거니와, 『유령이 신체를 얻을 때』는 내가 경험한 가족 서사 중 가장 파괴적이고 낯선 이야기였다. '미스 플라이트' 안에서 '유령이 신체를 얻을 때'를 발견하는 기쁨을 올여름이면 독자들과 함께할 수 있겠지.

시시콜콜 시詩알콜

김혜경·이승용 – 꼼지락 – 2017년 12월

보통의 경우 시와 산문이 결합된 에세이는 시가 왼쪽 페이지에 먼저 나오고, 그 시가 일으키는 감정이나 기억들을 줄글로 풀어낸다. 『시시콜콜 시詩알콜』은 거꾸로다. 제목대로 시시콜콜하게 술 이야기를 하다가, 스윽 그에 어울리는 시를 한 편 소개한다. 그 술이랑 그 시가 기가 막히게 잘 맞아떨어져 놀랍다. 그 술을 다 마시면 분명히 취하겠지만, 과도한 음주는 건강에 해롭겠지만, 시와 함께라면 괜찮을 것 같다는 착각조차 반가워하며 읽어본다, 읽으며 취해본다.

존 밀턴의 실낙원

파블로 아울라델 - 유아가다 옮김 - 이숲 - 2017년 10월

리커버 특별판이 대세다. 대형 서점에서 단독으로 만드는 리커버 특별판도 있고 출판사와 동네 서점이 합작해 만드는 특별판도 있고 출판사에서 선보이는 경우도 있다. 주체가 누구든 간에 색다른 표지로 독자들의 관심을 모으고 판매를 촉진하는 리커버 특별판은 독서 시장 한편의 건재한 모델이 되어 있다.『1984』를 사랑하는 독자들에게 다양한 버전의『1984』를 수집하는 기쁨을 제공하는 건 생산을 책임지는 쪽에 있는 사람들이 생각해야 하는 가치임에 틀림없다. 하지만 너무 많은, 실은 지나치게 잦은 리버커 특별판을 보면서 조금 게으른 거 아닐까, 우려 섞인 마음도 고개를 든다. 특별판은 특별하다. 그 특별함이 단순히 생김생김에만 국한될 리 없다. 지금처럼 수많은 특별판이 표지에만 의존한다면 '특별'이라는 단어는 오히려 하나도 특별하지 않아질지 모른다.

언젠가『실낙원』그래픽 노블 같은 책을 만들어서 특별판으로 내놓고 싶다. 빠르면 올해, 늦어도 내년에는『82년생 김지영』100만 부를 기념하는 특별판을 만들 예정이다. 한 권의 책을 두 권의 경험으로 만드는 특별한 책에 대해 고민중이다. 효인 선배는 물론이고 마케팅부에서도, 디자이너도, 우리가 만들어야 하는 특별함은 예쁜 책이 아니라는 것을 안다. 한 가지 분명한 사실은 두 권의 책 사이에 그것을 읽은 독자들의 힘이 담겨야 한다는 것이다. 어떤 식으로든 말이다.

아홉번째 파도

최은미 – 문학동네 – 2017년 10월

한국 문학 편집자이지만 그만큼 해외 소설을 좋아한다. 출판사 일을 하기 전에는 해외 소설을 훨씬 많이 읽었다. 번역된 소설은 배경도 인물도 사건도 모두 (당연한 이야기지만) 번역된다. 어쩌면 나는 번역이라는 안전그물 안에 숨어서 거리감 있는 이야기만을 즐겨왔던 것일지도 모른다. 한국 작가가 우리말로 쓴 소설을 읽을 때에는 일종의 각오가 필요하다. 이야기에 상처 입을 각오, 몸 한구석에 이야기를 각인시킬 각오, 그것으로 묵은 감각을 변화시킬 각오 같은 것.

『아홉번째 파도』를 읽으면서 인물들의 고통과 죽음, 사랑의 실패와 남아 있는 삶에 함께 상처받고 더불어 용기를 얻었다. 척주의 볕과 냄새, 바람과 파도 소리 같은 것이 몸안에 남아 사라지지 않는다. 상화의 목소리가 인화의 몸짓이 자꾸만 떠오르고, 척주의 거리가 머릿속에서 지워지지가 않는다. 오래된 약을 삼키던 노인들의 모습이 부지불식 재생된다. 우리 할머니가 한 움큼씩 약을 삼키고는 했었는데, 당신도 무언가에 무서워 고통에서 달아나려 기필코 알약들을 삼켰을까, 그런 생각에 한쪽 가슴이 저린다.

한국 소설을 진지하게 읽는다는 것은 용기가 필요한 일이다. 우리말로 내 곁의 이야기를 쓰는 작가가 있고, 잘 쓴 이야기는 순식간에 사람을 빠져들게 하고, 오랜 시간 그 빠져듦에 머물게 한다. '작가의 말'의 첫 문장은 이렇다. "아직도 척주 해변가가 보이는 꿈을 꿉니다." 이 소설을 읽은 모든 이들이 당분간, 그리고 또 당분간 그러고도 남을 것이다. 최은미가 만든 척주가 우리를 그렇게 만들고 말았다.

시련

아서 밀러 - 최영 옮김 - 민음사 - 2012년 5월

왜 이런 일이 일어났을까. 도대체 왜 그렇게 많은 사람이 한목소리로 거짓을 말했을까. 어째서 한 사람도 사실을 말하지 않았을까. 수많은 사건 사고, 그중에서도 집단 전체가 불의에 협조하지 않으면 가능하지 않았던 부정과 부패를 목격했을 때 우리는 종종 혼란에 빠진다. 인간 존재에 대한 궁금증과 실망감이 가슴속 깊은 곳에서부터 역류한다.

『시련』은 좀처럼 늙지 않는 작품이다. 시간이 지나도 마녀사냥의 근본적인 메커니즘은 사라지지 않는다. 개인을 억압하는 사상은 조금만 틈을 보이면 인간의 나약함을 파고든다. 소녀들이 벌인 한밤의 불장난에서 비롯된 작은 거짓말이 한 마을을 피로 물들이고 마는 이야기는 지금 우리 주변에서도 여전히 살아서 펄떡이는 이야기다.

비극은 사건에서 비롯되는 게 아니다. 사건을 받아들이는 태도에서 시작된다. 명령의 무게가 강하면 강할수록 그것을 위반하는 행위를 저질렀을 때 인간은 극단적인 악행을 선택하기 때문이다. 비극적일수록 그 발단은 사소하다. 어떤 사소한 실수도 용납하지 않겠다는 명령. 그 명령에 오랜 시간 학습되어 있는 자에게 용서와 반성은 상상할 수 없는 일이다. 다른 가능성을 생각할 수 없도록 훈련되어왔기 때문이다. 무엇이 마녀를, 집단적 악을 만드는가. 『시련』은 가장 가까이에 있는 악에 대한 소설이다.

나는 가해자의 엄마입니다

수 클리볼드 ─ 홍한별 옮김 ─ 반비 ─ 2016년 7월

거실에서는 아이들이 레고 퍼즐을 맞추고 있는데, 이러한 책을 읽는 것은 무척이나 괴로운 일이었다. '나는 가해자의 엄마입니다' 는 책 제목으로서는 너무나 잔인한 문장이다. 그것이 100퍼센트 사실이기 때문이다. 지금까지도 이어지고 있는 총기 사고의 첫번째 임팩트라 할 수 있는 '콜럼바인고등학교 총격 사건'의 두 가해자 중 한 명인 딜런의 어머니가 이 책의 저자인 수 클리볼드이다. 그녀의 아들로 인해 학생과 교사 13명이 죽었고, 24명이 다쳤다. 그녀의 아들은 끔찍한 범죄 후, 스스로 목숨을 끊는다. 이 모든 것은 명백한 사실이고, 가혹한 기록이다. 수 클리볼드는 명백하고 가혹한 세계를 끈질기게 바라보고, 그 한가운데로 진입한다. 북받쳐오르는 슬픔을 감내하고 절제하며 '어떻게 이런 일이 있을 수 있었는지' 천천히 살핀다. 그리고 반성한다. 또한 사죄한다.

아이를 키우는 일은 목적지가 불분명한 행군처럼 보인다. 행군은 마라톤과 같은 스포츠가 아니다. 전쟁이다. 숱한 공격에 노출되어 있을 뿐 아니라, 내 아이가 그 공격의 실행자가 되기도 한다. 행군에서의 오류는 죽음에 가까운 절망을 안긴다. 내 아이가 가해자가 될지도 모른다는 불안, 그 오류를 바로잡을 수 없을 것이라는 공포가 부모를 짓누른다. 『나는 가해자의 엄마입니다』는 그럼에도 불구하고 부모가 읽어야 할 책이다. 부모가 된다는 것은 절망에서도 빛을 찾고, 공포에서도 고개를 가누는 사람이 된다는 뜻일 테다. 이 책은 그 일에 도움이 된다.

흰

한강 글 – 차미혜 사진 – 난다 – 2016년 6월

한강 작가가 맨부커 인터내셔널 최종 후보로 지명되었다고 한다. 『채식주의자』(창비, 2017)로 수상했을 때보다 『흰』으로 후보에 올랐다는 소식이 더 반갑다. 『채식주의자』에 비하면 『흰』은 한국인이기 때문에 더 깊이 이해하고 외국인이기 때문에 더 낯설게 바라보는 것이 아니라 우리가 기억과 감각을 가진 인간이기 때문에 공감할 수 있는 언어의 힘이 잘 드러나는 작품이다. 문학의 제국에는 바벨이 없다. 이 문장을 한 번쯤 써보고 싶었다. 『채식주의자』에는 쓰지 못했던 그 말을 『흰』 앞에서 쓴다.

이따금 너무 아름다운 육체를 지닌 외국 산문을 읽었을 때 이 글을 원서로 읽는 사람들은 얼마나 행복할까, 부러워한다. 『흰』이라면 반대의 상황이 벌어지겠지. 번역된 『흰』을 읽고 한국어로 쓰인 『흰』을 읽을 수 있는 나를 부러워하는 사람이 있고, 자신의 독서가 닿지 못하는 『흰』이 있음을 받아들일 수밖에 없는 사람도 있고. 독서는 언제나 미완이지만 소수 언어를 쓰는 독자들에게는 더 많은 땅이 미완으로 남겨져 있다. 앤 카슨의 『빨강의 자서전』(민승남 옮김, 한겨레출판사, 2016)을 반복해 읽고도 여전히 덜 읽었다고 생각하는 나는 오늘 조금 짓궂은 마음을 가져본다. 읽어도 읽어도 여전히 덜 읽은 것 같은 그 황홀하고도 아쉬운 느낌을 나눌 수 있어서 기쁘다.

나를 지키며 일하는 법

강상중 - 노수경 옮김 - 사계절 - 2017년 9월

　제목에 혹해서 샀다. 나를 지키며 일하는 법이 있다면 밑줄 치며 외울 테다. 물론 이 책은 법전이 아니었고, 밑줄은 몇 군데 쳤지만 외울 정도는 아니었다. 재일 한국인 2세인 그가 자연스레 써오던 일본 이름 '나가오 데쓰오'를 버리고 한국 이름 '강상중'을 쓰기로 마음먹은 대목이 가장 인상 깊었다. 한국에서 태어난 한국인, 일본에서 태어난 일본인은 하지 않을 고민과 선택이었기에 '일'보다는 청년기의 이 선택에서 '나를 지키는 법'의 힌트를 얻을 수 있었다. 그는 한국인의 뿌리를 찾아서 혹은 극일하기 위해 한국 이름을 택한 게 아니다. 심지어 그는 원래 한국 이름을 쓰고 있었다면 일본 이름으로 바꾸었을 것이라 말한다. 그는 이름을 바꾸는 결정을 '자연스러움'에 가까운 마음이라 말한다. 재일 한국인으로서의 정체성을 고민하고, 그것을 숨기고, 숨기는 마음에 대해 다시 고민해야 하는 존재 부정의 순환에서 탈출하고자 한 것이다. 그제야 그는 있는 그대로의 강상중이 된다. 이제 무슨 일을 하더라도 강상중은 강상중이 될 수밖에 없다.

　종종 다니는 회사와 나라는 존재를 구분하지 못한다. 업무 시간도 아니요, 내 주업무도 아닌데 SNS에 회사 이름을 검색해보고, 주말인데도 집안 거실에서 업무 메일을 확인한다. 어쩌면 '회사 안에 속한 나'를 더 안정적으로 느끼는지도 모른다. 거기에서 인정받는 일이 내 전부를 인정받는 것처럼 생각하는 듯하다. 이러한 혼동에서 나를 지키는 법을 제시하지 않기에 책을 외울 일은 없었다. 그럴 암기력도 안 되지만.

프로작 네이션

엘리자베스 워첼 - 김유미 옮김 - 민음인 - 2011년 11월

읽고 싶은 민음사 책이 있는데 좀 구해줄 수 있는지 부탁하는 작가들이 있다. 작가가 급하게 필요로 하는 책들은 대개 명저일 가능성이 높다. 그렇게 알게 된 책들은 나중에라도 꼭 읽어보려 애쓰는 편이다. 『프로작 네이션』도 한 평론가가 시중에서는 도저히 구할 수 없다며 부탁해와서 알게 된 책이다. 작가에게 한 권 보내주고 나도 한 권 장만했다. 깊은 우울증에서 헤어나지 못하고 약물에 빠져 있는 한 여성의 심리 보고서라는 소개문을 그냥 지나칠 순 없었다.

하버드대학을 나온 작가는 겉으로 보기에 아무 문제 없는 사람처럼 보이지만 리튬이 아니면 죽음을 달라고 말할 정도로 약물 의존도가 심하고 극심한 기분 장애도 겪고 있다. 작가가 오랜 시간 동안 우울증 치료를 받아오면서 경험한 일들을 뼛속까지 솔직하게 써내려간 이 책은 미국 3세대 페미니즘의 대표적인 저서라고 한다. 한 개인의 통제할 수 없는 고통의 내력에는 여성들이 관계의 어려움과 비극적인 상황에서 경험하는 심리의 보편적 고통이 있는데, 이 점이 미국의 새로운 페미니즘이 지닌 얼굴인가보다.

고통의 언어를 공유하면 고통의 실체를 객관화할 수 있다. 그리고 파악된 고통은 정체불명의 고통보다 훨씬 덜 괴롭다. 미국만이 아니다. 한국의 페미니즘도 우리만의 언어를 만들기 위한 책을 내놓는 데 여념이 없다. 앞으로 우울증을 비롯한 심리 상담, 심리 보고서 유의 논픽션이 더 활발하게 출간될 것이다. 한국판 『프로작 네이션』이 곧 출현할 것이다.

모티프 1호

문학레이블 공전 편집부 – 공전 – 2018년 4월

일전에 어느 작가 행사에서 중견이랄 수 있는 경력의 소설가가 제자들을 두고, '문청'이라는 말을 반복했더랬다. 문청의 패기로 준비한 무대예요. 요즘 문청들이 이렇게 열심히 한답니다. 문청에게 격려를…… 여기서 문청이란 아무래도 문학청년일 텐데, 저요, 그 말에 이의 있습니다.

문학소녀와 마찬가지로 문학청년 또한 그다지 문학적인 언어는 아니다. 소녀는 말할 것도 없고 청년은 그 대상을 미성숙한 자로 간주한다. 문학청년이라는 단어는 더 성장해야 할 사람, 습작생, 지망생을 뜻하는 그럴듯한 포장지에 불과하다. 그날 문학청년이라 불리던 이들은 호프집에 잠시 모여 음울한 뒤풀이까지 마저 끝낸 뒤에야 각자의 집으로 갈 수 있었다. 몇몇은 지방에 살았는데 잘 갔을는지, 지금은 무엇을 쓰는지 알 수 없는 노릇이다.

『모티프』는 막차에 실려 집에 가던 입장의 사람들이 만든 문학잡지다. 텀블벅으로 투자를 받아 제작되었고, '비주얼 문예지'라는 별칭답게 과감한 화보 구성이 특징이다. 시작을 문보영 시인과 함께한 것은 좋은 판단으로 보인다. 패션에 시가 얹혔는지 시에 패션이 얹힌 것인지는 다음 호까지 봐야 알 것 같지만, 총을 들고 서 있는 문보영 시인의 당당함은 매우 좋았다.

'독립'이라는 수식어를 달고 나온 잡지이지만 아마추어가 만들었다는 선입견 없이 보려 했다. 손색이 없음과 미련이 남음의 중간 즈음에 평가가 내려질 테지만, 세상에 나오는 모든 문학 잡지가 거기에 있을 테다. 문학청년이 아닌, 문학인을 응원하는 마음으로 다음 호를 기다리는 게 우선일 것이다.

모티프 1호

문학레이블 공전 편집부 ─ 공전 ─ 2018년 4월

월요일 점심시간에는 은근하고 느슨한 형태로 팀 회의를 한다. 팀원이 효인 선배와 나 둘뿐일 때는 솔직히 점심이고 저녁이고, 간식이고 후식이고 따지지 않고 마주앉아 있는 시간을 전부 회의에 쏟았다. 잡지도 창간해야 하고 책도 만들어야 했으니 발등에 불 떨어진 사람들처럼 동동거리며 회의에 회의를 거듭하는 것도 당연했다. 이제는 그러지 않는다. 네 명이 함께 일하는 상황에서 그렇게 즉흥적이고 무질서하게 일할 수도 없을 뿐만 아니라 회의를 많이 하는 것이 최선의 방향도 아니다. 지금은 어떻게 하면 체계적으로 상호 간의 독서 경험과 기획 아이디어를 나눌 수 있을지 고민이다. 현재로서는 월요일 점심이 가장 그에 가까운 시간이다.

월요일에는 주중 5일 점심 중 유일하게 모든 팀원이 함께 밥을 먹는다. 그리고 잡담과 수다를 가장한 회의를 한다. 주말에 뭘 읽었고 뭘 봤는지 이야기하다보면 주말에 뭐라도 하나 더 읽고 보게 되는데 그런 압박도 나쁘지만은 않은 것 같다. 어차피 공사가 구분되지 않을 바에야 이쪽이 상황을 더 즐기는 방법이다. 내일은 『모티프』에 대해 이야기해야지. 분위기로 봐서는 다들 이 잡지를 읽은 듯하다. 비주얼을 강조한 잡지들이 많아지고 문예지의 전통에서 벗어나려는 잡지들도 많아진다. 『모티프』는 문학에 비주얼을 강조했다기보다 문학을 주얼리화했다. 액세서리로서의 문학이라니! 근사한 주변을 만들어 외연을 확장하는 것이 잡지라고 믿는다. 『모티프』가 근사한 주변이 됐으면 좋겠다.

엄마, 나야

곽수인 외 – 난다 – 2015년 12월

분향소에 다녀왔었다. 입구에 서 계시던 유가족분이 안고 있는 아이를 보고 함박웃음을 지어주셨다. 그 웃음 안에 든 마음의 깊이와 색깔을 가늠할 수 없어서 나는 웃지 못했다. 아이는 알아들었을까. 언니 오빠들이 수학여행을 가는데 배에 사고가 났어. 우리는 보고 있었단다. 언니 오빠들을 구해주지 못했고, 언니 오빠들은 돌아오지 못했고……

『엄마, 나야』는 희생자 학생들의 생일에 맞춰 시인이 아이들의 목소리를 받아쓴 시 모음집이다. 나는 2학년 7반 심장영군의 생일에 시를 쓰게 되었다. 이후로 몇 번의 생일이 더 지났다. 그때마다 다시 만나길. 그때마다 아이들에게 다시 말할 수 있길. 언니 오빠들을 사람들은 기억했고, 언니 오빠들은 평안히 잘 지내며, 언니 오빠들은 이따금 여기 어딘가에 와 있다고. 거기에서 엄마, 나야. 목소리를 내기도 한다고.

연인

마르그리트 뒤라스 - 김인환 옮김 - 민음사 - 2007년 4월

『연인』은 내가 읽은 가장 반항적인 소설이다.

엄마를 괴롭히기 위해 자신을 파멸에 휩쓸리도록 내버려두는 소녀의 모든 말과 행동은 소녀들이 흔히 그러하듯 스스로를 괴롭힌다. 중국인 남성과의 사랑은 스스로를 망가뜨리는 일 중 하나였을까. 이 소설은 사랑과 통각이 구분되지 않고 사랑이 목적과 수단으로부터도 격리되지 않는다. 사랑은 처음부터 수치스러움과 함께 등장한다. 뒤라스는 말년에 이 작품을 썼다. 나는 이 소설을 두고 그의 자전적 소설이라고 말하고 싶지 않다. 『연인』에서 뒤라스가 드러낸 것은 그동안 말하지 못했던 유년의 기억이 아니라 사랑의 덧개들, 아름답지 않은 사랑의 기호들이다.

우리에게 잠시 신이었던

유희경 – 문학과지성사 – 2018년 4월

언젠가 유희경 시인에게도 고백한 적이 있는데, 유희경의 시를 읽다보면 시를 쓰고 싶어진다. 나에게 유희경의 시는 시를 쓰고 싶게 하는 시이다. 시를 쓰고 싶게 하다니…… 그의 시야말로 나에게 종종 신이었던 셈이다.

예컨대 이런 문구들이 그렇다. "이제 더 갈 곳이 없으므로 당신이 닳은 삶을 토닥이다 잠에 드는 동안 나는 침대의 한끝을 매만지며 뒤척여도 볼 것이다" 이와 유사한 정조가 나에게도 찾아와준 적이 있었으나 시로 쓰지 못했다. "당신이여 당신이 말하는 기적이여/어디에도 없는 기적이여 사막 같은/슬픔이여 나는 울고, 울다 버려졌으니" 이와 가까운 감각이 내게도 들어찼던 때가 있었으나 시로 만들지 못했다.

최근에는 부쩍 서점 주인장으로 널리 알려지는 것 같지만 유희경은 어쩔 수 없이 천생 시인이다. 어쩌면 자영업의 잔인한 고단함이 그의 시를 더욱 깊게 만들었는지도 모르겠지만, 생활의 고통이 그에게 최소의 감각이기를 바란다. 내게 종종 신이었던 그의 시가 그에게는 이미 최대치의 감각임을, 잘 알고 있기 때문이다.

생명

피천득 - 샘터 - 1997년 5월

내가 사는 아파트 맞은편에는 초등학교가 있다. 금호동 언덕에 위치한 금옥 초등학교인데, 아침 여덟시만 되면 학교에서 울려퍼지는 동요가 우리집 거실까지 들어와 잠결에서 나오지 못하는 나를 흔들어 깨운다. 8년 차 직장인이라고 말하는 게 부끄러울 정도로 나는 아침에 일어나는 일이 세상에서 제일 어렵다. 저녁이 있는 삶 따위 하나도 부럽지 않다. 하루라도 좋으니 아침이 있는 삶 한 번 살아봤으면 소원이 없겠다. 사정이 이렇다보니 아침이 모종의 공포가 되어버린 내게 초등학교에서 들려오는 동요는 휴대전화 알람 소리보다 더 힘이 세다. 이른 아침부터 들려오는 동산, 맑은 하늘, 우리들 같은 단어들에서 알람 소리에서는 듣지 못하는 수치심과 자괴감이 들기 때문일까.

5월에는 피천득 작가의 작품들을 개정판으로 출간한다. 수필집 『인연』과 시집 『생명』 그리고 두 권의 번역 시집이 나온다. 독자들에게는 수필가였고 번역가로 알려져 있지만 피천득 선생님은 시를 쓰며 문학을 시작했다. 『생명』은 수필보다 더 담백하고 천진한 정서가 느껴지는 시집이다. 아침에 내 잠을 깨우는 초등학교의 동요 같은 책이다. 제목은 바꾸는 게 좋을 것 같다. 시의 제목 중 하나가 눈에 들어온다. 창밖은 5월인데. 제목으로는 이게 좋겠다.

빌리 배스게이트

E. L. 닥터로 - 공진호 옮김 - 문학동네 - 2018년 3월

E. L. 닥터로의 『래그타임』(최용준 옮김, 문학동네, 2012)을 읽고 며칠을 끙끙 앓은 적이 있다. 충격적으로 좋았다. 역사적 사실과 소설적 거짓이 빚어내는 이야기에서 이른바 총체성을 본 것도 같았다. 아니 무엇보다 닥터로를 읽으면 미국을 좀더 알게 되는 것 같다. 『빌리 배스게이트』도 물론 그러하였다.

저글링이 특기인 소년 빌리는 그 저글링 덕분에 우연히 갱단의 두목 더치 슐츠에 눈에 띄어 갱이 된다. 유능한 아이인 그는 저글링을 하듯 절묘하게 균형을 잡으며 살인에 동조하고 범죄에 가담한다. 소설 속 1930년대 뉴욕은 세련되고 야만스럽다. 자본주의는 그 악스럽고 민주주의는 비열하다. 대공황 시대, 술이 금지되고 양복을 빼입은 갱스터들이 설쳐대는 뉴욕을 이토록 깊게 그린 콘텐츠는 없을 것이다.

소설의 중반에 주인공 빌리는 상류층 여성이자 보스의 애인이며 미스터리한 인물 '드루'와 사랑에 빠지게 되는데, 뉴욕 근교 늪지대에서의 장면이 무척 인상적이었다. 그런 장면과 문장을 접할 때에야 나는 영어가 배우고 싶어지는 것이다. 원어로 읽고 싶어서.

그리고 늪지대에서의 사랑은 소설의 말미에 커다란 흔적이 된다. 닥터로는 어떻게 생각할지 모르겠지만, 이 소설의 유일한 아쉬움은 사랑의 증거가 등장하는 나타나는 마지막 페이지라고 할 수밖에 없겠다. 때문에 『래그타임』이나 『다니엘서』(정상준 옮김, 문학동네, 2010)만큼은 아니라고 해야겠지만…… 그 늪지대, 늪지대의 사랑 때문에 또한 읽을 만한 소설이니, 무엇이든 읽어볼 이유는 저글링처럼 돌고 돌아 내 손에 당도하는 것이었다.

망내인

찬호께이 – 강초아 옮김 – 한스미디어 – 2017년 12월

그 책 재미없다고 말해주는 사람이 있다는 건 얼마나 좋은 일인가. 신뢰하는 독서가가 곁에 있어서 좋은 건 훌륭한 책을 추천받을 수 있다는 것만큼이나 보지 않아도 될 책을 걸러낼 수도 있다는 것이다. 오늘 효인 선배가 『망내인』을 읽고 가볍게 한마디했다. "이 책은 안 봐도 될 듯."

2년 전 여름 선배도 나도 찬호께이의 『13.67』(강초아 옮김, 한스미디어, 2015)을 재밌게 읽었다. 해외 소설이라면 주로 서구권에 집중되어 있고 동아시아라고 해도 일본 소설이 대부분이어서 홍콩을 배경으로 제법 흥미롭게 진행되는 이야기가 주는 독서의 맛이 있었다. 찬호께이의 단편이 있으면 『릿터』에 소개해도 좋겠다 싶어 수소문한 적도 있으니 그에 대한 우리의 관심은 꽤나 진지했고 그에 대한 우리의 기대도 가볍지는 않았던 것이다. 그러나 『망내인』은 패스하기로 한다. "이 책은 안 봐도 될 듯"하므로.

아르카디아

로런 그로프 – 박찬원 옮김 – 문학동네 – 2018년 2월

『빌리 배스게이트』 다음에 『아르카디아』를 읽은 것은 순전히 우연이었지만, 우리 만남은 우연이 아닌 것 같다. 전자는 1930년대 미국 최강의 욕심꾸러기, 갱단의 이야기라면 후자는 1970년대 미국 최고의 천덕꾸러기, 히피족의 이야기다.

이건 순전히 독자로서의 감각인데, 욕심꾸러기와 천덕꾸러기는 뉴욕 근교의 숲에서 시간을 초월하여 필연적으로 만나는 게 분명하다. 『아르카디아』의 주인공 비트가 태어나고, '아르카디아'라는 이름의 공동체가 있었던 곳과 『빌리 배스게이트』의 빌리와 드루가 잠시 둘만 있었던 곳이 같은 장소인 것처럼 생각된다. 뉴욕주, 늪지대, 숲, 시골 마을…… 해시태그를 걸면 같은 유형으로 나뉠 만한 지점들이 두 소설에서 겹친다. 닥터로와 그로프에게 물어볼 수도 없고…… 구글 검색을 하자니, 영어가 안 된다. 영어가 안 된다는 것은 크나큰 슬픔이다. 이 소설을 읽으면서도 여러 장면, 수많은 페이지에서 영어 공부의 욕구를 느꼈다. 번역된 문장도 이토록 아름다운데, 원어에는 기절하겠지! 나에게는 좋아서 기절할 기회조차 주어지지 않는다. 영알못의 멀쩡한 비애.

요즘 혜진씨는 퇴근하고 영어 학원에 다니는 것 같던데, 이 유능한 욕심꾸러기는 작년 휴가에 미국 동부에 다녀오기도 했다. 두 소설을 읽어보라 권하고 그의 의견을 들어볼까. 천덕꾸러기처럼, 이 만남이 우연이 아닌 것 같은 촉이 왔다 우기면서.

종말의 바보

이사카 코타로 – 김선영 옮김 – 현대문학 – 2015년 2월

3년 뒤 세상이 끝난다면 당신은 무엇을 하겠습니까? 『종말의 바보』는 일본의 작가 이사카 코타로의 연작소설집이다. 각각의 단편이 종말을 앞둔 사람들의 일상이라는 공통된 테마로 쓰였다는 점에서 테마 소설집이라고도 할 수 있다. "오늘은 남은 생애의 첫번째 날"이라는 헌사가 어쩐지 계몽적이라는 생각을 피할 수 없지만 이런 소설을 읽고 싶은 날도 있다.

모든 것이 부질없을 때 인간은 무엇을 할까? 더이상 욕심 부려 얻을 것도 없고 잃을까봐 걱정할 것도 없을 때 인간이 인간으로서 할 수 있는 행동은 뭘까? 살아가는 동안 이런 일이 벌어질 가능성 따위는 대체로 없겠지만, 끝나는 순간에 대한 상상은 소설에서 언제나 유효한 주제다.

죽음은 삶에 대해 질문할 수 있는 가장 잘 알려진 길이고 많은 작가가 함께 만들어온 길이기도 하다. 그러므로 대학교 엠티에서도 물어보지 않을 것 같은, 한물간 질문을 받아든 작가가 여덟 편의 이야기를 통해 더 기대할 게 없는 인생이라 해도 끝까지 살아내는 것이 인간에게 주어진 유일한 의무라고 말할 때, 소설은 인간의 의무를 이야기하는 세상의 모든 텍스트 중에서 유일하게 읽고 싶은 마음이 드는 텍스트가 된다. 이런 소설을 읽고 싶은 날이 반드시 있다. 죽음을 당겨와 메우고 싶은 삶의 빈 부분이, 누구에게나 있기 때문이다.

오늘은 좀 매울지도 몰라

강창래 – 루페 – 2018년 4월

생각보다 아내와 겹치는 취미가 없다. 아내는 영화를 좋아하고 나는 스포츠를 좋아한다. 아내는 (해외)드라마를 좋아하고 나는 가요가 좋다. 특히 텔레비전을 볼 때 누군가가 좋아하는 걸 틀어놓으면 필히 하나는 시큰둥해지는데, 아내는 아무래도 후자에 가깝다. 야구를 볼 때 특히 더 시큰둥한 것도 같고. 그런 우리가 유일하게 함께 즐겨 보는 것은 이른바 '쿡방'이다. 둘 다 손이 야물지가 못해 요리를 잘하는 편은 아니지만, 남이 요리하는 모습을 좋아한다. 빠르고 날래고 정확한 움직임은 사람을 매료시키는 또다른 맛이 있다.

『오늘은 좀 매울지도 몰라』는 그런 화려한 요리를 만들기 위한 책은 아니다. 생의 막바지에 이른 배우자에게 내어놓는 음식에 대한 이야기다. 문장과 레시피 모두 담백하다. 그런데 눈물이 난다. 세지 않은 간으로 감칠맛을 낸다. 정갈한 재료로 편안한 맛을 부린다. 읽는 내내 침을 삼키며 눈물을 참았다. 주말에는 아이들이 아닌 아내를 위한 음식 하나 정도는 만들어볼까, 다짐도 하게 되었다. 하는 김에 텔레비전에 나오는 유명한 요리사들의 복잡하고 난해한 레시피를 따라해볼까. 맛은 어설프고, 주방은 엄청나게 더러워지겠지만. 아니 그것보다 책에서 배운 대로 콩나물국을 먼저 해보는 게 낫겠다. 우연인지 아닌지, 우리 아내도 콩나물국을 무척 좋아하니까.

나비 넥타이

이윤기 – 민음사 – 2005년 10월

우리 팀의 장기 목표 중 하나는 '오늘의 작가 총서'를 리뉴얼하는 것이다. '오늘의 작가 총서'는 전후 이후부터 1990년대에 이르는 작품 중에서 중요한 작품들을 선별한 시리즈다. 김동리 작가의 『무녀도』에서 이만교 작가의 『결혼은 미친 짓이다』까지 넓은 스펙트럼의 작품이 포진되어 있지만 2000년대 후반부터는 출간이 이어지지 않고 있다. 지금 시점에서 현대 소설의 고전이라고 평가할 수 있을 만한 작품들로 목록을 이어가야 한다. '오늘의 작가상'을 받고 단행본으로 출간된 정미경 작가의 장편소설 『장밋빛 인생』(2002)이나 윤성희 작가의 소설집 『레고로 만든 집』(2001)처럼 민음사에서 출간된 책 중 고전화 작업이 필요한 책부터 시작하려고 한다.

효인 선배와 한 팀이 되자마자 계획하기 시작했던 프로젝트인데 아마도 내년부터는 본격적으로 시작할 수 있을 것 같다. 리스트 구성을 비롯해 디자인이며 편집 등을 고민하기 위해 틈날 때마다 '오늘의 작가 총서'를 들여다보는 일은 의외로 재미있다. 오래되고 낡은 시리즈처럼 보이지만 가만히 들여다보면 표지도 구성도 사랑스럽고 전위적인 데가 적지 않다.

오늘은 이윤기 선생님의 『나비 넥타이』에 적힌 약력을 보고 깜짝 놀라서 그야말로 말을 잇지 못하는 상태가 되었다. 할 수만 있다면 보물을 찾았다고 어디에 외치고 싶을 정도였다. 이윤기 선생님이 언제부터 소설을 컴퓨터로 쓰기 시작했는지, 방황의 끝과 문학의 시작이 어떤 순간에 맞물리고 있는지, 딸이 태어나던 순간 선생님의 마음이 어떠했는지. 다시 시작될 시리즈에도 이 사랑스러운 약력만큼 매력적인 보물을 숨겨놓고 싶다.

노래의 언어

한성우 – 어크로스 – 2018년 3월

가요를 좋아한다. 혹자는 날더러 '걸 그룹'을 좋아하는 시인이라 평하지만, 정확하게는 걸 그룹'도' 좋아하는 것이다. 기나긴 출근 길, 음원 사이트의 실시간 차트는 나의 소중한 동무다. 1990년대에는 그 시절의 노래를 좋아했다. 2000년대에도 그때의 노래를 사랑했고, 2010년대에는 지금의 노래를 즐긴다. 우리말로 된 노래에서 가장 극적인 동시대성을 느낀다. 말하기도 새삼스럽지만, 인기 가요는 지금 여기 그 자체다. 빠르게 등장해서 슬며시 퍼진 후 거의 영원히 남는다.『우리 음식의 언어』(어크로스, 2016)에서부터 한성우 교수의 팬이었다. 신간『노래의 언어』소식을 들었을 때의 반가움은 오마이걸의 신곡 발표 소식에 비견할 만했다. 책에 등장하는 가사를 흥얼흥얼 따라 부르는 재미가 좋았다. 1980년대 노래도 곧잘 멜로디가 생각나는 걸 보니, 확실히 노래라는 건 요물이다. 사람의 몸속에 파고들어 숨어 있다 언제고 다시 나타난다.『노래의 언어』는 그런 요물 같은 노래 중 26,000여 곡을 추려 분석하여 풀어놓은 책이다. 몇몇 흥미로운 통계가 보인다. 노래 제목에 가장 많이 쓰인 계절은? 봄일 거라 생각했는데, 겨울이었다. 버스커버스커가 만든 선입견일 것이다. 다만 가사에 많이 쓰인 계절은 겨울이 아닌 봄이다. 봄에서 파생되는 단어가 많기 때문이라고 한다. 봄날, 봄바람, 봄비, 봄소식, 봄꽃, 봄눈 등등.

봄이 가고 있다. 요즘 듣는 노래는 오마이걸-반하나의 〈바나나 원숭이 알려지〉이다. 한성우 선생이 듣는다면 뭐라 평할지 궁금한데…… 대충 아래와 같다.

"나는 바나나 알려지 원숭이, 그래도 나는 바나나 사랑해."

혼자를 기르는 법 1

김정연 – 창비 – 2017년 2월

나는 언제나 내가 혼자를 즐길 수 있는 사람이라고 생각했다. 혼자 있는 시간을 갈망하고 혼자 하는 여행에 대한 로망스를 품고 있는 사람. 혼자 있을 때는 언제나 혼자를 그리워했다. 지금은 혼자 살지 않는다. 결혼하고 함께 살아가는 생활을 한 지는 5년이 다 되어간다. 결혼하고 나서 둘이 된 나는 함께라는 감정을 그리워한다. 혼자일 때는 더 혼자 있기를 원하고 함께일 때는 더 함께 있기를 바라는 건 아무리 생각해도 이상한 일이지만 우리가 진짜 원하는 건 혼자 있는 게 아니라 혼자 잘 있는 것이고 함께 있는 것이 아니라 함께 잘 있는 것일 테니까 자연스러운 일이라고도 할 수 있겠다.

잘 있는 것. 잘 지내는 것은 상태만으로 족하지 않고 노력이 필요한 일이다. 많은 사람이 『혼자를 기르는 법』을 읽는다. 혼자 있지만 다만 있는 상태가 아니라 더 행복한 혼자가 되기 위해서. 혼자가 아닌 나도 『혼자를 기르는 법』을 읽는다. 같이 있지만 다만 같이 있는 상태가 아니라 더 행복한 같이가 되기 위해서. 내 혼자는 아직 기를 게 많은 혼자, 배울 게 많은 혼자라는 걸 알겠다. 혼자를 길러야 함께도 기를 수 있다는 생각이 이제야 눈에 띈다.

모두투어 2018년 봄 상품 안내

모두투어 - 2018년 2월

오사카 399,000원

대만 450,000원

홍콩 549,000원

코타키나발루 679,000원

사이판 799,000원

팔라우 950,000원

두바이+터키 1,490,000원

동유럽+발칸 1,690,000원

서유럽 4국 2,290,000원

호주+뉴질랜드 2,256,000원

미서부+하와이 2,712,000원

미동부+캐나다 3,290,000원

아무데도 갈 수 없을 것 같아서 괜히
읽어본다. 읽어만 본다. 읽으나마나.

사흘 그리고 한 인생

피에르 르메트르 – 임호경 옮김 – 열린책들 – 2018년 4월

인간이 인간에게 가할 수 있는 벌은 자유를 빼앗는 것이다. 이른바 구속. 하지만 죄를 저지른다고 해서 모든 사람이 구속된 몸으로 살아가는 것은 아니다. 법은 죄지은 모든 사람을 벌하지 않는다. 왜 나는 벌받지 않은 사람들에 대해 생각해본 적이 없을까?

인간이 인간에게 가할 수 있는 벌은 피해갈 수 있어도 운명이 인간에게 가하는 벌은 피해갈 수 없다. 법은 불완전할 수 있어도 운명은 불완전할 수 없다. 운명은 죄지은 인간, 바로 그 인간이 스스로 만들어가기 때문이다. 운명은 곧 필연이다.

어차피 범인은 앙트안이다. 그럼 이 소설은 무엇을 향해서 전개되어가는가. 죄를 지은 인간이 인간의 처형과 무관한 곳에서 어떻게 죗값을 치르는가. 르메트르는 그의 작품 중에서 상대적으로 소품에 가까운 이 장편소설을 통해 그 질문을 완성한다. 수사 기관에 의해 법적·제도적 처벌을 받지 않을 때, 인간은 자신의 죗값을 어떻게 치르고 그 불행은 어떤 과정으로 그에게 다가오는가. 질문이 질문을 낳는 소설이란 이런 것일 테다.

햇빛 어른거리는 길 위의 코끼리

우밍이 – 허유영 옮김 – 알마 – 2018년 4월

『릿터』해외 소설에서 대만의 젊은 작가 황충카이의 단편 「카피바라」를 소개했다. 대만이 중국에게 선전포고를 하는데 정작 아무일도 일어나지 않는, 긴장감과 노곤함이 혼재된 소설이었다. 주인공은 전쟁을 앞두고 방치된 동물원에서 카피바라를 집에 데려온다. 이 거대한 설치류는 사건의 발생이나 전개에 관여하기보다는 은유나 상징으로서 기능한다. 대만 문학은 여러모로 우리와 꽤 닮은 것같다. 이상하리만치 나른한 인물, 더운 여름을 머금은 눅진한 배경, 뒤를 남겨놓는 결말…… 우리나라 계간지 어느 호에서 발표된 신작이라 해도 어색하지 않다. 우밍이 소설집 『햇빛 어른거리는 길 위의 코끼리』도 마찬가지다. 우리나라로 치자면 옛 청계천이나 세운상가라고 할 수 있는 '중화상창'을 배경으로 10편의 소설을 편다. 1961년에 건설되어 1992년에 철거되었으니, 따지자면 30년의 이야기다. 30년 동안 육교의 마술사를 동경하던 소년은 학교에 가고새를 기르고 아버지와 다투고 미니어처를 만들고 연애를 한다. 인물은 여럿이지만 한 사람의 성장담으로 읽히는데, 이는 현실적 배경이 되는 중화상창과 환상적 조력자가 되는 '마술사' 덕분일 테다. 특히 표제작인 「햇빛 어른거리는 길 위의 코끼리」에서 코끼리 옷을입고 풍선을 나눠주는 아르바이트를 하다가 좁은 시야로 마술사를발견할 때, 별 이유 없이 감정이 흔들린다. 마술사를 처음 보는 열살 어린이처럼, 초원에 처음 나온 아기 코끼리처럼.

출판하는 마음

은유 ─ 제철소 ─ 2018년 3월

───

　은유 작가가 아직 작가가 아닐 때 우리는 한번 만났었다. 와우북 페스티벌에서 문학과 관련된 프로그램을 맡고 있던 은유 작가가 출판사에서 시집을 만드는 편집자에게 의견을 구하고 싶다고 해서 만난 자리였다. 지금 생각해보면 참고할 만한 의견을 준 건 없고 은유 작가 쪽에서도 그런 것을 기대하고 만든 자리는 아닌 것 같았다. 그런데도 내가 그날을 소중하고 따뜻한 시간이었다고 기억하는 이유는, 은유 작가가 내 직업에 대해 보여준 호기심과 출판, 그리고 문학에 대한 애정의 눈빛을 잊을 수가 없어서다. 그때까지 나는 내가 하는 일에 대한 자부심을 어디에서 어떻게 찾아야 하는지 알지 못하는 회사원일 뿐이었으니까.

　은유 작가를 다시 만난 건 조남주 작가와 레베카 솔닛 인터뷰 현장에서다. 우리 팀보다 앞서 진행된 솔닛과의 인터뷰를 끝내고 홀가분한 표정으로 나서는 은유 작가와 마주쳤다. 우리는 누가 먼저랄 것도 없이 두 손을 잡고 조금은 호들갑스럽게 발을 굴렀더랬다. 우리는 많은 말을 하지는 않았다. 사실 많은 말은 필요하지 않았다. 은유 작가와의 세번째는 그가 쓴 『딸에 대하여』 서평을 읽고 감사 메일을 보내던 날이다. 나는 정말로 그 서평을 마음 깊이 감동하면서 읽었고, 은유 작가는 내게 눈 밝은 편집자가 중요하단 얘길 해주었다. 각자의 궤도가 겹칠 때마다 옷깃을 스쳤을 뿐이지만 나는 은유 작가와의 인연을 평생 동안 간직할 생각이다. 책을 펼치는 내 손이 조금 떨린다.

문학을 홀린 음식들

카라 니콜레티 글 - 매리언 볼로네시 그림 - 정은지 옮김 - 뮤진트리 - 2017년 11월

문학에 대한 책인지 요리에 대한 책인지 명쾌하게 구분할 수 없는 게 당연하다. 둘 모두를 완벽히 충족시키는 책이기 때문이다. 「헨젤과 그레텔」에서 『나를 찾아줘』(길리언 플린, 강선재 옮김, 푸른숲, 2013)까지, 저자 카라 니콜레티는 읽고 맛본다. 먹고 읽어본다. 그가 『빨간 머리 앤』을 언급할 때에는 '소금 초콜릿 캐러멜'이 먹고 싶고, 그가 '호밀 흑빵'의 재료를 풀어놓을 때는 『레미제라블』(빅토르 위고, 정기수 옮김, 민음사, 2012)이 읽고 싶어진다. 『나를 찾아줘』의 음울함을 최고라 논평하며 아내가 사라지는 날 아침으로 닉이 먹었던 메뉴인 '크레페'를 권하는 부분은 뉴요커의 유머 감각이 느껴진다. 뉴요커를 만난 적은 없지만.

작가는 푸주한이자 요리사이고 문학 전공자라고 한다. 블로그 'Yummy books'의 운영자이기도 하다. 블로그 이름을 구글에서 검색하면 첫번째 항목으로 그의 블로그가 뜬다. 언어의 장벽에 막혀 많은 정보를 습득하진 못했다. 아마 내 앞에서 뉴요커가 엄청난 농담을 한대도, 나는 남이 웃을 때에나 따라 웃을 것이다. 요리를 시작했을 때, 탈의실을 같이 쓴 동료들의 배낭에서 그는 헤밍웨이와 포크너, 모리슨과 플라스를 발견한다. 그 책들은 그들 삶의 일부였다. 문학에서 요리로, 책에서 프라이팬으로의 자연스러운 전환. 문학을 업으로 하고 있지 않은 사람들이 문학을 삶의 일부로 여기고, 삶의 일부를 문학에 내어주는 풍경이 그립다. 그런 풍경을 본 적은 없지만.

지하로부터의 수기

표도르 도스토예프스키 ― 김연경 옮김 ― 민음사 ― 2010년 2월

하루종일 치통이 있었다. 치통이 있는 날이면 그 모든 변덕쟁이들 중에서도 최고로 변덕스러운 캐릭터 '지하인간'이 생각난다. 자신이 생각해도 수치스러운 행동들을 했지만 그렇게 할 수밖에 없었다고 정당화하고, 오히려 그 행위를 하면서 쾌감을 느끼기도 하는 비합리적인 인간. 예컨대 치통을 앓으며 싫은 소리를 해대면서도 그 고통 안에서 쾌감을 느끼는 인간. 도스토옙스키가 바라본 인간의 모습은 한마디로 변덕쟁이 구제불능 모멸감덩어리다.

그에게 2×2=4라는 '자연법칙'에 따라 행동하는 '합리적인 인간'은 피아노 건반이나 오르간 스톱과 다를 바 없었다. 『지하로부터의 수기』가 발표되기 1년 전에 러시아에는 철학자 체르니솁스키의 소설 『무엇을 할 것인가』가 발간되었다. 당시 러시아 젊은이들 사이에 큰 반향을 일으킨 소설에서 이 철학자는 원래 선한 존재인 인간이 본인의 이익이 무엇인지 모르기 때문에 악한 행위를 한다고 봤다. 계몽해서 자신의 이익이 무엇인지 알게 해준다면 인간은 선량하고 고결하게 될 것이라고 생각했던 것이다. 즉 2×2=4와 같은 불멸의 진리를 찾으면 모든 인간은 합리적인 행동을 할 것이고 이것은 사회주의적 유토피아로 연결될 것이라는 생각.

한때 유토피아적 사회주의 이론에 심취해 있던 도스토옙스키가 수형 생활 이후 전혀 다른, 오히려 반대의 가치관을 옹호하는 소설을 썼다는 사실은 아이러니하다. 『지하로부터의 수기』는 변화의 한가운데에 있는 소설이다. 변덕은 인간의 본질이고 미덕이다. 이 작품 자체가 그 증거다.

남자는 불편해

그레이슨 페리 – 정지인 옮김 – 원더박스 – 2018년 4월

고백하자면 나도 남자가 불편하다. 남성보다 여성과 동료가 되기에 편안함을 느낀다. 남성들만의 모임에 가면 터프한 척하느라 힘들다. 삼겹살에 소주 한(여러) 잔보다는 맛있는 식사에 아메리카노가 더 좋다. 조금만 더 용기를 낸다면 여성용으로 나온 괜찮은 가방 하나 정도는 들고 다닐 수도 있겠다 생각한다.

그레이슨 페리는 영국을 대표하는 예술가이지만 여성복을 즐겨 입는 '크로스드레서'로 대중의 입방아에 더 자주 오르내린다. 폭력적인 계부 밑에서 자란 상처 때문에 생긴 기벽으로 알려져 있지만, 그냥 그러고 싶어서 그러는 것 같다. 다른 많은 남자가 그냥 그러고 싶어서 그러고 사는 것처럼.

『남자는 불편해』는 그러고 사는 남자들을 꼬집는 책이다. 돈과 명예를 쟁취해야 하고, 그래서 강한 힘을 가져야 한다 생각하는 남자들. 감정적이어서는 곤란하며, 여자에게 져서는 안 되고, 심지어 그들과 친구가 될 수는 없는 일이라 여기는 남자들. 그리하여 여성을 창녀(섹스 파트너) 혹은 성녀(엄마!)로 여기는 남자들. 그게 잘 안 되면 과격한 페미니스트들이 남성의 권리를 침탈한다 여기는 남자들. 그냥 그런 남자들. 그러고 싶어서 그러는 남자들.

영국(전 세계) 남자들 참 못났네, 쯧쯧 혀를 차고 낄낄 웃다가 '디폴트 맨'과 '올드스쿨 맨' 사이 어딘가 위치하던 내 모습을 발견한다. 참 못났고, 참 웃기고, 참으로 불쌍한.

입술을 열면

김현 - 창비 - 2018년 2월

페스티벌의 주인공은 누구인가. 그곳을 찾은 사람들이다. 축제의 현장은 처음부터 끝까지 사용자들을 위해 기획된다. 김현의 시를 이야기할 때 편편이 달려 있는 각주에 대한 이야기를 빼먹을 순 없겠다. 각주는 무엇인가. 그것은 책이라는 매체 특유의 형식이다. 각주는 저자가 직접 쓰기도 하지만 대개의 경우 원문을 다른 언어로 옮기는 번역자나 책을 편집하는 편집자의 공간이기도 하다. 그럴 때 이 각주의 존재 이유는 두말할 필요도 없이 독자를 위한 것이다.

읽고 있는 이에게 쓴 자의 의도를 보다 정확하게 전달하는 것이 각주다. 따라서 독자를 위해 추가된 공간으로서의 각주를 시적 공간으로 만들었다는 것은 시의 발생과 목적, 그리고 시의 정의에 대한 수용자적 입장을 상상하도록 하기에 충분하다. 김현에게 시는 읽는 이의 일탈, 읽는 이의 변화를 위한 것이다.

완벽한 아내 만들기

웬디 무어 – 이진옥 옮김 – 글항아리 – 2018년 1월

또 영국이다. 토머스 데이는 오늘날로 치자면 강남 출신이지만 진보 정당의 그 지역 위원장, 의사 집안의 둘째 아들이지만 철학과 대학원 박사 수료, 정도 되는 인물이다. 노예제 폐지론자이자 교육주의자인 그에게는 한 가지 꿈이 있다. 완벽한 아내를 찾는 것. 오두막에서의 삶을 사랑하는 시골 처녀여야 하지만 강인한 생활력을 가져야 한다. 검소하고 고분고분해야 한다. 그레이슨 페리의 논지를 빌리자면, 토머스 데이는 스스로를 디폴트에서 벗어났다고 착각하는 '디폴트 오브 디폴트 맨'이며, 진보적이고 미래적 가치를 선별하여 추구하지만 유독 여성에게 있어서는 옛날이 좋았다고 여기는 '선택적 올드스쿨 맨'이다. 그는 그런 여성을 찾을 수 없었다. 여성을 좋아하는 여성 혐오자인 그가 고안한 방법은 완벽한 아내를 만드는 것. 그는 고아 둘을 데려다 양육하며 아내를 만들고자 한다. 소설 형식을 띤 이 논픽션의 주인공은 토머스 데이가 아닌, 그의 실험 대상인 고아 사브리나다. 여성 혐오의 엑기스만 모아 밀봉한 병에 갇힌 날벌레 같은 처지였던 사브리나는 그러나 죽지 않고 산다. 엽기적 계몽주의의 실험 양이 되었지만 완벽한 여성이 아닌 불안정한 인간의 삶을 살아내는 것이다. 영국이지만 한국이며 18세기이지만 21세기인 이야기이다.

왕국

엠마뉘엘 카레르 - 임호경 옮김 - 열린책들 - 2018년 3월

결국 쓰고 마는구나. 이 이야기를, 결국에는 써내고 마는구나. 소설가의 일이란 이런 게 아닐까. 누구나 한 번쯤 떠올려본 적 있지만 진지하게 생각해보지는 않았던 소재—왜냐면 그건 시간 낭비처럼 여겨질 정도로 현실성이 없다고 생각되니까—를 진지하고 심각하게 생각하는 것. 그 진지한 이야기를 한 사람의 구체적이고 실제적인 인생을 통해, 그러니까 어디까지나 인간과 인생의 관점에서 생각하는 것. 그로써 어떤 생각도 다른 생각보다 우위에 있지 않다는 문학의 대전제를 다시 한번 상기하는 것. 소설의 바이블이 있다면 2014년에 출간됐고 그보다 4년 뒤에 한국에 번역되어 지금 내가 읽고 있는 엠마뉘엘 카레르의 『왕국』일 것이다. 『왕국』은 신과 믿음에 대한 한 개인의 경로를 통해 초기 기독교 탄생의 풍경을 재현한다. 우리 인간은 철학적으로 의심하는 동시에 종교적으로 믿을 수 있는 불가해한 존재다. 인간의 미지에 도전하는 것이야말로 소설가의 일일 테다. 소설을 소설책으로 만드는 나도 길을 잃지 않기 위해 여기 경전 같은 문장들을 옮겨둔다.

나는 한 인간이 죽은 자들 가운데서 돌아왔다고 믿지 않는다. 다만, 사람들이 그걸 믿을 수 있다는 사실이, 나 자신도 한때 그걸 믿었다는 사실이 날 궁금하게 만들고, 날 매혹시키고, 날 불안하게 하고, 내 마음을 뒤흔들어놓는다. 내가 이 책을 쓰는 목적은 내가 더이상 부활을 믿지 않게 되었기 때문에, 그것을 믿는 이들보다, 그리고 그것을 믿었던 나 자신보다 더 잘 안다고, 더 똑똑하다고 생각하지 않기 위해서이다. 나는 나 자신을 너무 두둔하지 않기 위해 이 책을 쓴다.

그레이트 하우스

니콜 크라우스 – 김현우 옮김 – 민음사 – 2011년 7월

입사 전 밖에서 보았던 이 시리즈의 목록과 디자인, 마케팅과 편집은 정녕 불꽃놀이 같았다. 멀리서 보아도 한눈에 멋져서 고개를 올려 쳐다보게 되는 폭죽들.

지금은 이 시리즈의 새 책이 잘 나오지 않는다. 다른 방식과 형태를 모색할 것이고, 더 좋으면 좋았지 나빠지지 않을 테지만, 그럴 만해서 그러했겠지만, 알 수 없는 사정이 있었겠지만, 이 시리즈의 팬으로서 미량의 섭섭함을 지닐 권리가 내게도 있으리라. 특히 니콜 크라우스의 장편소설 『그레이트 하우스』는 현재 계약 종료로 인해 절판 상태일 텐데, 이 책의 한국어판을 지금의 독자가 읽을 수 없다는 사실이 유쾌할 리 없다. 그때의 독자가 이 책을 조금 더 찾아주었다면 지금의 독자도 이 책을 이어 읽었을 텐데 그렇게 되지 못해 아쉽다. 누구의 잘못은 아닐 것이다.

나에게는 작가의 대표작 『사랑의 역사』(한은경 옮김, 민음사, 2006)보다도 더 좋았다. 육중한 책상과 그 책상으로 인해 연결된 사람들의 이야기이다. 그후로 아파트 단지에 대형 폐기물 스티커가 붙어 있는 책상을 보면 괜히 그것의 모서리를 쓰다듬으며 그것의 역사를 상상해본다. 지금 내 책상 위에 올라와 있는 이 절판된 책에도 역사가 있을 것이다. 한국의 출판사 어디에서든 그 위대함이 이어지길 바라본다.

난장이가 쏘아올린 작은 공
조세희 – 이성과 힘 – 2000년 7월

남북 정상회담에 대한 이야기로 내내 들썩거렸던 하루. 파주를 지나 북한으로 가는 대통령의 경로가 한국의 모든 방송으로 중계되는 것 같았던 그날 그 시간대에 나도 파주로 향하고 있었다. 물론 아무 상관도 없지만, 없는 상관도 한번 연결해보고 싶을 만큼 내 쪽에서 발산된 긴장감이 크다. 내게도 남북의 만남만큼이나 중차대하고 가슴 떨리는 일이 기다리고 있었기 때문이다. 한 시간 길을 달려 도착한 곳은 파주에 있는 한 도서관. 참여연대에서 주최하는 문학 강좌에 참여하기 위해서였다. '시민을 위한 문학'이라는 테마로 문학평론가나 문학 교수가 관련 주제에 대해 강의하는 형태였다. 내가 부탁받은 강연은 『82년생 김지영』에 대한 것이었다.

『소년이 온다』에 대한 강의도 있었고 『난장이가 쏘아올린 작은 공』도 있었다. '난쏘공'이라니, 정말 오랜만에 마주하는 이름이었다. 다 싫었지만 언어영역 문제 풀 때 문학 지문 읽는 것만큼은 하나도 싫지 않았던 고등학생 시절, 다른 작품과는 달리 난쏘공의 중요성에 대해 과도하게 열을 올렸던 선생님이 아직도 기억난다. 그때는 조금도 이해할 수 없었던 선생님의 열심을 지금은 내가 하고 있다는 사실을 떠올리니 그때 좀더 성의 있게 들어볼걸 하는 후회가 든다. 선생님 자신이 구입해 읽었고 그 시대의 화제작이었고 문제작이었으며 대표작이 된, 어찌 보면 내게 『82년생 김지영』과 같았을 작품을 제자들에게 소개할 때 어떻게 말이 많아지고 빨라지고 목소리가 높아지지 않을 수 있을까. 강의가 끝나고 나니 알겠다.

부모와 다른 아이들

앤드루 솔로몬 - 고기탁 옮김 - 열린책들 - 2015년 1월

부제는 '열두 가지의 사랑A Dozen Kinds of Love'이다. 부모와는 다른 아이를 열두 유형으로 나눴는데 다음과 같다. 아들, 청각 장애, 소인증, 다운증후군, 자폐증, 정신분열증, 장애, 신동, 강간, 범죄, 트랜스젠더, 아버지. 아들에서 시작해 아버지로 끝나는 목차가 매우 의미심장하다. 그럼에도 나는 일단 다운증후군 챕터부터 읽기 시작한다. 이제 여섯 살이 된 다운증후군 딸을 키우고 있기에 객관적 자세로 제정신을 차린 채 책을 따라가기 어렵다. 나는 여전히 큰아이를 나와 아내, 그러니까 부모와 같은 아이라 여기고 있으며, 다른 점보다 같은 점이 많았으면 한다. 예컨대 지금쯤이면 재잘재잘 말도 잘하고, 몇 년 후면 한글도 깨우쳐 받아쓰기 점수를 고민하고, 또 몇 년 후에는 성적을 신경쓰고, 또 그후에는 취업하고 결혼하며…… 하지만 그러하기에 우리 딸은 우리와는 많이 다르다는 걸 안다. 책에서 에밀리는 그의 다운증후군 아이 제이슨을 "역사상 가장 높은 수준의 고기능 다운증후군 아이"로 만들고자 노력했다. 조기 개입으로 많은 교육을 받게 된 제이슨은 그 높은 지성으로 다른 이를 즐겁게 하지만 때로는 자신이 다운증후군인 것을 부당하게 생각하며 괴로워한다. 제이슨을 '은재'로 바꿔 불러도 좋을까. 나는 에밀리만큼 노력하고 있지도 않다. 하지만 내 딸이 불행하지 않았으면 좋겠다. 괴롭지 않았으면 좋겠다. 나와 다르지 않았으면 좋겠다. 하지만 모든 아이들은 부모와 다르다. 정해진 운명을 더 현명하게 잘 따르기 위해 마저 읽어본다.

그해, 여름 손님

안드레 애치먼 · 정지현 옮김 · 잔 · 2018년 3월

요즘 내게 가장 많은 책을 추천해주는 건 인스타그램 친구들이다. 인스타그램은 책에 대해서 말하기보다 책을 그냥 보여주는 곳이다. 책이 옷도 아니고 먹는 것도 아닌데 보여주는 걸로 충분할까 싶지만 사실 우리가 궁금한 건 책 자체가 아니라 책을 읽은 사람일지도 모른다. 사진이 책을 표현할 수 있는 언어라면 인스타그램이야말로 우리의 유행어가 아닐까. 정제되어 있는 독후감이 아니라 어디서 어떻게 샀고, 뭘 보고 뭘 먹으면서 읽었는지 구경할 수 있다는 점에서 인스타그램은 출판인들에게 더없이 고마운 매체이기도 하다. 해시태그는 이 땅의 모든 영업자들에게 비할 데 없는 언어 혁명이 아닐까. 이토록 간편하게 독자들의 사용기를 확인할 수 있다니.

『그해, 여름 손님』은 인스타그램에서 정말 많이 본, 그리고 인스타그램에서 너무 빛나는 소설이어서 구입하지 않을 수가 없었다. 탐미적인 소설의 열기가 인스타그래머들이 올린 수천 장의 사진 속에서 조용히, 그러나 격렬하게 뿜어져나오고 있었다.

부모와 다른 아이들

앤드루 솔로몬 - 고기탁 옮김 - 열린책들 - 2015년 1월

책에 따르면 다운증후군 아이들이 대체로 다정한 성격을 지닌 것도 사실이지만, 그들은 때로 노련한 배우와도 같다고 한다. 자폐 등의 장애와는 달리 어떤 열정이 있고, 그 열정은 자신이 사랑하는 사람, 예컨대 부모를 기쁘게 하려는 열정인 경우가 많다. 지난 새벽, 우리의 장녀는 잠에 든 채로 대변을 보는 행각을 벌여 우리를 기함하게 하였지만 잠들기 전까지 갖가지 율동과 온화한 미소로 나와 아내를 기쁘게 하였다. 녀석은 그러니까 용변에 있어 실수가 있는 노련한 배우였단 말인가. 그렇다면 그의 부모는 평생 녀석의 관객이거나 동료 배우가 될 운명에 처한 것이고 나는 그 운명이 기껍고 기쁘다. 책의 일부에 불과한 '다운증후군' 챕터는 내게 용기를 주었다. 마지막 문단에는 이런 내용이 있다.

> 다운증후군 아이를 키우면서 우리 자신도 정말 많이 성장했다고 생각해요. (……) 지금의 우리가 어쩌면 다른 삶을 살았을 우리보다 훨씬 낫기 때문이에요.

훨씬 나은 삶을 살게 해줄 아이에게 감사할 뿐이다. 새벽에는 그런 아이에게 약간 화를 냈던 것 같다. 미안해, 나와는 다른 나의 아이야. 내 사랑아.

다음 챕터는 '자폐'다. 천천히 읽어봐야 할 것이다. 다른 아이들을. 다른 삶들을. 분명히 존재하는 존재들을.

곰탕1·2

김영탁 ― arte ― 2018년 3월

우리의 인생은 현재 시제지만 우리의 마음은 언제나 지나간 것을 그리워하거나 오지 않은 미래를 궁금해한다. 마음은 좀처럼 과거나 미래에서 발길을 돌리지 못한다. 어리석어 보이고 미련해 보이지만 그 어리석고 미련한 시차가 또한 우리들로 하여금 꿈꾸게 하고 기억하게 한다.

김영탁 감독이 첫 장편소설을 출간했다. 『곰탕』이라는 제목이다. 시간 여행을 모티프로 한 소설이다. 나는 시간 여행자들을 보면 같은 질문을 하게 된다. 과거에서 돌아오지 않으면 어떻게 될까? 과거로 돌아가서 현재로 돌아오고 싶지 않으면 말이다. 시간 여행을 할 수 있게 된 당신, 다시 현재로 돌아올 텐가? 이건 정말 무거운 질문이다.

카카오페이지라는 매체에 성공적으로 안착해 단행본으로까지 출간되었다는 사실에 이 작품을 가벼운 소설 정도로 오해하면 안 된다. 『곰탕』은 후루룩 잘 넘어가는 소설이지만 뼛속 깊이까지 흡수되는 진한 소설이다. 과거나 미래에서만 살고 현재에서 살지 못하는 사람들에 대한 이야기를 가볍다고 말할 수는 없다. 타임 슬립과 가족 로맨스와 살인 사건. 독창적으로 조합된 클리셰를 클리셰라 부를 수도 없을 것이다.

출판하는 마음

은유 - 제철소 - 2018년 3월

열심히 일하고 있다. 출판하고 있다. 올해 상반기에 우리 팀은 굵직굵직한 책을 여럿 내야 하는데, 각각의 일을 분담하고 있는 이들의 마음이 다들 같은지, 물론 다르겠지만 그 다른 모양들이 혹여 뾰죽빼죽하진 않을는지, 걱정하는 마음이 드는 걸 어쩔 수가 없다. 이럴 때마다 은유 작가의 인터뷰집 『출판하는 마음』을 읽으며 밑줄을 그어놓은 부분을 반복해 읽어도 좋겠다.

출판 일은 해도 해도 잘 늘지가 않고, 붙잡고 늘어져도 도망친다. 다행히 그 일을 하는 마음들은 지상의 양식처럼 그 자리에 남아 서로에게 영향을 미치고 있으니, 그것으로 다행이다. 책을 읽으며 나는 자연스럽게 회사의 동료들을 생각했다. '문학편집자의 마음'에서는 혜진씨를, '인문편집자의 마음'에서는 얼마 전 『한국산문선』(유몽인 외, 안대회 외 옮김, 민음사, 2017)을 내느라 고생한 동료를, '북디자이너의 마음'에서는 『릿터』 디자인을 맡아주고 있는 연미씨와 '오늘의 젊은 작가' 표지를 만들어주는 지은 차장님을 떠올렸다. 그리고 무엇보다 '출판제작자의 마음'에서 제작부 임부장님이 생각나 괜히 좋았다. 원가를 낮추려는 노력도 좋은 책을 만들려는 마음이라는 인터뷰이의 나지막한 목소리에서 깨달았다. 우리들의 마음은 대체로 같다. 가끔 뾰족해지더라도 그 끝은 완만히 둥그럴 테다.

요코씨의 말 1·2

사노 요코 글 – 기타무라 유카 그림 – 김수현 옮김 – 민음사 – 2018년 4월

그게 뭐라고.

나이가 들면 "청소? 그게 뭐라고." "질투? 그게 뭐라고." "돈? 그게 뭐라고."

사노 요코처럼 배짱 있는 할머니가 되고 싶다. 그게 뭐라고 그렇게 아등바등 쩔쩔매는 거야. 자연스럽고 세련된 사람이 되고 싶다. 소박하고 아담한 인간의 생활을 그리워하고 가난한 화가였던 젊은 시절에 자부심을 느끼는 그가 지금은 이 세상에 존재하지 않는다는 사실에 괜히 마음이 일렁인다. 오늘은 내 생일이다. 생일에는 딱 한 권, 내가 가장 좋아하는 사람의 글을 반복해서 읽는다.

May

May

시녀 이야기

마거릿 애트우드 - 김선형 옮김 - 황금가지 - 2018년 4월

노동절 소파에 앉아 읽기에 적절한지 의문이지만 지난주에 멋드러진 리커버판이 나와 자연스레 손에 잡혔다. 섬뜩한 재난을 그린 미래 소설은 여럿이었으나, 그 재난의 제물을 온전히 여성으로 상정한 소설로는 독보적이지 않을까. 트럼프가 미국 대통령으로 당선되고, 소설을 원작으로 한 드라마까지 방송되면서 이 책은 다시 인기를 끌었다고 한다. 애트우드가 그린 21세기 중반, 성경을 기반으로 한 가부장제 국가 체제하에서 여성들은 출산 가능성을 기준으로 분류되어 자궁의 역할을 부여받는다. 이러한 설정과 줄거리를 터무니없다고 말하지 못하고, 되레 예리한 통찰이라 불러야 하는 현실에 우리는 있다. 실제 2195년, 우리의 후손들은 우리의 역사에 어떤 주해를 붙일지 알 수 없지만 『시녀 이야기』의 그것과 크게 다를 것 같진 않다. 5월의 노동을 구병모 작가 신작 『네 이웃의 식탁』으로 시작했는데, 거기에 썩 잘 어울리는 책이었다. 이 모든 어울림이 차라리 거대한 유머라면 좋으련만.

파리대왕

윌리엄 골딩 - 유종호 옮김 - 민음사 - 1999년 2월

파리는 고대 그리스 신화에서 악령으로 나온다. 7대 악마 중 식탐의 악마다. 먹는 게 귀하던 옛날에도 음식에 파리가 앉으면 먹지 않고 버렸다. 죽은 멧돼지에 들러붙어 그것을 뜯어먹는 파리의 무심한 악. 파리가 소설 속 인물인 사이먼의 환영으로 나타나 자신이 너희들 안에 있다고 말하는 장면이 있다. 파리대왕으로 대표되는 악이 인간 본성에 내재해 있다는 듯해서 소름 돋았던 장면이기도 하다. 아무리 전후소설이라고 해도, 이렇게 비관적으로 인간을 볼 수 있을까? 인간 본성의 악마성이라는 것이 이토록 잔혹한 실재성을 띨 필요가? 나는 읽으면서도 쉽게 공감되지 않았다. 최근에 들어서야 인간이 갖고 있는 악마성이 실재하는 무엇으로 느껴진다.

대한항공 갑질 논란으로 세상이 떠들썩하다.

여전히 음악처럼 흐르는

신혜정 – 문학수첩 – 2018년 4월

시에 과학이 틈입할 자리가 있을까. 시라고 하면 비논리적이고 이성보다는 감성 쪽에 가까운, 그러니까 과학과는 별로 친하지 않을 것만 같은 이미지다. 그건 일견 사실이어서, 얼마 전 가상화폐와 관련된 토론회에서 유시민 작가는 "문송합니다"라고 자신을 깔아놓고 말을 시작했다. 문과라서 죄송하다나 뭐라나. 수사에 불과하겠지만 문과라서 수학과 과학이 익숙지 않다는 말일진대, 문과 중에서도 핵심 코어 문과라고 할 수 있는 시에 과학이라니 그 거리가 죄송한 마음만큼 멀다. 문송합니다. 문송하고말고요.

신혜정 시집 『여전히 음악처럼 흐르는』에서의 시들은 낮은 단계의 과학 이론과 용어를 효과적으로 품고 있다. 예를 들어 이런 문장들. "지구의 중력이 미치지 않는 곳에서 물처럼 단단해져요." "표정이 녹아내리기 전/복사열의 한가운데를 끓는 심정으로" "이미 봉합된 벌어진 살점/시간이 하나의 차원을 툭, 하고 뱉어낸다" 특히 「낮은 자의 경전」 연작은 시인의 감정과 의지가 서로를 밀어내지 않고 공존한다. 멜랑콜리한 단단함이라고 해도 이상한 표현이 아닐 만큼. 이런 시라면 문과라서 죄송할 일은 없을 것이다. 어쩐지 근본 없는 용기가 솟아나 저번 달에 사이언스북스에서 출간된 두꺼운 과학책도 슬그머니 만져보는 것이다.

그럼에도 불구하고 살아갈 이유

오카다 다카시 – 홍성민 옮김 – 책세상 – 2018년 2월

자기계발서 읽는 일은 내 길티플레저다. 인생이 힘든 사람들에게 전할 말이 있다는데 왜 아니 들어보겠는가. 『미움받을 용기』(고가 후미타케·기시미 이치로, 전경아 옮김, 인플루엔셜, 2014, 2016)가 공전의 히트를 친 것을 보면 나 같은 사람들이 많긴 많은 것 같다. 4장 '굴레에 속박된 사람에게' 편을 거듭해 읽는다. 관계의 어려움은 많은 작가와 신뢰 관계를 쌓아야 하는 내 직업에 동반되는 가장 큰 어려움 중 하나다. 노력하지 않고 얻을 수 있는 것이 없다지만 때로는 노력에 배신당하는 경우도 있다. 관계의 어려움이 편집자에 국한된 문제일 리 없지만 오늘 발견한 문장은 내게 처방된 약인 것만 같다.

"그 슬픔을 다른 사람을 소중히 하는 긍정적인 에너지로 바꿀 수도 있다."

하나의 슬픔을 통해 다른 슬픔을 행복으로 바꿀 수 있다는 관념은 지극히 '자기계발서'적이지만 때로는 이런 한 문장이 실존하는 오늘의 고통을 쓰다듬어주는 것이다.

블랙홀 옆에서

닐 디그래스 타이슨 – 박병철 옮김 – 사이언스북스 – 2018년 4월

지난 400년 동안 우주에 대한 인류의 지식은 행성의 운동에 관하여 아무것도 모르는 수준에서 "태양계의 먼 미래는 예측할 수 없다"라는 사실을 아는 수준까지 발전했다. 분명히 앞으로 나아가기는 했지만 왠지 별 소득이 없었다는 느낌이 든다. 나만 그렇게 느끼는 것일까?

과학책을 읽는 이유는 드문드문 드러나는 이 어쩔 수 없는 겸손함을 발견하고 안도하기 위해서일까. 「29장 소행성의 공습」에서부터 「32장 지구 종말의 시나리오」까지 빠르게 읽어내려갔다. 모두 거대한 농담처럼 느껴졌다. 소행성의 충돌, 대형 화산의 연쇄적 폭발, 성간 구름에서의 우주 바이러스 침투, 초신성의 감마선 폭발…… 뭐든 하나라도 걸리면 끝장이다. 지구의 거의 모든 생명체는 사라질 것이고, 일부 미생물이 살아남아 새로운 진화를 시작할 것이다.

이게 농담이 아니라고? 농담이 아니라면, 이토록 거대하고 치명적인 절멸의 고통을 앞두고 있는 인류에게 출퇴근과 마감과 회의와 미팅의 고통까지 더해지는 건 아무래도 과하다. 지구는 멸망하지 않을 것이다. 멸망하면 안 된다. 겸손하지 못한 생각이다.

스페이스 보이

박형근 - 나무옆의자 - 2018년 4월

세계문학상 수상 작품은 언제나 기다려진다. 정유정 작가가 세계문학상을 받으면서 나왔고 임성순 작가도 세계문학상 출신이다. 문학상들의 존재감이 예년 같지 않은 지금 세계문학상은 유일하게 많은 사람의 기대를 받고 있는 문학상이다. 상대적으로 서사가 분명하고 소위 '읽는 재미'가 뚜렷한 작품들이 이 문학상을 통해 종종 모습을 드러내기 때문일 것이다. 그런데 세계문학상마저도 어느 순간부터 존재감이 미미해졌다고 느낀다. 한때 나는 색깔이 분명한 문학상이 여러 개, 가능하면 많이 있어야 한다고 생각했다. 이 상이 저 상 같고 저 상이 이 상 같은 현실을 비판적으로 봤다. 요즘의 생각은 좀 다르다. 새로운 문학상은 없다. 새로운 문학이 있을 뿐이다. 그러므로 문학상은, 오래 지속되는 문학상이 가장 좋은 문학상이고 가장 개성 있는 문학상이다.

『스페이스 보이』는 내가 즐겨 읽는 소재는 아니다. 소개글로 보아 좋아하는 장르도 아니다. 하지만 선입견과 편견 때문에 문학상 수상작, 그것도 장편소설 수상작을 안 읽는 건 직무 유기라고 생각한다. 문학상이 줄어들고 예년 같지 않은 데에는 꼭 읽어야 할 사람들이 읽지 않는 데에도 원인이 있는 거 아닐까. 내가 좋아하건 말건, 안 좋아하는 장르라면 더더욱 나는 즐거운 마음으로 새로운 작가를 만나러 간다.

표류하는 흑발

김이듬 – 민음사 – 2017년 9월

김이듬 시인의 시집을 편집하게 되었을 때 정신의 고양됨이 상당했다. 선배의 초기 시집 『별 모양의 얼룩』(천년의시작, 2005)은 내게 짙은 얼룩을 남겼다. 지워지지 않는 얼룩을 간직한 채 시를 쓰고 또한 편집해왔는데, 그 얼룩 생산자의 시집을 직접 손보게 되었으니 감개무량함이 조금 특별했던 것이다. 마감 후 나는 회사 블로그에 『표류하는 흑발』을 소개하며 이렇게 썼다. "불가피하게 사람인 우리는 공포스럽고 혐오스러운 세상에서 불가피하게 사람으로 산다. 어쩌다 웃으면서 거의 울면서." 당시에는 이듬 선배 시에 완연히 보이는 유머를 지칭해서 쓴 글이었는데, 지금 선배는 서점을 운영하느라 조금 덜 웃긴 것 같다. 서점을 열 것이라 털어놓았던 날, 낙지볶음인가를 앞에 두고 나는 선뜻 그것 참 잘되었다고 말씀드리지 못했다. 김이듬 시인이 자영업이라니…… 괜찮을까? 하는 걱정이 먼저 들었지만, 의지를 다지는 사람 앞에 걱정부터 내밀 수는 없었다. 페이스북에서 선배의 하루하루를 훔쳐본다. 그다지 도움이 되지 못하는 주제에 걱정하는 마음만 유지시키고 있다. 그 서점의 이름은 '책방이듬'이고, 일산 호수공원 옆에 있다. 호수 위의 백조처럼 우아하게, 갯벌 아래 낙지처럼 힘차게 거기에 있다.

팡쓰치의 첫사랑 낙원

린이한 - 허유영 옮김 - 비채 - 2018년 4월

비채의 이승희 편집자가 아니었다면 읽지 않았을지도 모를 책이다. 어느 날 이승희 편집자로부터 메일이 왔다. 우리가 만드는 잡지 『릿터』에 『팡쓰치의 첫사랑 낙원』에 대한 서평 글을 수록할 수 있겠느냐는 내용이었다. 이승희 편집자와는 구면이었다. 일전에 요네스뵈의 에세이를 『릿터』에 실은 적이 있었는데, 그때에도 신뢰감 넘치고, 신속하고, 정확하고, 무려 따뜻한 일처리로 후배 편집자의 감탄을 불러일으켰기 때문이다. 그 후배 편집자는 물론 나다.

저간의 사정으로 당호에 서평을 싣지는 못했지만 다음 호 리뷰 코너에서 『팡쓰치의 첫사랑 낙원』을 소개했다. 나는 이 소설을 읽으면서 내가 성폭력 피해자의 마음과 상황을 이해해보려고 노력한 적이 한 번도 없었고 지금도 부족하단 사실을 정확히 알았다. 훌륭한 리뷰를 써준 인아영 평론가와 혹시라도 그 리뷰를 읽고 책을 구매하신 독자분이 계시다면 감사의 말씀을 올립니다!

이승희 편집자는 이 책을 작업하면서 잠을 제대로 이룬 날이 거의 없다고 했다. 작업이 힘들었던 만큼 떠나보내기가 쉽지 않다는 말도. 이 책을 떠올리면 비채의 이승희 편집자가 함께 떠오른다.

너처럼 나도

장바티스트 델 아모 글 – 폴린 마르탱 그림 – 소윤경 옮김 – 문학동네 – 2018년 4월

여느 어린이처럼 나도 어린이날을 좋아했다. 다른 부모님처럼 내 부모도 그날은 너그러웠다. 어느 해인가 그 너그러움이 지나쳐 겁도 없이 어린이날의 놀이공원에 갔었는데, 주차하는 데에만 너무 많은 시간을 써야 했고 이런 날 꼭 어디를 가야 한다고 떼를 써야지 됐니, 지청구를 들었고 종일 시무룩했다. 내 아이들은 아직 어린이날이라고 하여 무엇을 얻어낼 것인가 머리를 굴릴 정도로 크지 않아 해맑다. 내년과 내후년은 또 다르겠지만, 오늘은 며칠 전 사둔 장난감과 인형으로 충분한 듯하다. 그리고 오랜만에 그림책을 읽어준다. 『너처럼 나도』는 괜찮은 선택이었다. 천천히 따라 읽는다. 나도 너(토끼)처럼 가족이 있고 너(소)처럼 부드럽게 안아주고 쓰다듬어주는 게 좋으며 또다른 너(호랑이)처럼 행복하고 슬픈 감정이 있다. 모든 '너처럼'이 모여 생긴 나는 누구와도 다른 나만의 개성이 있다. 그래서 그냥 나다. 그리고 '그냥 나'가 모여 우리는 함께 살아간다는 이야기. 소와 곰, 개와 고릴라, 호랑이와 돼지, 양과 칠면조와 토끼와 펭귄과 고양이 모두 모습은 달라도 심장이 뛰고 있다. 두근두근.

아이들에게 그림책을 읽어주노라면 재능 없는 신인 배우의 어설픈 발성처럼 목소리만 쩍쩍 커지는데, "너처럼 나도"라고 시작하는 이 책의 문장은 소곤거리며 읽게 되었다. 나와 무척이나 닮았으며 동시에 분명히 다를 존재들과 함께 읽어서 그랬을까. 너처럼 나도, 나처럼 너도 함께 다르게 살 예감에 젖어서.

한낮의 우울

앤드류 솔로몬 – 민승남 옮김 – 민음사 – 2004년 6월

"삶은 슬픔을 내포한다."

이 명제를 증명하기 위한 기나긴 여정.

정신의 몰락에 대한 최고의 보고서이자 자기 실험서.

슬픈 마음에 필요한 건 그 길을 통과한 사람이 아니라 그 길에 표지판을 만든 사람이다.

나는 마음을 잃어버릴 때마다 『한낮의 우울』을 꺼낸다.

너에게만 알려 줄게

피터 레이놀즈 - 서정민 옮김 - 문학동네어린이 - 2017년 8월

둘째는 아빠가 좋아하는 노래라며 "오늘밤 주인공은 나야 나, 나야 나"라고 음정 박자 정확하게 가창을 한다. 집에 손님이 왔을 때, 식당이나 마트에서, 그러니까 주로 주변에 사람이 제법 많을 때 그러는데 관심을 끌기 위해서겠지만 아내는 질색이다. 창피한 걸까? 내가? 아이가? 둘 다? 첫째는 거울을 보며 최근 배운 율동 재연에 열심이다. 머리 어깨 무릎 발 무릎 발 하는 발음이 어느덧 꽤 정확하게 들려 뿌듯하다. "반짝반짝 작은 별 아름답게 비치네" 하며 비록 노래지만 완결된 문장을 뱉을 때는 아이가 대견해 눈물이 날 지경이다. 아이들은 노래를 좋아한다. 고기를 좋아하고 엄마를 좋아한다. 그림책을 좋아하고 텔레비전으로 보는 율동 동영상을 좋아한다. 음, 또 무얼 좋아하지? 생각보다 아이에 대해 아는 게 없다. 특히 모르겠는 건 아이들의 기분과 감정이다. 행복한지, 아닌지. 괜찮은지, 아닌지. 『너에게만 알려 줄게』는 그 궁금증을 조금 덜어주는 책이다. 세상 모든 아이들이 마음 가는 대로, 천천히, 심장박동을 들으며, 낙천적으로, 망설이지 말고, 상상하는 일을 멈추지 않기를 피터 레이놀즈는 바란다. 바꿔 말해 그것은 아무것도 바라지 않는 일. 아이들은 대체로 그렇게 하루를 보낸다. 그런 아이들의 행복을 궁금해하는 것은 역시나 바꿔 말해 아이들에게 무언가를 바라는 일. 아이들은 부모 바람대로 크지 않는다. 이 그림책이, 나에게만 알려주었다.

꽃보다 아름다운 사람들

황대권 ─ 두레 ─ 2003년 12월

고등학생 때 황대권 작가의 『야생초 편지』(도솔, 2002)를 읽었다. 어떤 경로로 내 손에 그 책이 들어왔는지는 분명하지 않다. 확실한 건 내가 그 책을 상당히 오랫동안 간직했다는 것이다. 대학생이 되어 서울로 올라올 때 가방에 챙겨 넣었던 몇 권 되지 않는 책 중에도 『야생초 편지』는 있었고 이 방에서 저 방으로 대학교 주변 자취방을 옮겨다닐 때에도 그 책만은 빠뜨리지 않고 챙겼다. 그렇게 애지중지 품고 다니던 책인데 지금은 온데간데없다. 아마도 결혼하기 전에 대대적으로 짐을 정리하는 과정에서 어딘가로 사라져버린 듯하다.

그렇다고 내가 그 책을 여러 번 읽었느냐 하면 그건 아니다. 뭐랄까. 그냥 거기 있는 것만으로 마음에 평안을 주는 책이 있지 않나. 황대권 작가가 감옥에서 쓴 『야생초 편지』는 야생풀들에 대한 섬세한 관찰과 들꽃들을 묘사한 다정한 그림으로 가득차 있어서 보고만 있어도 누군가가 같이 있어주는 것처럼 온기가 도는 책이었다. 그 온기를 그리워하면서도 사라진 책을 다시 구입하지 않고 있던 차에 이후 출간한 다른 책을 샀다. 그때는 좁은 방안에서 꽃과 풀에 대해 썼지만 이 책에서는 세계 곳곳을 다니며 꽃보다 아름다운 사람들, 세상의 온기를 위해 노력하는 인권 운동가들을 관찰하고 그린다. 그리고 편지. 시보다 노래보다 아름다운 편지들. 이 책은 언제까지 나와 함께할까.

사랑은 우르르 꿀꿀

장수진 – 문학과지성사 – 2017년 9월

문예지 세 곳에 시를 보내드리지 못하겠다는 메일을 쓰고 책상에 앉았다. 그렇다. 이번 계절에 약속한 곳에 시를 보내지 못했고, 지금은 어떤 삶의 희망이나 문학적 비전이나 개인의 자존감 같은 것을 갖지 못하는 상태다. 습작기에는 무작정 시를 썼었고, 도저히 써지지 않는 날은 남의 시를 연습장에 베껴 쓰고는 했다. 노트북을 마련한 뒤로는 빈 문서에 타자를 치는 것으로 필사를 대신했는데, 그 파일이 아직도 어딘가에 남아 있을 것이다. 그때의 마음으로 오늘밤은 장수진 시집 『사랑은 우르르 꿀꿀』을 읽는다. 이처럼 시를 쓰지 못하는 무능력이 폭발하는 날에는 남이 써놓은 근사한 시를 구경하는 것이 좋다. 장수진 시인의 표현을 빌리자면. "나는 끝까지 구경한다. 눈에 좇이 날 때까지" 아아, 누구는 이토록 시원하게 시를 쓰는데, 나는 꿈꿈한 사과 메일이나 쓰고 자빠졌다니, 부끄럽고 처량한 것이다. 누구에게도 들키고 싶지 않은 마음가짐으로 남의 시를 읽는다. 그것이 장수진의 시여서 다행이라면 다행이다. 「백색 숲의 골초들」 「서울의 혜영이들」 「신경증자들의 대화」 「석관동을 지나」 등의 시를 읽는 것은 무척 즐거웠다. 자극이 되었음은 물론이다. 눈에 좇은 안 났지만, 내 마음은 상당히 좇같았다. 시를 못 쓰고 있으니 달리 표현할 도리가 없네. 시에서, 미래는 죽은 자의 것이라고 하던데, 나에게 미래가 있을까? 시를 못 쓰는 시인의 미래 따위에 누가 관심이 있겠는가? 그가 죽든지, 살든지, 좇이나 까 잡수든지 상관없겠지. 내가 지금 궁금한 것은 시인 장수진의 미래이고, 다음 작품과 다음 시집이다. 내 것이 아니라.

최초의 신화 길가메쉬 서사시

김산해 — 휴머니스트 — 2005년 1월

'길가메시 서사시'는 우루크왕 길가메시의 여행기를 토판에 기록한 고대 메소포타미아 서사시다. 반신반인으로 태어나 누구보다 완벽한 남성이었던 길가메시는 머나먼 여행길을 다녀와 그곳에서 겪은 고난을 돌기둥에 새겼다. 그리고 에안나라 불리는 신령스러운 도시를 세웠다. 필멸하는 존재로서의 인간이 불멸하는 존재로서의 도시를 통해 유한함을 극복하려고 했다.

좀더 자세하게 요약해보면, 우트나파쉬팀을 만난 길가메시는 영생을 위해 견뎌야 하는 불면의 시험을 통과하는 데 실패한다. 노쇠를 막고 원기를 막아주는 식물을 선물받지만 그마저도 뱀에게 빼앗긴다. 영생을 찾기 위한 두번째 여행에서 아무 소득도 얻지 못한 그는 우르샤나비와 함께 우루크성에 도착한다. 그리고 자랑스럽게 우루크를 우르샤나비에게 소개한다. 여행을 끝낸 길가메시는 불멸의 도시를 만드는 것이 필멸의 한계를 극복하는 길임을 깨닫는다.

그러나 이 신화적인 이야기는 한 줄의 문장으로 요약할 때 가장 정확해진다. 죽음을 깨달은 인간이 도시를 만들기 시작했다고. 도시는 인간의 욕망이 아니라 인간의 깨달음의 결과다. 나는 도시가 성숙한 인간의 자기 증명이라고 생각한다. 아무리 생각해도 나는 도시를 너무 동경하는 것 같다.

할머니의 여름휴가

안녕달 - 창비 - 2016년 7월

홀로 사는 할머니 집에 띵동, 초인종이 울린다. 초인종 소리는 할머니가 거실에서 현관까지 가는 동안 무려 여섯 번이나 반복된다. 아마도 나처럼 성격이 급한 꼬맹이 손주일 것이다. 몇 걸음 사이에 할머니의 표정이 놀람에서 반가움으로 변한다. 녀석은 바다에 다녀왔다고 한다. 여름 햇살에 까맣게 그을렸다. 손주가 말한다. "할머니랑 또 가요!" 요구르트를 건네던 할머니는 어떤 마음이었을까. 손주와 바다에 가고 싶었을까, 아님 나 같은 노인에게 여름휴가는 무리라고 여겼을까? 대답은 손주의 엄마가 대신한다. "할머니는 힘들어서 못 가신다니까." 앙큼하고 기특한 어린이는 실망하는 대신 할머니께 소라 껍데기를 선물로 내민다. 과연 소라 껍데기 안에는 파도 소리가 있고 갈매기 소리, 게가 움직이는 소리와 모래성 쌓는 소리가 있다. 손주와 며느리가 떠난 빈방. 강아지 메리와 바람 한 점 없는 여름 한낮을 보내고 있는 할머니는 이 소라 껍데기 덕분에 뜻밖의 여름휴가를 보내게 된다. 옛날 수영복을 꺼내고 커다란 양산을 찾는다. 가벼운 돗자리와 수박 반쪽은 필수.

할머니는 어디로 여름휴가를 떠난 것일까? 힘들어서 가족 여행도 어려운데 말이다. 할머니는 그저 방에 가만 앉아 텔레비전 드라마를 보고 동네 양로원에 가 수다를 떨고 가족의 전화를 기다리고, 어쩌다 먼저 전화를 한다. 밥은 먹었느냐, 아이들은 잘 크고 있느냐 묻는다. 그림책의 할머니가 아니라 내 할머니 이야기다. 나는 할머니께 함께 바다를 보러 가자고 한 적이 없고 소라 껍데기를 건네지도 않았다. 그야말로 아무것도 하지 않고 있다. 놀랍도록 무심한 사람이 되어.

현앨리스와 그의 시대

정병준 - 돌베개 - 2015년 3월

현피터의 말을 종합해보면 현앨리스는 1922년 정준과 결혼한 후 한국에 들어와 딸을 출산했다. 현앨리스는 1923년 상하이로 돌아가 현순과 함께 하와이로 떠났으며, 1926년 재차 한국의 남편에게 돌아왔다. 이듬해 남편과 이혼했으나 이미 임신한 상태로 하와이로 돌아갔고, 남편 없이 아들을 낳았다. 현앨리스의 막내 동생으로 1917년생이던 현데이비드는 또다른 기억을 들려주었다. 그는 이렇게 썼다. 앨리스의 희망은 한국에 있는 그의 남편과 별거함으로 생겼다. 그녀는 중매결혼을 했다.

현앨리스의 진실은 무엇인가. 이 책은 경계인으로 살며 자유를 꿈꿨으나 한국의 마타하리라는 시선의 감옥에 갇혀버린 현앨리스의 삶을 다시 자유 속으로 던져놓는다. 그녀를 바라보는 다양한 시선들을 통해서.

현앨리스의 삶을 소설로 쓰면 어떻게 될까. 아니다. 『현앨리스와 그의 시대』가 취하고 있는 다중적인 시점을 그대로 살려도 좋을 것 같다. 아, 우리가 아직 모르는 근사한, 용감했고, 마땅히 기억되어야 할 여성들이 얼마나 많을까. 이대로 잠들면 '현앨리스와 그의 시대'가 꿈에 나올 것 같다.

죽은 자로 하여금

편혜영 - 현대문학 - 2018년 4월

'송'이라는 인물이 있다. 다른 인물에 비해 비중이 크지는 않지만, 그의 말이 기억에 남는다.

"나는 계속 양수 씨라고 부를 작정이었어요. 언젠가는 왜 그러느냐고 물어볼 줄 알았죠. 그러면 어떤 사람은 부당한 일을 거절하기도 한다고 알려줄 생각이었어요."

무주는 시키는 일을 잘한다. 양심대로 살고 싶고, 그럭저럭 그렇게 살아왔다고 믿는다. 부당한 지시에 괴로워하다가, 어찌할 수 없는 자신의 처지를 자각하며 그 일을 '잘' 해낸다. 무주는 병원비가 밀린 환자를 압박하는 일을 맡게 된다. 그는 시키는 일은 뭐든 척척 해내는 사람이다. 그뿐이다. 우리는 양수인가 무주인가. 부당한 일을 부당하다 여기면서 어쩔 수 없이 해내는 사람. 대부분 그런 사람 아닐까. 끝없는 자기변호로 알리바이를 만들면서. 남을 비난하고 비아냥거리면서 자신의 치부를 가리며.

송과 양수 사이에 있었을 이야기도 알고 싶어졌다. 그런 사람들을 더 많이 알고 싶다. 그런 사람들을 비아냥거리지 않았으면 좋겠다. 나는 아직, 그런 사람이 아니다.

셰익스피어 소네트

윌리엄 셰익스피어 - 피천득 옮김 - 민음사 - 2018년 6월

『셰익스피어 소네트』 개정판이 나왔다. 우리 팀 막내 편집자가 처음으로 만든 책이다. 처음 책을 만들 때 작가와 회의도 하고 책 나온 기쁨도 누리고 보도자료 쓰면서 괴로움도 맛보면 좋으련만(?) 이번에는 작가도 번역자도 돌아가신 분들이어서 열심히 문서 작업만 했다. '프로젝트 구텐베르크'에 들어가서 원문 확인하고 번역문 한 자 한 자 확인 대조하는 게 무료하고 깝깝하기도 했겠지만 시간이 지나면 그때 그 과정이 편집자의 근육이 됐다는 사실을 알게 될 거다. 완벽하게 했다고 해서 누구도 칭찬해주지 않는 그런 일이야말로 디테일의 본질이다. 편집은 디테일의 예술이다. 이런 말은 잔소리처럼 들릴 것 같기도 하고 나도 실수에서 자유롭지 않기 때문에 입 밖으로는 잘 안 나온다. 하지만 침묵하는 건 쉬운 일이다. 불안을 무릅쓰고라도 말하는 것이 어렵고 또 옳은 일이다. 하지만 역시 입 밖으로는 잘 나오지 않아서 이렇게 글로나마 기록해둔다. 그러면서 나도 한번 되새겨보고.

당선, 합격, 계급

장강명 – 민음사 – 2018년 5월

문학 편집자와 인문 편집자는 다르다고 하던데, 아직 무엇이 어떻게 다른지 알지 못한다. 혜진씨는 이 책으로 알게 되었다고 하면서 슬쩍 덧붙이기를 본인은 문학 편집자가 조금 더 맞는 것 같다고. 그만큼 고투를 벌였다는 뜻일 게다. 그도 그럴 것이 장강명 작가가 취재하고 조사한 방대한 자료를 효율적으로 배치하고 사실관계를 확인하는 동시에 책의 논리까지 가다듬어야 하는 작업이었으니, 누구에게도 쉽진 않았을 것이다. 작가를 배출하고 작품을 내어놓는 문학 공모전과 사원을 뽑고, 인력을 만들어내는 공채 시스템을 나란히 두고 작가의 시선은 바쁘고 또한 날카롭다. 그가 바라보는 세상이 이 책에 잘 담겨 다행스럽다. 그의 시선이 그다음에는 어디로 향할는지 궁금한 사람이 꽤 많을 것이다. 나를 포함하여.

편집자와 저자 모두 제목을 놓고 상당한 고민의 시간을 가졌다고 들었다. 나도 옆에서 거들었는데, 거든다기보다는 거추장스러운 의견이었던 것 같다. '좁은 문'으로 하자고 두 번 이상 주장했으나 까였다. 나 역시 인문이 아닌 문학 편집자가 조금 더 맞을지도. 또하나 거들기를, 책의 말미에 문학동네 젊은작가상 뒤풀이 장소의 오류를 내가 잡아냈다. 어지간해서는 술집의 위치는 잊지 않고 기억한다. 그날의 참석자와 대화 그리고 분위기…… 문학 편집자의 좁은 문을 통과한 기억이라고 이름을 붙여본다.

오르부아르

피에르 르메트르 – 임호경 옮김 – 열린책들 – 2015년 11월

"수많은 젊은이가 전쟁터에서 목숨을 잃거나 크게 다쳤어요. 그런데 전쟁이 끝나니 고작 52프랑이나 낡은 코트 한 벌을 받았을 뿐이었지요." 나라를 위해 희생한 젊은이들을 국가가 어떻게 대우했는지 쓰고 싶었다는 작가는 1922년 전사자들의 유해를 발굴하는 과정에서 일어난 착복 스캔들에서 모티프를 얻어 종전 후, 전사자들은 추모하지만 귀환병을 냉대하는 부조리한 프랑스 사회를 풍자한다.

피에르 르메트르는 "국가가 국민을 상대로 벌이는 부조리는 모든 시대와 모든 국가에서 일어나는 일"이라며 "전후세대가 망각한 전쟁의 상흔을 보편적 시각에서 그리고 싶었다"고 말했다. 이 말에 조금의 허세도 없다는 건 소설을 읽어보면 금방 알 수 있다. 현대소설이 아니라 세계 문학 전집인 줄 알았다. 특히 전쟁을 통해 함몰된 인간성에 대한 고발하기 위해 구덩이에 떨어진 주인공이 '잘린 말 대가리'와 함께 묻혀 말의 입속에 남은 공기로 호흡을 유지한 덕분에 간신히 살아나는 장면이 있다. 짐승이 인간을 살렸고 인간은 인간을 죽였다. 그것은 전쟁이다. 전쟁은 인간성 상실이라는 측면에서 인간이 만든 가장 비참한 경험일 것이다. 프랑스어로 오르부아르au revoir는 '잘가요, 안녕'이라는 뜻이다. 관용어로는 또 보자. 소설을 다 읽고 났을 때 제목이 주는 울림마저 쉽게 사라지지 않는다.

진작 할 걸 그랬어

김소영 – 위즈덤하우스 – 2018년 4월

지난해 늦가을 혜진씨와 반비 편집부의 편집자 두 명 그리고 나, 이렇게 넷이서 일본 출장을 갔었다. 특별한 공무가 있었던 것은 아니고 도쿄의 서점을 둘러보고 문학 잡지를 중심으로 일본의 문학 신간을 살펴보는 게 목적이었다. 물론 라멘이니 스시니 하는 것들도 먹었고 롯본기 힐스에서 제법 관광객다운 풍모를 보이기도 했다. 서점으로는 '다이칸야마 츠타야'와 '시부야 키노쿠니야' 같은 규모가 큰 곳과 '레이니데이즈' 같은 콘셉트가 확실한 작은 곳까지 다녔다. 사실 무리하게 잡은 밤도깨비 일정에 제대로 된 탐방은 못했다. 『진작 할 걸 그랬어』에서 김소영 작가가 다녀간 서점 중 겹치는 곳은 시부야에 있는 '퍼블리싱 & 북셀러즈'뿐이다. 이름 그대로 출판사와 서점이 한 공간에 있다. 투명 유리를 경계로 한쪽은 책을 만드는 사무실, 한쪽은 책을 파는 가게 역할을 한다. 편집자로서 그리 마음에 드는 콘셉트는 아니었다. 그 점에는 김소영 작가도 동의하는 모양이다. 작가가 말한 대로 사무실 안을 열심히 들여다보는 손님은 없었지만.

출장 후 우리 출판사도 직접 독자를 만날 공간이 있으면 좋겠다는 맥락의 보고서를 작성했다. 신사동 사옥 지하에는 부대찌개집이, 1층 로비 옆에는 정체가 불분명한 파스타집이 있는데 일본의 힙한 서점들을 보고 오니 그 공간이 아깝게 느껴졌다. 보고서를 보고 누군가는 고개를 끄덕였지만 변한 것은 없다. 하긴 부대찌개와 봉골레파스타도 책만큼 소중한 것이고, '출판사'와 '책방'의 역할은 엄연히 다른 영역의 것일 수도 있다. 이른바 회사의 언어로, '논의가 필요한' 일이다. 그건 그렇고, 아직 저자가 하는 책방에 가보질 못했다. 이 글을 쓸 줄 알았다면, 진작 갈 걸 그랬다.

그 후

나쓰메 소세키 - 윤상인 옮김 - 민음사 - 2003년 9월

1909년 6월 21일, 아사히 신문 연재에 앞서 나쓰메 소세키는『그 후』예고문을 발표한다.

여러 가지 의미로 '그 후'이다.『산시로』에서는 대학생에 대해 묘사했는데, 이 소설은 그뒤의 일을 썼으므로 '그 후'이다.『산시로』의 주인공은 단순하지만, 이 작품의 주인공은 그뒤의 인물이라는 점에 있어서도 '그 후'이다.『그 후』의 주인공은 마지막에 묘한 운명에 빠진다. 그 후의 일은 알 수가 없다. 그런 의미로 역시 '그 후'이다.

플로베르가 보바리를 통해 욕망에 의해 파멸하는 인간을, 버지니아 울프가 댈러웨이 부인을 통해 의식하는 존재로서의 인간을, 니코스 카잔차키스가 조르바를 통해 자유로운 영혼을 가진 존재로서의 인간을 창조했다면 나쓰메 소세키는 근대를 살아가는 지식인의 전형을 만들어냈다. 그들은 햄릿처럼 우유부단하지 않되 햄릿 이상으로 복잡하고 댈러웨이처럼 내면에 압도당하지 않되 댈러웨이보다 감각적이다. 근대 지식인의 요동치는 떨림은 조용하면서 소란스럽다. 지금 우리 안에 가장 보편적으로 잠복되어 있는 건 누구보다 다이스케일 것이다.

아이는 누가 길러요

서이슬 – 후마니타스 – 2018년 3월

　작가의 아이는 크리펠-트레노네이 증후군Klippel-Trenaunay Syn-drome이라는 복잡한 이름의 병을 안고 태어났다. 작가는 아이를 병명을 줄여 만든 애칭 'KT'로 부르며 글을 쓴다. 미국 나이로 다섯이니 큰아이와 동갑내기 친구일 수도 있겠다. KT는 림프계 이상을 동반하는 질환으로 작은 물집 같은 것이 몸의 곳곳에 솟아오르는 증세를 보인다. 아이의 경우에는 다리와 발에 증상이 심하여, 짝짝이 신발을 신어야 한다. 이 아이는 비극의 주인공인가? 이 가족은 비극을 이겨내 행복을 쟁취하는 극복 서사의 인물들일까?

　이 드라마는 비극이 아니다. 아니, 드라마가 아니다. 아이는 10만명 중에 하나라는 희소 질환을 타고났지만, 그것도 결국 '다름'으로 수렴될 뿐이다. 다르다 하여 불쌍한 게 아니다. 다르다는 사실 자체가 힘들고 괴로운 것이 아닌, 다름을 받아들이는, 받아들이지 못하는 갖가지 태도가 슬픔과 자조와 비관을 만드는 것이리라.

　『아이는 누가 길러요』는 다른 아이를 키우는 일을 비관도 낭만도 없이 써내려 간 책이다. 디테일한 육아 서적인 동시에 보다 나은 세상을 위한 지침서로 보인다. 더 정확하게는 "아무런 경계 없이 서로 어우러지고, 보듬고, 존중하며 살아갈" 바라는 저자의 공개 일기다. 이런 일기를 쓸 줄 아는 이가 가까운 데 사는 이웃이라면 달에 한 번은 만나 술잔이든 찻잔이든 앞에 놓고 한참을 이야기 나눌 수 있을 텐데, 그는 미국에 있다. 나는 파주에 있고. 그곳과 이곳을 잇는 책이라는 게 있어서 다행이다.

당선, 합격, 계급

장강명 – 민음사 – 2018년 5월

오늘은 3판 증쇄를 앞두고 오탈자를 확인하기 위해 『당선, 합격, 계급』을 천천히 읽었다. 편집할 때는 보지 못했던 책의 매력이 이럴 때 뒤늦게 찾아오고는 한다. 오늘도 마찬가지. 책은 가능한 것을 이야기하는 매체가 아니다. 가능하다고 믿었던 것이 실제로 가능한지 검증해보는 매체다. 하나하나, 조금씩 조금씩, 스스로 옳다고 생각하는 속도와 적당하다고 생각하는 분량으로 벽돌을 쌓아가는 건 오직 책이라는 매체를 통해서만 가능하다.

『당선, 합격, 계급』은 장강명 작가의 첫번째 논픽션이자 나의 첫번째 사회학 편집 도서다. 소설 작업만 했다면 장강명 작가가 이렇게 꼼꼼하고 정확한 사람이라는 걸 모르고 지낼 뻔했다. 작가는 서문을 통해 편집자에게 감사의 말을 하는데, 편집자는 작가에게 말을 전할 곳이 없다. 그래서 여기에 적어둔다. 이 책이 아니었다면 제 세계의 언어는 시와 소설에만 한정되었을 거예요. 고맙다는 말로는 부족한데. 오타가 세 개나 있어서 죄송합니다. 그 세 개의 오타는 3판 증쇄로써 모두 바로잡았습니다.

요리요리 ㄱㄴㄷ

정인하 - 책읽는곰 - 2013년 9월

둘째에게 작은 시련이 찾아왔다. 대체 어디서 한글을 배워서 오는지 읽을 줄 아는 친구가 벌써 몇이나 된다는 것이었다. 또래보다 말이 빨리 트여 어지간히 잘난 체가 있었던 아이에게, 뭔가 뒤처진다는 느낌은 꽤나 스트레스인 듯했다. 말이야 따로 공부할 것 없이 알아서 깨우쳤지만 글은 그렇지가 않아서 하려면 할 것도 많다. '빨간펜'이니 '구몬'이니 '한글나라'니 하는 것들의 전단지가 집에 날아온 지도 오래되었다. 벌써 사교육 시장으로 아이를 내맡기긴 싫어서 직접 가르치길 조금 시도해보았다. 가나다라마바사, 기역 니은 디귿 리을 미음, 아야어여오요우유…… 아이는 조금 따라하다 금세 돋아나는 싫증을 숨기려 하지 않는다. 엉덩이가 몹시 가볍고, 고개는 그야말로 무겁다. 아, 공부 쪽으로 트일 운명은 아니란 말인가!

『요리요리 ㄱㄴㄷ』은 한글 공부를 시켜볼 요량으로 꺼냈다. 기역에서 히읗까지 각각 소리 나는 대로 요리한다. 샌드위치를 만드는데 디귿은 달그락달그락 달걀, 시옷은 폭신폭신 식빵, 치읓은 찰싹 치즈를 올리는 식이다. 이 정도면 집중해서 같이 읽을 수 있지 않을까? 게다가 예전부터 읽어왔던 책이기도 하고. 그러나 웬걸, 아이는 이 책 싫다고, 동영상을 보겠다고 한다. 나도 어쩔 수 없어 영상은 좀 그렇고 좋아하는 그림이나 그리라고 스케치북과 색연필을 주었다. 아이는 총총 놀이방으로 사라진다.

몇 분 후, 백지 위에는 그럴싸한 샌드위치 하나가 놓여 있었다.

플러쉬

버지니아 울프 - 지은현 옮김 - 꾸리에 - 2017년 5월

이 작품은 1933년에 출간된 책이다. 한국에는 지난 5월에 처음으로 출간되었는데, 이 책을 읽기 전까지는 버지니아 울프가 이런 전기를, 그러니까 코커스패니얼의 전기를 썼다는 사실을 전혀 알지 못했다. 어떤 얘기냐면, 버지니아 울프가 『파도』라는 작품을 탈고하고 정신적으로 거의 탈진 상태에 있을 때 10여 일을 쉬면서, 당시 최고의 시인이었던 엘리자베스 브라우닝의 시와 편지들을 읽었는데 그 시인의 글에 자주 등장하는 개 플러쉬가 너무 웃기고 인상적이었어서 플러쉬의 전기를 쓰기에 이르렀다고.

엘리자베스 브라우닝의 개였던 플러쉬에 대한 전기이기도 하지만, 개의 일생을 통해 엘리자베스 브라우닝의 삶도 들여다본다는 점에서 두 개의 시선이 교차되는 성격의 독특한 전기다. 그때까지 발표된 버지니아 울프 작품 중에서 가장 많이 팔렸다는 사실도 적어두어야겠다. 빅토리아 시대의 전기에 대한 패러디 성격을 띠고 있어서일 뿐만 아니라 평생 동안 반려견과 함께 살았던 버지니아 울프의 삶에 대해서도 엿볼 수 있는 책이기 때문에 많은 사람이 좋아했을 거다. 누구라도 그렇지 않겠는가. 이 개성 넘치는 전기는 나도 탈진시 복용하는 책으로 사용한다. 누구라도 그렇지 않겠는가.

울프 노트

정한아 - 문학과지성사 - 2018년 4월

정한아 시인과 나는 '작란' 동인으로 10년 남짓한 시간을 가까운 사이로 있다. 이런 간단한 문장으로 쉽게 정리가 될까? 잘 모르겠다. 시인 동료라는 게 참으로 복잡하고 미묘하여 잘 안다고 하면 잘 아는 사이고 잘 모른다고 하면 또 모르는 사이일 수밖에 없다. 우리는 서로 멀리 떨어진 세계에서 각기 다른 중력에 따라 유영하며 각자의 신호를 보내고 있는 중일지도 모른다. 그 신호가 가끔 맞는다면, 넓은 바다에서 초음파가 통하는 동료 고래를 만난 듯 수면 위로 뛰어올라 물을 뿜으며 춤을 출 수 있겠지. 정한아 시인을 만날 때면 그렇게 춤을 추고 싶다. 정한아의 시를 읽으면 방방 뛰고 싶다. 그의 두번째 시집 『울프 노트』를 오래 기다렸다. 뛰며 춤추고 싶어서. 울프씨는 이런 날더러 "작고 여리고 파닥거리는 나비처럼 엷은 것"이라고 할 가능성이 크지만. 아아, 울프씨가 그 무엇으로든 나를 표현해준다면 나로서는 그 영광스러움에 대한 형용사로 노트 하나를 다 채울 만큼 기쁨일 것이다. 그런 영광의 순간이 이 시집에서 네 장에서 걸쳐 도래했으니, 「둘의 진화」라는 시를 이야기하지 않을 수가 없다. 이 시는 2012년 9월 2일, 내 결혼식의 축시였다. 그때 식장의 음향이 엉망이어서, 시의 내용을 잘 듣진 못했는데, 큰딸의 태명이었던 '땅콩'은 확실하게 들었다. 이제 읽어보니 그것은 "땅콩만한 미래"에 대한 이야기였고, 그 미래는 지금 2018년 이렇게 와 있다. 시에 쓰인 대로 "아름다운 협력"으로 "괜찮은 사람들의 연방"을 만들기 위해 "비약과 진화"를 한 시간인지는 자신할 수는 없지만. "지치지 말고/달관하지 말고" 함께 시를 읽고 쓰자며 정한아 시인에게 다시 말을 건넬 수 있어 다행이다. 그런 마음으로 춤춰본다. 읽어본다.

연애의 책

유진목 ─ 삼인 ─ 2016년 5월

엄마는 내가 제일 처음 떠나온 주소입니다.

「반송」에서 나는 이 문장에 붙어 한참을 떨어지지 못했다. 사람들이 말하는 것처럼 나도 유진목의 시를 '사랑의 시'로 읽는다. 그런데 이 사랑은 떨어져 있어야 가능한 사랑이다. 어떤 글에서 나는 이 사랑을 하나의 몸과 다른 하나의 몸, 즉 고체의 사랑이라고 한 적 있다. 유진목의 사랑 시에는 에로틱하다거나 관능적인 표현이 없다. 평평하게 펴진 침대 위 이불처럼 정돈된 이미지가 『연애의 책』의 이미지고 거기 기록된 편편의 시에는 얼마간의 침묵이 무언의 거리를 확보하고 있다.

침묵을 읽어내려 시를 들여다보고 있으면 어느새 사랑에 대한 감각을 느낄 수 있다. 「반송」에서도 엄마와 나의 사랑이 엄마와 나의 거리에서 비롯되고 있다. 거리가 생겼을 때, 비로소 사랑도 떠오른다. 거리를 사랑의 침묵으로 여기는 것을 유진목의 시에서 아프게 깨닫는다. 효인 선배가 유진목 시인의 다음 시집을 계약했다. 이 좋은 시인의 다음 작품을 누구보다 많이 기다리고 있다.

마당이 있는 집

김진영 - 엘릭시르 - 2018년 4월

『걸 온 더 트레인』과 묘한 기시감을 느꼈지만, 설정이나 구성이 흡사하다는 것은 아니다. 오히려 『마당이 있는 집』이 더 과감하고 독한 소설이다. 스릴러 소설을 알지 못하는 사람으로서 이번에도 뒷부분을 탐해버리는 버릇을 고치지 못하고 손톱을 깨물듯 그리하였다. 지금 내 손톱은 매우 짧고 군데군데 파였는데, 스릴러나 추리 소설을 읽고 난 감상이 보통 그렇다. 『마당이 있는 집』은 조금 달랐다. 결말을 읽었지만 다시 읽던 장면으로 돌아와 천천히 앞으로 나아갈 수 있는 소설이었다. 김진영 작가가 '작가 후기'에서 밝힌 것처럼 "멋진 창을 가진 여자와 그렇지 못한 여자의 뒤틀린 연대"가 그것을 가능하게 해주었다. 모든 것을 가진 것처럼 보이지만 언니의 죽음 이후 정신병을 의심받을 정도의 죄책감에 시달리는 여자, 주란. 무엇 하나 가진 게 없이 원치 않은 임신까지 한 여자, 상은. 둘의 연대는 비틀린 상태로 잠시 이어지다 비틀림만 유지한 채 단절된다. 둘의 연대가 불가능한 이유는 아래의 문장으로 대신할 수 있겠다.

"자신을 특별히 불행한 사람이라고 생각하지 말아요. 우린 모두 다 평범하게 불행한 거예요."

전쟁은 여자의 얼굴을 하지 않았다

스베틀라나 알렉시예비치 – 박은정 옮김 – 문학동네 – 2015년 10월

전쟁은 여자의 얼굴을 하지 않았지만 전쟁터에는 여자의 목소리가 있었다. 여자들의 행동도 있었다. 전쟁의 얼굴을 바꾸는 건 눈빛과 목소리를 살려내는 데에서부터 시작된다.

"눈앞에서 사람이 죽어가…… 몇 분 후면 숨을 거두리라는 걸 뻔히 알면서도 아무것도 할 수가 없는 거야. 그저 입을 맞추고 쓰다듬어주고 상냥한 말을 건넬 뿐이지. 그 사람을 떠나보낼 뿐. 더이상 해줄 게 없었어……"

"무슨 이유인지 남자들은 우리를 저버렸어. 모른 체했지. 전쟁터에서는 그렇지 않았는데, 기어가는데 포탄 파편이나 총알이 날아오잖아. 그러면 남자 병사들이 보호해줬어." 참전한 여성을 반기는 곳은 아무데도 없었다. 남자들도 가족들도, 참전 여성을 아내로 맞거나 며느리로 맞고 싶어하지 않았다. 전쟁터에서 돌아온 여성들은 승리의 영광을 평범한 삶을 살 수 있는 행복과 바꾸었다. 아무도 여성들이 전쟁에 함께했다고, 간호하고 빨래하고 음식하는 것뿐만 아니라 총을 들고 포탄도 던졌다고 말하지 않았다.

그러나 정말 말하지 않은 걸까. 들으려 하지 않았던 건 아니고? 노벨문학상 수상 작가의 이 책은 수많은 말로 가득하지만 나는 이 책이 말하는 책이 아니라 듣는 책이라고 생각한다. 작가가 들었던 것과 같이 독자도 듣게 되는 책.

부적

로베르토 볼라뇨 – 김현균 옮김 – 열린책들 – 2010년 5월

로베르토 볼라뇨를 말하는 것이 문학에 있어 일종의 '힙스터' 보증서 같은 것이 되었다. 그렇다면 나로서는 나쁠 게 없지. 다른 건 몰라도 이 분야에서는 나도 힙스터다! 괜히 목에 힘을 줘보는 것이다. 이런 인식 자체가 '당신은 힙스터가 아닙니다' 하는 본질적 증거가 되겠지만…… 그럼에도 불구하고 그의 책 대부분의 한국어 초판을 갖고 있다는 것은 나의 자랑이다. 역시나 그럼에도 불구하고 그 책들이 중쇄되었을지 알 수 없음은 출판의 함정이다.

『부적』은 그중에서도 가장 덜 알려진 동시에 내가 가장 좋아하는 작품이다. 『야만스러운 탐정들』(우석균 옮김, 열린책들, 2012)을 정독한 자로서 그 인물들을 다시 만나는 즐거움도 있었지만 멕시코시티와 멕시코대학에 실재했던 열정과 비극을 자신이 가진 모든 것인 '기억'에 의지해 주술처럼 풀어내는 아욱실리오를 만난 것이 더욱 영광이었다. 1968년, 멕시코 정부가 대학을 점거한 채 야만적인 방식으로 학생 운동을 탄압할 때, 아욱실리오는 인문대학 여자 화장실에 숨어 13일을 보냈다. 13일 동안의 폐소가 불러온 추위와 공포에서 그녀를 지켜준 것은 시라는 부적이었다. 그녀는 시를 듣고 노래하며 기억하여 흘려보낸다. 그리하여 그는 라틴아메리카 시의 어머니가 될 수 있었다. 추위를 이기고, 공포를 몰아낸.

이 시기가 되면 이 소설이 떠오르곤 한다. 『부적』은 내게 기억에 대한 소설로 각인되었다. 어떤 이는 기억을 맹신하고 기억을 확정하여 기억 서사의 주인공이 되려 한다. 그때 기억은 무력해진다. 2018년의 5월도 예외는 아니다.

죽는 게 뭐라고

사노 요코 ― 이지수 옮김 ― 마음산책 ― 2015년 11월

생활은 별로 완벽하지 않고 툴툴거리는 일도 많지만 누가 봐도 낙천적이고 허세가 없는 담백한 사람. 죽음에 대한 태도도 다르지 않았다. 충분히 살았고 이제 미련 없이 죽을 일만 남았다고 생각하는 그에게 훌륭한 죽음의 조건은 두 가지다. 돈을 아끼지 말 것. 곧장 재규어를 주문했다! 그리고 목숨을 아끼지 말 것. 병마와 싸우지 않겠다!

나는 죽을 때까지 어떤 마음으로 살아야 할지 모르겠다. 단, 병과의 장렬한 싸움만은 싫다.

병 상태에 대해 이것저것 이야기해도 별로 동요하지 않는 모습을 보고 의사가 말하길 "작가라서 그런가, 인생이란 무엇인가 나란 무엇인가 죽음이란 무엇인가에 대해 스스로 잘 정리해둔 탓인가" 궁금해하지만 사노 요코라서 그렇지, 나는 속으로 외쳤다. 나라면 어떨까? 이제 내 앞에 죽는 일만 남았을 때, 그때 가장 후회되는 게 뭘까. 사랑할 수 있었는데 덜 사랑한 것. 그게 눈에 밟히면 마음이 많이 아플 것 같다. 나는 돈도 아깝고 목숨도 아까울 테니까. 사랑 만큼은 아깝지 않게 다 써버린 채 죽고 싶다. 하나도 남김없이.

팡쓰치의 첫사랑 낙원

린이한 - 허유영 옮김 - 비채 - 2018년 4월

『82년생 김지영』이 대만 유명 인터넷 서점에서 전자책 부문 판매 1위에 올랐다고 한다. 혜진씨가 관련된 내용을 정리해서 회사 블로그에 올렸다. 포스팅에는 대만 독자의 반응도 있었는데 이런 것이 었다. "나는 김지영이라고 생각한다. 우리 모두 김지영이다." "나도 충분히 용감해지고 싶다."

『팡쓰치의 첫사랑 낙원』은 그런 대만에서 온 소설이다. 책은 그 것을 숨길 연유가 전혀 없다는 듯이, 작가 프로필에서 이야기의 뼈 대를 미리 밝히고 있다. 유명 문학 강사에게서 상습적인 성폭행을 당한 주인공 팡쓰치는 곧 작가인 린이한이다. 그는 세상에 이 이야 기를 내놓고 두 달 뒤 스스로 삶의 마침표를 찍는다. 그에게 생은 첫사랑도 낙원도 아니었을 것이다. 폭행과 지옥이었을 테다.

혜진씨의 강력한 추천으로 읽기 시작했다. 실제의 삶과 소설의 삶이 분리되지 않을 때, 작가의 강력한 실체험이 독서의 추체험을 압도할 때, 독자의 감각은 어떤 모양일까 하는 대화를 나눴다. 나는 완독 전이었으므로 대체로 듣는 편이었는데 실제 책을 읽으면서 감각이 달라지고 있음을 조금은 느낄 수 있었다.

내가 속한 세계에서도 책과 유사한 범죄가 있었고, 그중 몇은 실 형을 받았다. 혐의는 입증하기 어려우나, 문학이라는 허울을 활용 해 성적인 착취와 희롱을 지속했던 이도 분명히 있다. 책에서는 "쓰 치의 고통을 단단히 끌어안으면 쓰치가 될 수 있"다고 한다. 고백 하자면 고통을 아직 다 끌어안지 못했기에 책을 읽기가 수월하지 는 않았다. 타인에게는 고통이지만 내게는 추문일 뿐일지도 모를 어떤 사건들이 독서의 감각을 온통 허위로 만드는 것 같아, 감히 괴 로웠다. 괴로울 자격이 내게 있다면 말이다.

한 명

김숨 – 현대문학 – 2016년 8월

'군 위안부 피해자'들을 다룬 김숨 작가의 소설들이 좀더 많은 사람에게 읽혔으면 좋겠다. 김숨 작가의 이 작업들은 올해가 가기 전에 『릿터』에서도 꼭 한번 다뤄보고 싶다. 이상문학상 수상작이기도 한 「뿌리 이야기」에서부터 『한 명』, 그리고 올 하반기에 출간될 관련 소설만 해도 세 권이 된다고 들었다. 김숨 작가가 만들어가고 있는 증언 소설의 형식은 그 구조 안에서 한 사람의 피해자가 한 명의 평범하고 성숙한 인간으로 거듭나는 거룩한 전환점을 갖고 있다. 그 순간을 발견하면서 『한 명』을 다시 읽는다.

써야 할 글도 없고 이야기해야 할 방송도 없이 그저 마음의 의지로 이루어지는 두번째 독서. 역사적 인간은 과거와 현재와 미래를 동시에 생각한다. 역사적 시간 사이의 긴장감이 당겨놓은 화살처럼 팽팽하다.

평론가 K는 광주에서만 살았다

김형중 – 난다 – 2016년 10월

나도 한때는 광주에서 살았다. 목포 소재의 산부인과에서 태어났지만, 그 도시에서의 삶은 일곱 살까지가 전부다. 그리고 스물아홉까지는 광주에서만 살았다. 초등학교, 중학교, 대학교 심지어 대학원도 광주에서 다녔고 군대도 광주 바로 옆 장성에서 복무했다. 송정리, 화정동, 주월동, 송하동에서 살았고 충장로, 콜박스 사거리, 염주 사거리, 전대 후문, 구시청 등지에서 자주 놀았다. 『평론가 K는 광주에서만 살았다』의 평론가 K, 김형중 선배와는 전대 후문과 정문에서 술깨나 함께 마셨다. 쓰는 프로필이 아닌, 말하는 프로필에서 나는 '청년글방' 이야기를 꼭 하는데, 선배가 그 글방의 주인이었다. 지금 유행하는 독립 서점의 10년 전 버전이라고 할 수 있으니, 서점을 접을 수밖에 없었던 형의 사정은 그러니까 시대를 앞서도 너무 앞선 자의 불운이었던 셈이다. 책의 표지는 선배가 직접 찍은 '광주극장'이다. 선배처럼 나도 광주극장에서의 추억이 몇 있다. 지금이야 독특한 분위기를 풍기는 예술 전용관이 되었지만 고등학교 다닐 적에는 '무등극장'의 라이벌쯤 되는 보통 극장이었다(무등극장은 사라졌다). 거기서 좋아하는 성당 누나랑 〈미션 임파서블 2〉를 조조로 봤다. 이후로 오우삼을 좋아하지 않는다. 누나는 몇 달 더 좋아했던 듯한데.

5월 18일이라서 고향 이야기를 해본다. 진즉에 읽었던 형중 선배의 책도 다시 꺼내보았다. 실없는 소리를 하고 있는 것 같지만, 책은 '망월동'을 마지막으로 걷기를 멈춘다. 내게 광주는 그런 곳이다. 무슨 이야기를 해도 거기에 그 일이 있다. 아직도 그렇다. 겁나게 뻐근하고 거시기하게도.

달과 6펜스

서머셋 모옴 ― 송무 옮김 ― 민음사 ― 2000년 6월

주인공 스트릭랜드가 광기와 착란 속에서 살았던 고흐의 삶을 모티프로 한 인물이라는 건 널리 알려진 사실이다. 스트릭랜드는 남의 감정을 고려할 줄 몰랐다. 상대방이 상처를 받으면 되레 즐거워했다. 자신의 예술을 위해 가족의 삶을 파멸하는 것마저 서슴지 않는 자기애를 예술이라 부르기 위해서는 얼마나 많은 희생에 눈 감아야 하는 걸까. 말년에 그가 병상에 누워 읽은 책들은 끝내 그가 견지했던 삶의 태도를 반영한다. 스트릭랜드는 말라르메의 시집을 읽었던 것이다. 그것도 어린애들이 책을 읽을 때처럼 입을 우물거리며 단어 하나하나를 읊어가면서.

몸이 무너져내리는 상황에서 난해하기로 유명한, 아니 난해 그 자체인 말라르메의 상징주의 시들을 읽고 있는 그의 모습은 조금 병적이라는 생각까지 들었다. 도무지 자신을 편하게 두지 못하는 강박은 자신을 사랑하는 가장 가혹한 방법이고 자신을 사랑해주는 사람을 고통스럽게 하는 가장 가혹한 방법이다. 요즘 내 독서는 광기를 별로 사랑하지 않는다. 『달과 6펜스』를 읽으면서도 스트릭랜드보다는 그 가족들에 더 마음이 간다.

지상의 노래

이승우 - 민음사 - 2012년 8월

소설은 역사가 삶에 미치는 영향력을 세밀하게 잡아내어 하나의 총체성으로 구현하는 작업이라고 생각한다. 최근의 영미 문학에서 9·11 테러가 꾸준하게 호명되고, 유럽의 문학에서 아직까지도 2차 세계대전이 주요 모티브로 쓰이는 것도 마찬가지 작업일 것이다. 『지상의 노래』는 신의 말씀을 압도하는 국가권력과, 신 대신에 압도당한 인간에 대한 작업이다. 로마 시대 실제 카타콤, 한국 여기저기에 남아 있는 천주교 성지들, 동아시아의 해안가까지 밀려온 난민들의 고향에서도 모두 마찬가지였을 것이다. 군부독재는 지금까지 우리 삶에 영향을 미치고 있다. 이러한 영향력, 혹은 거대한 폭력을 다루는 소설에서 어떤 개인은 권력에 귀속된 존재로 그려진다. 군인이나 경찰은 어떤 소설에서 일반적 가해자인 동시에 특수한 피해자가 되기도 한다. 왜 죽는지 모르고 죽음을 맞이한 수도자들 같은 경우도 있다. 학살의 와중에 우리는 폭력이 폭력인지 모르고, 죽음이 죽음인지 모른다. 그럼 누가 그걸 아나? 그럼 무얼 부르지? 『지상의 노래』는 그 물음이 새겨진 비석을 찾아 헤매는 작업, 아니 순례인 듯하다. 발바닥이 부르트도록 걷고 또 걷는.

너무 한낮의 연애

김금희 – 문학동네 – 2016년 5월

나는 쿨한 사랑을 좋아하지 않는다. 시원하고 차가운 건 사랑의 속성이 아니다. 쿨한 것보다 뜨거운 게 좋고 그게 사랑이라면 무조건 뜨거워야 한다고 생각하는 편이다. 식어버리면 그건 사랑이 아니지 않나. 다른 말로 표현되어야 하는 감정을 사랑으로 퉁 치면 안 된다는 게 사랑과 온도에 대한 내 고집이다. 쿨하지 않은 생각이란 것도 알겠고 시대착오적인 확신이란 것도 알겠는데, 그래도 사랑 앞에 쿨한 척할 자신은 없다. 그래서 충격이었다. 양희 말이다.

소설집의 표제작인 「너무 한낮의 연애」에서 양희의 대사는 전대미문의 사랑 고백이다. "사랑하죠, 오늘도." 많은 여성이 사랑 앞에 쿨한 양희의 태도에 환호했지만 내 마음은 거기 호응하지 못했다. 내가 뜨거워야 한다고 주장했던 사랑의 본질을 양희의 그 말이 꿰뚫어버렸다. 사랑은 결국 순간의 감정이므로 어제의 사랑도 내일의 사랑도 아니고, 그저 오늘의 사랑만 이야기할 수 있다는 것을 양희의 그 하루짜리 사랑이 말해준다. 뜨거움에 대한 내 집착은 오늘의 사랑만 이야기할 수 있는 사랑의 불확실성, 불안정성, 비가역성에 대한 공포와 두려움에서 기인한 거부 반응이었을 것이다. 뜨거운 게 아니라 순간이야말로 사랑의 속성이지. 나는 여전히 쿨한 사랑에 반대하지만 뜨거움에 대한 집착만은 바로잡아보려고 한다. 사랑은 짧다. 그리고 계속해서 다시 태어난다.

파과

구병모 – 위즈덤하우스 – 2018년 4월

다른 출판사에서 나왔던 초판 도비라에는 시의 한 구절이 짧게 새겨져 있었다. 내가 쓴 「저글링」이라는 시이고, 지금 자랑하는 것도 맞다. 출판사를 옮겨 다시 나온 판본에는 빠졌다. 사실 나는 아무렇지도 않았는데 작가가 먼저 이래저래 하여 빠지게 되었다고 설명하시며, 『네 이웃의 식탁』 원고와 함께 메일을 주었다. 이렇듯 구병모 작가는 디테일의 왕이다. 『파과』는 노년으로 접어들어 인생을 정리하다 불현듯 인간에 대한 사랑과 온기를 발견하는 이야기이다. 이를테면 『오베라는 남자』와 비슷한 이야기⋯⋯일 리가 없지. '조각'이라는 주인공은 한때 '손톱'으로 불렸던 살인청부업자, 즉 킬러다. 새로운 판으로 다시 읽기 시작한다. 조금 수정한 부분들이 있다고 했는데, 내가 알아챌 수 있을까? 장담할 수 없을 만큼의 시간이 흘렀지만, 소설은 이렇게 시간을 넘어 살아 있다. 방역되지 않고, 삶을 이어가는 소설들. 곧 나올 『네 이웃의 식탁』도 그러한 소설이길 바라본다.

몰락의 에티카

신형철 - 문학동네 - 2008년 12월

글은 글 쓰는 사람의 인격을 닮는다. 그러니까 좋은 글이 있다면, 그 글을 쓴 사람도 좋은 사람일 가능성이 높다. 좋은 글 한 편을 읽었다는 건 좋은 사람 한 명을 만난 것과 같다. 역시 글 쓰는 감각은 타고나는 것일까. 내 이런 편견과 선입견에 가장 큰 영향을 미친 작가는 신형철 평론가다. 나는 신형철 평론가의 글을 통해 문학평론이라는 장르를 알게 되었으므로 그의 글은 하나의 글이기 이전에 글에 대한 기준이다.

나의 기준인 신형철 평론가와는 딱 한 번 만났을 뿐이다. 문학동네가 주관하는 시상식장에서 짧게 이름을 말하고 간단히 반가움을 표한 것이 전부다. 그리고 두어 번 메일을 주고받은 적이 있다. 짧은 메일에서 풍겨나오는 우아하고 섬세하며 따뜻한 인격은 글이 그것을 쓴 사람의 성격을 닮을 수밖에 없다는 내 심증에 확신을 주었다.

『몰락의 에티카』는 내 삶의 에티카다. 이따금 좋은 사람이 되어야겠다고 마음먹을 때마다 이 책을 들춰 본다. 오늘은 좀처럼 마감해야 할 글을 어떻게 풀어나가야 할지 길이 보이지 않아서 내 삶의 에티카를 펼쳤다. 막다른 기분일 때 꺼내 볼 수 있는 책이 있어서 다행이다. 이것은 책이 아니다. 내 문학의 지도고 나침반이다.

밤은 길고, 괴롭습니다

박연준 – 알마 – 2018년 5월

아는 사람 중에 시를 가장 잘 쓰는 사람을 꼽으라면 상당히 난처할 것이다. 대단한 시인은 너무나도 많고, 감히 내가 우열을 가릴 입장이 아니다. 그러나 아는 사람 중에 산문을 가장 잘 쓰는 사람을 꼽으라면 우선 박연준이라는 이름을 댈 것이다. 이는 의심의 여지가 별로 없다. 앞서 말한 '대단한 시인'에 그가 속하여 있음은 말할 것도 없고.

『밤은 길고, 괴롭습니다』는 그런 박연준이 무려 프리다 칼로에 대해 쓴 책이다. 앞머리에서 밝힌 대로 시인의 "지극히 주관적인 프리다 칼로 탐험기"이고, "프리다 칼로를 사랑하는 개인의 독백"이다. 그래서 이 책은 프리다 칼로의 인생과 작품을 따라가다가, 시인의 직관과 통찰로 살짝 방향을 틀고서 거기에 오래 머무르곤 한다. 거기에는 생활과 사랑이 있고 슬픔과 기쁨이 있고 예술과 감각이 있다. 프리다 칼로가 그랬던 것처럼.

그의 그림을 오래 쳐다보고 있으면 어떤 곤혹스러움이 느껴진다. 어떤 신체는 훼손되어 있고, 어떤 영혼은 텅 비어 있는 것처럼 보인다. 그것들이 섞여 들끓고 있다. 과연 박연준이 좋아할 만하다. 프리다가 살아 있고, 한국어를 배워 알았다면 그 역시 박연준의 글과 시를 모두 좋아했을 것이리라. 마지막 그림이 〈버스에서〉여서 더욱 반가웠다. 프리다 칼로가 그린 것 중에 가장 귀엽고 평화로울 것이 분명한 이 화폭에 시인은 이런 '그림 번역'을 붙인다. 마음에 냉증이 생긴다.

모든 불행에도 유년이 있다

천국보다 낯선

이장욱 – 민음사 – 2013년 12월

대표작으로 기억되지 않고 이름으로 기억되는 작가가 있다. 이 장욱이 바로 그런 작가가 아닐까. 모든 작품이 호평받기 때문에 어떤 작품도 두드러지지 않는다는 건 작가에게 기분 좋은 일일까 내심 서운한 일일까. 작품들 입장에서는 좀 서운하기도 하겠다. 『천국보다 낯선』은 이장욱 작가를 대표하는 작품은 아닐지도 모른다. 어딘가 부족해서가 아니라 보다 끝내주는 소설이 많아서. 우리 팀의 주력 시리즈이기도 한 '오늘의 젊은 작가' 시리즈에서 조용하게, 그러나 꾸준히 사랑받는 작품을 고르라면 단연 『천국보다 낯선』이다.

지금은 퇴직한 선배가 만든 책이어서 내가 참여한 바는 없지만 이 책을 잘 관리하는 것이 내 임무라 여기고 마음을 다하는 책이기도 하다. 작가와 작업을 계속하는 일은 생각처럼 쉽지 않다. 단단한 신뢰가 구축되어 있어야 하고 타이밍도 간과할 수 없는 요소다. 누구나 다 이장욱 작가의 시와 소설을 기다린다. 기다리는 마음으로는 안 되고 (거절을 불사하고) 제안하는 마음으로 살아가는 일은 우리의 살벌하고 달콤한 일상이다.

나는 그냥 버스기사입니다

허혁 - 수오서재 - 2018년 5월

근래 자주 타는 버스는 G7426번이다. 이른바 광역 버스라는 것으로, 고속도로나 자동차 전용도로를 활용해 경기도와 서울을 오간다. 내게 G7426은 참으로 애증이 교차하는 버스인데, 버스임에도 불구하고 안전을 위해 입석 손님을 받지 않기 때문이다. 정해진 좌석이 다 차면 더이상의 승객은 태울 수 없다. 눈이 오든 비가 오든 죽을 만치 덥든 30분을 기다렸든 상관없이 버스는 원칙대로 간다. 나를 두고 간다. 이 건으로 파주시청 게시판에 글도 쓰고, 지역구 국회의원에게 문자도 보내보았다. 하지만 증차는 이뤄지지 않았으니 나의 애증은 여전히 계속되는 것이다. 기다리고 애타하고 미워하고 반가워하는 그런 복잡한 속내는 이내 버스 기사님에게 향하는 정념이 되고는 한다. 왜 이렇게 늦게 오는지. 왜 내 앞에서 자리는 다 차는지. 왜 에어컨은 안 트는지. 왜 히터가 이렇게 센지 등등. 『나는 그냥 버스기사입니다』와 같은 책을 전에 읽었다면 버스를 기다리거나 탈 때의 내 마음이 애와 증, 둘 중에서 어느 쪽으로 조금 더 기울었을까. 출퇴근길에 벌어지는 마음의 일에 어떤 확답을 내리는 건 경솔한 짓이다. 나는 그냥 승객이고, 버스에 올라타면 자유로에 진입하기 전에 눈을 꾹 감고 잠을 청할 뿐이다. 체증이 심하면 두 시간도 훌쩍 넘기는 운행 시간. 승객은 거개 잠들었을 텐데, 기사님은 삶의 무엇에 쫓기어 강변북로 한가운데에서 남들의 출근 시간을 좇고 있는가. 버스만큼 무거울 그들의 삶에도 시선을 돌려본다. 오늘 아침에는 기사 아저씨의 눈인사를 괜히 크게 받아내었다. 안녕하세요, 인사를 하며. 이렇게 안녕하게 글을 쓰는 것도 모두 당신의 덕이라는 메시지를 몰래 담아서.

운다고 달라지는 일은 아무것도 없겠지만

박준 - 난다 - 2017년 7월

울고 있는 동안 바뀌는 건 아무것도 없는데 울고 나면 기분이 한결 나아진다. 울고 있는 동안에는 시간도 흐르기를 멈추고 잠깐, 그 자리에 멈춰 서 있어주기 때문일지도 모른다. 어디로도 가지 않을 테니까 거기서 뺄 수 있는 힘은 다 빼보라고 말하면서 말이다. 잠깐 멈춰 서서 울 수 있는 동굴이 있다면 그곳은 박준의 시가 있는 곳이다. 간절하게 기도하며 눈물 흘릴 수 있는 벽이 있다면 그 벽은 박준의 시가 있는 곳이다.

작년 가을에 박준 시인과 몇몇 문인이 함께 정선으로 엠티를 갔다. 『릿터』 인터뷰 주인공이 박준 시인이어서 인터뷰 촬영을 한다는 것이 명분이었으나 실은 도모하고 싶은 친목을 위해 추진한 엠티이기도 했다. 실로 그것은 '박준과 함께하는 정선 문학 기행'이 아닐 수 없었다. 박준 시인이 안내하며 잠깐 머물러 가자고 한 장소는 가장 작은 초등학교의 벤치이거나 가장 오래된 나무 옆의 평상이었다. 돌이켜보면 그때 그렇게 잠깐 멈춰서 들었던 냇물 소리나 바람 소리들이 전부 그의 시에서 읽었던 눈물과 닮았다. 아무것도 바뀐 건 없었지만 기분이 나아졌다. 그때 우리 마음은 달라지는 일에 더이상 관심이 없는 것처럼 늠름해졌던 것도 같다.

프롬 토니오

정용준 – 문학동네 – 2018년 4월

정용준 작가와는 놀랍게도 고교 2년 동안 같은 반이었다. 대학에 간 이후 서로 연락 없이 지내다가 『문학과사회』에 용준의 소설이 소개된 걸 보고 반가워 내가 먼저 전화를 걸었다. 다행히 그도 몹시 반가워해주었다. 그리고 약간의 시간이 지난 듯한데 우리 둘의 아이를 합하면 다섯이다. 용준이 셋 내가 둘. 모두 딸이다. 세 딸을 키우는 아빠이면서 사랑을 잊지 못해 죽음을 건너온 생텍쥐페리의 이야기를 소설로 쓰는 정용준 작가를 두고 지상 최대의 낭만주의자라고 해도 과장은 아닐 것이다.

비현실적일 수밖에 없는 설정을 반듯한 현실 안에서 밀고 나가는 뚝심에 열심히 따라 읽을 수밖에 없었다. 그의 소설들을 두고 지독한 현실을 가혹하게 닮은 문제작이라고 평을 하지만 나는 내 친구가 이렇게 사랑 이야기를 하는 게 좋다. 사랑으로 무엇이든 해내는 인물들이 있고, 우리의 딸들도 용준이 만든 인물들의 사랑과 용기를 닮을 것이기에. 고래만큼 바다만큼 소설만큼.

뉴욕은 교열 중

메리 노리스 – 김영준 옮김 – 마음산책 – 2018년 5월

내가 제일 싫어하는 '저자'는 쇼펜하우어다. 물론, 당연히, 나는 그와 함께 작업한 적이 없지만 그와는 절대 작업하고 싶지도 않다. 그가 남긴 말 중에는 자신의 문장에 손끝 하나라도 댔다가는 저주를 면치 못할 거라는 말도 있다. 아무리 쇼펜하우어라도, 아니 플라톤이나 아리스토텔레스라도 책 만들 때는 한발 물러서기도 해야 하는 법이다.

메리 노리스는 『뉴요커』의 오케이어OK'er다. 『뉴요커』에 수록되는 글을 매의 눈으로 살피고 이대로 실어도 좋다는 최종 사인을 보내는 사람이다. 오케이어라고 하니까 상당히 낯설고 뭔가 대단해 보이지만 실은 한국의 편집자들도 저마다 각자의 책에 있어 오케이어다. 초교, 재교, 삼교를 거쳐 드디어 마지막 순간에 이르러 하얀 교정지 위에 OK라고 적을 때의 기분! 후련함과 동시에 불안함이 밀려오기 시작한다. 가끔은 오타가 나오는 꿈도 꾸는데, 한번은 그런 꿈을 꾸다가 벌떡 일어나 원고를 뒤적거려 오탈자 하나를 잡은 적도 있다.

오타 하나에 이렇게 벌벌 떨면서 원고를 보고 또 보고 했는데 솔직히 요즘은 오타 하나쯤이야, 발견하면 고치면 되지, 조금은 느슨한 마음으로 지낸 적도 많다. 책날개에 실린 메리 노리스의 사진을 보면서 마음을 조여본다. 한 개의 오자도 허용하지 않을 것 같은, 수준 낮은 글을 한 페이지도 허락하지 않을 것 같은 엄격하면서도 유머러스한 표정을 기억해야지. 그래야 쇼펜하우어를 계속, 당당하게 싫어할 수 있을 테니.

포클랜드 어장 가는 길

최희철 ─ 앨피 ─ 2018년 4월

아이들이 애니메이션 〈니모를 찾아서〉에 푹 빠졌다. 좋아하는 건 좋은데, 문제는 반복이다. 보고 또 보고, 그 본 것을 또 보겠다고 조르는 것이다. 그리하여 네 번쯤 니모를 찾아나서게 되었는데, 모두가 행복하게 끝나니 참으로 다행이다. 나는 해피 엔딩이 좋다. 〈니모를 찾아서〉에서 해피 엔딩을 방해하는 족속은 인간뿐이다. 인간은 해양 동물의 삶을 파괴하는 비인격체로 나온다. 틀린 말은 아니다. 우리는 너무 많이 잡고 너무 많이 먹고 너무 많이 버린다. 인간의 그물이 아니라면 오늘 점심 식탁에 올라왔던 고등어도, 며칠 전 저녁에 거하게 먹었던 참치도 모두 바다에서 잘살았을 것이다.

『포클랜드 어장 가는 길』은 먼바다 위의 인간들에 대한 책이다. 원양어선과 원양어선에 탄 사람들에 대한 이야기이다. 젓가락질에 골몰하며 해양 생태계를 걱정하는 포즈만 취했던 내가 전혀 몰랐던 세계다. 저자의 직업은 '옵서버'인데, 책에 따르면 "원양어선에 승선하여 생물학적 자료를 관찰하고 기록하는 사람"이라고 한다. 달리 표현해 해양 자원의 지속 가능성을 위한 감시자이자 동반자라고 할 수 있겠다. 그는 훌륭한 관찰자이다. 생소할 수밖에 없는 원양어선의 세계를 쉽고 담백하게 때로는 철학적으로 풀어낸다. 바다의 생명과 생태계를 더 구체적으로 걱정하는 이들은 바다 위의 인간들이었다. 물론 바다의 산 것들을 직접적으로 잡아올리고, 파괴하는 이들도 그들이다. 이 딜레마가 젓가락으로 생선살을 바르듯 그리 간단한 것이 아니다. 인간의 노동이 끼어 있어 더더욱 그렇다.

잉여인간

손창섭 - 민음사 - 2005년 10월

요즘은 한국의 전후소설을 제대로 읽어보고 싶다는 생각을 많이
한다. 전쟁으로 인해 왜곡되고 오염되고 굴절되고 휘어진 내면들
이 어떻게 문학적인 형식으로 구조화되고 인물로 형상화되었는지
정리해보지 않은 채 너무 많은 해외의 소설에 압도되어버린 건 아
닐까. 1, 2차세계대전이라는 장르가 있는 것처럼 수많은 작품이 전
쟁을 다시, 또다시 쓰고 있는데 우리의 상상력은 (아무래 휴전중인
상황이라고 해도) 너무 전쟁을 외면하고 있는 게 아닐까. 한국에서
전쟁은 정치적인 쟁점으로만 쓰이고 있지만, 전쟁은 그 자체로 인
간에 대해 근본적인 질문을 할 수 있는 조건이다. 전쟁과 평화, 전
쟁과 여성, 전쟁과 돈, 전쟁과 직업, 전쟁과 가족, 전쟁과 사랑……
다시 읽는 『잉여인간』은 전후소설을 대표하는 작품이기 이전에 절
망을 뒤집어쓴 인간 군상에 대한 본질적인 발견이어서 전후소설로
제한당하기에 너무 아까워 보인다. 한국의 소설은 너무 일찍 전쟁
과 결별한 건 아닐까.

아름답고 쓸모없기를

김민정 – 문학동네 – 2016년 6월

'이상화시인상' 시상식에 다녀왔다. 김민정 시인이 상을 받았기 때문이다. 장소는 대구 시내 한가운데에 있는 상화고택에서 열렸다. 야외에서의 시상식이라니 신선했다. 고즈넉한 한옥 지붕 아래에서 여러 공연이 펼쳐졌다. 준비한 측의 정성이 느껴지는 자리였다. 봄에서 여름으로 넘어가는 대구의 하늘은 청명했다. 정통 타악기 공연과 성악, 뮤지컬 등이 이어졌다. 축사는 여럿이서 꽤 길게 했는데, 관공서가 연관된 행사 특유의 분위기에 나도 어느덧 적응이 다 되어서 아무렇지도 않았지만 왜 모든 연사가 중년 남성인가, 하는 의문은 여전히 맴돌았다. 이윽고 김민정 시인이 뒤가 파인 옷을 입고 킬 힐에 가까운 신발을 신고 상화고택 정중앙 무대에 올라 「입추에 여지없다 할 세네갈산(産)」을 씩씩하게 낭독했다. 입추에 여지없이 단단했던 기와집에 닿은 대구의 초저녁 하늘이 미세하게 갈라졌다. 특히 이런 대목에서.

'새마을리더 봉사단 파견을 통한 해외 시범마을 조성사업'
돔보알라르바와 딸바홀레, 이 두 마을이 성공했다는데
본 사람이 있어야 믿지 간 사람이 아니라야 믿지

행사 후 기념품조로 나눠준 수건에는 시인의 얼굴과 이름이 꽉 박혀 있었는데, 그 모양새가 아름답지 않고 쓸모는 많아서 또한 즐거웠다. 완벽한 시상식이었다.

쇼코의 미소

최은영 - 문학동네 - 2016년 7월

공감대라는 말이 종종 대중성이라는 말과 혼동되어 쓰이고는 한다. 최은영 소설의 공감대는 우리 시대 윤리적 감수성의 다른 말이다. 대중성과는 구분된다. 음역대가 맞는 것처럼 최은영의 문장들은 우리 세대의, 그리고 시대의 윤리적 감각과 맞닿아 있다. 슬픔을 부추기지 않는데도 벌써 몇 번의 눈물을 흘렸다. 시대의 감각을 반영하는 소설들은 문학사에 남는다.『쇼코의 미소』는 역사에 남을 소설이다.

웅고와 분홍돌고래

김한민 – 비룡소 – 2018년 5월

───────────────────────────────

　노란 까까머리 웅고와 자그마한 하마 강아지와 게으른 악어는 삼총사다. 삼총사는 분홍돌고래를 보러 가자 약속한다. 게으른 악어는 약속 시간에도 잠만 자고 있었지만, 친구니까 집 앞까지 가 깨워서 함께 간다. 분홍돌고래는 나타나지 않는다. 기다리고 기다려도 오지 않는다. 악어는 분홍돌고래 대신 악어거북이를 보면 집에 가겠다고 한다. 하마는 배가 고파지면 집에 가겠다고 말한다. 시간이 지나 악어와 하마 모두 집으로 돌아가고 웅고만 고집을 부리며 늪에 홀로 남는다. 웅고와 늪만 남는다. 아니다. 웅고와 늪과 나무가 남는다. 아니다. 웅고와 늪과 나무와 나뭇잎과 잎사귀와 연꽃과 개구리와 카피바라와 잎꾼개미와 물총새와 개미핥기와 긴팔원숭이와 붉은눈청개구리가 남아 있다. 근래 둘째가 재미를 붙여 읽던 책 『진짜 진짜 재밌는 동물 그림책』(톰 잭슨 글, 앤드류 이스턴 그림, 김맑아 옮김, 부즈펌어린이, 2014)에 나왔던 '재밌는' 녀석들이 말 못하게 아름다운 그림으로 책에 새겨져 있었다. 둘째는 다섯 살인 주제에 동물 박사가 돼서는 카피바라와 개미핥기를 구분했다. 나는 허허 웃으며 웅고의 친구들 같은 건 그저 잊고 말았는데, 그럼에도 분홍돌고래를 기다리겠다는 웅고를 위해 둘은 늪으로 다시 온다. 그러나 삼총사는 결국 분홍돌고래를 보지 못하고 집으로 돌아가는데, 호수의 수면 위로 머리에 연잎을 인 돌고래가 고개를 내미는 것이었다. 삼총사는 다시 돌아올 것이다. 친구들과 함께, 친구들을 만나러. 이런 낭만적인 전망으로 몸을 채우는 것도 그림책을 읽는 여러 이유 중에 하나일 테다. 친구들이 보고 싶다. 어디든 함께 가거나, 오지 않을 때 데리러 오는 친구가.

예언자

칼릴 지브란 – 황유원 옮김 – 민음사 – 2018년 5월

황유원과 칼릴 지브란의 조합이라니! 아무리 시도 외국어라지만 진짜 외국어를 잘하는 시인이 있다는 건 해외의 시를 읽고 싶은 독자들에겐 더할 나위 없는 기쁨이다. 시를 번역하는 일은 번역에 더해 시적 감각이 동반되는 일인데 그 두 가지를 모두 갖추고 있는 경우는 좀처럼 찾아보기 힘들다. 최승자 시인과 배수아 작가가 문학 독자들에게 어떤 존재인지 말할 필요가 없는 것처럼 황유원 시인이 얼마나 귀한 재능을 갖고 있는지 역시 말할 필요는 없을 것이다. 『예언자』는 오래된 잠언처럼 인생에 대한 지혜를 전달한다. 오래된 문학일수록, 말하자면 고전일수록 새로운 언어로 전달받고 싶은 요구가 크다. 황유원 시에서 느꼈던 자유로운 바람 냄새가 지브란의 시에서도 나는 것 같다. 낡은 이야기라 생각하고 펼쳐들었던 『예언자』인데 의외로 실용적이라 할 만큼 마음의 균형을 찾는 데 도움을 받았다. 고전의 힘이기도 할 테고, '현대 성서'를 전달하는 황유원 언어의 힘이기도 할 테다.

한숨 구멍

최은영 글 - 박보미 그림 - 창비 - 2018년 5월

아이를 키우다보니 새삼스럽게 지금 내 아이의 나이일 때 기억을 더듬고는 한다. 열 살이 되기 전의 나는 '짜증'이나 '화'의 존재에 대해서 적잖게 고민이었다. 왜 화가 날까. 왜 짜증이 날까. 왜 걱정하고 왜 불안하고 왜 밉고 왜 싫을까. 첫째는 무엇이든 싫을 때 이를 부득부득 간다. 둘째는 짜증이 날 때 발을 동동 구르며 울다가 최근에는 째려보는 기술까지 익혔다. 이제 막 마음에 새겨지기 시작한 저 미운 마음들을 죽을 때까지 이고 가야 할 텐데, 생각하면 그 귀여움에도 조금은 애석한 마음이 든다고 해야 할까. 작은 한숨이 나오는 것이다. 『한숨 구멍』은 우리 애들 또래의 아이 송이가 등장한다. 아침부터 송이는 뭔가 이상하다는 걸 깨닫는다. 가슴속에 까만 구름이 가득 들어 있었던 것이다. 처음 유치원에 가는 날이라 생긴 구름인 걸까. 한숨 구멍으로 아무리 한숨을 내쉬어도 없어지지 않는 구름이 어느새 머리까지 올라가 펑, 터져 비로 내린다. 송이는 운다. 비처럼 눈물이 내리는 지금, 울음처럼 비가 내리는 지금 동물 친구들이 느긋한 미소를 짓고 송이의 곁에 앉는다. 사실 송이 곁에는 첫날이라 힘들었을 송이를 이해해주는 선생님이 있고, 애써 만든 바람개비를 선물하는 친구도 있고, 무엇보다 포근한 솜털 같은 손길의 엄마도 있지만, 한숨 구멍으로 밀어올린 까만 구름이 터트린 비가 있었다. 한바탕 울고 나서야 송이는 괜찮아진 것 같다. 다 괜찮을 거라고 말해주는 그림책이었다. 한숨 쉬지 마, 울지 마, 걱정 마, 까만 구름은 나빠, 말하지 않는 그림책이라 좋았다. 세상에는 한숨 쉬고 울고 해야 괜찮아지는 일이 꽤 많음을 아이들도 곧 다 알게 될 것이다.

배반

폴 비티 – 이나경 옮김 – 열린책들 – 2017년 10월

"맨부커상 역사상 최초의 미국인 수상". 최초, 최다, 만장일치……
이런 말들에 아직까지 반응한다. 나는 기꺼이 출판계의 호구가 되
고 싶다. 모범생 독자로 남고 싶다.

미국 소설이 보여주는 다양한 측면들 중에서도 이런 유머와 위
트가 넘치는 소설들을 좋아하는 편이다. 조너선 사프란 포어나 데
이브 에거스 같은 작가들이 은근하고 따뜻한 조도로 비극의 방에
불을 밝히면 내 마음의 조도도 같이 올라가며 적절한 온도와 함께
슬픔이 차오른다.

그 환해지는 찰나가 좋아서 책을 읽는다. 깜깜한 방에 불이 켜지
는 순간, 달라지는 건 아무것도 없지만 모든 게 다르게 보이는 매일
의 사소한 기적.『배반』은 처음부터 끝까지 '디스'라고 할 수밖에 없
는 맹렬한 풍자와 위트로 미국 현대 사회의 레이시즘을 비판하는
소설이다. 할 수 있다면 통째로 외워서 랩이라도 하고 싶을 정도로
펀치 라인이 한두 군데가 아니다. 그야말로 스웨그 넘친다. 미국의
스웨그 넘치는 소울이 영국 문학계에 가져다줬을 신선한 충격이야
말할 것도 없겠다. 역시 '최초'는 실망시키는 법이 없다니까.

오르부아르

피에르 르메트르 – 임호경 옮김 – 열린책들 – 2015년 11월

혜진씨가 피에르 르메트르 읽어봤느냐고 물었을 때 나는 당당하게 말했다. "아니." 어느덧 읽지 않음에 대한 일말의 부끄러움도 없어져버린 것이다! 그런데 왜 작가 이름이 낯익은지, 축구 선수나 영화감독은 아닌 것 같은데, 뭐지 싶어 프로필을 보니 몇 해 전 아내가 읽던 추리소설의 저자였다. 아내가 『이렌』(서준환 옮김, 다산책방, 2014)의 줄거리를 대강 설명하며 시간 되면 한번 보라고 했었는데, 추리의 결말을 들은 후라 읽을 마음이 동하지 않았다. 게다가 두꺼웠다. 『오르부아르』도 꽤나 두꺼운 소설이다. 르메트르가 쓴 최초의 추리 바깥 장르의 소설이라고도 한다. 그리고 읽어본 혜진씨가 명작이라고 한다. 언제까지 당당한 척 "아니, 안 읽었는데?"라고 대답할 수도 없는 노릇이고 하여 읽어본다.

알베르와 에두아르는 1차세계대전 참전 군인이다. 알베르는 프라델 중위에 의해 참호 속에서 죽음의 위기를 맞는다. 에두아르는 그런 알베르를 구하다 얼굴의 반을 잃는다. 전쟁 전에 알베르는 평범한 은행원이었고 에두아르는 자본가의 아들이자 재능 있는 예술가였으나 전쟁은 둘의 삶을 부수어버린다. 전쟁이 끝난 후의 국가와 사회는 파괴된 그들의 삶에 관심이 없다. 정신적 상처와 생활고에 시달리던 그들은 전쟁 뒤끝의 분위기를 틈타 기발하고 충격적인 사기극을 준비한다.

소설은 사실과 허구를 뒤섞어 100년 전의 세계를 실재하게 만든다. 효과적이지만 산뜻한 플롯, 거침없지만 치밀한 전개, 전형성과 입체성을 동시에 갖춘 인물들…… 이 소설의 장점을 나열하자면 일종의 상투성을 감수하지 않을 수 없다. 『이렌』도 읽어봐야 할 것 같다.

나의 드로잉 아이슬란드

엄유정 – 아트북스 – 2016년 4월

여행 책을 읽고 있으면 오감이 살아난다. 오감이 살아난다니. 진부한 표현인 걸 알지만 도무지 대체할 말을 못 찾겠다. 엄유정 작가는 아이슬란드의 매력을 '텅 빈 아름다움'이라는 말로 전달한다. 그런 아름다움이면 나도 꼭 한번 보고 싶다. 이 책을 읽고 있으면 살아나는 오감이란 대략 이런 것이다. 기대감, 충만감, 포만감, 일체감, 고양감…… 그리고 얼마든지 더 붙일 수 있는 벅차고 부풀어오르고 신선하고 새로운 감각들.

가지 않아도 좋다. 못 가도 상관없다. 이렇게 절반 이상이 얼음으로 뒤덮인 나라에서 스쿨버스에 몸을 싣고 터널을 지나 옆 마을로 가고 있는 내 모습을 떠올려보는 것만으로도 나는 이미 충분히 내게서 멀어진 것 같다. 좋은 여행 책을 만나는 건 좋은 여행을 하는 것만큼이나 어렵지만 일단 한번 만나면 잊을 수 없는 여행을 할 수 있다. 내게 『나의 드로잉 아이슬란드』는 이미 충분히 만족스러운 여행이었다.

블랙코미디

유병재 – 비채 – 2017년 10월

『릿터』 9호에서 유병재 작가를 인터뷰했었다. 그는 고민이 많아 보였고, 신중하게 말을 골랐다. 특히 코미디라는 이름으로 누군가에게 상처를 주는 일에 민감했다. "웃음을 만든다는 미명 아래 저지르는 더 큰 폭력"이라고 표현했다. 그에게 책을 내밀고 딸들의 이름으로 서명을 부탁했다. 모든 부탁에 그는 흔쾌했다. 짧은 동영상을 찍었고 멘트도 받았다. 기분 좋은 만남이었다.

드라마 〈나의 아저씨〉를 보고 그는 어떤 감상기를 남겼고, 드라마가 여성을 다루는 방식에 대해 불쾌함을 토로한 이들에 대해 그는 심드렁한 반응을 보였다. 또한 그는 자신의 이름을 건 스탠드업 코미디 쇼에서 최근의 페미니즘 열기를 (비)웃음의 소재로 썼다. 길지 않은 시간 그와 그를 둘러싼 미디어와 미디어를 소비하는 대중 사이에서 일어난 일의 정체를 정확하게 알 수 없다. 다만 사람들은, 내가 그랬던 것처럼 코미디언 유병재에게 특별한 신뢰가 있었던 것 같다. 믿음이 깨지는 어떤 순간은 믿을 수 없이 순식간에 오고, 다시 붙이기란 여간해서 어렵다. 하지만, 그럼에도 불구하고 "여러분의 책장에 이 책이 꽂힌 걸 창피해하지 않게 살아가겠다. 노력하겠다"라고 쓴 책의 마지막 문장을 조금 더 믿어보고 싶은 것이다. 그의 말대로 사람의 생각은 다 다르고, 그 생각이란 것도 변하고, 무엇보다 노력한다고, 노력하고 싶다고 스스럼없이 말하는 사람이니까. 그냥 그랬으면 좋겠다.

헛된 기다림

나딤 아슬람 ― 한정아 옮김 ― 민음사 ― 2013년 3월

　해외문학 팀에서 일할 때도 유독 파키스탄 소설을 많이 검토했다. 열악한 환경과 운명을 돌파하는 개인의 이야기에서 나 자신도 용기를 얻었기 때문이겠지. 결국에는 어떤 소설도 계약하지 못했다. 국내 정서에 맞지 않을 거라는 우려와 파키스탄에 대한 저조한 관심은 사실이었고, 그런 비판을 넘어설 논리도 없었다. 어찌됐든 간절한 마음으로 읽은 소설들 탓인지 파키스탄 이야기나 파키스탄 작가가 쓴 소설이라면 한 번이라도 더 들여다보게 된다. 계약하지 못한 아쉬움을 독서로 채우고 있는 셈이다. 이번 호『릿터』에 나딤 아슬람의 작품을 수록하면서 더 기대가 컸던 이유이기도 하다.
　「속된 세상」이라는 소설인데, 테러로 인해 살해당한 유가족에게 국가가 가하는 2차 폭력에 대한 이야기다. 종교의 이름으로 자행되는 폭력과 국가라는 제도적 폭력은 좀처럼 구분되지 않는다. 나딤 아슬람의 시적이고 아름다운 문체는 이토록 뿌리 깊은 구조적 폭력과 거기 이중으로 희생당하는 개인들의 아픔이 여러 개의 층위마다에 절묘하게 깔려 있다. 그러고 보니 나딤 아슬람 작품 중 국내에 번역된 것이 우리 회사에서 나온 책이다. 제목은『헛된 기다림』. 누굴까. 이 좋은 작가의 소설을 계약한 편집자는. 어디에서 왔는지 모를 자부심으로『헛된 기다림』을 읽어본다.

산업사회와 그 미래

테어도르 존 카진스키 - 조병준 옮김 - 박영률출판사 - 2006년 8월

　유나바머Unabomber. 1978년부터 1995년까지 열여섯 차례에 걸쳐 항공사와 대학을 상대로 폭탄 테러를 벌인다. 그로 인해 세 명이 죽고 스물세 명이 다쳤다. 그는 테러 중단의 조건으로 『워싱턴 포스트』와 『뉴욕 타임즈』에 그의 (선언문에 가까운) 논문을 게재해줄 것을 요구한다. 바로 이 책이다.

　갑작스레 이 책을 다시 꺼낸 이유는 정한아 시집 『울프 노트』 때문이다. 그가 첫 시집 『어른스런 입맞춤』(문학동네, 2011)을 준비하던 시기에 내게 소개한 책이다. 시집에서 유나바머는 아무래도 론 울프씨로 분하여 등장하는 것 같은데 두번째 시집의 제목 또한 '울프(유나바머)'의 '노트(선언문)'라니 놀라운 뚝심 아닌가.

　유나바머는 소로에 가까운 자연주의자이자 목가주의에 빠진 낭만주의자일 수도 있겠지만 러다이트에 빠진 테러리스트라는 평이 더 정확할 것이다. 잘못된 세상에 대한 세상 꼿꼿한 자의 심대한 반항은 정한아의 시에서 더 잘 살필 수 있다. 울프씨가 거기에 있으니까.

내가 사랑하는 나의 새 인간

김복희 ─ 민음사 ─ 2018년 5월

언어와 사물이 서로에게 가장 무심한 표정을 짓고 있다. 그 무심한 간극을 메우기 위해 미간을 좁히다보면 어느 순간 새가 매가 돌이, 새도 매도 돌도 아닌 다른 이미지로 보이기 시작한다. 시작은 있는데 끝은 없는 읽기. 무심하고 평화로운 김복희의 세계. 좋은 시는 이렇듯 출구가 정해져 있지 않은 곳에 입구를 낸다. 나가는 곳은 없다.

새 인간을 하나 사 왔다 동묘앞 새 시장에서 새 인간을 판다는 소문을 들었다 내가 원하는 바로 그 새처럼 우는 법을 배운 새 인간이 동묘앞 새 시장에 매물로 나올 거라는 소식이었다

뉴욕은 교열 중

메리 노리스 - 김영준 옮김 - 마음산책 - 2018년 5월

고백건대 교정 교열에 아직도 불편함을 느끼는 편이다. 무서움이라고 해도 무방하다. 보고 또 봐도 오타와 오류는 여름철 모기처럼 끝끝내 등장한다. 편집한 책을 처음 읽는 사람 앞에 서 있으면 현기증이 난다. 오타가 있을 것 같은 공포에 어지럽다. 한번은 출간 기념회에서 책날개의 오타를 지적받은 적이 있는데, 그 당연한 지적에 서운하여 자리에서 내내 시무룩했다. 그걸 그렇게 꼭 말해야 하나. 편집자 앞에서. 하지만 사실 내가 일을 더 잘했으면 될 일이긴 하다. 서운해할 것은 저자와 책 아닌가.

『뉴욕은 교열 중』의 부제는 다음과 같다. "『뉴요커』의 교열자 콤마퀸의 고백" 저자 메리 노리스는 부제대로 『뉴요커』의 교열자이며 콤마퀸이라고도 불린다. 그는 맞춤법을 두고 "별종의 몫"이라고 하는데, 아마도 자기 자신을 세계 최고의 별종이라 여기는 듯하다. 그는 별명대로 구두점에 대해 특히 냉혹하고 집요하게 그 필요를 따진다. 메리 여왕 앞에서는 죽은 찰스 디킨스나 허먼 멜빌도 콤마의 성스러운 쓰임에 고개를 조아려야 할 것이다. 실제로 메리 노리스는 찰스 디킨스를 "콤마를 툭툭 던지는 나쁜 버릇을 지닌" 작가로 평하며 허먼 멜빌에게는 이렇게 말한다. "멜빌의 글에는 틱 장애가 있다."

얼마 전까지 사무실에서 『뉴요커』를 정기 구독했다. 『릿터』의 모델로 삼았음은 물론이다. 내용을 해석하여 읽는 것은 혜진씨의 몫이었음도 물론이다. 『뉴요커』와 『뉴욕을 교열 중』 모두 영어 때문에 읽기 불편했음을 또한 고백해야겠다. 교열도 어렵고, 영어는 더 어렵고…… 이것이 나의 고백이다.

모두 다른 아버지

이주란 – 민음사 – 2017년 9월

이주란 작가가 김준성문학상을 받았다. 오늘은 팀원들과 함께 시상식에 참석하기 위해 신촌에 있는 시집 전문 서점 '위트 앤 시니컬'에 갔다. 민음사에서도 김수영문학상 시상식을 할 때 낭독회 콘셉트로 독자들과 함께 진행하고는 했는데 오늘도 그와 유사한 방식으로 진행되었다. 1부에서는 심사위원인 이원 시인과 편혜영 소설가와 이야기하는 시간이었고, 2부에서는 시상식의 주인공이기도 한 이주란 작가, 안희연 시인과 이야기하는 방식으로 구성되었다. 심사위원과 이렇게 긴 이야기를 해야 하는 건가 싶은 생각이 들기는 했지만 전반적으로 재밌고 신선한 행사였다. 무엇보다 문학 공간의 축제를 독자들과 함께 공유함으로써 지면으로는 할 수 없는 방식으로 작가를 조명하고 작가에 집중할 수 있다는 것이 좋았다.

김준성문학상은 첫 소설집에 주는 상이다. 문학계의 신인상이라 할 만한 이 자리에 참석한 건 올해로 두번째다. 처음은 박민정 작가가 『유령이 신체를 얻을 때』로 상을 받았을 때다. 겉으로 볼 때는 강하고 독립적이고 세상 무서울 것 없는 작가들이지만 그들이 얼마나 불안해하고 떨고 있고 긴장한 마음으로 살아가는지, 또 쓰고 있는지 알게 되면 한 권의 책도 쉽게 덮을 수가 없게 된다. 오늘만큼은 소설 속 인물들이 아니라 작가 자신이 주인공이다. 나는 오늘 작가가 주인공인 한 편의 책을 읽은 것 같다. 이 기분이 너무 아까워 『모두 다른 아버지』를 폈다. 모두 다른 독서를 시작했다.

June

June

집 놀이

김진애 – 반비 – 2018년 2월

올여름에는 빚이 많은 집으로 들어간다. 거대한 융자를 끼고 집을 사게 된 것이다. 아직 실감은 없지만, 슬슬 집을 어떻게 꾸밀지에 대한 고민이 생긴다. 맘 놓고 인테리어를 할 만한 사정은 아니기에 계산서를 두드리고 인터넷을 뒤지고 가구단지 같은 곳에 아내와 구경도 가보았다. 아내와 나는 서로를 이렇게 평가하게 되었다. "참으로 맹꽁이." "참으로 답답이." 그랬다. 가구와 가전은 언제나 그랬듯이 비쌌고, 한번 사면 수년을 써야 하는 그것들 앞에 우리는 주눅이 든다. 싸구려 장롱과 진열용 텔레비전 따위를 혼수로 함께 장만하던 때는 그래도 왠지 설레고 재미가 있었는데 지금은 모르겠다. 『집 놀이』에서는 집을 가꾸는 것 자체를 놀이로 여기라 하는데 우리 부부는 아직 생활을 놀이로 여기기에 내공이 부족한 것 같다. 물론 이 책은 이런저런 인테리어로 이렇게 저렇게 돈을 써서 집을 꾸며라, 라고 말하는 책은 절대 아니다. 그보다는 집을 대하는 우리의 태도, 그 안에서 가족을 대하는 자세, 그렇게 생기는 '삶의 순간'을 말하는 책이다. 돈 같은 건 중요하지 않다고 마냥 우길 수는 없겠지만 그렇다고 그게 전부는 아니라는 사실을 부드럽고 자연스레 설득하는 책이다. 새집에서는 '놀이'하듯 살아봐야겠다. 아내와 내 일상을 지키면서, 지혜롭게 덜 싸우고, 어떤 순간에 감탄하고, 혼자서 제멋에 겨워하면서. 『집 놀이』를 읽었으니 그 가능성이 조금은 더 넓어졌을 것이다.

밤이 선생이다(큰 활자본)

황현산 – 난다 – 2017년 12월

『82년생 김지영』 대활자본을 만들고 있다. 도서관에 제공할 목적으로 만드는 책이어서 독자들이 서점에서 구매할 수는 없다. 아마도 작은 글씨를 읽는 데 불편함을 느끼는 분들이 도서관에서 이 책을 읽겠지. 그나저나 활자가 커지면 어떤 느낌일까. 얼마나 커야 적당할까. 참고할 만한 책이 필요하던 차에 황현산 선생님의 『밤이 선생이다』 대활자본을 구해서 읽었다. 글씨가 커진다고 해서 뭐가 그리 달라질까 싶었는데 막상 마주하고 보니 그렇지가 않았다. 가슴 앞으로 당겨 들고 있자니 책이 아니라 어떤 작품 하나를 들고 있는 것 같은 기분이 들었다. 한 손으로 들기보다 두 손으로 들게 되는 것도 다른 점이었다. 두 손으로 들고 있으니 소중한 어떤 것을 받아들었을 때처럼 마음이 겸손해졌다. 책을 펼치자 나도 모르게 등이 뒤로 움직이면서 자세가 바르게 교정되었다. 활자가 커지니 책과 나 사이의 거리도 자연스럽게 멀어지고, 멀리 떨어져서 읽으니 천천히 읽게 되고, 천천히 읽으니 중간중간 떠오르는 생각들을 다 따라가게 되었다. 조금은 산만하게, 하지만 충분히 내용을 흡수하면서 읽은 기분이다. 멀리서 보아야 더 많이 보인다. 책도 보이고 책을 보는 나도 보이고.

오늘 뭐 먹지?

권여선 – 한겨레출판 – 2018년 5월

점심을 한 시간 앞둔 오전 11시 또는 퇴근을 두 시간 앞둔 오후 4시면 여간 배가 고픈 게 아니다. 우리는 이성과 합리성을 갖춘 사회인이고, 사무실에서의 예절을 아는 직장인인바, 정해진 식사 시간을 기다리며 배에서 무슨 소리라도 나지 않을까 노심초사하는 것이다. 그때 권여선 작가의 산문집 『오늘 뭐 먹지?』를 읽게 된다면? 글쎄, 그렇다면 정해진 시간이고 뭐고 자리를 박차고 나가서 근처 식당으로 달려가 뭐라도 주문을 해야 하지 않을까.

음식을 대할 때 그 사람이 가진 언어의 수준이 드러나기 마련이다. '먹방'이라 불리는 예능 프로그램에서도 맛있게 많이 먹는다고 능사가 아니다. 먹고 있는 음식의 맛을 잘 표현해야 더 공감하고 더 재미있게 텔레비전 앞에 앉아 있을 수 있는 것이다. 글도 그렇다. 자고로 글을 잘 쓰는 사람은 음식 표현이 또 기가 막히다. 시인 중에는 백석이 그랬다. 그리고 나는 백석 옆자리에 권여선 작가가 앉아야 한다고 생각한다. 『오늘 뭐 먹지?』를 읽노라면 그야말로 오늘 무얼 먹을지 고민하게 된다. 그의 문장을 따라가노라니 순대, 부침개, 물회, 냄비국수, 꼬막조림, 오징어튀김, 간짜장…… 대체 어찌해야 할지 모르겠는 것이다. 권여선의 문장 앞에 나는 무릎을 꿇고, 꿇은 무릎 앞에 밥상을 당겨 만두든 비빔국수든 감자탕이든 뭐든 먹고 싶다. 배가 고프다. 허기지다. 오늘은 토요일이다. 지금은 밤 11시다. 오늘 뭐 먹지? 한 시간 남은 오늘을 멈춰 세우고, 스마트폰 속 배달 앱을 터치하는 것이다.

펀 홈

앨리슨 벡델 - 이현 옮김 - 움직씨 - 2017년 9월

대구에 위치한 동네 서점 '책방 이층'은 1층에 있다. 몰라도 상관 없을 정보지만 알고 나니 혼자 알고 있으면 안 될 것처럼 중요해 보 인다. '책방 이층'의 사장님으로부터 메일을 받은 건 한 달 전이다. 민음사에서 출간된 『딸에 대하여』를 쓴 김혜진 작가에게 강연을 요 청하는 내용이었는데, 거기엔 책을 편집한 나도 함께 와주면 좋겠 다는 내용이 포함돼 있었다. 왜 안 가겠는가. 대구는 작가의 고향이 기도 하지만 20년을 살아온 내 고향이기도 한데.

폭염이 시작된 주말 한낮, 자그마치 '대프리카'라는 별명을 지닌 대구에서 우린 만났다.

서점에 들어서자마자 『펀 홈』이 눈에 들어왔다. 창가에 세워진 그 책은 앨리스 벡델의 첫 그래픽 노블이자 내가 제일 좋아하는 회 고록이다. 독자와의 만남을 진행하는 내내 마음속으로 『펀 홈』을 의식했다. 『펀 홈』은 레즈비언 딸과 게이 아버지의 이야기다. 딸은 물론 벡델 자신이고 아버지 역시 벡델의 아버지인 동시에 아버지 자신이다. 돌아오는 길에서야 그토록 『펀 홈』을 의식한 이유가 선 명해졌다. 내가 『펀 홈』을 좋아하는 이유는 『딸에 대하여』를 좋아 하는 이유와 다르지 않다. 외면하고 싶은 진실들 앞에서 우리는 비 로소, 진짜 자신을 만난다. 이 두 권의 책은 모두 내가 나를 만나는 과정에 대한 이야기다. 딸과 엄마, 딸과 아빠라는 관계가 많은 걸 다르게 만들기는 하지만.

페페의 멋진 그림

애슝 – 창비 – 2018년 5월

둘째의 그림 실력이 예사롭지 않다. 많은 이가 본인의 자녀를 두고 천재가 아닐까 신동이 아닐까 헛된 설렘에 빠진다고 하는데 나도 예외는 아니구나, 우습다가도 아이의 그림을 보면 또 우습지가 않은 것이다. 둘째는 히치콕 영화에서 범죄자가 칼을 쥐듯 색연필을 움켜쥐고 스케치북을 채우는데, 낙서와 그림을 넘나드는 과감한 선 긋기와 자유분방한 채색에 놀라길 여러 번이다.

애슝 작가의 어린 시절도 그랬을까. 아이들에게 책을 읽어준다는 핑계로 그림에 눈을 붙여 쉴 때가 있는데, 『페페의 멋진 그림』이 그랬다. 그림책 작가의 메타픽션으로도 보이는 이 책은 (과자도 먹고 불도 끄는) 코로 그림을 그리는 코끼리 페페의 예술가-되기의 지난한 과정을 보여준다. 녀석은 햇살을 그리기 위해 해와 가까운 곳으로 가고 새의 노랫소리를 그리기 위해 새의 곁으로 간다. 친구(고양이다)의 초상화를 그려주고, 페페는 마음속에 있는 모든 것을 그대로 그릴 수가 없다는, 이른바 창작의 고통에 시달린다. 꿈속에서는 마음껏 그릴 수가 있는데 현실은 쉽지 않다. 그래도 페페는 책상에 앉는다. 좋아하는 그림을 그리기 위해. 여름을 코앞에 둔 어느 날 페페는 밤나무숲에서 전시회를 연다. 동물 친구들의 칭찬을 들으며 페페는 또 생각하는 것이다. '내일 또 그림을 그려야지!' 페페, 너 너무 멋진 거 아니니.

둘째는 오늘도 뭔가를 그린다. 오늘은 식탁에 둘러앉은 가족을 그렸는데 누구는 눈이 하나고 누구는 눈이 둘이다. 이건 왜 그래? 물어보니 누구는 앞모습이고 누구는 옆모습이란다. 뭐지? 입체파야? 진짜로 영재가 아닌지. 괜히 설레본다.

등대로

버지니아 울프 ─ 이미애 옮김 ─ 민음사 ─ 2014년 2월

"누가 그녀보다 총명할까?" 모리스 블랑쇼의 말에 토를 달 수 없다. 죽음을 가장 적나라하게 드러내는 작가라면 버지니아 울프 이상을 떠올릴 수 없다. 울프는 죽음을 벌거벗은 그대로, 따라서 삶의 모습 역시 실오라기 하나 걸치지 않은 모습으로 그려내는 데 성공했다.

『등대로』에 대해 알게 된 건 대학교 철학 수업 시간이었다. 『댈러웨이 부인』에 대해 수업하던 중이었는데 교수님이 자신의 독일 유학 시절을 이야기하며 말한 책이 바로 『등대로』였다. 지하철 안에서 엉엉 소리 내 울었다는 이야기였다. 도대체 어느 대목에서? 왜?

지금은 알 것 같다. 어디서 어떤 마음으로 엉엉 소리 내 울었을지. 나도 별수 없이 거기서 그렇게 엉엉 울었을 것 같으니까. 『자기만의 방』이 아닌 다른 책들은 확연히 판매율이 떨어진다. 울프의 진면모는 『등대로』와 『파도』에 있는데. 『자기만의 방』만 읽은 독자들이 버지니아 울프 독자의 대부분이라고 생각하면 마음이 좀 아득해진다.

내가 사랑하는 나의 새 인간

김복희 – 민음사 – 2018년 5월

김복희 시인과는 대학 선후배 사이다. 모교 출신의 문인이 몇 없기에 귀한 인연이라 할 수 있다. 내 기억이 정확하다면 그가 입학하고 처음 점심을 산 선배가 나일 텐데, 경영대 쪽문 상가에 있는 중국집에서의 쟁반짜장과 탕수육 세트가 메뉴였다. 나로서는 거나한 인심이었던 셈이다.

지인의 원고는 보다 엄격하게 검토하는 편이다. 엄격하다고 말하니 무슨 대단한 권력처럼 들리지만, 원고 검토는 상당히 부담스러운 업무다. 간단히 흘려보낼 수 없는 글자들이 첩첩이 쌓여 있고, 흘려보낸 문장들은 원망이 되어 돌아오기 일쑤다. 지금도 반려 메일을 쓰는 일이 가장 괴롭다. 특히 아는 사람에게 당신의 원고를 출간할 수 없다는 뜻을 전할 때, 수명이 줄어드는 것 같다.

김복희 시인의 원고는 그러하지 않아도 되어 다행이었다. 때문에 여기에 대학 후배였느니 내가 밥을 샀느니 하는 소리도 지껄일 수 있는 것이다. 튀겨진 돼지고기를 소스에 푹푹 찍어 먹던 김복희는 지금 여기에 없다. 그는 채식인이 되었고, 시인이 되었고, 우리 팀의 저자가 되었다. 이수명 시인이 작품 해설에서 쓴 말마따나 '시의 척후병'이 되었다. 척후병이 가져올 정보를 기다리며 시집을 두 번 세 번 읽는다. 짐짓 심각해진다. 그러다가 다시 시집의 첫 페이지로 돌아가 '시인의 말'을 읽으면, 그러니까 이런 말들 "나는 왜 먹고 싶은 게 많을까/영원히 먹고 싶을까/복숭아 초콜릿 위스키" 앞에서는, 둘 다 스물 몇 살이던 그때로 돌아가보기도 하는 것이다.

문학동네 2018년 여름호

문학동네 편집부 ― 문학동네 ― 2018년 6월

'편의점'에서 '빵집'까지 오는 데 10년이 걸렸다. 10년 전에는 편의점 가는 혼자 사는 여성의 이야기에서 우리를 발견했는데 10년 후에는 편의점 주인의 먹고사는 이야기에서 우리를 발견하는구나. 장강명 단편소설 「현수동 빵집 삼국지」를 읽으니 문득 김애란 단편소설 「나는 편의점에 간다」가 떠올랐다. 그 소설에는 한 구역에 위치한 세 개의 편의점이 등장했다. 이 소설에는 한 구역에 위치한 세 개의 빵집이 등장한다.

「현수동 빵집 삼국지」가 포함된 소설집을 내후년에 출간할 예정이다. 김애란의 소설집이 2000년대 중반 20~30대가 살아가는 풍경을 현미경으로 들여다보는 소설이었다면 장강명의 소설집은 2010년대 후반을 살아가는 20~30대의 풍경을 보여주는 소설이 될 것이다. 일자리를 놓고 발버둥치는 사람들의 풍경이 한층 더 슬퍼 보이지 싶다.

레몬옐로

장이지 – 문학동네 – 2018년 5월

'문학동네시인선'의 디자인을 이야기할 때 사람들은 표지의 색감과 뒤표지 그림의 적절함을 주로 논하지만, 내게는 한 가지가 더 보인다. '시'와 '집'을 절묘하게 나눈 서체와 공간의 탁월성과 서체 컬러까지도 지정할 수 있는 자율성이 그것이다. 장이지 선배의 새 시집 『레몬옐로』의 제목 색깔은 자연스럽게 레몬색이 되었다. 그리고 표지 색상은 레몬이 하나가 놓여 있는 트레이라면 딱 좋을, 맑은 청색이다.

「어느 날 치모」가 특히 좋았다. 장이지 시인은 이번 시집에 이르러 일종의 서사성을 획득한 모습인데, 그 이야기가 지극히 시적이다. 무심코 찍은 스냅사진 한 장에 한 사람의 인생과 한 도시의 역사가 담기는 것처럼, 짧고 풍부하다. 담백한데 진득하다. 오래 책상에 남아 여러 번 다시 읽을 시집이 될 것만 같다. 그러다 어느 순간에 무인도에서 시작해 뭍에 올라 온갖 기억과 들은 이야기들을 다 훑고 가파도에 가 있을 것만 같다. 그랬으면 좋겠다.

'작품 해설'이 들어갈 자리에 「Link」라는 제목의 시인의 후기 비슷한 것이 있다. 각 시편의 태생과 시에 크고 작은 영향력을 미친 이러저러한 것들이 쓸모없는 백과사전처럼 모였는데, 어느 해설보다 쓸모 좋게 읽었다. 시의 스타일이 여럿인 것처럼 시집의 구성 또한 다양해져야 할 것이다. 그렇다고 이렇게 먼저 나아가는 건, 반칙이라고 괜히 우겨본다.

마녀체력

이영미 ─ 남해의봄날 ─ 2018년 5월

『편집자가 알아야 할 인쇄의 기술』(김청, 한포연, 2015) 『페이퍼 엘레지』(이언 샌섬, 홍한별 옮김, 반비, 2014) 『출판 마케팅 입문』(한기호, 한국출판마케팅연구소, 2003) 『왜 책을 만드는가』(맥스위니스, 곽재은 외 옮김, 미메시스, 2014) 『그대로 두기』(다이애나 애실, 이은선 옮김, 열린책들, 2006).

　내 책꽂이에 꽂혀 있는 편집과 출판에 대한 책들이다. 나는 이 책들 가장 왼쪽에, 그러니까 가장 중요한 자리에 이영미 편집자의 『마녀체력』을 꽂았다. 누구에게나 체력은 중요하지만 편집자에게 체력은 정말 중요하다. 책력冊力으로 체력. 편집이든 뭐든 일단 건강하고 볼 일이다. 한동안 안 나가고 있던 헬스장도 내일부터는 다시 나가야겠다. 모름지기 사람을 행동하게 만드는 책이 진정 좋은 책이지. 『마녀체력』은 내 책장 가장 왼쪽에 꽂은 중요한 책인 것도 모자라 '진정한 책'이기까지 하다.

그리스인 조르바

니코스 카잔자키스 유재원 옮김 문학과지성사 2018년 5월

이 소설에 대한 독서 일기를 다른 회사의 판본으로 쓴다는 게 어쩐지 다니는 회사에 대한 배신으로 느껴질 수도 있겠지만, 한국어 최초의 원전 번역이라는 데에서 흥미가 동하지 않을 수 없었다. 무조건적으로 원전 번역이 옳다는 것은 아니지만 무엇이든 최초라는 말에는 사람을 끄는 힘이 있으니까. 결론적으로는 직역이든 중역이든 상관없이 고전은 고전의 매력이 있다는 시시하고도 담백한 출구에 도달했을 뿐이다. 모종의 흥미를 위해 같은 구절의 번역문을 나란히 두고 비교하는 일 따위는 필요하지 않을뿐더러 유치하게 느껴진다. 『그리스인 조르바』나 『이방인』 같은 작품을 읽으며 왜 그런 수고를 하는지 모를 일이다. 번역 문장이 무슨 파주 아울렛의 여름 신상 티셔츠 정도 되는 걸로 아는 사람이 있다는 게 그저 놀랍다.

감옥의 몽상

현민 ─ 돌베개 ─ 2018년 5월

북디자이너 박연미 선배가 작업한 책이다. 선배의 SNS에서 책을 봤다. 연미 선배는 제목을 모던하고 단순한 이미지로 연결하는 능력이 탁월해서 항상 함께 작업하고 싶은 북디자이너다. '감옥'과 '몽상'이라는 상반된 이미지를 한 공간 안에 자연스럽고 세련되게 표현했다고 생각한다. 그런데 감옥의 몽상이라고? 『릿터』 기획할 때 어려움을 겪는 분야 중 하나가 바로 남성이 쓰는 남성성에 대한 글이다. 현민씨에 대해 진작 알았다면 『릿터』에서 글을 요청했을 텐데.

감옥에서 쓴 글 중에서 내가 가장 좋아하는 건 『교수대의 비망록』(율리우스 푸치크, 김태경 옮김, 여름언덕, 2012)이다. 그 책이 각별한 건 담배 종이 뒤에 쓴 글들을 모아서 출간했다는 스토리에 있는 것 같다. 『감옥의 몽상』에 그런 서사는 없다. 모든 연결로부터 차단된 고립의 지대에서 남겨진 마지막 유언록으로서의 옥중 기록을 기대하는 독자들에게는 예상 밖의 책일 것이다. 나는 이 책을 옥중 기록, 감옥 문학이라기보다는 감옥에서 강요되는 남성성에 대한 보고서로 읽었다. 감옥의 구조에 대한 면밀한 분석은 푸코의 『감시와 처벌』(오생근 옮김, 나남출판, 2003)을 연상시키기도 했다. 푸코의 책처럼 『감옥의 몽상』도 감옥이란 공간을 사회로 확장할 수 있을 것 같다. 그렇게 읽을 때 '만들어진 남성성'은 보다 보편적인 시각으로 널리 읽힐 만하다.

셰익스피어 소네트

윌리엄 셰익스피어 – 피천득 옮김 – 민음사 – 2018년 6월

이왕 번역 이야기를 했으니 최근 우리 팀에서 낸 책까지 들춰봐도 좋겠다. '민음사 세계시인선' 서른번째 책인 『셰익스피어 소네트』는 수필가로 잘 알려진 피천득 선생의 번역본이다. 그는 탁월한 수필가이고 섬세한 시인이면서 뛰어난 영문학자이기도 하다. 이 시집에서 피천득은 영국형 소네트의 형식 14행을 번역의 과정에서 와해시키고 3·4조나 4·4조의 한국의 정형시 형식으로 재조립하기도 한다. 정정호 문학평론가는 『셰익스피어 소네트』 말미에 작품 해설처럼 붙은 글에서 제목을 통해 이를 옹호한다. "번역은 사랑의 수고이다." 16세기 영국 시를 우리말로 낭송하는데 이상한 리듬감이 생긴다. 사랑의 수고 덕분일 것이다.

분노와 용서

마사 C. 누스바움 – 강동혁 옮김 – 뿌리와이파리 – 2018년 6월

분노는 복잡한 감정이라는 말을 곱씹어본다. 분노가 복잡한 이 유는 그 안에 들어 있는 감정이 부정적인 것만 있는 게 아니라 복수 를 향한 쾌감까지 동반되어 있기 때문인데, 그래서 사람들은 분노 를 느낄 때 모종의 희열도 함께 느끼고 있다는 것이다. 그래서 중요 한 건 뭐냐면, 분노가 복수를 통해 또다른 문제를 낳는 탓에 누스바 움에게 분노는 통제되고 피해야 할 감정이라는 거다. 윤리학자 아 니랄까봐 역시나 머리로는 끄덕여지지만 삶에서는 절대 실천할 수 없을 것 같은 말이 이어진다.

책을 읽는 중에도 머릿속에서는 계속 이 문장만 중얼거리고 있 는 나. "분노는 나의 힘!" "질투도 나의 힘!" 나는 진정 윤리적이고 철학적인 인간이 되기에는 틀려먹었단 말인가. 누스바움의 대표작 은 『혐오와 수치심』(조계원 옮김, 민음사, 2015)이라고들 하지만 내가 가장 좋아하는 그의 책은 『시적 정의』(박용준 옮김, 궁리, 2013)다. 문학 작품을 통해 타인에 대한 이해와 공감을 넓혀나갔던 책이어서 원 칙적이고 원론적인 얘기들도 설득력 있고 매력적이었다.

그런데 내 삶에 가까워지니까 이렇게 거부 반응이 인다. 좀처럼 설득되지 않고 자꾸 반발하고 싶은 마음만 생긴다. 반발은 독서의 힘이지. 일단 끝까지 가보자.

탱크 북

데이비드 윌리 글 – 맷 샘프슨 사진 – 김병륜 옮김 – 사이언스북스 – 2018년 5월

나름대로 2차 세계대전의 이모저모에 관심과 집착을 보이는 나에게 '탱크'라니, 래핑을 뜯지 않을 수 없었다. 1차 세계대전 즈음 나타나 참호에 빠져 허둥대거나 엔진이 멈춰 서거나 아군을 공격하기 일쑤였던 탱크는 2차 세계대전에 이르러 비약적인 발전을 이룬다. '티거'니 'M4 셔먼'이니 하는 〈밴드 오브 브라더스〉에서 봤던 전차들도 다시 만나 반가웠다. 나는 포병으로 군복무를 했다. 정확하게는 포병을 양성하는 포병 학교의 행정병이었는데, 〈밴드 오브 브라더스〉도 그때 반강제로 봤다. 근처에 기갑 학교도 있어서 탱크와 전차를 가까이서 자주 보았는데, 그때 주로 사용되던 K1 전차도 자그맣게 실려 있었다. 군대에서의 그 지긋지긋하던 나날이 떠올랐지만 그보다도……

책에 나온 전차의 포격으로 죽은 사람들, 그 전차에 깔려 죽은 사람들, 그 전차에 탄 채로 죽은 사람들이 떠오르는 것도 사실이었다. 책 바깥으로 튀어나올 것 같은 전차의 포구를 오래 보기가 힘들었다. 밀리터리 마니아들에게는 선물 같은 책이 될 것이다. 그게 아니라면 전쟁 소설을 읽는 게 더 나을 성싶다.

18세기 도시

정병설·김수영·주경철 — 문학동네 — 2018년 6월

정병설 선생님의 글은 언제나 믿고 본다. 국문학자 중에서 이만큼 대중적이면서도 교양 있는 글을 쓰는 저자가 있을까. 정병설 선생님의 글을 책으로 본 것은 2014년 민음사에서 출간된 『죽음을 넘어서: 순교자 이순이의 옥중편지』가 처음이었다. 순교한 이순이의 일생을 통해서 그 시대 사람들의 내면 구조를 이해해볼 수 있는 책이었다. 이 정도면 한국의 카를로 진즈부르그 아닌가. 『치즈와 구더기』(김정하 옮김, 문학과지성사, 2001)에 비해도 전혀 뒤질 게 없는 미시사 책이다.

『18세기 도시』도 정병설 선생님의 글을 보려고 샀다. 18세기 서울과 소설에 대한 글인데, 당시 여성들을 중심으로 뻗어나갔던 세책 시장을 통해 소설을 읽고 쓰고 판매하는 공간으로서의 서울을 조명한다. 『죽음을 넘어서』가 그랬던 것처럼 역사에서 쉽게 누락된 사람들이 남긴 기록에서 그 시대의 숨겨진 맥을 잡아낸다. 그럴 수만 있다면 선생님의 머릿속에서 아직 책이 되지 않은 이야기들의 목록을 훔쳐보고 싶다. 이다음에는 어떤 책을 쓰시려나. 생각하면 두근거리는 저자가 있다는 건 독자로서의 내 가장 큰 기쁨이다.

인문학 용어 대사전

한국문학평론가협회 — 국학자료원 — 2018년 6월

혜진씨가 '젊은평론가상'을 받았다. 성실과 실력 모두 의심의 여지가 없으니 상을 받는 게 이상한 일은 아니지만 어느 대학에도 속하지 않았고, 등단한 지 비교적 짧은 시간이라 기분 좋은 놀라움이 있었다. 영광스럽게도 축사의 기회가 있었는데, 청중이 온통 평론가뿐이어서 등에 땀이 조금 났다. 그러나 이토록 대놓고 혜진씨를 칭찬하고 격려할 수 있다니, 조금 들떴다. 괜한 농담을 여기저기 나불대며 까불었던 것 같기도 하다. 그런 내 모습과 대비되도록, 그 자리는 어느 육중하고 단정한 책의 출간 기념식이 함께였다. 『인문학 용어 대사전』이 오래 공들여 다시 출간된 것이다. 정가가 14만 원이니 어지간한 결심이 아니고서는 구매하기 어려울 것인데 혜진씨는 수상자라고 하여 책을 기증받았다. 부러웠다. 1849페이지에 달하는 책은 당연히 그 무게가 상당하여 뒤풀이자리에 가는 길에 내 차에 실어야 했다. 오늘 같은 날은 기사 노릇도 괜찮겠지. 그것이 이 자리에서의 내 역할일 테니까. 이를 두고 『인문학 용어 대사전』은 '어울림decorum'이라고 적시한다. 대학원 시절에는 '적정률'이라고 들었던 것 같은데, 어울림이라는 단어가 더 정감 있고 어울리는 듯하다.

어울림: 등장인물의 행동은 상황과 신분에 어울려야 하며, 언어적 표현은 소재에 따라 중요한 것은 중요하게, 사소한 것은 사소하게 취급되어야 한다.

검은 토요일에 부르는 노래

베르톨트 브레히트 - 박찬일 옮김 - 민음사 - 2016년 5월

진실은 단순하지 않다. 나도 안다. 알지만 어쩔 수 없이, 단순 명료함에 의지하고 싶을 때가 있다. 복잡한 마음이 무겁기만 할 때 브레히트를 읽으면 위로가 된다. 물론 브레히트의 첫번째 직업은 극작가이지만, 어쩌면 그의 가장 중요한 업적이 시가 아니어서 그의 시가 이토록 명료한 색깔로 고달픈 마음을 위로하는 서정성을 갖게 된 걸지도 모른다. 『검은 토요일에 부르는 노래』에 수록된 시들은 하나같이 뜨겁다. 확언에 차 있다. 읽는 동안만은 다 괜찮아질 것 같다. 진실은 단순하지 않지만, 단순한 건 진실의 표정 중 하나임에 틀림없다.

유혹받지 말라!
다시 오는 삶이란 없다.
낮은 문(門) 안에 있고
그대는 벌써 밤바람 소리를 듣는다.
다시 오는 아침이란 없다.

모모네 자수 일기

몬덴 에이코 – 편설란 옮김 – 단추 – 2018년 4월

둘째의 생일 주간이다. 이 친구는 매일이 페스티벌이고 날마다 세계대전이다. 까르르 웃고 춤추고 재잘거리다가 벌렁 뒤집어지고 떼를 쓰고 운다. 출근하느라 보진 못했지만 어제 아침에도 일어나 하루 일찍 끓인 미역국을 후루룩 잡수더니 갑자기 어린이집에 가고 싶지 않다고 어깃장을 놓았다고 한다. 둘째는 장애를 가진 첫째의 성장을 이미 따라잡았다. 혼란스러워 보이면서도 의젓하고, 때로 점잖으면서도 그저 아이 같다. 녀석이 벌이는 축제와 전쟁도 모두 지나갈 것이기에 하루하루가 다 소중하건만 제대로 기록한 것이 하나 없다. 첫째가 크는 것은『잘 왔어 우리 딸』(난다, 2015)이라는 책으로 남겼는데.

『모모네 자수 일기』는 동생 모모가 태어나고, 아오가 모모의 오빠가 되어가는 1년간의 기록이다. 우선 책의 만듦새가 비범하다. 어느 페이지건 지면의 전체를 감상할 수 있게 제본이 되었다. 그만큼 모든 페이지가 하나같이 작품이다.『모모네 자수 일기』는 그러니까 책이면서 갤러리이고 도록이다. 그리고 무엇보다 일기다. 어린이집에 내복만 입고 가겠다는 고집을 부리는 아오, 태어나서 1개월이 되어 속눈썹이 자란 모모, 모모만 예뻐하는 할머니에게 샘이나 동생을 깨물어버린 아오, 이가 여덟 개나 난 모모…… 이런 이야기가 날짜와 함께 자수로 새겨져 있다. 자수를 찍어 인쇄한 것이라는 걸 알면서도 괜히 종이를 만지게 된다. 모모네의 삶을 느낄 수도 있다는 듯이. 일기라는 게 이토록 좋다. 지금도 어쨌든 일기를 쓰고 있는 셈이지만, 어쩌면 만약에 그럴 여건이 된다면『잘 왔어 우리 딸』의 다음 이야기를 일기 형식으로 써도 좋겠다는 생각이 든다. 가능할까?

누구에게나 친절한 교회 오빠 강민호

이기호 – 문학동네 – 2018년 5월

최미진은 어디로. 나정만씨의 살짝 아래로 굽은 봄. 권순찬과 착한 사람들. 나를 혐오하게 될 박창수에게. 오래전 김숙희는. 누구에게나 친절한 교회 오빠 강민호. 한정희와 나. 그리고 마지막으로 소설 속 이기호와 소설 밖 이기호. 부끄러움의 감정을 표현하기 위해 작가가 스스로의 이름을 기호화함으로써 전달하는 효과는 적지 않다. 해설에서 바로 드러난다. 소설집의 해설은 김형중 평론가가 썼다. 장담컨대 내가 근 5년 동안 읽은 모든 해설 중에서 제일 재밌다. 제목은 「고유명사의 윤리」. 그리고 글은 이전 소설집 『김 박사는 누구인가』(문학과지성사, 2013)의 '김 박사'가 아마도 자신인 것 같다는 유사 고백으로 시작한다. 이 소설은 읽는 사람으로 하여금 자신의 고유명사를 드러내게 만드는 걸까. "누군가의 고통을 이해해서 쓰는 것이 아닌, 누군가의 고통을 바라보면서 쓰는 글. 나는 그런 글들을 여러 편 써왔다." 「한정희와 나」에 나오는 작가의 말. 작가로서는 회심의 소설집이었음에 틀림없다. "초교 교정지를 서랍에 넣어두고 오랜 시간 동안 서랍을 다시 열어보지 못한 마음"을 알 것 같다. 소설과 해설과 작가의 말까지, 완성도가 무척 높은 소설집이다.

아프리카 초콜릿

장선환 − 창비 − 2016년 1월

둘째가 가장 좋아하는 그림책은 『아프리카 초콜릿』이다. 녀석은 못 말리는 초콜릿 애호가이고(그중 킨더 초콜릿을 가장 사랑한다) 알아주는 동물 박사니까(요즘은 박쥐에 관심이 많다) 당연한 귀결이라 할밖에.

2016년부터 이 그림책을 몇 번이나 반복해 읽었는지 모른다. 처음 읽을 때는 초콜릿을 뺏고 빼앗기며 꼬리에 꼬리를 물듯 등장하는 동물의 이름을 더듬더듬 익혀나가더니 이제는 페이지를 넘기기 전인데도 다음 페이지 내용을 말하고 있다. 아직 한글을 모르기에 그림 옆에 적힌 글자를 읽을 리가 없지만, 꼭 그것을 읽을 수 있다는 듯이 아무 말이나 갖다붙이는데, 신기하게도 대체로 그럴듯하다. 외려 글자를 몰라 감성이 더 풍부한 듯 읽을 때마다 약간 달라지는 의미와 음성이 그림책이 뿜어내는 감각을 더 풍성하게 하고 만들었다. 첫째는 그런 둘째의 '신비한 독서 나라' 옆에 앉아 박수와 웃음으로 격려를 보낸다. 내가 낳았지만 나조차 알 수 없는 비언어적, 반문자적 활동가 콤비.

글자로 의사소통은 물론 예술 활동과 밥벌이까지 겸하고 있는 내게 한글은 소중한 존재다. 딸아이들도 곧 글자를 배울 것이고, 그로 인해 한 단계 성장하겠지만 글을 배움으로 인해 다른 무언가를 놓칠 것만 같다. 나에게도 한때 있었겠지만 지금은 없어져버린 지 오래인 세계, 문자가 없는 세계, 지금 내 아이들의 세계. 그림책 속 아프리카의 동물들을 보니, 거기로 가기에 내가 너무 멀리 와버렸다는 생각이 든다.

죽은 자로 하여금

편혜영 - 현대문학 - 2018년 4월

내부 고발을 하게 되는 사람의 마음은 충분히 매력적인 소재다. 편혜영 작가가 내부 고발자 이야기를 썼다는 말을 들었을 때 내가 가장 먼저 생각한 것은 내가 떠올리는 내부 고발자에 대한 이미지였다. 정의로울 것, 양심에 어긋나는 일에 어려움과 불편함을 느낄 것. 외로울 것. 고독할 것…… 편혜영 작가는 이 모든 예상 가능한 유형을 피해갈 거라는 확신이 들었다. 내가 생각할 수 있는 걸 떠올린 다음 그 어떤 것도 아닐 편혜영의 이야기를 기대하는 것은 편혜영의 독자이기 이전에 문학을 사랑하는 독자로서의 권리이자 축복이다. 편혜영을 즐기는 나 혼자만의 놀이는 이번에도 충분히 즐거웠다.

『죽은 자로 하여금』은 내부 고발자의 내면을 양심이라는 선의의 메커니즘만으로는 설명할 수 없는 복잡하고 착종된 형태의 시스템 하부 행위로 다루고 있다. 주인공조차도 연민을 품고 있는 선배의 부당 행위를 사내 게시판에 올릴 때, 그가 그런 행동을 할 수 있었던 것은 자신의 치욕스러운 과거를 바로잡고 싶은 심리적인 요인에 더해 그 일을 하도록 업무 지워진 시스템의 역할도 있었다.

개인의 판단이 제도적인 데 반해 판단 이후의 후폭풍을 견뎌야 하는 건 개인이다. 정말 무서운 건 이런 것이다. 집단과 개인 사이에서 발생하는 무형의 서스펜스야말로 이 소설의 공포스러움이다!

'핀' 시리즈가 매달 출간된다는 얘기를 들었다. 매달 중편소설이 한 권의 단행본으로 나온다는 것이다. 좋은 일이다. 좋은 일인데, 틀림없이 그런데, 덕분에 작가들이 너무 바빠져서 우리한테 주셔야 할 원고가 점점 뒤로 밀리고 있다는 건 슬픈 소식이다.

걷기의 인문학

리베카 솔닛 – 김정아 옮김 – 반비 – 2017년 8월

작년 이즈음에 아이 둘을 데리고 대관령 목장에 갔다. 순환 버스에서 잘못 내린 우리는 원래의 목적이었던 '아기 양에게 건초 주기' 미션 대신 트래킹 코스 하나를 무사히 걸어내려오는 데 집중해야 했다. 지금 생각하면 웃음이 나지만, 그때는 우리 가족이 무사히 걸어 이 거대한 목장이라는 이름의 불구덩이를 빠져나올 수 있을지 몰라 겁이 났다. 아이를 안고 업고 달래면서 한참을 걷고 걸어서 버스를 탈 수 있는 지점에 닿았다. 솔닛처럼 멋진 아이디어를 떠올리기에 그 여름의 걷기는 너무나 심각한 고난이었지만, 사유 대신에 용기는 얻을 수 있었다. 이 삶을 지속시킬 수 있을 것만 같은 용기.

『걷기의 인문학』은 걷기의 역사를 통합하여 쓰겠다는 용기백배한 기획이다. 걷기의 역사를 전유하고 전복하는데, 모두 솔닛의 목소리로 이루어진다. 책을 읽다보면 솔닛의 이야기를 들으며 천천히 걷는 감상에 사로잡힐 정도이다. 실제로 지난여름, 리베카 솔닛이 짧은 일정으로 방한하였을 때 그의 목소리를 들을 수 있었는데, 정녕 근사한 목소리였다. 요즘은 참으로 걸을 일이 없다. 혜진씨나 다른 팀원들과 점심을 먹고 강남시장에서 가로수길을 돌아오는 코스가 전부인데 그마저도 스타벅스의 작고 둥그런 테이블에 밀릴 때가 많다. 걸어야 할 텐데, 걷지 못해서 어떤 용기 같은 게 점점 옅어지는 것 같다.

우아하고 호쾌한 여자 축구

김혼비 — 민음사 — 2018년 6월

운동 에세이를 읽으면 하고 싶은 것이 생겨서 좋다. 하고 싶은 것도 먹고 싶은 것도 없이 소진되고 고갈된 마음에는 운동 에세이가 약이 된다. 나는 수영 에세이를 읽고 나서 수영 학원에 등록했고 요가 에세이를 읽고 나서 요가 학원에 등록했는데 입사 이래 나의 화려한 학원 수강기는 독서 시장과 아주 긴밀한 영향 관계를 맺고 있다.

이번에는 축구다! 평생을 축구라고는 모르고 살아왔지만 넓은 운동장을 전부 다 써보고 싶다는 생각만은 20년째 품고 있다. 낯선 사람들 사이에 있으면 꿔다 놓은 보릿자루처럼 어색해지기 일쑤지만 언젠가 한 번은 팀에 속해서 작전도 짜고 패스도 해보고 싶은 마음도 수년째 간직하고 있다. 김혼비 작가가 축구를 시작할 때 마음이 그와 다르지 않았다는 것이 내게는 큰 용기가 되었다.

생각해보면 나도 운동을 제법 좋아했던 것 같다. 좋아하는 운동은 보고만 있지 않고 직접 하는 경우도 있었다. 특히 농구가 그랬다. 언제부터였을까. 수업 시간이 아니어도 운동장을 쓸 수 있다는 생각, 쓰고 싶다는 생각을 하지 않게 된 것이. 한 번도 내 것이었던 적이 없던 운동장을 우아하고 호쾌하게 뛰어보고 싶다.

때가 되면 이란

정영효 – 난다 – 2017년 5월

이란은 나에게 축구의 나라로 각인되어 있다. 응? 축구의 나라라니? 브라질이나 영국이 아닌 이란더러 축구의 나라라고 하니 이상하게 느껴질 수도 있겠다. 1994년 아시안컵 축구 대회에서 붉은 악마(!)는 이란을 만나는데, 이란의 축구 영웅 알리 다에이에게 해트트릭을 얻어맞고 6:2로 진다. 그때 나는 갓 중학교에 입학한 처지였으나 그날의 경기는 인상이 뚜렷하다. 2014년 브라질 월드컵 최종 예선 마지막 경기에서 이란을 또 만나는데, 역시나 수비 실수로 지고 만다. 그날 상대방 감독은 우리에게 왜인지 주먹감자를 날렸다. 2018년 러시아 월드컵 예선에서도 이란과 한 조였다. 탈락과 진출의 운명이 달린 한 판이 서울월드컵경기장에서 벌어졌는데, 그날은 현장에 있었다. 무기력한 무승부였다. 며칠 후 시작할 월드컵에 두 팀은 모두 진출했다. 우리 대표팀에 대한 기대는 별로 없지만, 이란 대표팀은 뭔가 일을 칠 수도 있을 것 같다. 그들은 대단히 끈끈한 경기를 한다. 몸싸움을 마다하지 않고, 신경전을 즐긴다. 이기고 있는 경기에서는 그라운드에 몸을 눕히길 주저하지 않는다. 이른바 침대 축구를 하는 것인데, 거기에 뒷목 잡은 게 여러 번이다. 『때가 되면 이란』에서 정영효 시인은 이란인이 피스타치오와 자주 비교된다는 걸 알려주었다. 겉은 딱딱한데 속은 부드러운 피스타치오처럼 이란인도 겉은 무뚝뚝하지만 알고 보면 친절하다는 것이다. 과연 영효 형이 머무는 동안 받은 환대와 배려는 인상 깊었다. 시인 덕에 축구 이외의 여러 가지 것으로 이란을 기억할 수 있게 되었다. 그런데 축구 이야기만 하고 말았네. 요즘 내가 이런다. 축구 생각으로 깊게 신음하고 있다. 3패는 안 된다. 태극 전사여……

먹이는 간소하게

노석미 – 사이행성 – 2018년 6월

집에서 무엇도 해 먹지 않는다. 내가 먹기 위해서 뭔가를 한다면 그 행위는 냉동과 해동이 전부일 정도로 먹는 생활에 신경쓰지 않는 편이다. 나로 말할 것 같으면 보리굴비의 존재를 스물일곱 살에 처음 알게 된, 음식의 이응도 모르는 애송이일 뿐이다. 내 식습관을 객관화해서 보기 시작한 건 순전히 효인 선배 때문이다. 광주에서 자란 선배는 미식가일 뿐만 아니라 음식에 대한 지식도 해박해서 선배와 함께 일하면서부터는 아무리 야근 전에 가볍게 먹는 콘셉트라 하더라도 대충 때우는 일이 없어졌다. 효인 선배와 하루 한 끼를 같이 먹는 시간이 늘어나면서 확실히 나도 음식에 관심을 가지는 편이 되었다. 그렇다고 여전히 뭘 해 먹는 사람은 아니다보니 내 생활에 대한 불만만 쌓여가고 있던 중 이 책을 읽었다.

『먹이는 간소하게』를 읽으면서 좋았던 건 이미 틀렸다고 단정하고 있던 내 식생활에도 아직 희망이 있다는 생각이 들어서다. 아직 늦지 않았다니! 이 책을 읽고 팀원 모두에게 선언하듯 말했다. 나도 이제 잘 먹고 살 수 있을 것 같다고. 모두들 그다지 귀기울여 듣는 것 같지 않았지만 나는 벌써 한끼를 잘 해 먹은 것처럼 기운이 났다.

헝거

록산 게이 – 노지양 옮김 – 사이행성 – 2018년 3월

이 책을 읽은 남성이 이 책으로부터 말미암은 그 어떤 것이라도 하나 함부로 말할 권리가 있을까? "내 몸과 내 허기에 관해 고백하려 한다"는 문장에서부터 압도된 나는 여기에 어느 한마디도 덧붙이지 않으려고 한다. 입을 다물려고 한다. 침묵하고자 한다.

그러나 그럼에도 그리하여 그토록

책은 침묵을 위한 도구는 아닌 것 같다. 책을 읽은 사람은 책을 통해 얻은 그 무언가를 인생의 어느 순간이든 어떤 통로든 상관없이 한 번은 발설하게 된다. 나에게는 여기가 그곳이 아닐까 싶은데, 위험해 보인다. 이쯤에서 멈출까? 잘 모르겠다. 멈추라는 명령이 어디에서 오는지. 한국에서 태어난 한국인 남성 특유의 본능 같은 것일지도 모른다. 짧게 말해 비겁함.

열일곱 살 때 나는 PC방 구석자리에서 친구가 열어놓은 **양 비디오를 여럿이서 함께 보았고 그 감상을 학교에서 나눴다. 낄낄거렸다. 스물두 살 때 나는 고용된 여성이 있는 노래방이나 바에 갔었고, 그것에 별다른 문제를 느끼지 못했었다. 그 시절부터 지금까지 나는 달라지려 노력했지만 얼마나 달라졌는지 장담할 수 없다. 그러나 그럼에도 그리하여 이토록

말이 너무 많았다.

1년만 나를 사랑하기로 결심했다

숀다 라임스 – 이은선 옮김 – 부키 – 2018년 6월

미드 〈그레이 아나토미〉를 비롯한 유명 드라마의 작가이자 제작 책임자 숀다 라임스의 자전적 에세이다. 드라마의 성공 이외에도 숀다 라임스는 대중매체에 여성, 흑인, 성소수자 등 다양성을 상징하는 이미지를 일반화해 드러내는 방식으로 유명하다. 숀다 라임스가 받은 상이야 다 헤아릴 수도 없겠지만 2014년 미국 작가조합에서 수여한 '다양성상'이야말로 그녀를 가장 잘 드러내는 상이다. 많은 이에게 그녀는 'TV의 얼굴'을 바꾼 사람으로 존경받는다.

티비 드라마의 핵심은 등장인물이다. 숀다 라임스는 상상의 공간 숀다 랜드의 주인이다. 그 안에서 자신이 만든 인물들과 함께 살아간다. "1년만 나를 사랑하자"고 마음먹고 인생을 새로고침할 때 그녀 옆에서 같이 있어준 사람들 중에는 실재하지 않는 드라마 속 등장인물도 있는 것이다. 나는 숀다의 말을 뼛속까지 이해한다. 그리고 위로받는다. 나는 혼자가 아니라고 말할 수 있는 건 내 옆에 실재하는 누군가가 없을 때조차 내가 함께할 수 있는 인물이 있다고 믿을 수 있어서다. 그래서 책을 읽고 드라마를 보고 영화를 본다. 혼자일 때조차 혼자가 아니기 위해서. "그 관계는 진짜였다."

누구에게나 친절한 교회 오빠 강민호

이기호 – 문학동네 – 2018년 5월

훈련병의 각개전투 훈련처럼 우왕좌왕하던 등장인물들이 고유의 유머와 페이소스와 아이러니와 숭고를 발산하다, '김형중의 해설'에 이르러 완벽하게 오와 열을 맞추고 '이기호의 말'에 와서야 장대한 행진을 시작하는 이 탁월함은 대체 어디에서 비롯된 것일까?

그들은 어디론가 갈 것이다. 첫걸음부터 간격과 대오는 흐트러지고 금세 저들 멋대로 흐르겠지만, 멈추지 않을 것 같다. 그러니까 최미진과 나정만과 권순찬, 박창수와 김숙희와 강민호와 한정희를 거쳐 끝내 이기호가 된 인간들은 이 소설의 웨이브를 타고 서효인이 되고 박혜진(허락 없이 그냥 쓴다)이 될 것이고…… 어느 순간에서건 툭 튀어나와 사람을 흔들어댈 것이다. 염치라든가, 양심이라든가 하는 것으로.

책을 읽는 나는, 책을 만드는 나는, 가끔 책을 쓰기도 하는 나는, 조금 더 나은 사람이라는 착각 같은 것에 빠지려는 찰나, 이 소설을 다시 읽어야지. 마음의 훈련병이 되어 각개전투하듯이.

파묻힌 거인

가즈오 이시구로 ─ 하윤숙 옮김 ─ 시공사 ─ 2015년 9월

우리 모두 우리 삶의 이야기를 자신만의 시선으로 재조립하고 윤색하고 기억하지만 그 기억은 대체로 틀리고 많은 경우 의도적으로 틀린다. 하지만 이러한 의도는 악의 없는 의도라서 문학적이다. 이시구로 소설은 악의 없이 좌초하는 인간들의 내면적 실패에 대한 이야기가 아닐까. 남들은 관심 없는 자기만의 실패. 곧이곧대로 믿을 수 없는 서술자의 이야기를 듣고 있는 우리는 어떤 내면의 실패 앞에서, 치명적이지 않은 오류와 대단치 않은 잘못 앞에서 밋밋한 성찰과 쓸쓸한 회한, 그리고, 아니 그래서 걷잡을 수 없는 슬픔을 느낀다. 그건 바로 우리 자신의 실패이기도 하기 때문이다.

『파묻힌 거인』은 잃어버린 아들과 사라진 기억을 찾기 위해 여행을 떠난 부부의 이야기다. 불확실한 기억의 습격으로 스스로와 불편하게 대면하는 기존의 1인칭 소설들과 달리 『파묻힌 거인』은 안갯속에 가려진 망각의 한가운데로 돌파하고 진입하는 작은 인간, '파묻힌 인간'들을 조망하는 3인칭 소설이다. "함께 나눈 과거를 기억하지 못한다면 당신과 당신 남편은 어떻게 서로를 향한 사랑을 증명해 보일 거예요?" 여전히 기억과 망각을 통해 불확실한 세계를 재현하고 있지만 수치와 모멸 사이에서 정체하던 인물들은 이제 어딘가로 이동하는 것 같고 그 끝에는 더이상 부유하지 않아도 되는 무언가가 기다리고 있을 것 같다. 부유하는 세상의 작가, 가즈오 이시구로의 인간들에게도 도착할 곳이 있었으면. 끌리듯 자꾸 이시구로의 인물들에 동일시하는 나 자신의 바람이기도 하다.

아무튼, 서재

김윤관 – 제철소 – 2017년 9월

얼마 있지 않아 이사를 가야 할 처지다. 집을 옮길 때마다 1번 고민은 물론 돈(에 따른 집의 넓이와 위치 등등)이지만, 책을 처분하는 것도 1.5번째 고민 정도는 된다. 이번에야말로 기필코 많이 버리리라 다짐하고 있다. 매번 반복되는 다짐이기도 하다. 막상 책을 버릴 타이밍이 되면 책의 표지에 미안하고 책의 저자에게 미안하고 책의 편집자에게 미안하다. 결국 책에 엄청나게 미안해져서 나 따위가 뭐라고 책을 버리니 마니 이러고 있는가 하여, 도로 책장이나 방바닥으로 향하는 것이다. 그렇다, 방바닥. 여태껏 살면서 서재라고 할 만한 공간을 가진 적이 없다. 자취방에, 침실에, 창고에, 여기저기에 책들은 먹성 좋은 사람의 세번째 뷔페 접시처럼 자리했다. 이제야 작은 서재방 하나 생길 것 같은데, 그 기대가 크다. 동시에 이곳저곳에 떠도는 책을 모으자니 방이고 책장이고 책꽂이고 모두 부족할 것만 같은 것이다.

요컨대 책은 버리고, 책장은 사들일 요량인데 『아무튼, 서재』가 단단한 논리를 제공해주었다. "한국의 애서가들은 책에 집중할 뿐 책장에는 도통 관심이 없다"라는 문장에서 출발하는 통렬한 진단과 비판에 고개를 끄덕였다. 특히 "MDF에 월넛 필름지를 바른 책장"이라는 대목에서 지금의 책장을 바라볼 수밖에 없었다. 아아, 그때는 월넛이 유행이었는데……

책의 말미에 서재 인테리어에 대한 간단한 팁이 등장한다. "주로 머무는 책상과 메인 책장은 멀리 떨어뜨릴수록 좋다"는 것인데, 이사 들어갈 집의 평형을 생각하다가 그만두길 여러 번이다. 역시 1번 고민을 이길 자가 없다.

달나라의 장난

김수영 - 민음사 - 2018년 5월

特별판을 기획할 때 가장 중요한 건 독자에게 제공할 수 있는 특별한 독서 경험을 만들 수 있는지 여부다. 『달나라의 장난』은 김수영 시인의 사후 50년을 기념해서 만든 초판 복간본이다. 전국의 동네 서점에서만 판매하는 한정판이다. 이 책을 만들면서 가장 중요하게 생각했던 것은 50년이라는 시간을 뛰어넘는 것이었다. 50년 전에 쓰인 텍스트가 지금 우리에게 읽히고 있는 것이 기적이라면 지금 우리가 50년 전의 텍스트를 읽는 것도 기적이 아닐까.

50년 전의 김수영 시인은 세로로 썼고 세로로 생각했다. 그의 어떤 시는 세로로 읽혔기 때문에 그렇게 쓰였다. 마지막 순간까지도 가로쓰기와 세로쓰기를 두고 의견이 분분했다. 지금은 읽기도 힘든 세로쓰기를 고집하다보면 독자들을 힘들게 할 수도 있다는 말에도 얼마간 수긍이 갔다. 그렇지. 한 번에 안 읽히겠지…… 한참 고민하고 있을 때 구원과도 같은 말을 들었다. 민음사 디자이너인 지은 선배가 힐긋 던지고 간 한마디. "시를 왜 한 번에 읽어야 돼?"

한 번에 읽을 수 없는, 불편하지만 특별한 독서 경험. 특별판을 기획할 때 가장 중요한 독서 경험을 잊어버릴 뻔했다.

냉면의 품격

이용재 — 반비 — 2018년 6월

트럼프 대통령이 트위터를 통해 북미정상회담 결렬을 통보했을 때 나는 3호선 전철에 있었다. 우선 메신저의 자기 상태 메시지를 이렇게 바꾸었다. "한 치 앞 모름."

한반도를 둘러싼 국제 정세에 관심이 컸던 사람 중의 하나인 반비 편집부 김희진 부장님께서 바이오에 '한 치 앞 모름'이라고 적어 놓은 나에게 메시지를 보냈다. "냉면 책 내야 하는데, 어떡해요.ㅠㅠ 이거 앞으로 어떻게 될까요, 차장님.ㅠㅠㅠㅠ"

시사와 정세, 삶과 편집 모두 나보다 훨씬 깊고 넓게 알고 계실 게 분명한 부장님께서 오죽 답답하면 눈물의 톡을 보내실까 싶어 짐짓 호기롭고 교만하게 앞날을 예측해보았다. "걱정 마세요. 정상회담 할 겁니다. 그것도 평양에서."

예측은 반만 맞았다. 트럼프와 김정은은 싱가포르에서 만났다. 옥류관 냉면을 남중국해의 섬나라까지 공수하기는 어려웠을 것이다. 그런 의미에서 우리와 북한은 얼마나 가까운가. 회담을 할라치면 평양의 기계를 가져와 면을 뽑으면 될 정도로 가깝다. 멀다고 하면 안 되는 것이다.

『냉면의 품격』은 이렇게 무사히(?) 출간되었다. 서울을 중심으로 한 평양냉면집의 냉혹한 평가서이자, 냉면집 사용 가이드북이기도 하다. 책에 나온 가게 중에 내가 가본 집은 벽제갈비-봉피양, 우래옥, 장충동 평양면옥, 을밀대, 을지면옥, 대동관, 광화문국밥 정도였다. 그중 봉피양을 가장 선호했는데, 이용재 작가는 봉피양을 두고 이렇게 평한다. "한 길 사람 속보다 더 모를 한 치 냉면 국물."

정말 한 치 앞도 모르겠다.

노인의 전쟁

존 스칼지 - 이수현 옮김 - 샘터 - 2009년 1월

SF 덕후이자 다독가로 명성이 자자한 강양구 기자가 진행하는 독서 팟캐스트에 월 1회 정도 출연한다. 주로 소설 등 문학 작품을 다룰 때인데, 좋아하는 소설 취향이 다르다보니 평소 관심 두지 않았던 분야의 명저들을 추천받을 수 있어서 좋다. 책 읽는 사람이라면 최소 한 개의 북클럽은 해야 한다는 게 내 생각인데, 책은 혼자 읽지만 책에 대한 정보는 혼자보다 여럿일 때 균형도 잡히고 시야도 넓어지기 때문이다. 스티븐 킹과 피에르 르메트르를 좋아하는 강양구 기자에게 추천받은 소설 중 최고는 이번에 소개받은 SF 소설 『노인의 전쟁』이다.

> 75세 생일에 나는 두 가지 일을 했다. 아내의 무덤에 들렀고, 군에 입대했다.

일단 뒤표지 카피에 불려 나온 이 문장에서부터 충분히 심상치 않다. 기술이 비약적으로 발전한 먼 미래, 우주 공간에는 수백 가지 종류의 외계 종족과 인류가 서로 더 많은 개척지를 차지하기 위해 끊임없는 전쟁을 벌이고 있다. 65세에 해당하는 노인 지원자들에게 DNA와 입대 원서를 받아 75세에 입대하는 제도를 시행하기 시작하고, 인생에 별 미련이 없는 존 페리는 호기심 반 장난 반으로 우주개척방위군에 입대한다. 늙고 쇠약해진 몸을 대신해 지원자 본인의 DNA로 제작한 개량된 전투용 육체에 지원자의 의식을 담아 뛰어난 군인으로 훈련시킨다는 설정이다. 주변에 덕후를 많이 둘 것. 독서 편식이 있을수록 주변에 추천의 손길을 내밀어야 한다.

우아하고 호쾌한 여자 축구

김혼비 – 민음사 – 2018년 6월

축구를 하는 것은 어느덧 둔해진 몸과 쪼그라든 폐활량 핑계로 멀리한 지 오래지만, 축구를 보는 것은 여전히 좋아한다. K리그 팬이었으면 더 좋았겠는데, 야구의 도시에서 자라다보니 어느 팀에 딱히 정착하지 못했다. 대한민국의 많은 이가 그렇듯 오랜 시간 나에게 축구팀은 국가 대표팀이었고, 내게 가장 큰 이벤트는 A매치였으며 그중 월드컵이 으뜸이었음은 물론이다. 오늘은 스웨덴과 대한민국의 조별 예선 1차전이 있었다. 월드컵에서 이기기란 정말로 어려운 일이다. 그러나 결과도 내용도 좋지 않았기에 사람들의 원성이 자자하다. 이럴 때 『우아하고 호쾌한 여자 축구』의 축구하는 언니들이 떠오른다. 책에 의하면 그들은 남의 축구에 별로 관심이 없다고 한다. 그저 본인의 축구에 집중할 뿐. 본인의 드리블, 본인의 골과 본인의 출전 시간…… 여자가 축구를 해? 하는 품격 낮은 의문과 여자니까 어떻게든 축구를 가르치려 드는 남자들의 황당한 무례를 뚫고 그들은 매주 축구를 한다. 연습을 하고 경기를 뛴다. 직접 피치에 올라서는 사람들은 축구도 다르게 볼 수 있을 것이다. 이건 그냥 믿음 같은 건데, 진짜 축구를 좋아하는 사람은 결국 축구를 하는 사람일 것만 같고, 진짜 축구를 하는 사람은 댓글이나 SNS로 욕설을 뱉거나 비아냥거리진 않을 것만 같다. 축구하는 언니들은 본인들 축구에 바쁘니까. 언니들이 보고 싶다. 혼비씨가 글로 소개시켜준 멋진 언니들…… 스웨덴이고 멕시코고 난 이제 모르겠고, 『우아하고 호쾌한 여자 축구』의 영롱한 표지나 다시 한번 쓰다듬어 보는 것이다. 정말이지, 이거, 기절한다. 재미있어서. 그저 재미있어서.

브람스를 좋아하세요

프랑수아즈 사강 - 김남주 옮김 - 민음사 - 2008년 5월

『브람스를 좋아하세요』는 "유럽 문단의 매혹적인 작은 악마" "지나칠 정도로 재능을 타고난 소녀"라 불리는 프랑스 문학의 감성 천재, 프랑수아즈 사강이 스물네 살에 쓴 작품이다. 스물네 살이라는 숫자를 믿을 수 없을 정도로 사강은 오래된 사랑의 경로를 섬세하고 디테일하게, 슬프고도 담담하게, 냉소적이고도 현실적으로 그린다. 그녀의 소설에서 인생에 덧씌워진 빨주노초파남보, 형형색색의 빛깔은 잿빛으로 판명된다. 잿빛 속에는 불씨 한 조각이라도 남아 있을 것인가. 사위어버린 불길에서 남은 불씨 찾기. 사강을 읽는 것은 절망 속에서 한줌의 희망을 찾는 일일지도 모른다.

경애의 마음

김금희 – 창비 – 2018년 6월

일이 너무 많았다. 어떤 것은 그럭저럭 괜찮았고 어떤 것은 잘 풀리지 않았다. 오전에는 신간 기자간담회를 진행했고, 오후에는 서울국제도서전 준비에 동원되었다. 몸은 녹초가 되어가는데, 업무와 관련된 꽤 날카로운 메일을 받았다. 일하는 사람이라면 누구나 겪을 수 있는 일인데, 자리가 없는 경의선 전철에서 나는 의외로 쉽게 무너졌던 것 같다. 어두운 차창에 비치는 내 얼굴이 유난히 바스락거려서 문지르면 모든 표정이 사라져 없어질 것 같았다. 이렇게 오늘 하루가 어쩌면 내일까지도, 끝을 알 수 없는 어떤 시간까지 다 폐기될 것만 같았다. 애써 가슴팍 쪽으로 맨 백팩에는 김금희 장편소설 『경애의 마음』이 있었다. 김금희는 물론이고 표지로 쓰인 안소현의 그림을 좋아한다. 표지를 쓰다듬으며, 본격적으로 소설을 읽을 요량에 자리가 나기만 호시탐탐 기다렸다. 이윽고 중력에 조금 덜 저항하는 자세가 되고서야 경애와 상수를 만날 수 있었다. 인천행 1호선 열차는 아니었지만, 문산행 경의선에서 나는 인천에 갔었던 어린 경애와 상수가 되어본다. 상수를 따라서 나에게 무심했던 것과 내가 열정적이었던 것을 기억해본다. 경애를 따라 내가 잊지 못하는 것과 결국 떼어내야 하는 것들을 헤아려본다. 소설의 마지막 장을 덮고 조금 긴 호흡을 내쉰다. 오랜만에 소설로 위로를 받는다. 좀 살 것 같은 마음이 되었다.

네 이웃의 식탁

구병모 — 민음사 — 2018년 6월

절대적인 폭력의 상대성은 피해자들을 침묵하게 만든다. 말하자면 수위의 문제 말이다. 어디까지는 괜찮고 어디서부터는 괜찮지 않는지 규명할 수 있는 실선 같은 게 있을 리 없다. 그것은 정보가 아니라 정서인 탓에 시간에 따라 변하고 공간에 따라 변하는 유동적인 개념이다. 그러나 불확정이 불완전성은 아니다. 그래서 폭력의 경계를 드러내는 일을 문학이 한다. 그중에서도 개인의 탄생을 다루는 장르로서의 소설은 상대성으로 절대성을 획득해나가는 구조를 통해 폭력의 개별성에서 보편적 폭력성을 이끌어낸다.

『네 이웃의 식탁』이 그런 소설이라고 생각한다. 개인이 감당하지 못하는 폭력의 상대성을 징그러울 정도로 정확하고 섬세한 심리 묘사를 통해 그동안 살들에 감싸여 있던 폭력을 발가벗겨 실체를 드러냈다. 구병모의 이 가시 돋친 소설을 통해 우리 사회는 피해자의 망상적 오해로 치부되기 십상이었던 성희롱과 언어폭력을 검거할 수 있는 언어를 가지게 되었다.

내가 민음사에 와서 처음으로 만든 책이 레이첼 커스크의 장편소설 『브래드쇼 가족 변주곡』(김현우 옮김, 2011)이었다. 가정주부인 남편과 워킹맘인 아내의 심리를 해부하는 소설이었고, 번역자는 그 신경증적 심리묘사에 혀를 내누르며 레이첼 커스크 작품 번역은 이제 그만할 때가 된 것 같다는 농담 섞인 감상평을 들려주기도 했다. 『네 이웃의 식탁』 곳곳에서 나는 레이첼 커스크를 넘어서는 구병모 작가의 묘사와 통찰에 밑줄을 그었다.

우리는 살지도 않고 죽지도 않는다

임경섭 ─ 창비 ─ 2018년 6월

경섭의 두번째 시집이다. 첫번째와 두번째의 도랑을 건너오며 얼마나 뻔뻔해진 것인지 시인은 오스트리아나 독일 남부 지방 같은 곳에서 관념론이나 논리학을 공부하는 데 인생을 허비하는 금발의 게르만 청년처럼 굴었다. 「슈레버 일기」 연작에서 이러한 뻔뻔함은 도드라졌는데, 뻔뻔할수록 그 태도가 묘하게 마음을 후벼놓았다. 나는 그의 시를 따라 라이프치히에 간다. 동물원에 가서 아이의 질문에 대답한다. 코끼리와 기린에 대하여, 원숭이와 사자에 대해서. 이윽고 성 토마스 교회에 들러 어머니를 생각한다. 오오, 불쌍한 우리 어머니, 나를 데리고 동물원에 갔었지. 그때도 아버지는 나처럼 형편없는 인간이었다. 라이프치히 중앙역에 나는 괜히 아내의 곁에 가까이 서본다. 아이는 역사 안을 뛰어다니다 아내의 품에서 잠든다. 오오, 애처로운 우리 아내, 아이와 함께 중앙역에 다시 오겠지. 그때도 아이는 여전히 나를 닮았을 것이다.『우리는 살지도 않고 죽지도 않는다』는 어머니와 아내 사이에서 슬프게 진동하는 시집 같다. 홀로 남을까봐 두려워하면서, 차라리 그게 나을까 의심하면서.

목화밭의 고독 속에서

베르나르마리 콜테스 – 임수현 옮김 – 민음사 – 2005년 9월

내년에는 좋은 희곡집을 출간하는 게 목표다. 일고여덟 작품이 수록된 두꺼운 희곡집 말고 한두 편만 들어간 얇은 희곡집으로. 「햄릿」이나 「밤으로의 긴 여로」처럼 독자들 기억에 강렬한 질문과 충격적인 분위기로 남을 수 있는 한 편의 희곡이라니, 상상만 해도 『일리아스』를 다 읽은 것처럼 뿌듯한 기분이다. 독백을 포함해 대사의 형식으로만 전달할 수 있는 진실의 뉘앙스가 있다. 무대 위에서 공연되기 위한 텍스트로서의 희곡도 있지만—대부분의 희곡은 거기서 출발한다—어떤 희곡은 오직 읽히기 위한 텍스트로 존재한다. 『목화밭의 고독 속에서』가 그런 작품일 테다.

"그저 잠시 나란히 놓여 있다가 각자의 방향으로 굴러가는 그런 두 개의 제로가 됩시다. 정의할 수 없는 시공간인 이 시간과 이 장소의 끝없는 고독 속에서 우린 혼잡니다. 그러니 단순하고, 외롭고, 오만한 제로가 됩시다."

대사는 내면을 드러내지 못하거나 내면을 숨길 수 있다. 그런 점에서 독자에게 대사는 온전히 믿을 수 없는 언어인 동시에 유일하게 주어진 언어다. 내레이터 없이 그들의 말 속에서 거짓과 진실을 구분하고 못다 한 말의 기미를 읽어내는 것. 내년에는 그런 희곡집 한 권을 만들고 싶다.

우리는 나란히 앉아서 각자의 책을 읽는다

장으뜸·강윤정 – 난다 – 2017년 12월

혜진씨와 함께한 이 '읽어본다' 집필 프로젝트도 이제 그 끝이 보인다……라고 하기에는 마냥 개운하지 못하다. 작년 연말에 시리즈를 낸 선배들 모두 입을 모아 말하길, 죽겠다, 죽지 않았을 뿐이지 죽을 만큼 힘들었다, 했는데 흰소리가 아니었다.

하지만 살아 있음에 마무리를 해야겠지. 여기까지 와서 다행이다. 다시금 힘을 낼 겸, 용기와 요령을 얻을 겸 『우리는 나란히 앉아서 각자의 책을 읽는다』를 꺼냈다. 내가 쓴 글들은 분량이 좀 길어 보였다. 누가 묻지도 않은 개인적인 신상도 많이 밝힌 편이고, 일에 있어서도 풍부한 엄살과 근거 없는 자신감 사이를 과격하게 오간 것 같다. 혜진씨는 어떨까? 지금은 늦은 밤이고, 선배 필자들처럼 우리는 부부 사이인 것도 아니기에 마음놓고 물어볼 수도 없는 것이다. 내일도 출근하여 얼굴을 보겠지만 진행 상황은 감히 묻지 못하고 서로 헛기침만 하고 있겠지. 우리는 나란히 앉아서 각자의 일을 하겠지. 하지만 살아 있음에, 읽고 보고 쓸 것이다. 그것이 나의 자랑, 나의 실수, 나의……

올리버 트위스트 1·2

찰스 디킨스 — 이인규 옮김 — 민음사 — 2018년 4월

사익스는 도둑놈이고 페이긴은 장물아비이며 소년들은 소매치기이
고 여자애는 창녀다.

『올리버 트위스트』 서문에는 이렇게 쓰여 있다.

디킨스는 젊은 시절 전문 배우가 되기를 꿈꿨고 배우가 되지 못
한 것을 만년에도 늘 후회했다. 그래도 배우에 대한 열망과 재능
이 소설 속 캐릭터를 통해 드러났고 결국에는 배우의 몸을 관통했
으니 꿈을 이루지 않았다고 할 수도 없는 삶이다. 디킨스의 인물들.
생생하고 현실감 넘치며 우스꽝스럽고 혐오스러운.
디킨스는 연극적 성격으로도 유명하다. 그는 감정이 자기를 잡
아먹도록 놔뒀고 때문에 곧잘 감상적인 드라마의 주인공이 되었
다. 자기 연민에만 빠져 있으면 함께하기 힘든 사람이기만 했을 텐
데, 디킨스는 자기 연민을 타인에 대한 이해로 확산시켰다. 그 때문
이겠지. 셰익스피어가 영국의 자랑이라면 디킨스는 영국의 사랑인
이유가.
"아들아 우리 가문 남자들에게는 아주 특별한 능력이 있단다. 바
로 시간을 되돌릴 수 있다는 거야." "그래서 아버지는 뭘 하셨어
요?" "책을 읽었지. 읽고 싶은 책은 다 읽었어. 그것도 두 번씩. 디
킨스는 세 번 읽었지." 영화 〈어바웃 타임〉에서 남자 주인공의 아
버지는 시간을 되돌릴 수 있는 능력으로 디킨스를 세 번 읽었다고
한다. 반복은 사랑이다. 그리고 디킨스는, 오랜 시간이 지나 읽어도
여전히 사랑스럽다.

네 이웃의 식탁

구병모 - 민음사 - 2018년 6월

금요일 도서전은 엄청나게 붐볐다. 영혼이 탈루한 상태로 집에 닿으니 깊은 밤이었는데, 아이들은 아직 말똥히 깨어 있었다. 아내는 낮잠 타이밍이 좀 어긋났다 싶더니 여태 이러고 있다고, 설명인지 변명인지 모를 투로 말했다. 어떤 설명이나 변명이 필요한 문제는 아니었다. 오늘 하루 가장 힘들었을 사람은 바깥의 내가 아닌 집 안의 당신이었을 텐데, 주로 남편이 돈을 벌어 온다는 이유로 아내는 그 외의 많은 것을 감당한다. 어떤 마음으로 버티는 것인지 감히 묻지 못한다. 그저 괜찮겠지 넘겨짚으며 나 좋을 대로 행동하고 마는 것이다. 그러니까 잠투정을 부리는 아이들이 모종의 본능으로 인해 아빠가 아닌 엄마만을 찾을 때, 아들은 일하느라 바쁠 테니 안부 전화는 어련히 며느리가 할 것이라 여기는 부모님을 대할 때, 퇴근하고 현관문을 열 때 거실이 깨끗하면 기분이 좋고, 그렇지 않을 때는 다소 언짢아하는 나를 발견할 때 그렇다. 구병모 장편소설 『네 이웃의 식탁』은 이런 심리를 식탁 위로 가져와 포크와 나이프로 죄다 찢어발겨놓는다. 나는 그 앞에서 내 살이 그런 듯 아프고 부끄러웠다. 그러나 은유나 상징이 아닌 실제 고통에 가까이 앉은 이들은 대부분 엄마라는 이름의 여성이다. 경력은 끊기기 쉽고, 육체적 노동은 물론이고 감정 노동까지 군말 없이 받아들여야 한다. 그들은 지금도 버티고 있을 것이다. 내 곁에 가장 가까운 나의 아내도 버티고 있다. 『네 이웃의 식탁』을 읽고 나면 그 마음의 불편함과 마주할 수 있다. 대충 넘어갔던 순간의 마음을 그나마 짐작할 수 있다. 조금은 까끌까끌할 것이다. 다소 예민해질 것이다. 마음이란 게 원래부터 둥글둥글한 건 아니니까. 엄마라고 더 동그랄 일도 아니니까.

당신의 노후

박형서 – 현대문학 – 2018년 5월

죽은 노인은 착한 노인이다. 자살한 노인은 우리의 동지다.

그러므로 살아 있는 노인은 우리의 적이다.
혐오의 삼단논법.
살아 있는 노인들에 대한 환멸의 지옥도.
올 상반기 최고의 한국 소설!

21세기문학 2018년 여름

21세기문학 편집부 – 21세기문학 – 2018년 6월

지금 세기의 문학을 『82년생 김지영』 이후와 이전으로 나눌 수 있다고 한다면 과장이겠지만, 지금 세기의 독자를 『82년생 김지영』에 대한 반응으로 가늠해보는 것은 가능할 것이다. 내 이야기를 본 것 같다. 실재의 세계보다 덜 재현되었다. 혹은 남성으로서 잘 알지 못했던, 알고 싶지 않았던 이야기다…… 팀에서 낸 책이라 처음에는 반응 하나하나에 우쭐하거나 감동하고, 소심해지거나 분통을 터트렸으나 이제는 비교적 담담하다. 다만 이 작품에 대한 비평적 논의는 지금도 진지하게 따라 읽는다. 문단이라 불리는 모임이 이 소설을 어떻게 받아들이는지 궁금했다. 반쯤은 당사자라고 볼 수도 있는 위치 때문일까. 여태 남아 있는 비평 독자로서의 자의식 때문일까. 그렇게 읽은 비평들은 『82년생 김지영』 한 작품을 특정하거나 그렇지 않거나 관계없이 '정치적 올바름'으로의 매몰에 우려를 표했다. 또한 상당수는 '문학성'의 부족함을 통렬히 지적했다. 평론가가 아니기에 적절한 전선을 펴고 대치할 수 있는 단어와 문장을 만들지는 못했지만 마뜩잖았다. 반쯤 당사자로서 또한 비평의 독자로서. 『21세기문학』은 이번 호에서 "미투(#MeToo) 릴레이 매니페스토, 촛불 1"이라는 긴 이름의 기획 아래 평론가들의 선언을 담았다. 내가 고개를 갸웃했던 일군의 평론을 '백래시'의 흐름이라고 과감하게 부를 때, 솔직히 말해 사이다 한 컵 마신 것 같았지만, 이어진 글들은 사이다가 중요한 게 아니라고 말하고 있었다. 차라리 그것은 연대하는 자들의 비상 식수 같은 게 아니었을까. 시원하기는 마찬가지였지만, 진짜 필요한 시원함이란 게 있을 것이다. 이번 호 『21세기문학』의 청량함이 그렇다.

햄릿

윌리엄 셰익스피어 - 최종철 옮김 - 민음사 - 1998년 8월

팟캐스트 낭만서점에서 7월에 읽을 작품으로 셰익스피어의 『햄릿』을 결정했다. 언젠가 한 청취자가 『햄릿』을 어떻게 읽을지 궁금하다는 댓글을 남긴 적이 있어서 기회가 되면 한 번쯤 청취자들이 신청한 작품을 읽어야지 생각하고 있던 터였다.

생각이 너무 많아서 쉽사리 결정 내리지 못하는 사람을 가리키는 것으로 결정 장애란 말을 한다. 결정 좀 못하는 걸 두고 '장애'라고까지 표현하는 건 너무 지나친 거 아닌가 싶다가도 햄릿의 유보적인 행동을 보고 있으면 결정 장애라는 말이 햄릿에서 비롯된 건 아닐까 하는 생각이 들 정도로 답답한 지경에 이를 때가 있다. 이렇게 우유부단한, 생각의 꼬리가 꼬리를 물어 몸통까지 집어삼키는 형국까지 가지만 나는 다른 사람들과 마찬가지로 햄릿을, 그리고 셰익스피어를 정말로 사랑한다고 느낀다. 복잡다단한 내면이 서로 통합되지 않는 심오하고 다중적인 햄릿은 매번 다른 모습을 보여 준다. 이번에 내 독서의 그물망에 걸린 것은 '지푸라기'다. 기상천외한 질문을 만들어서 생각의 생각을, 질문의 질문을 거듭하던 햄릿은 결정하지 못하는 우유부단한 인간이 아니라 지푸라기 하나에서도 고민거리를 찾아내는 질문의 제왕이다.

"진정으로 위대함은 큰 명분이 있고서야 행동하는 게 아니라, 명예가 걸렸을 땐 지푸라기 하나에도 큰 싸움을 찾아내는 것이다." 지푸라기 하나에서도 큰 싸움을 찾아내는 것. 지푸라기 잡는 심정에서 결정 장애를 떠올리다니. 그 말은 취소다, 취소!

먹이는 간소하게

노석미 – 사이행성 – 2018년 6월

주말의 곤욕은 주로 '먹이'에서 비롯된다. 혼자나 둘이 살 때에야 늦게 일어나 라면을 끓여 먹어도 그만이고 전날 먹다 남긴 치킨을 데워 먹어도 일없다. 여차하면 안 먹어도 크게 상관없다. 아이가 있으면 이야기는 달라진다. 아니 삶이 달라진다. 녀석들에게 뭔가를 먹여야 하는 것이다. 아이들은 변덕이 바닥이 보이는 죽 냄비 같아서, 걸쭉한 화가 금세 끓어올랐다가 다시 식었다 반복한다. 어른의 그릇도 그다지 크지는 않아서 오물오물 잘 받아먹으면 기쁘다가 도리도리 거부하면 열불이 터지고 그렇다. 저자는 소박하고 간소하다는 점을 강조하기 위해 음식이나 요리가 아닌 먹이라는 표현을 자주 썼다고 하는데, 나는 요새 우리 아이들 입에 들어가는 것들이 꼭 먹이 같다. 먹여야 한다. 먹어야 한다. 먹이여야 한다. 계절별로 나뉜 큰 챕터 아래로 먹이별로 간단한 조리법과 짧은 글이 있다. 그림도 글도 나오는 먹이들도 모두 사랑스러워서 여러 번 멈췄다. 엊그제는 아내가 닭죽을 해주었으니, 오늘은 내가 토마토스튜를 해도 좋을 것 같다. 모두 소박하고 사랑스러운 이 책에 나오는 먹이들이다. 일요일에 제격이다. 요리사가 될 수 있으니까.

베어타운

프레드릭 배크만 ― 이은선 옮김 ― 다산책방 ― 2018년 4월

프레드릭 배크만의 소설은 『오베라는 남자』가 제일 좋았고 다른 작품들을 읽으면서는 그만큼 만족스럽지 않았다. 읽을까 말까 고민하다 공동체 이야기라는 소개글에 혹해서 구매한 책이다. 『오베라는 남자』가 좋았던 것 역시 공동체에 대한 이야기였기 때문이다. 비록 나는 이웃이랄 게 없는 편협한 아파트 생활자지만 사교성 제로인 밉상 할아버지가 이웃들과 관계를 만들어가는 이야기는 팍팍한 도시 생활자인 내게 기분 좋은 판타지이자 생활에서 발견할 수 있는 가장 큰 단위의 행복이다.

그에 비하면 『베어타운』은 기분 좋은 판타지는 아니다. 공동체라는 이름의 폭력을 다루고 있다는 점에서 오히려 사실적이라고 말하는 편이 맞겠다. 탕탕탕탕 소리로 기억되는 베어타운은 하키를 통해 도시의 재건을 꿈꾸는 하키 타운이다. 도시의 경제가, 자존심이, 미래가, 청소년 하키 팀의 승리에 달려 있다. 그리고 온 도시의 미래를 어깨에 짊어진 천재 하키 소년은 날이면 날마다 탕탕탕탕, 퍽을 날린다. 무조건 이겨야 하고 성장하지 않는 마을은 죽고 만다는 맹목적인 목표가 베어타운에 몰락의 그림자를 몰고 온다는 설정. 하키 마을이라는 먼 공간을 지우고 나면 가까운 곳의 풍경과 무척이나 닮아 있다.

『오베라는 남자』가 북유럽 노인과 그 이웃들의 가슴 따뜻한 이야기라면 『베어타운』은 북유럽 청소년과 그 이웃들의 가슴 서늘한 그림자다. 『오베라는 남자』가 프레드릭 배크만에게 명성을 가져다준 소설이라면 『베어타운』은 프레드릭 배크만에게 독자들의 신뢰를 가져다준 소설이 될 것 같다.

아이돌의 작업실

박희아 – 위즈덤하우스 – 2018년 6월

내게 주말의 행복이란 그런 것이다. 〈인기가요〉나 〈음악캠프〉를 틀어놓고 소파 아래 거실 바닥에 앉아 모든 아티스트의 퍼포먼스에 집중하다가 1위 후보 중에 그날의 주인공을 예측하고, 1위 발표 후에 괜한 꽃가루가 아이돌의 정수리나 인중에 들러붙는 장면까지 보는 것. 가요를 오래 좋아했다. 누군가가 음악 좋아하냐고 물어오면 망설이지 않고 예스라 답한다. 누굴 좋아하냐고 다시 물으면 약간 망설인다. 아이돌을 이야기해도 될까. 비웃지나 않을까. 실제 어떤 사람들은 생각보다 크게 웃었다. 나는 진지하게 좋아하는데, 이 진지함이 우스운 걸까? 그래도 웃는 건 나쁘지 않기에 따라 웃거나 더 진지하게 이야기하거나 한다. 역시 아이돌은 천사다. 우리에게 웃음을 준다. 『아이돌의 작업실』은 엄청나게 진지한 인터뷰집이다. 평소 믿고 찾아 읽는 박희아 기자가 프로듀싱을 하는 아이돌 멤버 다섯을 인터뷰했다. 세븐틴의 우지, EXID의 LE, 빅스의 라비, B.A.P의 방용국, 블락비의 박경. 모두 훌륭하지만 세븐틴과 EXID는 원래 좋아했었다. 우지의 화보는 이 책의 콘셉트에 최대한으로 부합한다. 감자칩을 먹는 아이돌의 얼굴 뒤에 잡동사니가 다 펼쳐져 있는 작업실의 책상이 있으니까. 인상 깊은 인터뷰는 LE의 몫이었다. 그는 고등학생일 때 바스코, 베이식과 함께 공연했고, 스무 살이 되어서는 가이드 녹음을 해 번 돈을 술 먹는 데 다 썼고, 아이돌이 되었지만 쉽게 뜨지 못해 멤버들과 눈물의 짜장면을 먹었고, 〈위아래〉로 역주행에 성공했으며, 지금의 위치에 올라 현아의 앨범을 프로듀싱한다. 이만큼 눈부신 성장 서사를 근래에 본 기억이 없다. LE의 작업실에서 만들어질 다음 노래가 더욱 궁금해졌다.

우체국

찰스 부코스키 – 박현주 옮김 – 열린책들 – 2012년 2월

최근 한국 문학 작품에서는 당사자성이 화두다. 보통은 퀴어를 소재로 하는 작품에서 글을 쓴 작가의 성 정체성과 작중 화자의 성 정체성이 일치하는 경우에 국한해 하는 이야기이지만, 꼭 퀴어 소재가 아니라고 하더라도 점점 픽션과 다큐의 경계가 무너지고 그 무너짐이 하나의 형식으로 자리잡아가고 있는 것 같다. 픽션의 형식으로서의 논픽션. 작가와 주인공을 구분하지 않는 것이 전근대적인 독법으로 폄하되기는커녕 오히려 '게임적 리얼리티' 안에서 캐릭터로서 작가의 존재 방식을 읽어내는 가장 최신의 독법으로 부상하고 있다.

문학 작품에 나타난 당사자성, 자전성의 뿌리를 찾기 위해 관련 책의 목록을 더듬거리다 부코스키 앞에 멈춰 섰다. 여기 계속 머물러 있고 싶진 않은데 어쩔 수 없이 한번은 붙잡혀 있게 되는 묘한 끌림. 내게 찰스 부코스키는 자전적 소설 하면 제일 먼저 떠오르는 작가다. 『우체국』은 부코스키의 데뷔작일 뿐만 아니라 앞으로 그가 써낼 자전적 소설의 세계가 시작되는 지점이라는 점에서 더 각별한 소설이다. 그의 작품은 하나같이 논픽션으로서의 픽션이자 픽션인 동시에 논픽션이었다. 그의 묘비명에 새겨진 글자가 'Don't try'라는 사실마저도 구태여 화자와 작가를 구분 짓지 않고 자신을 그대로 노출했던 그의 작품 세계를 드러내는 것만 같다.

여름, 스피드

김봉곤 – 문학동네 – 2018년 6월

작가에게 밀착해 보이는 소설의 인물들은 바로 그 이유로 독자에게도 거리를 좁히며 육박해들어온다. 대체로 실제 이름인 도시와 상호, 브랜드 들은 읽는 나를 거의 거기에 가져다놓았다. 거기서 만났거나 만나고 있거나 만날 예정인 인연들은 나를 거의 들었다 놓았다. 실례가 되지 않는다면 이렇게 말해보고 싶다. 김봉곤 작가는 사랑밖에 모른다. 사랑의 귀재다. 정분의 천재다. 『여름, 스피드』는 오로지 사랑을 말하고 탐하고 택하는 소설이라, 기억나지 않는 어느 페이지 몇째 줄에서부터 나 또한 사랑에 목마른 사람이 되고 말았다. 이제 6월인데, 초여름인데, "나도 믿을 수 없는 여름의 시작"점에서 목을 축인다. 김봉곤의 소설로.

농담

밀란 쿤데라 ─ 방미경 옮김 ─ 민음사 ─ 1999년 6월

해외문학 팀에서 『참을 수 없는 존재의 가벼움』(이재룡 옮김, 2018) 리뉴얼 에디션을 출간했다. 쿤데라 작품이 국내에서 출간된 지 30년 되었다는 것을 축하하는 의미가 담긴 특별판이다. 표지는 쿤데라가 그린 그림과 글자만 활용해 그야말로 담백하고 심플하게 연출했는데 글자와 그림의 선을 무지갯빛 박으로 표현해 믿을 수 없을 정도로 아름다운 표지가 완성됐다. 세계 문학 전집판, 쿤데라 전집판을 다 갖고 있는데도 이번 에디션을 구입한 사람이 내 주변에만 다섯 명이 넘는다. 이들이 지난 30년 동안 쿤데라의 문학 세계를 단단하게 만들어온 사람들일 것이다.

쿤데라 작품을 단 한 권만 뽑으라면 물론 『참을 수 없는 존재의 가벼움』이겠지만 내 마음속 첫번째 자리에는 언제나 『농담』이 놓여 있다. 흔히 갖기 마련인 '데뷔작' 효과만으로는 『농담』에 대한 내 애정을 다 설명하기 힘들다. 그건 아마도 농담이라는 이중의 언어 구조가 역사와 인간이 맺고 있는 거시적이고 진지한 관계의 이면을 드러내고 나아가 전복하는 데 성공했기 때문일 것이다.

모래성 위에서는 농담이 허락되지 않는다. 은유는 단단한 아스팔트 위에서만 가능하다. 농담 때문에 인생을 망쳐버린 한 인간의 희비극적인 복수극. 『농담』은 변주와 상상력을 허락하지 않는 한 시절의 일그러진 초상이다. 그것은 또 잠복된 전체주의에 대한 무서운 경고이기도 하다. 쿤데라 작품이 여전히 이토록 많은 사랑을 받고 있다는 사실이 그것을 말해준다.

달나라의 장난

김수영 – 민음사 – 2018년 5월

올해는 김수영 시인이 세상을 떠난 지 50년 되는 해다. 따라서 우리 팀은 관련된 일로 부산스러웠는데, 동네 서점 에디션으로 재출간한 『달나라의 장난』으로 어느 정도 일단락된 것 같아 다행이다. 고생은 주로 혜진씨가 했고 나는 그 고통과 보람의 곁에 있었을 뿐이었지만, 김수영 50주기를 기념으로 나온 시집을 독자 앞에서 낭독한다는 영광을 놓치고 싶지는 않았다. 마침 내가 속한 동인의 이름이 '작란'이고, 그 이름의 유래가 이 시집이니까 명분은 충분하지 않은가, 안도하며.

『달나라의 장난』은 혜진씨의 애틋한 제안과 그 제안을 유지하려는 강인한 정신으로 탄생한 책이다. 표지는 쨍한 노란색 바탕에 초판본 제목의 서체를 유지하여 그 애틋함을 담당한다. 본문이 초판본의 세로쓰기, 순서, 페이지 구성을 그대로 따라함으로써 그 강인함을 맡는 식이다. 오늘 낭독회는 그렇게 완성된 시집의 50퍼센트 이상을 '작란 동인'이 읽는 것으로 진행되었다. 낭독하며 슬쩍 관객석을 보니, 노란색 시집을 들고 있는 모습이 김수영이 좋아했다는 봄날의 꽃 같아서 잠시 벅찬 마음이었다.

오늘은 좀 매울지도 몰라

강창래 - 루페 - 2018년 4월

유희경 시인이 운영하는 시집 전문 서점 '위트 앤 시니컬'에서 '작란' 동인과 『달나라의 장난』 낭독회를 열었다. 효인 선배와 유희경 시인을 비롯해 정한아, 김소형, 송승언 그리고 오은 시인의 목소리를 관통해 들려오는 김수영의 시는 어쩐지 좀 다정하게 들려서 어떤 난해함은 갑자기 이해되는 것 같은 착각이 들기도 했다.

낭독회 끝나고 돌아오는 길에 내 손에는 강창래 작가의 에세이 『오늘은 좀 매울지도 몰라』가 들려 있었다. 서가에서 얼쩡거리고 있는데 오은 시인이 무심하게 던지고 간 몇 마디에 완전히 영업당했다. 올해 뽑은 상반기 최고의 책이라는 말. 읽으면서 네 번 울었는데 네 번 끊어 읽어서 그렇다는 말. (나는 이 말을 여섯 번 끊어 읽었으면 여섯 번 울었을 거라는 얘기로 이해했고 아마도 맞을 것이다.) 그리고 띠지에는 효인 선배의 이런 추천사도 있었다. "침샘과 눈물샘이 함께 젖는다." 아, 펼칠 때마다 침샘과 눈물샘이 함께 젖는 올해의 책을 안 읽는 건 직무 유기일 테다.

한국 축구가 독일을 2대 0으로 이겼던 그날 밤 자정. 지하철 2호선은 텅텅 비어 있었다. 덜컹거리는 엔진 소리만 들려오는 고요한 지하철. 나는 책을 펼치자마자 추천사의 지시라도 받은 것처럼 눈물을 흘리고 콧물을 훌쩍거리는 와중에 침을 삼켰다.

아무튼, 외국어

조지영 - 위고 - 2018년 5월

우리나라가 독일을 2대 0으로 이겼다. 경기 후 손흥민을 인터뷰한 기자의 질문. "독일을 이겼습니다. 이거 실화입니까?" 이런 바보 같은 질문에 선수는 여전히 진지하다. 국민들의 응원 덕이 이길 수 있었다나. 국민이란 공동체는 참 이상한 것 같다. 서로 혐오하고 배척하다가, 어느 순간에 같은 성분의 약이라도 먹은 듯 대한민국을 외친다. 공통점이라고는 이방인의 눈으로 봤을 때 비슷비슷한 외모와 세계적으로 소수어에 불과한 한국어를 쓴다는 것 정도가 다인 우리가 아닌가. 한국어를 쓰는 원죄로 우리는 영어를 배우는 데 삶의 일정 부분을 갖다 바친다. 심지어 제2외국어까지 해야 한다. 나는 독일어를 했었다. 16강에서 탈락한 토니 크로스에게 독일어로 위로를 전해볼까. 못한다. 인사법도 안 떠오른다. 아무튼, 『아무튼, 외국어』에서 인상 깊은 페이지 중 하나는 "데어 데스 뎀 덴 디 데어 데어 디"를 외우는 남학생 무리를 떠올리는 화자였다. 그랬었지. 나도 만날 자습만 시키던 독일어 선생에게 학기 초에 잠깐 저걸 배웠다. 외우면 안 맞았고, 못 외우면 맞았는데, 많이 맞은 듯하다. 저자는 프랑스어에서 일본어까지 난생처음 접하는 언어를 향해 뚜벅뚜벅 당당히 걸어간다. 나는 외국어에 낯부끄러움에 가까운 낯가림이 있다. 부끄러워 가리고만 싶은 마음이다. 독일어는 정확하게 하려는 난해함이 있다고 한다. 표현을 정확하게, 기억은 더욱 정확하게. 살해'당한' 유대인의 기념비가 있는 '홀로코스트 메모리얼'과 냉전 시절의 기억법인 '체크포인트 찰리'는 그 자체로 거의 완벽한 독일어로 보인다. 낯을 드러내어 거기에서부터 배우려는, 훌륭한 언어의 자세다. 그럼에도 축구는 한국이 이겼다.

경애의 마음

김금희 ─ 창비 ─ 2018년 6월

SNS 사용 시간을 줄이겠다고 선언한 효인 선배는 요즘 지하철에서 트위터 대신 독서를 한다. 파주에서 강남까지 한 시간 40분 정도 걸리는데 왕복하면 하루 200분을 독서에 쓸 수 있다고 한다. 선배가 가장 먼저 완파한 책은 우리 팀이 한마음으로 출간을 기다리고 있던 『경애의 마음』이다. 순식간에 다 읽었다는 말만으로도 충분한 극찬인데 힘든 일상에 위로까지 받았다는 이야기를 듣고 조금 놀랐다. 선배의 평가어에 '위로'는 그다지 활성화되지 않은 영역이어서 그랬을 것이다.

궁금하기도 하고 그 감동을 같이 느끼고 싶기도 해서 나도 속도를 냈다. 어째서 그 어수선한 출근길 지하철에서도 순식간에 읽어 내려갈 수 있었는지, 또 어느 부분에서 힘든 마음을 위로받았는지, 말하지 않아도 알겠다 싶었다. 김금희 작가의 소설에는 특별한 사람들이 나온다. 그런데 그 특별한 사람들은 특별하지 않은 신념을 끝까지 지켜서 결국 특별해지고 마는 사람들이다. 『햄릿』이 생각하는 인간의 이야기고 『돈키호테』가 행동하는 사람의 이야기라면 김금희 소설은 믿는 사람들의 이야기라는 생각이 든다. 그래서가 아닐까. 기댈 곳이 없는 마음들에 김금희 작가의 소설이 작은 안식처가 될 수 있는 이유가.

묵동기담/스미다 강

나가이 가후 – 강윤화 옮김 – 문학과지성사 – 2016년 12월

김봉곤 소설집 『여름, 스피드』를 읽다가 충동적으로 집어들었다. 탐미주의자의 소설을 좋아하지 않는다, 말하기에는 사실 잘 모른다. 아름다운 것? 사람은 원래 아름다운 걸 좋아하지 않나? 하는 협소한 되물음이나 일삼았다. 그나마 지금은 그 아름다움이라는 게 그렇게 전면적이지도 않고 객관적이지도 않으며 실재하는지 아닌지 확신할 수 없다는 생각 정도는 한다.

사랑에 투신했던 김봉곤 소설의 문장들은 아름다웠다. 그리고 「묵동기담」의 그 기이한 정서 또한 김봉곤의 소설 「컬리지 포크」에 쓰일 만큼 아름다웠다. 몇 줄은 소리 내어 읽는 것만으로 탐미주의자가 되어버릴 정도였다. 예를 들고 싶지만 몇 문장을 여기 옮기려다 깨달았다. 그 문장은 거기에 있어야 아름답다. 조금 떼어다 다른 곳에 놓으면 별것 아닌 게 된다. 외려 이상해 보일지도 모른다.

김봉곤의 말을 빌리자면 "가후의 여성관은 이제 와 생각해보면 놀랍도록 올드하다. 액자식 구성은 팔십 년 전의 소설이라는 걸 감안하지 않았다면 참을 수 없었을 것이다." 그뿐인가? 그저 옛날이 좋았다는 구시대적 사고에, 게을러터진 인물들 하며, 별다른 사건 사고도 없이 강이 어쩌고 유곽이 어쩌고 퍼붓는 비가 어쩌고 하는 나이브함이라니.

하지만 그러하다 해도, 어느 날 도쿄나 교토 혹은 오사카에서 다 떨어진 벚꽃이나 흐르는 듯 마는 듯한 강의 살결을 찍어 인스타그램에 올리며 해시태그(#도쿄 #일본여행 #아름답다)를 걸고 있는 나를 발견한다면. 의아해하지 말길. 그건 다 나가이 가후 때문이다. 아니, 김봉곤 때문이다. 그걸 읽어봤기 때문이다.

나는 그냥 버스기사입니다

허혁 – 수오서재 – 2018년 5월

읽는 내내 아버지 생각을 많이 했다. 아버지는 25년째 화물차를 운전하신다. 화물차 운전은 남들 다 자는 새벽에 도로 위로 출근해 졸린 눈과, 칠흑 같은 어둠과, 무섭도록 깊은 침묵과 싸워야 하는 일이다. 나로서는 상상할 수 없는 피로와 고독이 아버지에게는 매일같이 마주해야 하는 일터고 환경이라고 생각하면 괜히 목울대가 뜨거워진다.

손님들에게 서비스를 제공해야 하는 버스 기사와 말 못하는 물건들을 싣고 달리는 화물 기사는 같은 것보다 다른 게 더 많은 직업일지도 모른다. 아마도 다른 독자라면 이 책을 읽으며 버스 손님들과의 에피소드라든지 교통 체증에 대한 반응 같은 것들을 더 생생하게 기억했을 테지만 어쩐지 내게는 기사님들의 식사 장면이나 식사 끝나고 잠깐 갖는 커피 타임 같은, 운전하는 사람들의 소소한 일상에 더 눈이 머물렀다. 우리 아버지도 저런 풍경 속에서 밥을 먹고 커피를 마시겠지. 머릿속으로 그려보기도 하면서.

내 생각에 우리 아버지는 근면 성실하지만 불만과 투정을 곧잘 부리고 어리광도 있는 편이며 이기적인 구석도 적지 않아서 가족들의 애정과 질책과 관심 속에서 점점 더 좋은 사람이 되어가고 있는 것 같다. 허혁 작가도 조금은 그런 사람인 것 같다. "아침에는 선진국 운전기사, 낮에는 개발도상국 운전기사, 저녁에는 후진국 운전기사"라니. 그런데 나는 이런 울퉁불퉁한 사람들의 이야기가 좋다. 가족과 이웃을 통해 성숙해가는 모습을 보고 있으면 일희일비하며 냉탕과 온탕을 오가는 내게서도 성숙에의 희망이 느껴지는 것이다.

황현산의 사소한 부탁

황현산 – 난다 – 2018년 6월

황현산 선생님의 건강이 좋지 않다는 소식이 여기까지 들려온다. 그런 소식을 듣기에 선생님은 아직 젊지 않은가. 아직 할 일이 많이 남지 않았나. 아직 그에게서 비롯되어 우리에게 전달되어야 할 글과 말이 많지 않겠는가. 이런 생각조차 불경하게 느껴져 최대한으로 생각을 지운 채 읽어본다. 선생의 신간을.

서문에는 이런 문장이 있다. "나는 이 세상에서 문학으로 할 수 있는 일이 무엇인가를 오랫동안 물어왔다." 그 물음의 대답을 우리 세대에 해줄 수 있는 사람이 바로 당신이다. 홍어회에서부터 미당에 이르기까지의 이토록 정중한 슬기로움이라니, 자애로운 머뭇거림이라니. 책장을 넘기며 이러저러한 생각이 금세 차오른다. 정리할 시간이 필요하다. 선생의 다음 책이 도움을 줄 것이다.

황현산의 사소한 부탁

황현산 – 난다 – 2018년 6월

작은 인연이지만 내게도 황현산 선생님에 대한 기억이 있다. 6년 전 이민하 시인의 시집 『모조 숲』(민음사, 2012)의 해설을 황현산 선생님이 써주셨다. 그때 이민하 시인이 보낸 메일을 지금도 생생하게 기억한다. 황현산 선생님 전화를 받고 자신도 모르게 상기되었다는 밝고 환한 내용이었다. 아주 짧은 문장이었고 다른 메일들 속에 쉽게 묻힐 수 있는 문장이었지만 시집 출간을 앞두고 초조와 불안, 막막과 설렘 사이에서 오르내리고 있던 마음에 황현산 선생님과의 대화가 얼마나 큰 힘이, 용기가, 즐거움이, 든든함이 되었을지 짐작하고도 남을 문장이었다.

"선생님 전화 받고 저도 모르게 들떴었나봐요." 내가 기억하는 황현산은 나만의 황현산일 뿐이겠지만 나는 이 문장이 우리가 기억하는 황현산, 한국 문학이 기억하는 황현산과 다르지 않을 것 같다. 불안한 마음에 용기를 쥐여주는 한 통의 전화. 『황현산의 사소한 부탁』을 읽을 독자들의 마음이 그날 그 시인의 마음과 다르지 않을 것이다.

2018. 7. 1~12월의 오늘

Jul.Aug.Sep.Oct.Nov.Dec.

2018. 7. 1~12월의 오늘

Jul.Aug.Sep.Oct.Nov.Dec.

아픔이 길이 되려면 – 김승섭 – 동아시아 – 2017

시대의 소음 – 줄리언 반스 – 다산책방 – 2017

슬픈 감자 200그램 – 박상순 – 난다 – 2017

라디오같이 사랑을 끄고 켤 수 있다면 – 장정일 – 책읽는섬 – 2018

그해, 여름 손님 – 안드레 애치먼 – 잔 – 2017

아름답고 죽은 그녀 – 로사 몰리아소 – 열린책들 – 2018

이상한 손님 – 백희나 – 책읽는곰 – 2018

라테파파 – 김한별 – 이야기나무 – 2018

물류창고 – 이수명 – 문학과지성사 – 2018

자매는 좋다! – 파울라 메카프 글, 수잔 바튼 그림 – 고래이야기 – 2018

체벤구르 – 안드레이 플라토노프 – 을유문화사 – 2012

끝과 시작 – 비스와바 쉼보르스카 – 문학과지성사 – 2007

내게 무해한 사람 – 최은영 – 문학동네 – 2018

개인주의자 선언 – 문유석 – 문학동네 – 2015

라틴어 수업 – 한동일 – 흐름출판 – 2017

흰 – 한강 – 문학동네 – 2018

Lo-fi – 강성은 – 문학과지성사 – 2018

우리의 의지에 반하여 – 수전 브라운밀러 – 오월의봄 – 2018

시선의 폭력 – 시몬느 코르프소스 – 한울림스페셜 – 2016

내 동생과 할 수 있는 백만 가지 일 – 스테파니 스투브보딘 글, 팸 드비토 그림 –
한울림스페셜 – 2014

아무튼, 택시 – 금정연 – 코난북스 – 2018

베어타운 – 프레드릭 배크만 – 다산책방 – 2018

토성의 고리 – W. G. 제발트 – 창비 – 2011

현기증. 감정들 – W. G. 제발트 – 문학동네 – 2014

다른 사람 – 강화길 – 한겨레출판 – 2017

영의 기원 – 천희란 – 현대문학 – 2018

요가 매트만큼의 세계 – 이아림 – 북라이프 – 2018

아무도 미워하지 않는 개의 죽음 – 하재영 – 창비 – 2018

로라와 로라 – 심지아 – 민음사 – 2018

하느님 이 아이를 도우소서 – 토니 모리슨 – 문학동네 – 2018

소년7의 고백 – 안보윤 – 문학동네 – 2018

비탄 – 야스미나 레자 – 뮤진트리 – 2018

낭만주의 – 박형서 – 문학동네 – 2018

두 번 사는 사람들 – 황현진 – 문학동네 – 2017

축제 – 이청준 – 문학과지성사 – 2016

어젯밤 – 제임스 설터 – 마음산책 – 2010

1914년 – 김행숙 – 현대문학 – 2018

디어 존, 디어 폴 – 폴 오스터·J. M. 쿳시 – 열린책들 – 2016

곁에 남아 있는 사람 – 임경선 – 위즈덤하우스 – 2018

우리가 통과한 밤 – 기준영 – 문학동네 – 2018

회색노트 – 로제 마르탱 뒤 가르 – 민음사 – 2018

타이피스트 – 김이강 – 민음사 – 2018

좀도둑 가족 – 고레에다 히로카즈 – 비채 – 2018

흐르는 편지 – 김숨 – 현대문학 – 2018

수리부엉이는 황혼에 날아오른다 – 무라카미 하루키·가와카미 미에코 – 문학동네 – 2018

강으로 – 올리비아 랭 – 현암사 – 2018

치인의 사랑 – 다니자키 준이치로 – 민음사 – 2018

우리의 의지에 반하여 – 수전 브라운밀러 – 오월의봄 – 2018

끝없는 사람 – 이영광 – 문학과지성사 – 2018

울지도 못했다 – 김중식 – 문학과지성사 – 2018

아르헨티나 사람들의 언어 – 호르헤 루이스 보르헤스 – 민음사 – 2018

시절을 슬퍼하여 꽃도 눈물 흘리고 – 요시카와 고지로 – 뿌리와이파리 – 2009

작별 – 한강 외 – 은행나무 – 2018

소설처럼 – 다니엘 페나크 – 문학과지성사 – 2004

사랑은 죽음보다 더 강하다 – 이반 세르게예비치 뚜르게네프 – 민음사 – 2018

알려지지 않은 예술가의 눈물과 자이툰 파스타 – 박상영 – 문학동네 – 2018

우아한 밤과 고양이들 – 손보미 – 문학과지성사 – 2018

멀고도 가까운 – 리베카 솔닛 – 반비 – 2016

나, 참 쓸모 있는 인간 – 김연숙 – 천년의상상 – 2018

노동의 미래 – 라이언 아벤트 – 민음사 – 2018

프롬 토니오 – 정용준 – 문학동네 – 2018

전족 – 펑지차이 – 더봄 – 2018

미학 안의 불편함 – 자크 랑시에르 – 인간사랑 – 2008

검은 개가 온다 – 송시우 – 시공사 – 2018

당신을 믿고 추락하던 밤 – 시리 허스트베트 – 뮤진트리 – 2017

셰익스피어 정치적 읽기 – 테리 이글턴 – 민음사 – 2018

노랑무늬영원 – 한강 – 문학과지성사 – 2012

우리의 병은 오래전에 시작되었다 – 알랭 바디우 – 자음과모음 – 2016

우리는 혈육이 아니냐 – 정용준 – 문학동네 – 2015

장소와 장소상실 – 에드워드 렐프 – 논형 – 2005

체공녀 강주룡 – 박서련 – 한겨레출판 – 2018

정치적 무의식 – 프레드릭 제임슨 – 민음사 – 2015

어떻게 죽을 것인가 – 아툴 가완디 – 부키 – 2015

모스크바의 신사 - 에이모 토울스 - 현대문학 - 2018
주저하는 근본주의자 - 모신 하미드 - 민음사 - 2012
19호실로 가다 - 도리스 레싱 - 문예출판사 - 2018
체공녀 강주룡 - 박서련 - 한겨레출판 - 2018
목성에서의 하루 - 김선재 - 문학과지성사 - 2018
말코, 네 이름 - 구스티 - 문학동네 - 2018
모멸감 - 김찬호 - 문학과지성사 - 2014
우리는 왜 공부할수록 가난해지는가 - 천주희 - 사이행성 - 2016
N.E.W. - 김사과 - 문학과지성사 - 2018
작은 겁쟁이 겁쟁이 새로운 파티 - 정지돈 - 스위밍꿀 - 2017
왜냐하면 우리는 우리를 모르고 - 이제니 - 문학과지성사 - 2014
미스 플라이트 - 박민정 - 민음사 - 2018
애주가의 결심 - 은모든 - 은행나무 - 2018
모두가 헤어지는 하루 - 서유미 - 창비 - 2018
그녀 이름은 - 조남주 - 다산책방 - 2018
아메리칸 급행열차 - 제임스 설터 - 마음산책 - 2018
랩 걸 - 호프 자런 - 알마 - 2017
눈먼 암살자1·2 - 마거릿 애트우드 - 민음사 - 2010
일곱 건의 살인에 대한 간략한 역사1·2 - 말런 제임스 - 문학동네 - 2016
루미너리스1·2 - 엘리너 캐턴 - 다산책방 - 2016
지도와 영토 - 미셸 우엘벡 - 문학동네 - 2011
바바리안 데이즈 - 윌리엄 피네건 - 알마 - 2018
한식의 품격 - 이용재 - 반비 - 2017
아이와 함께하는 실버스푼 - 파이돈 프레스 - 세미콜론 - 2018
진 브로디 선생의 전성기 - 뮤리얼 스파크 - 문학동네 - 2018
혹등고래 모모의 여행 - 류커샹 - 더숲 - 2018
휴가저택 - 서윤후 - 아침달 - 2018
i에게 - 김소연 - 아침달 - 2018
나는 오늘 혼자 바다에 갈 수 있어요 - 육호수 - 아침달 - 2018
해적판을 타고 - 윤고은 - 문학과지성사 - 2017
며느리 사표 - 영주 - 사이행성 - 2018
엄마와 나 - 레나타 갈린도 - 불의여우 - 2018
박서원 시전집 - 박서원 - 최측의농간 - 2018
방과 후 지구 - 서윤후 - 서랍의 날씨 - 2016
공화국의 위기 - 한나 아렌트 - 한길사 - 2011
아메리카의 나치 문학 - 로베르토 볼라뇨 - 을유문화사 - 2009
오늘아, 안녕 - 김유진 글, 서현 그림 - 창비 - 2018

시는 내가 홀로 있는 방식 - 페르난도 페소아 - 민음사 - 2018

휴가저택 - 서윤후 - 아침달 - 2018

식물원 - 유진목 - 아침달 - 2018

검찰관 - 니콜라이 고골 - 민음사 - 2005

스토리를 만드는 물리학 - 래리 브룩스 - 인피니티북스 - 2015

인생의 베일 - 서머싯 몸 - 민음사 - 2007

화가 반 고흐 이전의 판 호흐 - 스티븐 네이페·그레고리 화이트 스미스 - 민음사 - 2016

여주인공이 되는 법 - 서맨사 엘리스 - 민음사 - 2018

소설, 어떻게 쓸 것인가 - 프랜신 프로즈 - 민음사 - 2009

서정시를 쓰기 힘든 시대 - 베르톨트 브레히트 - 민음사 - 2018

인민을 위해 복무하라 - 옌롄커 - 웅진지식하우스 - 2008

모두가 나의 아들 - 아서 밀러 - 민음사 - 2012

미들섹스2 - 제프리 유제니디스 - 민음사 - 2004

존재의 세 가지 거짓말 - 아고타 크리스토프 - 까치 - 2014

그의 옛 연인 - 윌리엄 트레버 - 한겨레출판 - 2018

예민해도 괜찮아 - 이은의 - 북스코프 - 2016

실업자 - 피에르 르메트르 - 다산책방 - 2013

A가 X에게 - 존 버거 - 열화당 - 2009

아무도 아닌, 동시에 십만 명인 어떤 사람 - 루이지 피란델로 - 최측의농간 - 2018

가난한 사람들 - 막심 고리키 - 민음사 - 2018

너무 한낮의 연애 - 김금희 - 문학동네 - 2016

죽음의 푸가 - 파울 첼란 - 민음사 - 2011

나는 나의 다정한 얼룩말 - 이원 - 현대문학 - 2018

IMF키즈의 생애 - 안은별 - 코난북스 - 2017

당신의 얼굴이 되어라 - 권희철 - 문학동네 - 2013

복학왕의 사회학 - 최종렬 - 오월의봄 - 2018

콜센터 - 김의경 - 광화문글방 - 2018

영원이 아니라서 가능한 - 이장욱 - 문학과지성사 - 2016

여름 안에서 - 솔 운두라가 - 그림책공작소 - 2018

그 후 - 나쓰메 소세키 - 민음사 - 2003

이토록 두려운 사랑 - 김신현경 - 반비 - 2018

사랑은 지옥에서 온 개 - 찰스 부코스키 - 민음사 - 2016

음악 이전의 책 - 김태용 - 문학실험실 - 2018

식탁의 길 - 마일리스 드 케랑갈 - 열린책들 - 2018

섬에 있는 서점 - 개브리얼 제빈 - 루페 - 2017

비탄 - 야스미나 레자 - 뮤진트리 - 2017

행복해서 행복한 사람들 - 야스미나 레자 - 뮤진트리 - 2014

목양면 방화 사건 전말기 - 이기호 - 현대문학 - 2018

연애의 기억 - 줄리언 반스 - 다산책방 - 2018

그건 내 조끼야 - 나까에 요시오 글, 우에노 노리코 그림 - 비룡소 - 2000

우아한 밤과 고양이들 - 손보미 - 문학과지성사 - 2018

뱀과 물 - 배수아 - 문학동네 - 2017

사고의 본질 - 더글러스 호프스태터 외 - arte - 2017

동조자1·2 - 비엣 타인 응우옌 - 민음사 - 2018

왼손은 마음이 아파 - 오은 - 현대문학 - 2018

나는 천천히 울기 시작했다 - 공선옥 외 - 봄날의책 - 2013

노포의 장사법 - 박찬일 - 인플루엔셜 - 2018

죽고 싶지만 떡볶이는 먹고 싶어 - 백세희 - 흔 - 2018

나는 잠깐 설웁다 - 허은실 - 문학동네 - 2017

울지도 못했다 - 김중식 - 문학과지성사 - 2018

내 문장이 그렇게 이상한가요? - 김정선 - 유유 - 2016

하나 둘 셋 공룡 - 마이크 브라운로우 글, 사이먼 리카티 그림 - 비룡소 - 2018

곰탕1·2 - 김영탁 - arte - 2018

사랑하는 습관 - 도레스 레싱 - 문예출판사 - 2018

해자네 점집 - 김해자 - 걷는사람 - 2018

너무 시끄러운 고독 - 보후밀 흐라발 - 문학동네 - 2016

고래 책 - 안드레아 안티노리 - 단추 - 2018

알려지지 않은 예술가의 눈물과 자이툰 파스타 - 박상영 - 문학동네 - 2018

우리가 통과한 밤 - 기준영 - 문학동네 - 2018

종이 봉지 공주 - 로버트 먼지 글, 마이클 마르첸코 그림 - 비룡소 - 1998

여성, 시하다 - 김혜순 - 문학과지성사 - 2017

결혼과 육아의 사회학 - 오찬호 - 휴머니스트 - 2018

깡패단의 방문 - 제니퍼 이건 - 문학동네 - 2012

첫 문장 - 윤성희 - 현대문학 - 2018

하자르 사전 - 밀로라드 파비치 - 열린책들 - 2011

엄마가 정말 좋아요 - 미야니시 다쓰야 - 길벗어린이 - 2015

알지 못하는 모든 신들에게 - 정이현 - 현대문학 - 2018

오늘 같이 있어 - 박상수 - 문학동네 - 2018

골든아워1·2 - 이국종 - 흐름출판 - 2018

나, 함께 산다 - 서중원 글, 정용택 사진 - 오월의봄 - 2018

악어도 깜짝, 치과 의사도 깜짝! - 고미 타로 - 비룡소 - 2000

아무튼, 트위터 - 정유민 - 코난북스 - 2018

나의 사적인 도시 - 박상미 - 난다 - 2015

당신의 별이 사라지던 밤 - 서미애 - 엘릭시르 - 2018

유령 – 정용준 – 현대문학 – 2018
뫼르소, 살인 사건 – 카멜 다우드 – 문예출판사 – 2017
가끔 난 행복해 – 옌스 크리스티안 그뢴달 – 민음사 – 2018
백야의 소문으로 영원히 – 양안다 – 민음사 – 2018
사랑하는 습관 – 도리스 레싱 – 문예출판사 – 2018
일탈 – 게일 루빈 – 현실문화 – 2015
달콤 쌉싸름한 초콜릿 – 라우라 에스키벨 – 민음사 – 2004
여흥상사 – 박유경 – 은행나무 – 2017
걷는 듯 천천히 – 고레에다 히로카즈 – 문학동네 – 2015
한 말씀만 하소서 – 박완서 – 세계사 – 2004
이 나날의 돌림노래 – 사사키 아타루 – 여문책 – 2018
나는 지하철입니다 – 김효은 – 문학동네어린이 – 2016
내게 무해한 사람 – 최은영 – 문학동네 – 2018
라스코 혹은 예술의 탄생 – 조르주 바타유 – 워크룸프레스 – 2017
분노와 용서 – 마사 C. 누스바움 – 뿌리와이파리 – 2018
우리는 폴리아모리 한다 – 심기용·정윤아 – 알렙 – 2017
작은 불씨는 어디에나 – 실레스트 잉 – 나무의 철학 – 2018
돌이킬 수 없는 약속 – 야쿠마루 가쿠 – 북플라자 – 2017
직업으로서의 소설가 – 무라카미 하루키 – 현대문학 – 2016
나는 엄마가 힘들다 – 사이토 다마키 외 – 책세상 – 2017
의식의 강 – 올리버 색스 – 알마 – 2018
패배를 껴안고 – 존 다우어 – 민음사 – 2009
숭고함은 나를 들여다보는 거야 – 김숨 – 현대문학 – 2018
군인이 천사가 되기를 바란 적 있는가 – 김숨 – 현대문학 – 2018
파묻힌 거인 – 가즈오 이시구로 – 시공사 – 2015
안녕, 평양 – 정용준 외 – 엉터리북스 – 2018
아침의 피아노 – 김진영 – 한겨레출판 – 2018
처형극장 – 강정 – 문학과지성사 – 1996
감성의 분할 – 자크 랑시에르 – 도서출판b – 2008
음악의 시학 – 이고르 스트라빈스키 – 민음사 – 2015
작가의 얼굴 – 마르셀 라이히라니츠키 – 문학동네 – 2013
그레인지 코플랜드의 세 번째 인생 – 앨리스 워커 – 민음사 – 2009
책 따위 안 읽어도 좋지만 – 하바 요시타카 – 더난출판사 – 2016
이토록 고고한 연예 – 김탁환 – 북스피어 – 2018
흉가 – 조이스 캐럴 오츠 – 민음사 – 2018
우리에게 잠시 신이었던 – 유희경 – 문학과지성사 – 2018
살아야겠다 – 김탁환 – 북스피어 – 2018

밤 기차를 타고 – 김유진 글, 서현 그림 – 창비 – 2018

농담 – 밀란 쿤데라 – 민음사 – 1999

1914년 – 김행숙 – 현대문학 – 2018

번역가 모모 씨의 일일 – 노승영·박산호 – 세종서적 – 2018

가슴에서 사슴까지 – 김중일 – 창비 – 2018

헤밍웨이 – 백민석 – arte – 2018

숭고함은 나를 들여다보는 거야 – 김숨 – 현대문학 – 2018

비바, 제인 – 개브리얼 제빈 – 루페 – 2018

너의 알다가도 모를 마음 – 김언 – 문학동네 – 2018

이불을 덮기 전에 – 김유진 글, 서현 그림 – 창비 – 2018

군인이 천사가 되기를 바란 적 있는가 – 김숨 – 현대문학 – 2018

100만 번 산 고양이 – 사노 요코 – 비룡소 – 2002

문학을 부수는 문학들 – 오혜진 외 – 민음사 – 2018

백야의 소문으로 영원히 – 양안다 – 민음사 – 2018

슬픔을 공부하는 슬픔 – 신형철 – 한겨레출판 – 2018

그랜드 호텔 – 비키 바움 – 문학과지성사 – 2017

기억이 나를 본다 – 토마스 트란스트뢰메르 – 들녘 – 2004

스톡홀름 Stockholm – 빅셔너리 – 디자인하우스 – 2017

유령 – 정용준 – 현대문학 – 2018

이상한 나라의 앨리스 – 이수지 – 비룡소 – 2015

나는 그것에 대해 아주 오랫동안 생각해 – 김금희 글, 곽명주 그림 – 마음산책 – 2018

누구도 기억하지 않는 역에서 – 허수경 – 문학과지성사 – 2016

나는 발굴지에 있었다 – 허수경 – 난다 – 2018

아름다웠던 사람의 이름은 혼자 – 이현호 – 문학동네 – 2018

시는 내가 홀로 있는 방식 – 페르난두 페소아 – 민음사 – 2018

바르도의 링컨 – 조지 손더스 – 문학동네 – 2018

아침의 피아노 – 김진영 – 한겨레출판 – 2018

나는 울 때마다 엄마 얼굴이 된다 – 이슬아 – 문학동네 – 2018

여수의 사랑 – 한강 – 문학과지성사 – 2018

자코메티의 아틀리에 – 장 주네 – 열화당 – 2007

어떤 돈가스 가게에 갔는데 말이죠 – 이로 글, 이나영 그림 – 난다 – 2018

천사의 사슬 – 최제훈 – 문학동네 – 2018

풀꽃들의 조용한 맹세 – 미야모토 테루 – RHK – 2018

불안의 서 – 페르난두 페소아 – 봄날의책 – 2014

나이트 우드 – 주나 반스 – 문학동네 – 2018

알바니아의 사랑 – 수사나 포르테스 – 들녘 – 2011

비금속 소년 – 정우신 – 파란 – 2018

브랜드 인문학 - 김동훈 - 민음사 - 2018
새싹 뽑기, 어린 짐승 쏘기 - 오에 겐자부로 - 문학과지성사 - 2018
아침저녁으로 읽기 위하여 - 루이 아라공 외 - 푸른숲 - 2018
고기로 태어나서 - 한승태 - 시대의 창 - 2018
검사내전 - 김웅 - 부키 - 2018
풀꽃들의 조용한 맹세 - 미야모토 테루 - 알에이치코리아 - 2018
모두 거짓말을 한다 - 세스 스티븐스 다비도위츠 - 더퀘스트 - 2018
플랫폼 제국의 미래 - 스콧 갤러웨이 - 비즈니스북스 - 2018
현대미술 글쓰기 - 길다 윌리엄스 - 안그라픽스 - 2016
거울 보는 남자 - 김경욱 - 현대문학 - 2018
아무도 미워하지 않는 개의 죽음 - 하재영 - 창비 - 2018
비바, 제인 - 개브리얼 제빈 - 루페 - 2018
백래시 - 수전 팔루디 - 아르테 - 2018
어서 와, 리더는 처음이지? - 장영학 - 책비 - 2018
모두가 헤어지는 하루 - 서유미 - 창비 - 2018
하루의 취향 - 김민철 - 북라이프 - 2018
뷰티 풀 - 박민정 글, 유지현 그림 - 미메시스 - 2018
첫문장 - 윤성희 - 현대문학 - 2018
문장의 온도 - 이덕무 - 다산초당 - 2018
폭염사회 - 에릭 클라이넨버그 - 글항아리 - 2018
사랑하는 습관 - 도리스 레싱 - 문예출판사 - 2018
목양면 방화 사건 전말기 - 이기호 - 현대문학 - 2018
몫 - 최은영 글, 손은경 그림 - 미메시스 - 2018
비상문 - 최진영 글, 변영근 그림 - 미메시스 - 2018
잘돼가? 무엇이든 - 이경미 - 아르테 - 2018
연애의 기억 - 줄리언 반스 - 다산책방 - 2018
이웃 - 슬라보예 지젝 외 - 도서출판b - 2010
젠더 감정 정치 - 임옥희 - 여이연 - 2016
히끄네 집 - 이신아 - 야옹서가 - 2017
문학의 공간 - 모리스 블랑쇼 - 그린비 - 2010
대한민국 독서사 - 천정환·정종현 - 서해문집 - 2018
기억과 회상 - 예브게니 키신 - 정원출판사 - 2018
탄광의 기억과 풍경 - 홍금수 - 푸른길 - 2014
플랑크톤도 궁금해하는 바다상식 - 김웅서 - 지성사 - 2016
지리의 힘 - 팀 마샬 - 사이 - 2016
왜 지금 지리학인가 - 하름 데 블레이 - 사회평론 - 2015
꿈은, 미니멀리즘 - 은모든 글, 아방 그림 - 미메시스 - 2018

잘돼가? 무엇이든 − 이경미 − arte − 2018
보이지 않는 아이 − 토베 얀손 − 작가정신 − 2018
이토록 두려운 사랑 − 김신현경 − 반비 − 2018
나는 이렇게 살고 있습니다. 이상합니까? − 손미 − 서랍의날씨 − 2018
오늘도, 무사 − 요조 − 북노마드 − 2018
사소한 소원만 들어주는 두꺼비 − 전금자 − 비룡소 − 2017
길 잃기 안내서 − 리베카 솔닛 − 반비 − 2018
둘의 힘 − 조슈아 울프 솅크 − 반비 − 2018
아무튼, 양말 − 구달 − 제철소 − 2018
맥베스 − 요 네스뵈 − 현대문학 − 2018
속죄 − 이언 매큐언 − 문학동네 − 2003
페소아 − 김한민 − arte − 2018
옥상에서 만나요 − 정세랑 − 창비 − 2018
단 하나의 문장 − 구병모 − 문학동네 − 2018
목견 − 임현 글, 김혜리 그림 − 미메시스 − 2018
소설, 보다: 가을 2018 − 박상영 외 − 문학과지성사 − 2018
파일명 서정시 − 나희덕 − 창비 − 2018
종이 동물원 − 켄 리우 − 황금가지 − 2018
한국, 남자 − 최태섭 − 은행나무 − 2018
일하는 마음 − 제현주 − 어크로스 − 2018
신비한 공룡 사전 − 박진영 글, 이준성 그림 − 씨드북 − 2018
난주 − 김소윤 − 은행나무 − 2018
걷는 사람, 하정우 − 하정우 − 문학동네 − 2018
마흔에 관하여 − 정여울 − 한겨레출판 − 2018
리틀 드러머 걸 − 존 르 카레 − RHK − 2018
수면의 과학 − 사쿠라이 다케시 − 을유문화사 − 2018
밤이 선생이다 − 황현산 − 난다 − 2013
인터내셔널의 밤 − 박솔뫼 − arte − 2018
친구들과의 대화 − 샐리 루니 − 열린책들 − 2018
야코프의 천 번의 가을 − 데이비드 미첼 − 문학동네 − 2018
오늘도 가난하고 쓸데없이 바빴지만 − 서영인 − 서유재 − 2018
나는 누가 살다 간 여름일까 − 권대웅 − 문학동네 − 2017
아침에는 죽음을 생각하는 게 좋다 − 김영민 − 어크로스 − 2018
나는 아무것도 안하고 있다고 한다 − 김사이 − 창비 − 2018
눈사람 아저씨 − 레이먼드 브리그스 − 마루벌 − 1997
괴괴한 날씨와 착한 사람들 − 임솔아 − 문학과지성사 − 2017
온 − 안미옥 − 창비 − 2017

나는 그것에 대해 아주 오랫동안 생각해 – 김금희 – 마음산책 – 2018

리스본행 야간열차 1·2 – 파스칼 메르시어 – 들녘 – 2007

온 더 무브 – 올리버 색스 – 알마 – 2017

이름 붙일 수 없는 자 – 사뮈엘 베케트 – 워크룸프레스 – 2016

퇴사하겠습니다 – 이나가키 에미코 – 엘리 – 2017

퇴사 준비생의 런던 – 이동진 – 트래블코드 – 2018

그래도 우리의 나날 – 시바타 쇼 – 문학동네 – 2018

리모노프 – 엠마뉘엘 카레르 – 열린책들 – 2015

건축을 꿈꾸다 – 안도 다다오 – 안그라픽스 – 2012

내 무의식의 방 – 김서영 – 책세상 – 2014

오른쪽 주머니에서 나온 이야기 – 카렐 차페크 – 모비딕 – 2014

왼쪽 주머니에서 나온 이야기 – 카렐 차페크 – 모비딕 – 2014

파과 – 구병모 – 위즈덤하우스 – 2018

돈가스의 탄생 – 오카다 데쓰 – 뿌리와이파리 – 2006

네이키드 런치 – 윌리엄 S. 버로스 – 책세상 – 2005

옥상에서 만나요 – 정세랑 – 창비 – 2018

소설 보다 : 가을 2018 – 박상영 외 – 문학과지성사 – 2018

민트의 세계 – 창비 – 듀나 – 2018

골든 아워 1 – 이국종 – 흐름출판 – 2018

안락 – 은모든 – 아르테 – 2018

무민은 채식주의자 – 구병모 외 – 걷는사람 – 2018

리틀 드러머 걸(특별판) – 존 르 카레 – 알에이치코리아 – 2018

바르도의 링컨 – 조지 손더스 – 문학동네 – 2018

금테 안경 – 조르조 바사니 – 문학동네 – 2016

착한 여자의 사랑 – 앨리스 먼로 – 문학동네 – 2018

살인의 문 1 – 히가시노 게이고 – 재인 – 2018

사양 – 다자이 오사무 – 민음사 – 2018

동급생 – 프레드 울만 – 열린책들 – 2017

아무튼, 비건 – 김한민 – 위고 – 2018

슬픔을 공부하는 슬픔 – 신형철 – 한겨레출판 – 2018

나는 발굴지에 있었다 – 허수경 – 난다 – 2018

이것은 이름들의 전쟁이다 – 리베카 솔닛 – 창비 – 2018

나의 사랑, 매기 – 김금희 – 현대문학 – 2018

인터내셔널의 밤 – 박솔뫼 – 아르테 – 2018

아무튼, 외국어 – 조지영 – 위고 – 2018

아침에는 죽음을 생각하는 것이 좋다 – 김영민 – 어크로스 – 2018

에필로그

문학이 아니었다면, 책이 아니었다면, 읽음이 아니었다면 내 인생은 아무것도 아니었을지도 모른다. 자고로 이런 식의 말을 지껄이는 사람을 조심해야 한다. 책을 다 안다고 여길까봐, 문학에 지칠까봐, 그래서 둘 모두에 소홀할까봐 무섭다. 학창 시절 숙제는 밀리기 일쑤였고, 일기 같은 것도 써본 적 없다. 꾸준함과 거리가 있는 사람이었던바, 주 5일 출퇴근을 꾸준히 해내는 지금의 내 모습이 가장 놀랍다. 그 와중에 독서 일기를 써서 책으로까지 내다니, 이 어려운 걸 내가 또 해낸다. ……하는 조심성 없는 건방을 부려본다.

그럼에도 불구하고 매일같이 허덕인다. 같이 일하는 혜진씨가 있어 가까스로 읽고 쓸 수 있었다. 내가 아는 가장 현명한 직장인이며 일 잘하는 편집자이자 최선을 다하는 평론가다. 그와 내가 호흡이 잘 맞는 동료라는 내 짐작이 맞길 바란다. 같은 공간에서 느끼는 감정에 지겨움보다 즐거움이 조금이라도 더 크길 바란다. 내가 더 노력해야 할 것이다.

아내가 아니었다면, 은재가 아니었다면, 은유가 아니었다면 내 삶은 별것 없이 흘러갔을 것이다. 이 울퉁불퉁함과 오목조목함을 사랑한다. 이 굴곡에 맞선 채 책 한 권을 읽기가 사실 쉽지 않다. 그럼에도 책을 읽어주는 세상의 모든 독자를 존경하지 않을 수 없다. 한순간이라도 독자이기 위해 썼다. 그 순간의 빛을 믿어본다.

2018년 12월
서효인

에필로그

이 책을 쓰겠다고 마음먹었을 때, 내게는 두 가지 목표가 있었다. 매일 책을 만지는 행위가 내 삶에 어떤 영향을 미치고 있을까, 내 책읽기를 점검해보고 싶었다. 주변엔 온통 책인데 마음속 책장은 점점 더 비어가고 있다고 느꼈다. 소원해진 책과 가까워지고 싶었다. 오직 독자였던 시절로 돌아갈 순 없겠지만, 책을 잘 몰랐고 몰라서 더 좋아할 수 있었던 시간의 일부를 되찾고 싶었다. 독서 일기와 함께라면 가능할 것 같았다.

새롭게 알고 싶은 것도 있었다. 이건 두번째 목표다. 독서는 혼자서도 할 수 있지만 책은 혼자서 만들 수 없다. 혼자 만드는 것처럼 느껴질 때조차 사실은 혼자가 아니다. 서효인 편집자와 나는 주 5일, 40시간을 한 공간에 머무르며 책에 대해 고민하는 사이다. 책에 대해서라면 날것의 아이디어도 부끄럼 없이 말할 수 있을 만큼 신뢰하는 사이이기도 하다. 그럼에도 나는 선배가 책과 어떤 사이인지, 그 독서의 사생활은 알지 못한다. 책을 매개로 더 많은 이야기를 하고 싶었다.

사람은 책을 만들고 책은 사람을 만든다. 우리야말로 그렇다. 개인적인 필요와 호기심에서 출발한 글들이지만 독자들에겐 이 책이 책과 삶의 유착 관계에 대한 가벼운 작업 일지로 읽혔으면 좋겠다. 사람이 어떻게 책을 만들고, 책은 어떻게 사람을 만드는지.

2018년 12월
박혜진

읽을 것들은 이토록 쌓여가고
© 서효인 박혜진 2018

초판 1쇄 발행 – 2018년 12월 31일
초판 2쇄 발행 – 2019년 1월 22일

지은이 – 서효인 박혜진
펴낸이 – 김민정
편집 – 김필균 유성원
표지 디자인 – 이기준
본문 디자인 – 이기준 신선아
마케팅 – 정민호 박보람 나해진 최원석 우상욱
홍보 – 김희숙 김상만 이천희
제작 – 강신은 김동욱 임현식
제작처 – 영신사

펴낸곳 – 난다
출판등록 – 2016년 8월 25일 제406-2016-000108호
주소 – 10881 경기도 파주시 회동길 210
전자우편 – nandatoogo@gmail.com / 트위터 – @blackinana
문의전화 – 031-955-8865(편집) / 031-955-8890(마케팅) / 031-955-8855(팩스)

ISBN 979-11-88862-26-9 03810